김원일 중단편전집 • 5

마음의 감옥

김원일 중단편전집 • 5

마음의 감옥

문이당

작가의 말

문이당의 호의로 그 동안 썼던 중단편소설을 총망라하여 '중단편 전집' 다섯 권을 펴내게 되었다. 앞으로 짧은 소설을 몇 편쯤은 더 쓰게 될런지 모르지만, 지금 마음 같아선 이쯤에서 대충 마무리짓고 싶어 '선집'이라 하지 않고 '전집'이란 이름을 붙였다. 단편소설을 쓰지 않은 지는 십 년이 지났고 중편소설에도 손 놓은 지 몇 년이 흘렀다.

일곱 달 동안 57편의 작품을 다시 읽으며 최근에 배운 컴퓨터란 편리한 기계를 통하여 고쳐쓰기를 마쳐 출판사에 넘기니, 마음이 그렇게 홀가분할 수 없다. 선배들이 들으면 시건방진 소리겠지만, 자주 우울증에 시달린 나로서는 죽음이 불가항력적 운명이라 믿으면서도, 젊은 시절부터 그 돌연한 사망이 멀리 있지 않다고 느끼며 살아왔다. 삶은 늘 불안했지만 그렇다고 죽음을 두려워하지는 않았다. 가벼운 정신병의 일종이라 자위하기가 마흔고개를 넘기고부터였다. 그런 강박관념으로 울적해질 적마다 건강이 허락할 때 지금 해낸 이 결정본의 작업부터 마무리지어야 한다고 초조해 했다.

나는 이번 고쳐쓰기 과정을 통해 전 작품을 손보았다. 특히 초기 작품을 많이 다듬었다. 지면에 한번 발표했던 작품을 다시 고쳐 내놓음이 나쁜 버릇이라고 문제 제기를 한다면, 나로선 준비한 반론이 없다. 아니, 발표한 작품을 다시 손대는 버릇이 좋지 않다란 말이 더 적절하다 하겠다. 나만이 예외이기를 바라는 마음으로 고치는 작업에 임했다고 강변할 마음은 없다. 그러나 재능면에서 한참 늦깎이라 자탄해 왔고, 무슨 일이든 나름대로 완벽하게 마쳐진 상태가 아니면 께름칙하게 남은 찌꺼기를 참지 못하는 성벽 탓인지, 특히 내 초기 작품을 남들이 읽었다 할 때가 심히 부끄러웠다.

작품을 고치며 내용이나 줄거리까지 손대지는 않았다. 그 작품을 착상하거나 쓸 때의 내 마음이 지금 생각과 다르거나, 지금 쓴다면 그렇게 줄거리를 짜지 않았을 텐데란 아쉬움이 있어도, 그 당시 내 심경과 작법까지 고칠 마음은 없었다. 또 그렇게 고쳐서도 안된다. 나는 서툰 문장과 남용된 동사・형용사・접속사・조사 따위를 깎아 내며, 지금 쓰는 내 문장 어투로 다듬었다. 그러다 보니 쓸데없이 말을 벌여놓은 부분을 손대지 않을 수 없어 작품마다 가지를 잘라 내게 되었다. 초기 작품에서 그런 경우가 많았고, 세 번째 권부터 손볼 데가 줄어들었다. 초기 작품 중 어설픈 것이나 한자 제목 또한 여러 편 바꾸었다. 작품이란 다듬으면 다듬을수록 다시 손볼 대목이 생기게 마련이다. 그러나 이쯤에서, 내가 할 수 있는 작업은 얼추 마쳤다. 나의 중단편소설은 이 전집이 결정본이 되는 셈이다.

작품은 곧 작가 자신의 반영이란 말이 있다. 이십대 후반에서 삼십대에 걸친 내 초기 소설이야말로 그때까지 내가 살아온 삶과 생각의 반영이다. 여자가 없었다면 태어나지 않았을 텐데 하고 허튼 망상에 괴로워하던 소년기, 열등의식에 침잠해 소심하고 내성적이던 사춘기, 가난에 대한 사무친 분노와 원망, 당시 프랑스 실존주의 문학의 영향이 결부되어, 초기 소설은 내 삶의 조건반사처럼, 지금 읽으니 너무하다 싶게 예외 없이 폭력적이다. 막내아우의 죽음을 계기로 세 번째 권부터 그 편협증이 가라앉아 자진해진 내 모습을 작품을 통해 볼 수 있다. 사십대에 이르자 세상을 보는 눈이 침착해지고 시야도 웬만큼 넓어졌다. 좌충우돌 질주하던 자동차가 그쯤에서 평형감각을 찾았달까, 그런 느낌이 든다. 한편, 열정이 소진된 애늙은이 모습도 엿보인다. 어쨌든, 이 모든 작품이 그때그때 작품을 빌려 보여온 내 마음이기에 눈 못 뜬 강아지새끼들을 보듯 앙증맞다.

발표 당시는 중편소설로 내보낸 「환멸을 찾아서」와 「그곳에 이르는 먼 길」 두 편은 이번 중단편전집에 수록하지 않았다. 작품 길이가 중편을 넘어 짧은 장편에 해당되기에 따로 묶기로 했다.

원고를 없애버린 초기 습작 몇 편을 빼고 1966년 문단에 발을 디딘 뒤 발표한 모든 작품은 빠짐없이, 지면에 발표 순으로 수록했다. 내 문학성장에 밑거름이 된 여기 실린 소설들은 내 문학세계를 가장 잘 드러낼 뿐더러, 문학과 삶의 살아온 자취이기도 하다.

출판 시장이 어려운 이때 신간이 아닌 이 중간본을 기꺼이 맡아 출판해 준 문이당 임성규 사장과 애써준 사원들이 진정 고마웁다. 크게 입은 은혜를 마음에 새긴다.

1997년 가을

金 源 一

차 례/마음의 감옥

세월의 너울

일 년 중에 마땅히 기념해야 할 날이 있다. 어느 가정의 경우에나 해당되는 일이다. 못박아 정해둔 어느 하루가 그런 날이다. 양력 새해에 들면 우리 집안은 구정을 쉰다. 그러나 양력 새해를 맞으면 나와 안사람은 머리를 맞대고 열두 장 달력에 일일이 기념일을 표시해 둔다. 돌아가신 윗대 어른들 기제사는 음력으로 지낸다. 어머니 생신과 우리 삼형제 생일도 음력을 따른다. 아랫대로 내려오면 생일과 결혼 기념일이 양력으로 바뀐다. 그러한 경조사가 있는 날을 하루하루 표시하다 보면 달력에는 어느 달이든 한두 차례, 또는 두세 차례까지 기념해야 할 날이 생기게 마련이다. 윗대로는 증조부 대부터 제사를 모시니 다섯 차례 기제사가 있는 셈이다.

내 대에서는 남한에 살고 있는 형제가, 장남인 내 아래로 운식이, 청식이 이렇게 셋이다. 나는 아들만 셋을 두었다. 신경이 명주올처럼 가늘었던 큰아들은 대학 재학중 연상의 한 여자를 사랑하더니 그 사랑이 이별로 끝나자 자살하고 말았다. 나는 이제 아들 둘을 두고 있는 셈이다. 둘째였던 건모가 장자가 되었다. 그는 어릴 적부터 무엇이든 만드는 데 손재주가 있어 대학도 미술대학 공예과에 입학했다. 졸업 무렵에는 어느 신문사에서 모집한 공예전에 문갑을 출품하여 입선하기도 했다. 결혼을 한 뒤에는 시내 변두리에 살림집을 겸한 작업장을 차려 소목장(小木匠)으로 제법 이름을 얻었다. 그러나 건모는 석 달 전 가족을 데리고 미국으로 이민을 떠나버렸다. 둘째애 건욱이는 자기 식구 둘과 함께 나와 한 지붕 밑에 살고 있다. 그러니 내가 사는 집은 어머니를 정점으로 건욱이 아들 현화까지, 사대가 함께 사는 셈이다.

가운데 아우인 운식이는 아들 둘에 딸 하나를 두었고, 막내 청식이는 단출하게 남매를 두고 있다. 그러므로 우리 삼형제 아랫대에서 남자가 다섯, 여자가 둘로 가지를 쳤다. 우리 삼형제 손자 대에는 이제 한창 가지가 벌어지는 참이어서 앞으로 새 가지가 계속 생겨날 것이다.

기념일은 내가 어머니를 모시고 있는 데다 종갓집이므로 가족 모두 우리집에 모이는 날이 많다. 그렇지 않은 날은 우리 내외가 어머니를 모시고 나들이 나가기도 하고, 따로 간단한 선물을 보내거나 전화로 안부만 묻는 날도 있다. 그런 날은 과거가 떠올려주는 추억으로 기쁨이 되살아나기도 하지만, 사람이 이 세상에 무슨 뜻이 있어 태어나며 혈육이란 또 무엇인가 하는 생각을 되씹기도 한다. 어찌되었든, 나 자신도 이제 나이가 늙은이 축에 끼이고 보니 그런 기념일에 마음가짐이 한결 엄숙해지는 점만은 분명하다.

오늘도 달력에 표시가 있는 기념일 가운데 하루이다. 오늘은 자식들 결혼 기념일이나 손자들 생일과 같이 즐거운 추억을 떠올려주는 그런 날은 아니다. 그렇다고 울적한 마음으로 지난날을 돌아보게 되는 날도 아니다. 이제는 기쁨과 슬픔의 분명한 선도 무너져, 즐거웠던 기념일에 슬펐던 날을 떠올리기도 하고, 슬픈 추억을 되새김질하다 보면 그 언제인가 기쁜 날이 되어 돌아오려니 하는 기대를 가져보기도 한다. 오늘은 집안식구가 모두 우리집으로 모이는 날이다. 나는 이 날만은 비교적 담담하게 맞아온 편이다. 이날이 떠올려주는 추억으로 말하면, 간절하게 사무쳐오는 그 무엇이 없기 때문일까. 하여튼 내가 생각해도 냉정하다는 느낌이 들 때가 많다. 다만 우리 가문의 내력을 곰곰이 되짚어보게 되는 날로, 잊어서 안 될 중요한 기념일인 점만은 틀림없는 그런 날이다.

오늘은 아버지 사십오 주기 기제삿날이다. 아니다. 정확하게 말한다면 아버지 기일은 내일인 셈이다. 삼대봉사(三代奉祀)를 하는 우리 집안의 경우, 제사는 늘 자정을 막 넘겨 모시기 때문이다. 아니, 언제인가 어머니가 별세한다면 내가 살아 있을 동안은 어머니 제사마저도 그 시간에 모셔야 할 것이다. 어머니는 요즘 사람이 아닌 옛 유가(儒家)의 전통 속에 살아 계시고 당신 당대만은 그 전통을 굳게 지키려는 분이기 때문이다.

오래 전 이야기이지만 통금이 있었던 시절의 오늘 같은 아버지 기제사 전날 저녁, 그런 말이 있었다. 그때는 어머니 슬하 세 자식에서 태어난 친손자들이 아래로 초등학교부터 위로 대학까지 줄줄이 학교에 다닐 무렵이었다. 아우 둘이 우리집으로 오기 전에 의견을 맞추었는지, 그날 저녁 모임에서 그런 의견이 나왔다. 앞으로는 어느 어른 기제사든 기일 당일 밤 아홉시쯤에 모시자는 것이었다. 자정을 넘겨 제사를 모시니 통금에 걸려 집으로 돌아갈 수 없고 맏형 집에서 잠을 자려니 잠자리가 불편하다는 둘째 운식이 말이었다. 「자정에 제사를 모시다 보니 애들이 치르는 고역 좀 생각해 보십시오. 애들 말로는, 큰아버님네 집에서 새벽밥 먹고 집으로 돌아가 가방 챙겨 허둥지둥 학교로 가자니 졸음이 와서 공부를 망친다지 않아요.」 막내 청식이가 중형 말을 거들고 나섰다. 「둘째형님 말이 맞습니다. 통행금지만 없어도 되겠는데, 애들이 제 방이 아니라고 잠을 설치다 깨어나니 학교 공부에 지장이 많답니다.」 한마디씩 하고 난 두 아우가 어머니 눈치를 흘끗거리다, 나를 보았다. 맏형이 딱 부러지게 결정을 내릴 수 없겠지만 이럴 때 한마디쯤 강력한 발언을 보태라는 눈짓이었다. 시류를 좇는다면 그런 말이 맞았다. 세월이 그런지라 자정을 넘겨 제사를 모시는 집이 도회에선 흔하지 않을 것이다. 그러나 나는 잠자코 있었다. 맏형님은 늘 왜 그렇게 우유부단한지 모르겠어요, 하는 막내의 힐책을 쏘아보는 눈길로 느꼈으나 이런 문제만은 나로서도 대책이 없었다. 마음속으로는 두 아우 의견에 일리가 있다고 긍정했지만 그 문제의 결정권은 내게 있지 않았다. 아우 둘도 그쯤은 알고 있었다. 모두의 눈길이 자연스럽게 어머니에게 옮아갔다. 주방 쪽에서 도마질소리가 멎었다. 아내를 포함한 제수씨 둘은 하던 일손을 멈추고 멀찌감치에서 어머니를 바라보았다. 십수 년 전이니 그때 아마 어머니 연세가 회갑을 넘긴 지 몇 년은 지났을 터였다. 지금도 정정하시지만 그 시절이야말로 집안 살림 두량은 어머니 손에서 풀려나갔다. 심지어 시장에서 찬거리를 사오는 일도 아내는 일일이 어머니에게 무엇을 사올까 여쭙곤 대문을 나섰으니깐. 어머니는 당신이 나설 차례임을 알고 조심스럽게 입을 떼었다. 「많지두 않은 집안이 이럴 때 하룻밤을 함께 보내는 게 무어 그리 어렵누. 집이 좁다면 모르지만 자구 갈 방과 이부자리두 넉넉허지 않느냐. 애들두 그렇다. 하룻밤 조금 늦게 재운다구 이튿날 공부에 지장이 있다면 그만한 손해가 과연 얼마만큼 손해겠누. 돌아가신 조선님을 기리는 정성이 학교 공부보다 더 중요하다는 게 이 할미 생각이다. 너들은 어디서 생겨나 이렇게 뿌리를 내렸구 이 다음에 어디루 가서 뉘 혼백을 만나게 될 거냐.」 말씀하실 동안 어머니 표정은 늘 그렇듯 근엄하고 목소리 또한 침착한 중에 위엄이 섰다. 말을 마치자 어머니는, 너희들 말은 더 듣지 않겠다는 듯 자리를 떴다. 자식들의 그런 말이 섭섭했던지 제사를 모실 동안 어머니는 손수건으로 눈 가장자리를 닦았다. 전에 없던 일이었다. 그 뒤부터 누구도 그런 의견을 감히 꺼내지 못했다. 우리 어머니가 보통 분이 아니지만 저 연세에 아직 저렇게 강단이 세시구나, 하고 섬뜩하게 느꼈을 뿐이었다. 나는 물론 안사람도 마찬가지였다. 그러나 돌아가신 조선님을 기린다는 어머니 말씀이 할아버지 경우라면 몰라도 아버지를 두고 말할 때는 꼭 해당이 된다고 볼 수 없었다. 내 생각은 그랬으나 지아비를 사려하는 당신의 간절한 뜻이 그럴진대, 자식 된 도리로서 그 말씀을 감히 꺾어보겠다며 다른 이유를 둘러댄다는 게 부질없는 짓이었다.

「옛말씀은 새겨볼수록 하나 그른 게 없느니라. 이 할미를 박물관에나 모셔둘 노친네루 생각지 말구 들어봐. 음식을 두구 〈곡례(曲禮)〉에서 이르신 말씀두 그러허다. 국은 훌쩍훌쩍 소리 내어 들이마시지 말라 일렀다. 또한 음식은 먹을 때 쩝쩝 소리 내어 먹지 말 것이며, 뼈까지 아삭거리며 갉아먹지 말 것이며, 먹던 어육(魚肉)은 도루 그릇에 놓지 말라 허셨다. 밥이 뜨겁다구 후후 불어 먹지 말구, 기장밥 먹을 때는 밥알이 찰지지 못해 흘리게 되니 젓가락으루 먹지 말라 했느니라.」 방문을 활짝 열어놓은 어머니 방에서 들려오는 어머니 말씀이다. 말의 높낮이가 없는 찬찬한 목소리다. 그 방에서는 무엇인가 기름에 튀기는 소리가 난다.

「할머님 말씀을 일일이 실천에 옮기려면 여간 조심스럽지가 않을 뿐더러, 그걸 다 지키려면 오랜 수양이 필요하겠네요.」 나와 한 지붕 밑에 사는 둘째애 건욱이 처가 말한다.

「늘 외구, 이를 행실루 옮기려 마음쓰면 그리 어렵지두 않아. 얼마 안 있어 자연 몸에 익게 되느니라. 내가 같은 소리를 귀가 닳게 되풀이하는 연유두 다 아버님으루부터 물려받은 내림이지. 근검과 절약을 하루 스무 번씩 외면 마음이 청정하구 재물이 절루 모인다 말씀하셨지. 아버님께선 이를 잠자는 시간에두 잊지 않으신 분이셨다.」

어머니의 그 말씀은 나 역시 수십 차례, 아니 셀 수 없도록 들어 온 말이다. 내게 말씀하기도 했지만 종갓집 만며느리인 내 안사람에게 하는 말을 내가 곁귀로 들은 적이 더 많았다. 또한 어머니는 당신의 시아버지 자랑을 곧잘 내훈(內訓)에 섞어넣었다. 어머니의 시아버지, 그러니 내게 할아버지 되는 그분은 견줄 만한 자가 쉽지 않은 대단한 어른이었다. 육이오 전쟁 때 예순넷의 연세로 돌아가셨지만, 솟대 어른이란 별칭대로 씨름 선수같이 크고 벌어진 몸집에 범상(虎相)의 위엄찬 모습은 솟대처럼 우뚝 솟아 지금도 눈에 선하다. 할아버지는 오랜 세월이 흐른다면 분명 우리 가문의 중시조에 값할 만한, 오늘의 우리 집안을 일으킨 분이다.

내가 듣기로는 증조부 대까지 우리 집안은 저 충청도 땅 천안 삼거리목 역참거리에 살았다 한다. 증조부는 역참거리 역졸이었다 하니, 당시 신분으로 따진다면 한갓진 상민 계층이었던 모양이다. 어릴 적부터 기골이 장대하고 영특했던 할아버지는 고조할아버지가 별세하자 을사강제조약이 체결되기 이태 전인 1903년, 열여덟 살에 청운의 뜻을 품고 집을 떠나 첫발을 디딘 곳이 저 갯가 소금밭인 수원의 화성군 우정면이라 했다. 두어 해 소금밭 일을 한 할아버지는 그 동안 일한 새경이 모이자, 그 돈으로 나귀 한 필을 사서 안성·양평 내륙 지방에 내다파는 소금장수 장삿길에 나섰다. 한일강제합병을 앞두고 일본의 조선반도 점탈이 본격화되어 세상이 한창 어수선할 때라, 내륙 지방은 소금이 품귀 현상을 빚었다. 소금은 내륙 지방 농산물·약초·피륙으로 바뀌었고 그것은 갯가의 더 많은 소금으로 교환되었다. 그렇게 몇 해를 오금이 닳도록 도다녀 밑천을 잡자, 할아버지는 천안 역참거리에서 그때까지 드난살이를 하던 증조할머님을 수원으로 모셔와 정착했다. 여수내골 중농 집안 규수를 맞아 장가를 들었다. 얼마 뒤, 증조할아버님 묘마저 이장함으로써 할아버지는 묘사(墓祀)가 아니면 천안으로 내려가지 않았다. 수원 땅에서 새로운 터전을 연 할아버지는 '경진상회'란 간판을 붙여 어물도가를 내었고 어물도가가 성공하자 포목점과 정미소를 열었다. 그렇게 해서 모인 돈으로 할아버지는 화성과 용인 지방의 농토를 사들이기 시작했다. 아버지를 장가보낼 무렵에는 이미 오천 석 수확의 큰 재산을 이루었으니, 어머니가 자나깨나 할아버지의 그런 점을 두고 흠모하여 자녀들에게 교훈을 삼게 할 만도 했다. 재물복이란 운도 따라야겠지만, 당대에 그런 큰 재산을 이루기까지 할아버지의 근검과 절약은 수원 근동에도 평판이 나 이제는 전설이 되다시피 한 터이다. 보통 사람이 짚신 한 켤레 신을 동안 할아버지는 서너 켤레 짚신을 신을 만큼 부지런했고, 재물을 크게 모아 교동골 솟대 어르신이란 소리를 듣고 난 뒤에도 먼 길 출타 때가 아니면 고무신조차 아껴 짚신을 신은 분이라 했다. 일꾼에게는 쌀밥을 주어도 명절날이 아니면 식구들 밥은 반드시 잡곡을 절반으로 섞어 먹였고, 밥과 국을 뺀 반찬은 세 가지 이상 밥상에 올리지 못하게 했다. 어머니 말씀으론, 아녀자가 간장을 부을 때도 흘리지 않게 하려 종지 밑에 그릇을 받치도록 일렀다 한다. 자식이 공부할 때 외는 호롱불 심지를 높이지 못하게 할 정도로, 석유는 물론 지푸라기 하나 허술히 내버리지 못하게 한 분이었다. 길바닥이나 논두렁에 오줌을 누는 아이를 보면, 저 아까운 거름을 저렇게 내버리도록 자식 교육을 시키니 뉘 집안인지는 모르지만 가난을 면키 어렵겠다고 혀를 찬 분이었다. 할아버지가 꼭 그렇게 구두쇠 노릇만 한 것은 아니었다. 어머님 말씀을 들어보면, 할아버님은 지극한 효자였다. 증조할머니는 어머니가 시집온 뒤 삼 년 만에 쉰 중반 연세로 별세하셨다 했는데, 할아버지가 아침저녁으로 증조할머니 방에 빠짐없이 문안 인사를 드림은 물론 그 밥상에는 늘 고깃국과 고기 반찬이 떨어지지 않게 했다 한다. 증조할머니가 별세하기 전 병석에 누워 지낸 넉 달 동안은 할아버님이 아예 잠자리마저 당신 어머니 방으로 옮겨 극진한 간병을 다했는데, 밥을 손수 떠먹여줌은 물론 똥오줌까지 스스로 받아내어, 보는 이로 하여금 그 지극한 효성에 눈시울이 뜨거워질 정도라 했다. 증조할머니가 돌아가시자 할아버지는 사흘 동안 곡기를 끊었고, 칠일장을 마칠 동안 몇 숟가락 미음 이외 음식을 입에 대지 않았다 했다. 장례 또한 문상객이 수백 명이 넘었는데, 소 한 마리에 돼지를 여섯 마리나 잡았다니, 어느 촌로 말을 빌린다면 태어나 수원 땅에서 그토록 성대한 장례식을 보기가 처음이었다고 말했을 정도였다. 할아버지는 그렇게 재물을 쓸 때 쓸 줄 아는 분이었다. 무엇보다 할아버지가 당대에 모은 재물을 결정적으로 풀어놓았을 때는 팔일오 해방 직후가 아니었나 한다. 해방이 되고 토지개혁이 여러 사람 입에 오르내릴 무렵, 선견지명이 있었던지 농토를 죄 정리하여 학교 두 개를 세워, 돈을 어떻게 써야 하냐란 호방함을 보이신 분이었다. 눈독들였던 쉰다섯 칸 최 참판 댁을 당시 시세보다 웃돈을 얹어 사들였다. 우리 형제가 태어났고 아버지가 별세한 집도 안채·사랑채·행랑채·곳간이 있는 대가였으나 할아버지는 거기에 만족하지 않고 일정 때부터 호시탐탐 최 참판 댁 매입에 손길을 뻗었던 터였다. 그쪽 문중에서도 쉬 팔지 않아 성사가 이루어지지 못하고 있었던 것이다. 그 점에서 보자면 할아버지는 자신의 못 배운 한을 가슴에 늘 못으로 박아두어 장년 나이에 이르고도 서책을 가까이하며, 평생 일념을 사회적 신분 상승에 걸었음이 분명했다. 할아버지가 가장 듣기 싫어했던 말이, 돈만 아는 장사꾼이었다. 할아버지의 그 일념은 하나뿐인 아들의 짝을 맞아들이는 과정과, 거기에 태어난 손자 넷의 교육과, 학교 설립과, 최 참판 댁 매입으로써 그 소원을 얼추 이룬 셈이었다.

나는 돋보기안경을 벗곤 보던 석간 신문을 접는다. 안경을 문갑에 얹고 탁상시계를 본다. 저녁 일곱시 십팔분이다. 나는 담뱃갑과 라이터를 주머니에 넣고 안방에서 나온다. 거실에는 둘째 운식의 맏아들 건배 아이 남매가 텔레비전을 보고 있다. 접시꼴로 생긴 비행기가 우주 공간을 누비며 로켓포를 쏘아대는 만화 영화이다.

「떨어져 앉아서 봐야지.」 내가 말했으나 두 아이는 화면에 정신이 팔려 큰할아버지 말을 들은 척도 아니한다.

넓은 거실이 다른 어느 때보다 한결 쓸쓸하다. 아직 집안 식구가 다 모이지 않기도 했지만 내 장자 건모네 가족이 빠져버린 탓이다. 건모네 가족이 이민을 떠난 것이 당장 이렇게 표가 나는구나 하는 생각이 든다. 텔레비전을 보며 꽥꽥 기성을 질러대던 손자 녀석 완이의 천진스러운 얼굴이 떠오른다. 텔레비전을 볼 때면 팔다리를 마구 흔들던 녀석인지라 미국 텔레비전을 보면서도 그 짓을 되풀이하리라. 아둔한 머리라 여기에서 살 적에 우리말도 그 뜻을 제대로 새겨듣지 못했으니 미국 텔레비전을 보면서도 마찬가지리라. 한국에 남아 있다면 그야말로 종손이 될 완이 녀석을 생각하자, 마음이 휘휘하게 저물어온다. 마음의 어두워짐이란 썩은 물이 가슴을 채우는 알 수 없는 불안이다. 그 불안이 스물네 시간 마음을 늘 채운다면 그것이 바로 암의 전조이거나 노인성 심장병 징후이리라. 내 마음이 저무는 만큼 거실 창 밖도 저녁 내가 자욱 끼었다. 정원수들이 제 푸르름을 죽이며 어둠 속에 침잠한다.

주방 쪽에서 아녀자들 말소리가 들린다. 끓이고 볶고 지지고 도마질하는 소리도 들린다. 음식 익히는 내음이 거실 안까지 찬다. 어머니 방을 제외한 다른 방은 다 비어 있을 터이다. 제수씨 둘과 운식이 자부인 건배 처가 아이 둘을 데리고 일찍 왔으므로, 주방만이 아녀자 대여섯이 제수 음식을 만드느라 흥청거리는 셈이다.

「여자가 지닌 네 가지 행실루는 첫째가 덕이요, 둘째가 말이요, 셋째가 용모며, 넷째를 솜씨루 쳤다. 부덕(婦德)이란 반드시 재주와 총명이 남다르게 뛰어나야 헌다는 뜻이 아니니라. 여자란 늘 맑구 고요한 중에 절개를 지키며, 처신을 바르게 허구, 움직이구 움직이지 아니함에 법도가 있어야 한다구 했다. 말은 언사를 가려 쓰구 거친 말을 쓰지 않으며, 말을 헐 땐 반드시 깊이 생각한 연후에 말을 해야 실수가 없는 게다. 말 한마디 잘못해 당하는 화가 오죽 많은가. 말은 약이 되기두 허구 독이 되기두 허느니라. 아녀자 말 한마디에 집안 형제 우의가 돈독해지기두 허지만, 입술 한 번 잘못 놀려 지아비 형제를 이간시켜 집안의 분란을 일게두 헌다. 특히 현화어미는 학동을 가르치는 선생이니, 하는 말마다 보약이 되는 진실을 가르쳐야 학동의 우러름을 받는 훈도가 되느니라…….」 말에 조리가 서고 그 조리가 무슨 판결문처럼 아퀴가 맞기론 팔순을 바라보는 노친네치고 어머니만한 여자도 흔하지 않을 것이다.

나는 어머니 방에 눈을 준다. 옥색 치마저고리를 곱게 차려입은 어머니는 증손자 현화를 무릎에 안고 있다. 하얗게 센 머리카락은 숱이 다 빠져 쪽을 지을 수 없었으므로 몇 년 전부터 간수하기 편하게 단발머리를 했다. 아버지 기제사인지라 잘 빤 순백색 머리카락이 형광등 불빛 아래, 미국으로 가버린 내 큰며느리 말을 빌린다면, 은총의 면류관같이 빛을 낸다. 돌바기 현화는 다리를 버둥거리며 열심히 우유통 꼭지를 빤다. 맑은 정신으로 증손자를 보살피는 노친네도 그리 많지 않으리라. 어머니는 모두 친증손자 아홉을 두고 있다. 건모 아이 셋이 미국으로 건너갔지만, 삼형제 아래로 국내에는 아직도 친증손자 여섯이 남은 셈이다. 내 둘째며느리는 다소곳한 자세로 한쪽 무릎을 세우고 앉아 시할머니 내훈을 들으며 전기 화로에 열심히 부침개를 부친다. 입에는 보일 듯 말 듯한 미소를 물었는데 나는 그 미소 뜻을 짐작할 수 없다. 요즘 젊은 여자들이 케케묵은 옛 법도를 익힌다 한들 하루이틀도 아니고 허구한 날 자신의 오장육부를 파김치로 담그고 죽어지내기는 쉬운 일이 아닐 것이다. 시대에 맞지 않아 한갓 말 자체로만 남은 내훈도 많으리라. 그러나 손자며느리를 앞에 앉혀두고 토실한 증손자를 어르며 어머니가 찬찬하게 들려주는 그런 가르침이 보기에는 좋았다. 앞치마를 두른 채 다소곳이 귀기울여 듣는 곱살스러운 며느리 태도도 귀엽다. 사실 내 안사람도 삼십 몇 년을 그런 훈육 아래 시집살이를 해오느라 아주 주눅이 들어버린 터이다. 그러나 둘째며느리가 시할머니의 가르침 받을 세월은 그리 멀지 않을 것이다. 늙은이 건강이란 가을볕과 같아 어느 날 하루 갑자기 쓰러질는지, 강녕하게 보일 때가 더욱 조마조마함을 나는 자주 느끼곤 한다. 그와 더불어 나는 어머니 말씀에서 문득 한 가지를 깨우칠 수 있다. 요즘 내 둘째며느리에게 부쩍 내훈의 가르침이 잦은 것으로 보아 어머니 심중에는 분명 그애를 종갓집 종부감으로 점찍고 있음이 분명했다. 장손인 큰애 가족이 이민을 가버린 뒤 어차피 그렇게 되지 않을 수 없는 현실이기도 했다. 설령 완이 문제에 긍정적인 결과를 얻게 되더라도 큰애가 식구를 이끌고 다시 귀국하는 경우는 없을 것이다. 그는 떠나며, 한국으로 돌아오지 않겠다고 분명하게 말했다. 이민간 집안이 조국에 정착하기 위해 다시 돌아오는 경우가 쉬운 일이 아니다. 또한 큰애는 분명한 이유가 있었으므로 그로서도 눈물을 머금고 이민 결정을 하지 않을 수 없었던 것이다. 그 점은 나와 안사람도 이해했다. 어머니만은 아직도 종갓집 대를 이을 맏손자의 그 불효를 용서하지 않고 있다. 「나는 비행장에 안 나간다. 건모는 이제 이 집안 핏줄이 아냐.」 큰애 가족이 떠나는 날, 어머니는 당신 방에 칩거하고선 손자와 손부의 마지막 작별의 절조차 거절하며 그렇게 말씀했다. 자살로써 청춘을 닫아버린 첫째애를 비롯하여 큰애는 제 어미보다 제 할머니 손을 타고 자라 어른이 되었고, 완이 역시 증조할머니 품과 등에서 자라났으므로, 그 혈육을 떠나보내는 어머니 마음인들 오죽 섭섭했으랴. 떠나는 큰애도 그런 정을 차마 떨치지 못했음인지 비행장으로 나가는 차 안에서도, 할머님 할머님 하며 손수건에 오열을 뱉었다.

「아범아, 박 서방헌테 병풍이며 교의를 내오게 해서 닦아둬야 허잖냐.」 어머니가 방문 앞에 멀거니 섰는 내게 말한다.

「아직 시간이 많이 남았습니다. 모두 모이고 일해도 늦지 않을 테니 걱정 마십시오.」

나는 어머니와 둘째며느리 대화를 깨지 않으려 천천히 거실을 떠난다.

「할머님, 예전에는 어디 여자가 사람다운 대접을 받았나요. 남자들 노리갯감이었고, 아들을 두어 대를 잇게 해야 겨우 한시름을 놓게 되고, 밤낮으로 얼마나 많은 일에 시달려야 했나요. 유학의 단점도 되겠는데, 그렇게 남자만 선호하는 풍습은 지금도 남았잖아요. 제가 무슨 여권운동가는 아니지만, 참으로 예전 우리나라 여자들은 한평생을 고생으로 살다 마친 일생이었어요.」

고등학교 사회과 선생다운 둘째며느리 말이다. 현관으로 건던 나는 잠시 걸음을 멈춘다. 어머니 대답말을 들을 참이다.

「그런 주장두 지금이야 통허는 세상이 됐어. 예전 여자들은 정말 고생을 낙으루 알구 한평생을 살았지. 지금은 분에 넘치는 좋은 세월을 맞았구말구. 그러나 우리 때엔 참구 견디는 걸 여자의 보람으루 알았어. 언제나 언행을 조심허라던 친정어머님 당부 말씀두 계셨지만, 시집살이란 그저 순종의 미덕을 제일 윗길루 쳤다. 어른들이 모여 담론헐 땐 없는 듯 있구, 집안 가속 두량허여 일을 시킬 땐 그 목소리가 있듯 없게 허라구 친정어머님이 늘 이르셨지. 아녀자란 내 한 몸 겸손으루 낮추면 집안이 화목허구, 내 한 몸 범절에 모범을 보이면 자식이 다 그 어미 행실을 따르는 게야. 나는 그렇게 살아온 세월을 한번두 서럽다거나 불행허다 생각헌 적 없었다. 아녀자란 작은 일에 기쁨을 찾구, 그 기쁨이란 집안에 있는 게지. 벗어 내어놓은 남정네 명주옷 한 벌두 햇솜 갈아넣어 새옷같이 잘 다듬어 만드는 기쁨두 느낄 나름이지만 소중하느니라. 남자들이야 바깥으루 나돌며 다른 낙을 찾겠지마는 …….」

일백여 평 정원이 어둠 속에 펼쳐져 있다. 차고 옆 대문께에서 진돌이가 나를 보고 반갑게 짖는다. 대문은 잠겨 있지 않고 발쪽 열렸다. 나는 현관 벽에 붙은 스위치를 눌러 정원 외등을 켠다. 잔디밭이 불빛 아래 융단같이 살아난다. 정원 가운데는 잔디밭으로 넓게 비워두고 담장 주위로 자연석과 정원수를 심었다. 담장을 감아도는 장미 덩굴에 달린 꽃들이 숯불처럼 붉다. 나는 잔디밭 가운데로 들어선다. 유월 저녁 싱그러운 공기를 한껏 들이켠다. 외등 옆에는 우산꼴로 퍼진 모양새 좋은 늙은 향나무 한 그루가 섰다. 향나무 아래 나뭇결을 살려 통나무를 켠 꼴로 모조된 둥근 시멘트 탁자가 있다. 그 둘레에는 등받이 없는 붙박이 시멘트 의자 다섯 개가 놓였다. 나는 그곳으로 가서 대문을 바라보는 위치에 있는 의자에 앉는다. 담배를 피워 문다. 거실 텔레비전소리와 먼 한길의 자동차 경적이 여리게 들려온다. 외등 불빛을 받은 남빛 연기가 실타래 모양을 오래 허물지 않고 탁자 위에서 맴돈다.

나는 해진 뒤의 이 시간쯤, 정원에 홀로 앉아 보내는 시간이 잦다. 특히 봄부터 가을까지가 그렇다. 담배 한 갑이면 이틀을 피우는 나는 식후 끽연을 즐기며 주로 녹차를 마신다. 차를 마시며 어둠 속에 묵묵히 선 정원수를 보고 있으면, 나무가 숨쉬는 소리가 들리는 듯하다. 나는 그렇게 정원수를 보며 이삼십 분을 보낸다. 쫓길 만큼 바쁜 생활을 살고 있지 않으므로 사업을 두고 골몰히 생각할 일거리도 없다. 그렇다고 건강을 염려할 만큼 어디 아픈 데가 있지도 않다. 그렇다. 아무 생각 없이 넋 놓고 앉아 있다고만 볼 수 없다. 이것 저것 떠오르는 잡념을 풀어놓고 천천히 저작한다고나 할까.

외등 뒤쪽 바둑판만한 선돌 옆에 서너 그루의 모란이 꽃을 활짝 피우고 있다. 이파리가 크고 두꺼운 자주색 꽃을 보자 아버지 임종 생각이 나고 한 송이 꽃처럼 토해내던 피가 연상된다. 잡념이란 그런 것이다. 한 가지 사물이 다른 한 가지 연상을 떠올려주면 그 생각이 이끄는 대로 따라간다. 한참을 그렇게 과거를 헤매다 전화가 왔다며 안사람이 부르는 소리, 개 짖는 소리, 골목길로 차가 지나가는 소리, 담배를 꺼야 할 순간, 이런 현실 앞에서 문득 깨어난다.

사십오 년 전 오늘, 오랜 방랑 끝에 돌아온 아버님은 분명 살아계셨다. 그때 우리 네 형제는 할아버지 배려로 서울 남산 밑 필동에 한옥 독채 하나를 매입해 객지 공부를 하고 있었다. 막내아우 청식이마저 어머니 품을 떠나 보통학교에 막 입학했을 무렵이었다. 우리들 수발은 수원 본가에서 올라온 든침모 아주머니가 맡아 살림을 살았다. 한 달에 두세 차례 할머님과 할아버님이 번갈아 들렀다 갔다. 일제 말기로 창씨제도가 막 시작되던 무렵이었다. 아버지의 위독 전보를 받고 우리 네 형제가 수원 본가로 우르르 내려갔을 때, 아버지는 이미 말문을 닫고 있었다. 핏기 없는 얼굴에 광대뼈가 도드라졌던 아버지는 자식들 얼굴을 하나하나 새겨보기는 했으나 입을 뗄 기력마저 잃고 있었다. 절망과 회한으로 핏발이 선 아버지의 움푹 파인 눈에 괸 눈물이 베갯가로 흘러내렸다. 머리맡에 앉았던 할머니가 그 눈물을 손수건으로 닦아주었다. 행랑아범이 우리 형제들에게, 아버지가 어제도 피를 됫박이나 쏟았다고 귀띔해주었다. 방문을 활짝 열어놓은 후원에는 초여름 단볕 아래 모란꽃이 활짝 피어 있었다. 벌과 나비가 후원 꽃밭으로 날아다녔다. 아버지는 탐스러운 모란꽃을 눈 깜박이지 않고 오랫동안 멀거니 내다보고 있었다. 바람이 없어 가장자리 큰 꽃잎이 무겁게 떨어져내렸다. 양의와 한의가 번갈아 솟을대문으로 들랑거렸으나 그 얼굴색이 밝지 않았다. 이튿날 아침, 우리 형제가 밥을 먹던 중에, 얘들아

빨리 오너라 하는 할머니의 울음 찬 목소리가 건넌방에서 들려왔다. 우리 형제가 숟가락을 놓고 대청을 건너 아버지가 누워 계신 방으로 갔다. 문병을 왔던 외삼촌이, 넌 여기 있거라 하며 어린 막내아우를 잡곤 놓아주지 않았다. 아버님은 힘든 숨을 내쉬고 있었다. 목구멍에서 두꺼비 우는 소리가 났다. 눈동자의 검은 동공이 윗눈꺼풀에 달라붙어 있었다. 나는 차마 아버지 얼굴을 바라볼 수 없었다. 온 집안에 울음소리가 낭자했다. 경진상회 점원일을 보던 곰보아저씨가 사랑채로 나가 아버지의 화급함을 알렸다. 할아버지는 사랑에서 꼼짝을 않으셨다. 아비보다 먼저 세상을 하직하는 자식을 보지 않겠다는 완고함보다 할아버지 마음에는 다른 맺힌 응어리가 있었다. 기관차의 출발같이 힘찬 숨을 몰아쉬던 아버지의 숨결이 한순간에 조용해졌다. 부릅뜬 당신의 눈을 할머니가 쓸어내려 감겨주었다. 나이 서른, 모란이 활짝 피었던 그 절기에 아버지는 운명했다. 할머니가 가장 서럽게 우셨다. 어머니는 울음소리를 밖으로 내지 않고 돌아앉아 치마폭에 얼굴을 묻고 있었다. 나는 울지 않았다. 울려 해도 울음이 나오지 않았다. 나는 아버지를 존경한 적이 없었다. 그 점은 아버지 쪽도 마찬가지였다. 아버지는 집을 자주 비워 미안했던지 다른 뭇아버지와 달리 자식에게 여러 말을 들려주며 살가운 사랑을 보이지 않았다. 그때 심정이 그랬지만, 그 생각은 지금도 변함이 없다. 그런 마음을 갖고 있으면 큰 죄라고 어머니가 자주 말씀했으나 내 마음은 돌려지지 않았다.

아버지는 가정을 버렸던 사람이었다. 그때 나는 아버지를 이상한 사람으로 생각했다. 이상하다고 생각할 만큼 아버지는 정상적인 삶을 살지 않았다. 아버지의 삶은 어린 내게 많은 의문을 일으켰다. 아버지가 돌아가신 이틀 뒤 나는 또한번 놀랐다. 소복한 낯선 여인이 막내 청식이 나이 또래의 단발머리 여자아이를 데리고 집으로 들어왔던 것이다. 그 여자아이가 이복동생 숙이었다. 내 나이 열세 살, 보통학교 육학년 때 일이다. 아버지의 삶에 관한 의문은 중학교를 졸업할 때까지 풀리지 않았다. 사진을 보지 않는다면 그 얼굴조차 아삼아삼해질 정도로 아버지 모습이 살아나지 않았다. 내가 열세 살이 될 동안 내 기억으로 아버지가 수원 집에서 산 햇수는 사오 년이 채 되지 않았기 때문이었다. 젊었을 시절에는 공부한다고 서울과 동경으로 나다니며 객지살이를 했다. 대학 공부를 중도에 포기하고 일정한 직업 없이, 그렇다고 특별한 일도 하지 않은 채 떠돌아다녔다. 돈을 부쳐달라는 전보나 편지가 집으로 오면 할아버지는 그 독촉장이 연달아 두세 차례 날아들어서야 마지못해 돈을 송금해 주곤 했다. 전보나 편지를 띄운 곳도 천방지축이라 평양·진주인가 하면, 동경·대판도 있었고, 어떤 때는 북경·상해와 같은 저 먼 중국 땅에서 보내기도 했다. 그러면 아버지는 집에서 보내준 그 돈이 다 떨어져서야 피폐한 몰골로 집을 찾아들었다. 할머니는 갖은 보약을 달여 아들에게 먹였고, 지아비를 모시는 어머니의 정성도 남의 눈에 호들갑스럽지 않은 가운데 지성이었을 것이다. 아버지는 두서너 달 집에서 쉬며 망친 건강을 다스렸다. 그렇게 기력을 회복하면 또 집을 떠났다. 떠날 때는 할아버지 문갑 속에 있는 논 문서나 할머니 장롱 깊이 보관된 패물을 저당 잡힌 한 묶음의 돈을 챙겨 어디론가 줄행랑을 쳐버렸다. 자식은 다섯가지 복(五福) 중에 들지 않는다더니 자식만은 마음대로 되지 않는다고 할아버지가 속앓이를 했고, 외아들을 귀엽게만 키워 그렇게 되었다고 할머니가 자탄했다 한다. 그러는 세월 동안 어머니는 손 귀한 집에 들어온 복덩이처럼 사내아이만 넷을 낳았다. 동네 사람들은 솟을대문 새끼줄에 내걸린 고추를 볼 때마다 아버지를 두고, 재물을 길거리에 탕진하는 대신 집으로 찾아들 때마다 자식만은 하나씩을, 그것도 기특하게 아들만을 골라 만들어주고 떠난다는 우스갯말이 있었다 한다. 당신이 독자였고 자식마저 독자였던 할아버지는,

밭이 좋은 그런 며느리를 애지중지했음이 자명한 이치였다.

나로서는 내가 직접 보았던 사실보다 들은 바에 더 의지하지만, 할아버지가 며느리를 귀엽게 여겨 사랑을 쏟았던 점은 유독 각별했던 모양이다. 며느리 사랑은 시아버지란 말이 있다. 할아버지로서는 당대에 이룬 그 많은 재산의 관리를 누구한테 마땅히 인계할 자리가 없었다. 하나 아들이 자신의 방탕으로 폐결핵을 얻어 일찍 타계하자, 아직 어린 손자들보다 우선 눈에 띄었던 사람이 며느리일 수밖에 없었다. 할아버지는 며느리를 앞에 앉혀두고 치부책을 펼쳐 선 주판알을 튕겼다. 수원 근방에 흩어진 논밭이 많다 보니 마름들과 셈을 할 때 반드시 며느리를 입회시켰다. 그러나 며느리를 뒤에 달고 너른 장토를 둘러보는 따위의 남 이목을 모으는 짓거리는 하지 않았다.

어머니는 아버지보다 연세가 두 살 위이다. 어머니 가계는 여흥 민씨로 숙종 시절 우의정을 지낸 남인(南人) 민문 집안 직계이다. 갑술옥사로 민문을 비롯한 남인파가 사약을 받은 뒤, 어머니 윗대 집안도 몰락의 길을 걸을 수밖에 없었다. 남인은 갑술옥사의 된서리로 권세 자리에서 철저히 제거되었기 때문이었다. 그럴수록 민문의 후손은 가문의 전통을 더욱 세워 선비 가풍을 전승시켰다. 여섯 형제 중 셋째딸이었던 어머니는 육십 만세사건이 있던 병인년(1926), 열여덟 나이로 김씨 집안에 시집을 왔다. 아무리 개화바람이 불고 난 뒤의 당시로서도 두 집안은 혼인이 성립되기 힘든, 계층이 다른 집안이었다. 여흥 민씨로 말하자면 수원 근동의 명문이었고, 우리 집안은 크게 내세울 조상이 없는 상민이었다. 냉수 마시고 큰기침하는 꼬장한 선비 집안이 외가 쪽이라면, 할아버지는 자수성가로 가세를 일으켜 당신 땅을 밟지 않고는 수원에 들어오기 힘든 대지주였다. 호협한 풍모에 세상의 문리를 달통하던 할아버지는 하나 며느리를 꼭 민씨 집안에서 맞아들이기를 고집하여, 셋째

딸은 따져볼 것도 없다는 옛말에 따라 어렵게 혼사가 이루어졌을 것이다. 물론 그렇게 되기까지는 할아버지의 재력만이 아닌, 그 틀수한 인품도 크게 작용했음이 사실이리라. 당시 아버지는 서울에서 중학교에 다니고 있었는데 방학 때 고향으로 내려와 있다 집안 어른의 간택 아래 갑자기 혼례를 올리게 되었다. 호리한 몸매에 자그마한 키의 아버지가 치장한 말을 타고 신부 댁이 있는 의왕으로 친영(親迎)을 가서였다. 아버지는 전안상 앞에 있는 배석에 꿇어앉아 나무 기러기를 한 번 안았다 놓는 절차에서 그만 나무 기러기를 떨어뜨리는 실수를 저질렀다 했다. 거기에 당황한 어린 신랑은 세 번 해야 할 절을 두 번만 하고 말았다. 하도 날씨가 추워 손이 시렸다는 뒷말이 있었지만, 어찌되었든 그 혼례는 시작부터 불길한 조짐으로 받아들여졌다. 삼일신방(三日新房)을 마치고 어머니가 수원 시댁으로 와서 시부모 앞에 폐백을 드릴 때, 이미 어머니에 관한 험구가 잔치 구경꾼 아녀자 여럿의 입에 오르내렸다. 눈에 정기가 서고 얇은 입꼬리가 위로 치켜 서방을 누를 상이라 했다. 나이보다 몸이 숙성하고, 귀가 소담스럽지 못하고 너무 커 팔자가 드셀 거라는 소리도 있었다 한다. 심지어 살결이 배추 속같이 흰 점도 게으르게 그늘만 찾아 그렇다며 흉이 되었다. 혼례가 끝나자 무슨 큰 시험이라도 치른 듯 아버지는 황망히 서울로 올라가버렸다. 방학이 끝날 무렵이기도 했다. 그로부터 지아비를 객지에 둔 어머니 시집살이가 시작되었다. 어머니는 친정에서 익혀온 부도(婦道)를 곧이곧대로 실천하는 삶을 살기 시작했다. 「시부모님의 존귀함은 그 높기가 하늘과 같으다. 모름지기 공경허구 공손히 잘 받들 뿐, 행여 자신의 현명함을 믿으려 해선 아니된다.」 어머니는 하루에도 수십 차례 친정어머님이 일러준 그 말씀을 외고 지냈다 한다. 모든 몸가짐을 예(禮)에 어긋남 없이 옮기고, 말이 없는 중에 부지런하고, 또한 촌치의 틈이 없음으로써, 그 점이 보는 이로 하여금 숨막히게 하여, 오히려 어머니에게는 흉으로 잡혔다. 모든 가솔로부터 감히 범접하지 못할 어린 여장부로 우뚝 서버렸으니 당신의 시어머니는, 어디 네가 양갓집 출신이라면 그 코가 얼마만큼 높은가 보자 하며 더욱 매운 시집살이를 시켰다. 어머니가 나에 이어 운식이를 낳자 할아버지조차, 역시 문벌 집안은 본 바가 다르며 손 귀한 집안에 아들만 낳아주니 우리 집안의 대들보라고 며느리를 종요롭게 여겼다. 그러나 할머니는 유약한 아들이 제 안사람을 두려워하는 눈치를 보이며 밖으로 나돌자 투기가 더욱 심할 수밖에 없었다. 어머니는 귀머거리 삼 년, 벙어리 삼 년이란 옛말 그대로 그 모든 어려움을 순종의 미덕으로 이겨내며, 죽어도 김씨 집안의 귀신이 되겠다는 뿌리를 내려갔다. 「명식아, 네 어미야말루 보통 여자루 생각허면 안되느니라. 이 할미가 네 어미를 이겨보려구 온갖 노력을 다투었건만 결국에는 내가 졌지. 셋째아들 낳구, 그애가 돌이 지났을 때 나는 모든 고방 열쇠 꾸러미를 네 어미헌테 넘겨주었니라. 네 할아버지가 숨을 거두실 때두 한사코 네 어미만 찾더구나. 며느리한테 꼭 남길 말이 있었던지, 명식이 어미를 불러오라구만 외쳐대다 숨을 거두셨어.」 휴전이 되던 해였으니 돌아가시기 이태 전에 할머니가 처음으로 어머니를 칭송하며 맏손자인 내게 하신 말씀이었다. 어머니는 할머니가 돌아가신 뒤 삼년상을 치르고 1958년에야 수원 땅을 떠나 손자들을 거두어주려 서울 내 집으로 오셨다. 그러므로 어머니야말로 할아버지가 일으켜세운 가문을 튼튼한 그물이 되어 에두르고 지킨, 말 그대로 종부(宗婦) 소임을 다한 여장부이다.

잠겨지지 않은 대문이 소리 나지 않게 열린다. 박 서방 딸이 대문 안으로 들어온다. 수출용 완구를 만드는 공장에 다닌다는 처녀다. 머리를 숙이고 들어온 처녀가 나를 발견하지 못하고 까치걸음으로 차고 옆을 돌아간다. 지하실로 내려가는 계단이 그쪽에 있다.

말이 지하실이지 절반이 땅 위로 노출된 아래층이다. 아래층은 방이 네 개, 차고, 보일러실이 있다. 방 세 개는 박 서방네 일가가 썼고 방 하나는 집안 잡동사니를 넣어두는 고방인 셈이다.

박 서방은 쉰 초반 나이로 내가 사는 집의 바깥일을 돌보고 있다. 정원과 온실의 나무와 화초를 손질하고 보일러실을 관리하며 집 안팎 남자 손이 필요한 자질구레한 일을 맡는, 이를테면 행랑아범이다. 그의 안사람 군포댁은 우리집 부엌살림을 돕는 가정부이다. 결혼하여 한 지붕 밑에 사는 그의 큰아들은 내 차 기사다. 그들이 우리 가족과 함께 산 지도 십오 년이 넘어, 밥만 따로 해먹었지 이제 한식구와 다름이 없다. 내가 수원 옛집으로 낙향할 때가 와도 그들 가족은 나를 따라올 것이다. 그들은 생활 터전을 우리 집에 옮고 있을 뿐더러 고향 역시 수원과 가까운 군포이기 때문이다. 내 나이 이제 쉰여덟, 나는 삼 년 뒤 회갑 나이가 되면 고향으로 내려가기로 마음을 정하고 있다.

잠시 뒤, 막내아우 청식이 아들 건규 가족이 대문 안으로 우르르 몰려들자, 진돌이가 사납게 짖어댄다. 개가 묶여 있으니 괜찮다고 내가 큰소리로 말해준다. 일가족은 모두 넷이다. 그는 강북 어느 고등학교 음악선생이다. 성악이 전공으로 대학에도 출강한다. 올해 고등학교를 옮겼지만 작년까지 근무했던 학교에 있을 때, 지금 우리집 며느리가 된 현화어미가 동료 교사였다. 건규가 현화어미를 내 둘째애에게 소개하여 우리 집안 식구로 만들었으니 중매쟁이로서 한몫을 한 셈이다.

「큰아버님, 그 동안 안녕하셨어요.」 내 쪽을 바라보며 성량 좋은 목소리로 건규가 인사말을 던진다.

건규는 한 손에 포장된 빵 상자를 들고, 한 손으로는 첫째아이 손을 잡았다. 둘째아이를 안은 그의 처도 같은 인사말을 한다.

「오냐, 어서 들어가거라.」 도마의자에서 일어서며 내가 말한다.

「아버지 오셨어요?」 건규가 현관 쪽으로 걸으며 묻는다.

「아직 안 왔다.」

「둘째 큰아버님은요?」

「역시.」

「그럼 먼저 들어가겠어요.」

건규가 가족을 앞세워 현관 안으로 들어간다. 잠시 뒤 집 안에서 왁자지껄한 인사말 소리가 들린다.

담배 한 대를 태우고 난 뒤 십 분쯤 더 앉아 있자, 대문 밖에 자동차 멈춰서는 소리가 난다. 대문을 밀어젖히고 둘째아우 운식이가 활달하게 들어선다. 돌계단을 올라오다 정원 쪽을 바라본다.

「형님, 왜 거기 앉아 계십니까?」

「음, 이제 오는가, 요즘 바쁜 모양이군.」

나는 도마의자에서 일어나 현관 쪽으로 걷는다.

「사는 보람이 뭔지, 이렇게 바빠서야 어디 정신차릴 수가 있어야지요.」

운식이 말은 거저 해보는 인사소리가 아닐 것이다. 그는 서울시청 국장 자리에 있다. 아시안게임과 올림픽의 국제 행사를 앞두고 있는 마당에 시 행정 주무를 맡은 관리 자리가 한가할 리 없으리라. 내가 현관으로 먼저 들어가고 운식이가 뒤따라 들어온다. 대문을 닫는 소리가 나서 돌아보니 운식이 차 기사다. 내가, 문을 아주 잠그지 말라고 일러둔다. 기사는 아직 짖는 진돌이를 피해 아래칸으로 내려간다. 그는 내 차 기사와 안면을 트고 있었다.

운식이가 주방 안으로 고개를 들이밀자, 아녀자들이 하던 일손을 멈추고 인사를 한다. 아래층에 사는 군포댁과 그네 며느리도 부엌일을 도우는 참이다. 그때까지 텔레비전을 보던 운식이 두 손자도 할아버지에게 인사를 한다.

「이 녀석들, 이런 날이 아니면 얼굴도 잊겠구나.」

운식이 막내손자 머리를 쓰다듬어준다.

부엌에서 나온 운식이 며느리가 텔레비전 턱밑에 앉는 아이 둘을 나무라며 텔레비전을 꺼버린다. 운식은 그런 인사를 대충 받곤 양복 단추를 잠그며 매무새를 단정히 해 어머니 방으로 들어간다. 어머님 내훈을 익히던 내 둘째며느리는 주방으로 나가버리고 없다. 나도 뒤따라 들어간다.

「어머님 그 동안 평강하셨습니까. 자주 찾아뵙지 못해 자식 된 도리가 뭣하구먼요. 뫼시지 못하는 불효를 용서하십시오.」

운식이 어머니 면전에 꿇어앉아 정중히 절을 한다. 현화를 안은 어머니가 그 절을 받으며, 내 바로 밑이었던 일식이가 아들 구실을 못한 지 오래된 터라, 이제 둘째아들로 불러 마땅한 운식이를 그윽한 눈길로 건너본다. 만두꼭지 같은 입가에 미소가 머문다. 나와 운식이 책상다리하여 어머니 앞에 나란히 앉는다. 당신 말씀을 기다릴 차례다.

「공무에 바쁘다더니 얼굴색은 좋구나. 그렇다구 너무 건강만 믿지 말구 조심해야 헌다. 방송에서두 그러더구나. 요즘은 쉰 중반에 많이 쓰러진다구. 그렇게 쓰러지는 사람은 일과 돈에 욕심이 너무 많았던 게지. 건강이란 모름지기 건강헐 때 잘 보살펴야 허느니라. 호미루 막을 걸 가래루 막는다구, 무리해서 한 번 다치면 쉬 회복이 안되는 게 쉰에 든 나이라잖냐.」 둘째아들을 보면 일러주려 미리 준비해 둔 듯 마디마디 새긴 어머니 말씀이다.

내가 보아도 운식은 타고난 건강 체질이다. 어릴 적부터 나와 일식이는 병치레가 잦았으나 운식이와 청식이는 여지껏 큰 병을 앓아 본 적 없다. 지금 나이까지 술과 담배를 모르니 주름이 별로 없는 얼굴은 늘 보아도 혈색이 좋다. 훤하게 벗겨진 이마며 둥글고 넓은 어깨가 당당하다. 십 몇 년째 테니스로 단련된 몸이라 허리에 군살이 없다. 그는 방안이 더운지 넥타이 조임 부분을 조금 푼다.

「어버이날 뵈었을 때보담도 어머님은 더 정정하십니다. 형광등 불빛 아래 뵈서 그런지 모르지만서도요.」

운식이 낙천가답게 허허 웃는다.

「걱정이 없어 그렇다. 너들이 다 잘해주니. 노친네란 걱정이 없으면 그게 편한 게지 다른 뭐가 있겠냐.」

어머니는 나를 본다. 그중에도 조석으로 나를 모시는 살가운 너가 으뜸이다, 하는 정이 담긴 눈길이다. 주름이 져 눈자위가 묽어졌으나 눈만은 노인네 눈빛이라 할 수 없을 만큼 아직도 정기가 머물러 있다.

「식사를 알맞게 하시고 적당히 운동하시니 내가 보아도 어머님 건강이 요즘은 정말 좋으셔. 내 전화했잖아. 지난 주엔 의왕에 내려가 외삼춘 집에 사흘 계시다 오셨다고.」 내가 운식이에게 말한다.

「형님, 제가 언제 들으니 경기도에서 우리집을 민속문화재로 지정한다는 말이 있던데, 그런 연락 받으셨나요?」

「일차 조사해 갔다는 말은 들었어. 예산타령만 하고 있으니 그게 언제쯤 실현될는지. 그렇잖아도 내년부터는 내 힘으로 본격 중수를 시작할 작정이다. 관청 눈치 볼 것 없이 전문가 모셔다 고증도 해야 되겠지. 우선 본체부터 중수할까 하는데 춘양목도 모두 주문해야 한다니, 준비는 빠를수록 좋을 것 같애. 그래야 삼 년 뒤에 어머님 모시고 환고향할 거 아냐.」

「형님, 회갑 때는 정말 아주 내려가실 작정입니까?」

「수원과 서울이 뭐 그리 멀다고. 고속도로에 전철에, 이제 삼십 분 거리 아닌가.」

「예전 너희 할아버님이 젊으셨을 적엔 새벽밥 잡수시구 집을 나서시면 낮참에야 동작나루에 도착허셨다 했어.」 어머니가 우리 말에 참견한다. 「너들이 남산 밑에서 공부할 때야 기차가 생겨 기차루 나다녀 지척간이 됐지만, 그땐 너희들 다 떠나보내구 나니 왜 그렇게 밤은 길던지…….」 어머니가 뒷말을 흐린다. 목울대의 물기 속에 뒷말이 잠긴 탓이다.

부실한 하나 아들을 못내 아쉬워하던 할아버지는 손자 넷을 일찍부터 서울로 올려보내어 공부시켰다. 당시 경성대학에 다니던 수원 출신 학생이 우리 형제 가정교사로 있었는데, 그는 학과 공부보다 인륜 도덕의 유교적 규범을 더욱 열심히 가르쳤다. 아들이 되어 마땅히 효도하고, 백성으로서 나라에 충성을 다하고, 올바른 예의범절로 가정을 지키고, 신의로 벗을 사귀며, 자신의 몸가짐을 닦는 데는 반드시 삼가고, 온갖 일을 해나가는 데는 성실을 윗길로 삼아야 한다는, 삼강행실도가 기본이 되는 가르침이었다. 그러니 우리들 공부방에는 사서 삼경과 같은 성현의 가르침을 적은 책이 많았다. 하나 아들 농사에서 이미 수확을 단념한 할아버지가 손자 농사에서 그 네배 추수를 하겠다는 일심공력 배려 탓이었다. 할아버지는 한 달에 두세 차례 서울로 올라와 그 동안 배운 그런 글귀로 시험을 내어 상으로 학용품을, 벌로는 회초리 매를 내렸다. 할머니는 행랑아범을 앞세워 수원에서 서울로 들랑거리며 손자들 옷가지와 반찬감을 날랐다. 다만 어머니에게만은 그런 나들이가 허락되지 않았다. 집 바깥 출입조차 할머니 승낙을 얻어야 했다. 그러므로 어머니는 우리 형제가 대학을 졸업할 동안까지 방학 때나 되어야 자식 얼굴을 볼 수 있었다.

「어린 청식이마저 서울루 떠나보내구 내가 그때부터 그 어쭙잖은 공부를 홀루 시작했잖는가. 너희 아버지두 늘 집을 비운 데다 너희들마저 죄 어미 품을 떠나버렸으니 긴긴 밤 객지서 공부헐 너희를 생각하며 나두 서책을 놓지 않았지. 내가 신식 교육을 받지 못해 네 아버지 도타운 사랑을 못 받았구, 그나마 일찍 타계허시지 않았느냐. 내 또한 나이 먹으면 너희들 말상대가 못되는 한갓 아녀자루 늙지 않으려 늦은 밤 다듬이질두 손 놓으면, 그때부터 두어 시간 바늘루 손가락을 떠가며 서책을 읽었다. 부디 너희들이 강건한 중에 학업에 매진해 달라구 빌면서. 너희 외삼촌이 날라다주던 서책을 이것 저것 그렇게 읽자, 비로소 세상의 넓구 깊은 이치를 얼마만큼 깨우쳤구, 사는 보람두 찾았느니라.」

어머니가 예전에 들려준, 지금도 가슴이 에어오는 말씀이다.

「수원으로 내려가면 학교 재단일이나 보며 농장을 해볼 셈이다. 여기 사업이야 이제 어디 내 손이 필요하냐. 다 제대로 돌아가는데. 수원 가면 여기 사업은 학교법인에 넘기려 한다.」 내가 운식이에게 말한다.

「형님이 이제 할아버님 유서를 본격적으로 받들려 하군요. 법인체 수익금으로 장학제도를 더 개방하십시오.」

「글쎄, 그렇게 돼야 할 텐데.」

「공직에서 은퇴하면 저도 형님 따라 환고향하겠어요. 그 동안 어머님이 강녕하셔야 할 텐데…….」

운식이가 어리광 띤 얼굴로 어머니를 본다.

「큰애가 고향으루 내려가려는 결정을 일찌감치 내린 건 잘헌 일 같으다. 사람의 욕심이란 끝이 없는데, 그런 마음을 갖기두 쉽지 않지. 하늘은 그렇게 자신을 돌아보구 순리를 좇는 사람한테 장수(長壽)를 허락하신단다. 내 언젠가 잠들게 될 고향 땅으루 삼동만 넘기면 내려간다 허니, 내 마음두 그럴 수 없게 기쁘구나. 운식이 네가 고향으루 내려올 때까지 살아야지. 암, 살구말구. 그런데 이 어린 증손자들이 보구 싶어 거기서 어이 사누. 손자며느리가 학교 선생이니, 수원까지 어디 따라오겠느냐. 현화는 기력이 있을 때까지 내가 키워야지. 이 자식이 어떤 자식인데.」

어머니가 환하게 웃으시며 당신 제상에 밥그릇을 올릴 증손자 현화의 도톰한 손등에 입을 맞춘다. 어린 아기한테 다칠 것이나 없는

지 방안을 둘러보던 어머니가 비로소 현화를 풀어놓는다. 현화가 뒤뚱거리며 내게 걸어와 안긴다.

내가 서울에서 벌이는 일은 말이 사업이지 그리 대단한 규모가 아니다. 종로 사가에 있는 소매와 도매를 겸한 약국 하나와 '진형물산'이란 약품 도매상, 두 가지다. 물론 선대로부터 물려받은 유산은 부동산이 적지 않았지만 내가 착실하게 돈을 모은 시기는 오십년대 중반이다. 전쟁이 나던 해 약학대학을 졸업하고 곧 입대하여 군병원에서 장교로 복무한 뒤 오 년 만에 소령으로 예편하자, 나는 종로 사가에 약국을 열었다. 신약국이 지금처럼 흔하지 않기도 했지만, 전쟁 뒤끝의 혼란기라 어느 집이든 전상자나 앓는 환자가 있게 마련이어서 약국이 잘되었다. 잘된다는 정도가 아니라 일주일 매출액이 당시로는 작은 집을 한 채 살 수 있을 정도였다. 자격증 가진 약사를 둘이나 고용했을 정도였으니, 돈이 빗자루로 쓸듯 몰려든다는 말에 실감이 갔다. 대학병원은 물론 지방 약국에서도 선불을 주고 주문한 약품을 기다릴 정도였다. 국내 제약회사가 미처 가동이 되기 전이라 수입 약품이 거래의 태반이었다. 나는 약국과 별도로 진형물산이라는 도매업체를 하나 더 벌였다. 「운이란 올 때 꽉 잡아야 한다. 운이 사람과 때를 알아보느니라. 운이 닥칠 때는 꽉 잡구 절대루 놓치지 말구 정신일도 사업에 매진을 해야 헌다. 그렇게 재물이 모일 때는 쓸 곳을 미리 정헐 필요가 없어. 그런 데 정신을 팔면 운이 그만 등을 돌리구 말지. 바쁜 시간과 늘어나는 재물에 늘 감사해 허며 근검 절약으루 정진만 허다 보면, 하늘은 운 위에 덤까지 보태어준다.」 그때는 이미 타계하신 뒤였지만 할아버지가 생전에 자주 들려주던 말씀이었다. 나는 그렇게 번 돈을 헛되이 쓰지 않고 저축했다. 운은 사일구 학생혁명이 날 때까지 계속되었다. 그 뒤부터는 운도 나의 손에서 천천히 벗어났다. 동업자가 많이 생겨났기 때문이었다. 또한 나는 호황을 더 바라지도 않았다. 허술히 쓰지만 않는다면 삼대까지 의식주와 교육에 걱정 없이 쓸 수 있는 돈이 모였던 것이다.

「건규두 왔는데 아비는 왜 오지 않누? 병원으루 전화라두 내보려무나.」 막내아우 청식이를 두고 어머니가 내게 말한다.

운식이가 나를 본다. 그 눈빛에 어떤 의미를 담고 있다. 나도 대충은 그 뜻을 짐작한다. 막내아우는 골칫거리의 딸애를 두고 있었던 것이다.

「병원이 바쁜 모양이죠 뭘」 하며, 운식이 일어선다.

「제가 전화를 한번 내보지요」 하곤, 나도 어머니 방에서 물러나온다.

「건배형은 바쁜 모양이죠? 바둑이나 한판 둘까 했는데…….」 거실 응접실 의자에 앉아 신문을 보던 건규가 제 둘째큰아버지에게 묻는다.

「서점이란 지금이 한창 장사 시간 아닌가. 그애는 열시나 돼야 올 테지.」 아직도 오지 않은 맏아들을 두고 운식이 말한다.

운식은 아들 둘에 딸 하나를 두었다. 맏이 건배는 종로 일가에 서점을 내고 있다. 가운데가 딸로, 신문사 특파원인 남편을 따라 일본에 건너가 있다. 끝이 건부인데, 그도 결혼하여 자식을 하나 두었으나 직장이 창원공단에 있어 그곳으로 살림을 났으므로 이태째 기제사에 참석을 못하고 있다.

거실 안은 아이들이 넷으로 늘어났다. 그림이라도 볼 줄 아는 세 녀석은 어느 방에서 빼내어왔는지 미국 간 내 큰애 건모 아이들이 보던 동화책을 거실 바닥에 늘어놓고 제가끔 한 권씩 차지하고 앉았다.

「커피 한잔 할 텐가?」 내가 운식이에게 묻는다.

「오늘 네댓 잔이나 마신 걸요.」

「저는 한잔 할래요.」 건규가 나선다.

「그럼 우린 율무차나 한잔씩 하지.」
나는 주방 쪽에 율무차 두 잔과 커피 한 잔을 내오라고 이른다. 이층으로 오르는 계단을 밟자 운식이가 따라온다. 이층은 막내 내외가 안방을 쓰고 나머지 방 두 개는 내 서재와 막내 서재로 사용한다. 대학에 다닐 때부터 소설을 쓴답시고 공부는 뒷전이던 막내 건욱은 졸업하자 출판사에 취직했다. 퇴근 뒤면 날마다 술타령을 일삼더니 출판사도 서너 군데를 옮겨다녔다. 결혼하자 그나마 직장을 아주 걷어치웠다. 약국일이나 좀 도와주려무나, 하는 내 말에도 반응이 신통치 않았다. 학교 선생일이 그렇듯 며느리가 아침 일찍 출근을 하면 건욱이는 자기 서재에 붙어 앉아 무슨 대작을 쓰는지 제 어미가 커피를 들여놓느라 방문을 열면 담배연기가 자욱하다 했다. 그러더니 이제는 소설 쪽은 아주 작파했는지 방송국을 들랑거리며 드라마를 쓴다고 열을 올리는 눈치였다. 낭비로서 죽이는 시간이 아니니 나로선 지켜보는 도리밖에 없었다.
이층 거실의 응접의자에 앉자, 운식이가 진열장 칸막이 사이 모조 청자그릇 옆에 놓인 가족 사진에 잠시 눈을 준다. 칠순을 맞아 어머니를 가운데 모셔 앉히고 우리 삼형제 내외가 찍은 사진이다. 어머니 연세가 일흔일곱이니 벌써 칠 년 전 사진인 셈이다. 그 시절에 비하여 어머니는 등이 조금 굽었을 뿐 얼굴 모습은 달라진 점이 없다. 나는 흰 머리카락이 늘었고, 앞에 앉은 운식이는 이마가 더 벗겨졌고, 청식이는 그때에 비해 몸집이 많이 불었다. 그 사진틀은 몇 달 동안 어머니 방 문갑 위에 있었다. 비바람이 몹시 어지럽던 그해 여름 끝 무렵, 어머니가 쓸쓸한 얼굴로 말씀했다. 「큰애야. 이 사진을 다른 곳으루 옮겨두려무나. 나는 이제 많이 봐서 깜깜한 밤중에두 눈에 선히 익었다.」 그렇게 말씀하는 어머니 속마음을 나는 짐작할 수 있었다. 그 사진 속에는 당신 탯줄을 끊고 태어난 하나 자식이 빠져 있었다. 두 살 터울인 내 바로 아랫아우 되는 일식이는 육이오 전쟁이 터지고 구이팔 수복을 앞두자 후퇴하던 인민군을 따라 월북해 버렸기 때문이었다. 그때 일식이 나이 스물둘, 서울대학교 법대에 다녔다. 그는 혼자 월북한 게 아니라 당시 오년제 여중 졸업반이던 이복 여동생 숙이와 함께 북을 택했던 것이다. 몇 년 전 이산가족 재회 장면이 텔레비전을 통해 전국민을 울렸을 때, 어머니는 한사코 그 통곡 장면을 외면했다.

「형님, 건욱이 말입니다. 제가 오늘 구치소로 면회 갔다 왔어요.」 운식이가 조그마한 소리로 말한다.

「너가 왜 ?」

나는 막내아우 병원에 전화를 걸려 탁자의 송수화기를 들다 말고 운식을 본다.

「형님, 말도 마십시오. 저도 그애 때문에 시말서를 쓰지 않았습니까. 면회 가서, 제발 앞으로 공부에만 전념하겠다는 각서를 쓰라고 삼십 분이나 설득했지요. 그런데 막무가냅니다. 눈 똑바로 뜨고 나를 보며 한다는 소리가, 공무원이신 둘째큰아버지한테 폐를 끼쳐 미안하지만 자기 소신을 굽힐 수 없다지 않아요. 무슨 애가 그렇게 독해졌는지. 대학 들어갈 때만도 오죽 착하고 수줍음 많이 탔어요. 그러던 애가 그렇게 변해버렸으니…….」

「남학생도 아닌 여학생까지 투사로 자처하여 거리로 나서다니. 이념이 도대체 뭔지 모르겠구먼. 노동야학운동이다, 서클활동이다 하며 나다닐 때 단속해야 하는데…….」 내가 시무룩이 말한다.

이 사회의 뿌리 중에 어느 샛뿌리인가 된통 썩은 뿌리가 있으니 그애들까지 기를 쓰고 나서서 그 뿌리를 뽑으려는 게지. 그애들이 우민을 속이는 사교에 빠져 있지 않은 다음에야. 동생이지만 공무원이었으므로 나는 그 말을 운식이에게 뱉지 못하고 입 속으로 굴리고 만다. 설령 그 말을 뱉는다 해도 나는 그 말에 책임질 입장이 아니다. 만약 그애들 주장을 그대로 받아들인다면 기성세대로서 나라는 존재 역시 이 땅에서는 삶의 가치가 퇴색되고 만다. 그애들의 눈에는 내가 이미 썩어버린, 정신개조가 불가능한 부르주아요 타락한 보수주의자로 보일 테니깐. 그렇게 취급당해도 나는 발끈하거나 부끄러움을 느끼지 않을 것이다. 나는 정치가도, 매판자본가도, 기회주의자도 아니다. 오직 나는 그애들이 추켜세우는 민중의 일원은 못되지만 내 자신의 삶만큼은 성실하게 살아왔다고 자부한다. 그애들도 그렇겠지만, 누구에게나 자신의 삶에는 그만큼 타당한 이유가 있고, 그 삶이 불의나 비도덕적이지 않다면 어느 계층으로부터든 그 삶의 몫은 존중되어야 하기 때문이다.

건옥이 단발머리 얼굴에 겹쳐 일식이와 이복 여동생 숙이 얼굴이 떠오른다. 이제 서른 몇 해 세월이 흘러가버렸으나, 그 두 얼굴은 아직도 젊디젊은 모습으로 내 머릿속에 앙금같이 살아 있다. 반듯한 흰 이마, 하관이 빠른 홀쭉한 얼굴이 아버지를 찍어낸 듯 닮았던 일식이였다. 그는 몸이 약했으나 우리 형제들 중에 가장 머리가 명민하여 어릴 적부터 할아버지의 특별한 주목을 받았다. 일식이가 법대에 수석으로 합격했을 때, 할아버지는 우리 집안에도 조만간 판검사가 나올 거라며 기뻐했다. 그러던 일식이는 대학 생활을 시작하면서부터 좌익 지하 독서서클에 끼여들더니 그쪽 이론에 탐닉했다. 야윈 목에 핏줄을 세우며 미 제국주의 타도와 계급투쟁과 인민혁명을 내게 역설하기도 했다. 어느 날 일식이가 내게 소리쳤다. 「자본주의 법률은 더이상 공부할 필요가 없어. 이 악법은 인민대중을 억압하는 부르주아 법률이야. 법률이 아니라 쓰레기지.」 그는 자기 어머니와 함께 따로 살던 숙이를 자주 만나 동태형제처럼 핏줄의 정분을 도탑게 했다. 이복 여동생 숙이 어머니는 청량리역 앞에서 식당업을 하고 있었다. 물론 그 기반은 당신의 피붙이 하나를 거둔다 하여 할아버지가 도움을 주었던 것이다. 일식이의 과격한 생각을 할아버지가 알았을 때는 육이오 전쟁이 나기 전해 겨울이었다. 믿는 도끼에 발등 찍혔다고 할아버지가 분을 못 참아했으나, 외곬로 치닫는 일식의 생각이 바뀔 리 없었다. 전쟁이 나던 그해 이른 봄, 일식은 지하 남로당 일망타진 때 '과학자동맹' 조직원으로 체포되었고, 마포형무소에 수감되었다. 숙이는 용케 몸을 피했다. 육이오 전쟁이 터지고 서울이 인민군에 점령당하자 일식은 자유로운 몸이 되었다. 수원에 계시던 할아버지는 피란 갈 짬도 없이 다른 세상을 맞고 말았다. 대표적 악질 지주 계급으로 몰린 할아버지는 수원 내무서에 수감되었다. 할머니가 할아버지 옥바라지를 했다. 갇힌 지 보름째 되던 날, 인민재판에 회부되기 며칠을 앞두고 서울에서 일식이가 지프를 타고 수원으로 내려왔다. 그는 서울시당 인민위원장이었던 남로당 출신 이승엽 아래 군사위원회에서 일을 보고 있었다. 일식이 도움으로 할아버지는 유치장에서 풀려났다. 풀려나올 때 할아버지는 이미 장출혈이 심해 들것에 실려나왔다. 구월 이십팔일 국군의 서울 수복을 앞둔 여름 끝물, 당신이 거처하던 사랑채에서 할아버지는 예순넷의 생을 마쳤다. 당시 나는 군장교로 입대하여 부산 군병원에 있었고 아우들과 어머니는 의왕 외갓집으로 몸을 피해 숨어 있었으므로, 뒷날 할머니로부터 들은 말이었다. 어머니는 할아버지 옥바라지는 물론 임종을 지키지 못한 그 불효를 두고 오랫동안 애통히 여겨 삼년상을 마칠 때까지 머리 매무새나 얼굴을 꾸미지 않았고 무명 상복으로만 지냈다.

「청식이가 오늘 저녁에 아마 변호사를 만나는 모양입니다. 제가 건옥이 면회를 하고 와서 병원으로 전화했더니 그런 말을 하더군요. 한 학기만 마치면 졸업인데 어떻게 집행유예로 빼내야겠다며. 그런데 함께 들어간 애들과 똘똘 뭉쳐 있으니 그게 큰일이에요. 재판정에서도 애국가와 운동가를 합창으로 부르며 소란을 떤다지 않습니까. 건옥이는 따로 떨어져 혼자 출감하면 배신자가 된다는 강박 관념에 사로잡힌 것 같아요.」 운식이 말 끝에 나직한 한숨을 내

쉰다.

「해방 후부터 지금까지 우리나라에는 애국자도 민족주의자도 왜 그렇게 많은지. 난세가 영웅을 만든다더니, 그짝인가.」

「형님, 지금이 때가 어느 땝니까. 팔육 아시안게임, 팔팔 올림픽이 코앞에 닥치지 않았습니까. 지금 우리나라가 어디 유럽이나 미국이나 일본같이 태평성대 누릴 땝니까? 한치 코앞을 내다볼 수 없는 남북 대치 상태 아닙니까.」 운식이가 공무원답게 텔레비전 시사 해설자처럼 힘주어 말한다.

이층으로 올라오는 계단을 밟는 소리가 들린다. 물방울무늬 원피스에 앞치마를 한 내 막내며느리가 차반에 율무 찻잔 두 개를 얹어 들고 온다.

「차 드세요.」 건욱이 처가 말한다.

「건욱이도 제법이던데. 형님, 지난 주에 그 단막극 봤지요?」 운식이가 내 막내며느리와 나를 번갈아보며 묻는다.

제 서방 이야기라 막내며느리가 찻잔을 세 사람 앞에 놓으며 귓불을 붉힌다.

「봤지. 그애 첫 작품이라 식구가 모두 둘러앉아서.」

「작은아버님은 감상이 어땠습니까?」 자기 남편 작품이라 관심이 가는지 찻잔을 탁자에 놓으며 막내며느리가 운식이를 본다.

「꽤 괜찮더구먼. 향토적이고. 그런데 그게 창작품이 아니라 섭섭했지만. 우리 집안이 대충 알고 있는 실화를 드라마로 옮겼잖아.」

「우리집에서도 그런 얘기였어. 어머님은 시종 손수건으로 눈물을 닦으셨지. 네 형수도 눈물이 글썽하더라.」

「삼례가 친정걸음을 한 뒤부턴 건욱이가 상상으로 얘기를 꾸몄더구만. 아주 서정적으로 잘 끝맺었어. 여운을 남기면서 말이야.」 운식이 말이다.

나 역시 그의 말에 같은 의견이다. 막내는 우리 형제가 어린 시절 어머님이 들려주었던 옛이야기를 내 안사람을 통해 어떻게 귀띔 받았는지, 그 내용을 토대로 텔레비전 단막극 한 편을 만들었는데, 그 작품이 지난 주 토요일 밤에 방영되었다. 안사람이 친당·본당과 시친당·처당에 두루 연락했으므로 우리 집안 안팎은 그 단막극 방영 시간을 놓치지 않은 셈이었다. 김건욱이란 이름자가 처음으로 화면에 박힌 작품이었다. '저문 江은 흘러가고'란 제목이었다.

깊은 밤, 어느 사대부집 전경이다.

행랑채 삿자리 방에 아녀자들이 여럿 잠들어 있다. 첫닭이 길게 운다. 삼례가 살그머니 일어나 어둠 속에서 옷을 챙겨입는다. 보퉁이를 끼고 마당으로 나와 솟을대문 빗장을 열고 밖으로 나선다. 머리를 한 가닥으로 길게 땋은 예쁘장한 소녀 모습이다. 삼례는 먼동이 터오는 동쪽으로 길을 잡아 달아난다. 동산을 넘고 들을 질러 숨 가쁘게 도망간다.

날이 밝아온다. 동산에 복사꽃이 만발한 봄날이다. 멀리로 아침 바다 물너울이 높다.

삼례는 밤이면 풀섶에서 잠을 자고 날이 밝으면 걷고 또 걷는다. 사람을 만나면 머리 숙여 비켜가고, 마을이 보이면 멀리 둘러서 피해간다. 끼니때면 보퉁이를 풀어 깜조록한 미숫가루를 사발에 떠내어 쪽박에 뜬 냇물에 풀어 허기를 끈다.

사대부집에서는 도망간 삼례를 찾느라고 머슴들이 횃불을 들고 산야와 바닷가를 누빈다. 머슴들이 벼 열 섬을 현상금으로 건 방을 곳곳에 붙인다.

며칠이 흐른 뒤다. 집을 나설 때의 깔끔하던 삼례 모습이 몰라보게 피폐해졌다. 어느 날, 삼례는 강변길을 걷다 대궐같이 큰 집을 짓는 공사 현장에 이른다. 석수장이와 대목수들이 바쁘게 일을 한다. 삼례는 그 한 귀퉁이에 앉아 다리쉼을 하자, 일꾼들이 곧 새참판을 벌인다. 삼례가 그 음식판을 기웃거리자 마음씨 좋아보이는 도목수가 삼례를 부른다. 먼 길을 나선 모양이라며 같이 한 숟가락 들자고 권한다. 삼례는 부끄럽고 두려워 그 판에 끼이지 못한다. 일꾼들은 음식이 부실하다고 투정한다. 음식 수발하는 밥지기 여자들이 모자라서 그렇다는 말이 오고간다. 일이 다시 시작되었을 때, 아비 나이뻘 되는 도목수가 곰방대를 빨며 삼례 옆에 가까이 온다. 처녀는 어디서 왔수, 하며 도목수가 은근조로 묻는다. 저 갯가 쪽에서 왔어요, 하고 삼례가 머뭇머뭇 대답한다.

장면이 바뀐다. 내수사(內需司)와 각 관방이 노비 문서를 불태우고 공노비를 해방시킨다. 노비들이 만세를 부르며 목놓아 운다.

사대부집 주인 마님이 삼례를 안방으로 부르더니 나직이 말한다. 너도 이제 인간 해방이 될 때를 맞았으니 내 너를 몰래 풀어주겠다. 삼례 너는 어느 여종보다 똑똑하므로 어디로 가든 네 한 몸은 능히 간수할 것이다. 그러니 오늘부터 밥을 푸고 나면 누룽지가 남을 테니 그 누룽지를 잘 빻아 미숫가루로 만들어두어라. 그것이 엿새 먹을 양식이 되는 날 너를 풀어주겠다. 그러면 너는 엿새 동안 뒤도 돌아보지 말고 저 내지 쪽으로 부지런히 달아나거라. 그러면 아무리 걸음 빠른 장정도 거기까지 너를 좇아와 잡지는 못할 것인즉.

장면이 바뀌어 삼례는 그날부터 그 공사판 밥지기가 된다. 삼례는 부지런히 일한다. 도목수가 삼례의 살뜰한 솜씨를 눈여겨본다. 삼례는 홀아비 도목수의 도타운 사랑을 받고, 그 안사람이 된다. 나이 차이가 많은만큼 도목수는 어린 처를 끔찍이 아낀다. 가난하지만 행복한 나날이 계속된다. 둘 사이에 사내아이가 태어난다. 마흔 중반에 첫아들을 본 도목수의 기쁨이 크다. 도목수는 아기 이름을 길대라 짓는다.

투실하게 잘생긴 길대는 무럭무럭 자란다. 빨래하러 강가로 나가는 엄마를 따라다니며 재롱을 피운다.

길대가 서당에 갈 나이가 되자 도목수가 아들을 데리고 자기가 예전에 지은 대궐집으로 간다. 사랑채 마루에는 아이들 글 읽는 소리가 낭랑하다. 도목수가, 길대에게도 글을 깨치게 해달라고 훈장에게 부탁한다. 훈장이 머리를 흔든다. 도목수가 무릎을 꿇어 애걸하자, 훈장은 천민의 자식이 양반 자식과 섞여 글을 배울 수 없다며 끝내 거절한다.

길대는 자라 소년이 된다. 길대는 이제 허리 굽은 아버지를 따라다니며 대목일을 익힌다. 길대는 자주 제 어머니에게, 외갓집이 어디냐고 묻는다. 삼례는 운평 땅 먼 하늘만 바라볼 뿐 대답을 못한다. 그 눈에 맺히는 눈물의 뜻을 길대는 알지 못한다.

길대는 기골이 장대한 열일곱 살의 젊은이가 된다. 도목수는 늙었고 삼례는 중년 아낙네가 되었다. 어느 날, 삼례가 길대를 앞에 앉혀두고 자신의 지나온 과거를 들려준다. 삼례가 말한다. 이제는 세상도 변했다. 아무도 다시는 나를 종으로 삼지 못할 것이다. 그러니 오늘의 나를 있게 하신 그 은혜를 갚을 겸 운평의 주인 마님께 인사를 드리러 가자. 그곳이 바로 너의 외갓집이다.

늙은 도목수가 떡메를 친다. 삼례가 강정을 만든다. 삼례는 장으로 나가 고운 비단 한 필을 마련한다. 복사꽃이 만발한 어느 봄날, 삼례는 듬직한 아들 등에 큰 함을 지워 즐겁게 길을 나선다. 열아홉 살에 떠났던 운평 땅으로 걷고 또 걷는다.

십팔 년 만에 도착한 사대부집은 많이 퇴락해 있다. 집 안으로 들어갔으나 썰렁한 집 안에 더러 오가는 사람들은 삼례를 알아보지 못한다. 늙은 침모가 겨우 삼례의 옛모습을 알아본다. 늙은 침모는, 주인 어른과 주인 마님이 다 돌아가셨다는 말을 전한다.

삼례는 주인 마님 무덤 앞에서 흐느껴 운다. 아들에게는, 외할머니를 뵈듯 인사하라며 큰절을 시킨다.

삼례는 옷고름으로 눈물을 찍으며 운평 땅을 떠난다. 동산의 복숭아 밭길로 오르자 멀리로 마을이 보이고 더 멀리 바다 물빛이 쪽빛이다.

늙은 도목수가, 부디 못 배운 한을 네 자식 대에서는 풀라는 유언을 아들에게 남기고 숨을 거둔다.

어느 날, 길대는 십 년 안에 꼭 성공하여 돌아오겠다며 단봇짐을 지고 집을 떠난다. 나룻배를 타고 강을 건너는 아들을 삼례가 나루터에서 배웅한다. 배가 느릿느릿 강을 건넌다. 삼례는 오랜 동안 나루터에 서서 뱃전에 선 아들의 먼 자태를 바라본다.

길대는 경성으로 올라온다. 인력거가 다니는 번화가에서 길대 눈이 휘둥그래진다. 길대는 종로통 어느 한약 건재상에 점원으로 취직하여 열심히 일한다. 처음에는 일꾼 노릇을 하다 경리 보조원이 되어 주판알을 튀긴다. 월급으로 받은 돈을 차곡차곡 모으며, 밤이면 혼자 공부를 한다.

강가 나루터 풍경도 춘하추동을 거친다. 세월이 흘렀다. 강가 나루터로 나와 뱃전에 내리는 객들을 바라보는 삼례는 이제 허리 꾸부정한 할머니가 되어버렸다. 삼례는 오두막집에 쓸쓸히 혼자 살며 늘 나루터로 나와 집 떠난 아들 소식을 하염없이 기다린다.

건재상 주인 눈에 든 길대는 주인 딸과 혼례를 올린다.

어느 이른 봄, 양복을 차려 입은 길대는 아내를 뒤에 달고 귀향길에 오른다. 서울역에서 기차를 탄다. 시골역에 내려 걷고 또 걸어 눈에 익은 나루터에 도착한다. 나룻배로 강을 건넌다. 사공도 젊은 사내로 바뀌었다. 사공이 수심가를 흥얼흥얼 읊는다.

예전에 어머니와 함께 살던 오두막집은 휑하니 비었다. 창호지가 찢어진 외짝 방문이 꽃샘바람에 저 혼자 덜컹거린다.

나루터가 보이는 양지바른 언덕에 초라한 무덤이 있다. 길대가 그 무덤 앞에서 큰절을 올린다. 그의 두 눈에 눈물이 흘러내리나 그는 울음을 참는다. 무덤 앞에는 고개 꺾고 핀 한 송이 할미꽃이 꽃샘바람에 떨고 있다.

길대는 무덤 앞에 앉아 하염없이 강을 바라본다. 어린 자기를 귀여워해 주던 늙은 아버지와 그때까지 얼굴 곱던 어머니의 자애스런 모습이 물너울 속에 떠오른다.

노을빛이 스러진다. 허연 갈대가 바람결에 너울거리는 사이로 흐르는 강물의 잔물결이 반짝인다.

어머니의 말씀에 곧이곧대로 따른다면, 그 단막극 속에서 여종을 해방시켜준 주인 마님은 어머니 친정할머니로, 그러니 내게는 외증조할머니가 되는 분이시다. 외증조할머니는 독실한 불교도로, 그 이야기로 말하자면 실제로 있었던 일이라는 어머니 말씀이었다. 어머니는 당신이 시집오기 전 처녀 시절에 삼례가 장성한 아들을 데리고 집으로 왔던 장면을 생생하게 기억하고 있다고 말씀했다. 물론 그때까지 외증조할머니는 살아 계서 삼례와 꿈 같은 이승의 재회를 이루었다는 것이다. 막내는 그 흘러간 집안 이야기로 단막극을 만들었는데, 줄거리는 어머니 이야기와 별다른 점이 없었으나 뒷부분은 그의 창작인 셈이었다. 왜냐하면 삼례가 아들을 데리고 옛 운평 땅 주인 댁으로 처음이며 마지막 친정걸음하듯 다녀간 뒤 소식은 어머니도 알 수 없었기 때문이었다.

「우리 집안에두 인물 났어. 텔레비전에 이름이 다 나오고. 그런데 장본인은 어디 갔지?」 운식이가 막내며느리에게 묻는다.

「오후에 학교로 전화가 왔더랬어요. 어디 지방으로 취재를 다녀온다면서, 조금 늦을는지 모르겠다고 말하던데요.」 아래층으로 내려가려던 며느리가 대답한다.

「그렇겠지. 건욱이야말로 자유업이니 누구 간섭받으랴, 일정한 근무 시간이 있으랴. 팔자는 그 녀석이 늘어졌어.」

「오늘 아버님 제사는 알고 있지?」 내가 며느리에게 묻는다.

「네, 알고 있습니다. 너무 늦지 말라고 당부했습니다.」

나는 청식이 병원으로 전화를 건다. 간호사가 전화를 받는다. 원장은 예약된 약속이 있어서 다섯 시 반에 퇴근했다고 간호사가 말한다. 청식이는 자기집 부근 혜화동에 개인병원을 내고 있다. 그의 전공은 이비인후과이다. 나는 창문을 열어놓은 바깥으로 눈을 준다. 관악산의 비스듬한 줄기 위 깜깜한 하늘에는 아무것도 보이지 않는다. 산등성이의 울퉁불퉁한 선만이 희미한 윤곽으로 경계선을 긋고 있다. 눅눅한 바람기가 얼굴에 닿는다. 장년기까지는 초여름의 저녁 바람에서 자유로움과 평화를 느끼기도 했다. 그러나 이제, 지금과 같은 시간에는 적막이나 비애와 같은 감정이 오히려 자연스럽다. 유성이 긴 꼬리를 끌며 사라질 때 다시 하나의 별이 태어난다는 믿음이 젊음이라면, 다만 잠적과 소멸, 또는 무생명체로서의 긴 잠을 느끼는 것이 노년이다. 긴 잠이란 희로애락이 멈춘 편안한 잠이리라. 나는 찻잔을 들고 천천히 차를 마신다. 같이 차를 마시는 운식이도 말이 없다. 딸애를 철창 속에 둔 청식의 수심 낀 얼굴이 어두운 하늘에 걸린다. 나는 갑자기, 이 세상에 근심 걱정 없이 사는 행복한 자는 누구일까 하는 생각을 해본다. 현화와 같은 아기 시절을 넘기면 누구나 근심과 걱정을 한두 가지쯤 안고 살리라. 학생들은 자나깨나 공부가 걱정이요, 자라면 군에 갈 걱정, 사랑으로 인한 가슴앓이, 한편 건옥이처럼 나라를 걱정하기도 한다. 나이를 먹어 가솔이 늘면 더 많은 근심과 걱정을 안고 지낸다. 늙으면 기력도 쇠하여 병으로 걱정이 늘어난다. 그렇게 사람들은 모두 크고 작은 근심 걱정을 가진 채 살고 있으리라 여겨진다. 그것이 삶의 본질일는지 모른다. 자식을 두고 말한다면 나는 첫째애를 다 키워서 잃었고, 둘째아들을 장자로 삼았더니 내 곁을 떠나 이민을 가버렸다. 막내 청식이는 딸아이로 하여 속을 썩고 있다. 그런 면에서 보자면 운식이 가정이 자식 문제로 인한 근심은 아직 없는 셈이다. 자식을 일류대학에 넣는 기쁨은 못 누렸으나 셋을 정상까지 교육시켰다. 큰애는 서점을 내어 자립했고, 둘째애는 남편을 따라 일본에 살고 있으며, 막내는 공대를 나와 창원에 내려가 제 생활을 꾸려나간다. 그러나 근심과 걱정이란 어디 자식에게서만 비롯되는 것이랴. 운식이도 형제에게는 말하지 못할 걱정거리를 안고 있을 것이다. 나름대로의 지혜로 그런 근심과 걱정을 안으로 다스려 밖으로 표를 내지 않을 뿐이리라. 고향으로 가면 토박이 늙은이들은 솟대 어르신 댁 종부인 의왕 마님이야말로 근심 걱정이 없는 복받은 여인이라고들 말한다. 세 자식이 다 효자고 사회적으로 성공했다는 것이다. 시체말로 나는 학교재단 이사장에 중소기업체 사장이요, 운식이는 고급 공무원이요, 청식이는 일가를 이룬 의학박사이기 때문이다. 그러나 일흔일곱 해의 어머니 생애를 따져볼 때 그 삶을 복받은 삶이라 말할 수만은 없다. 무엇보다 둘째아들 일식이만 하더라도 어머니 가슴에 굵은 대못을 박았다. 전쟁통에 북으로 간 그가 살았는지 죽었는지 아직도 알 수 없으니, 말씀은 없으셔도 어머님 심중이 오죽 슬픔으로 차 있으랴. 자나깨나 오매불망 일식이를 생각하실 어머님 마음은 내 이미 육순을 앞둔 나이이니 헤아려 짐작이 간다. 그 한 가지를 빼곤 남들이 볼 때 어머님 생애는 평탄했으며 복받은 노년을 보낸다고 비칠 만하다. 아니, 꼭 그렇게 말한다면 어머니 삶은 그만한 복을 누리기 위한 인종의 끊임없는 자기희생 끝에 얻어진 작은 열매라 할 수 있다. 그러므로 겨울 끝에 만나는 매화꽃이 돋보이듯, 환난을 이겨낸 자의 평화스러운 모습이 더 인자해 보이는 이치와 같다.

아래층에서 활기찬 인사소리가 들린다. 다들 안녕하셨어요, 하고 말하는 목소리 임자는 운식이의 큰애 건배다.

「서점은 점원에게 맡기고 온 게로군.」

아들 목소리를 들은 운식이 의자에서 일어선다.

운식이와 나는 아래층으로 내려간다. 건배의 인사를 받는다. 할머니 방에는 건규 처가 자기 둘째아이와 현화를 돌보고 있다. 두 아이가 잠투정을 하느라 칭얼거린다. 어머니 목소리는 이제 주방에서 들린다.

「포는 예로부터 주로 일곱 가지를 썼다. 북어·건대구·건전복·건상어·암치·오징어·육포가 그렇다. 그 일곱 가지를 꼭 다 갖춰놓을 필요는 없지만, 예전에 아버님은 그 정성이 대단하셔서 제수(祭需) 물목은 빠뜨리지 않으셨느니라. 아버님이 경성으루 출타허실 때면 제사 때가 아니더라두 큰 건어물전에 들르셔서 그런 포를 고루 사오셨지. 제때 시골장에서 급하게 구하려면 못 사는 일이 허다허구 물건이 달릴 때면 값이 천정부지로 뛰니깐.」

「어머님, 이번에는 북어·오징어·문어·건전복을 준비했어요.」

내 안사람의 조심스러운 목소리다. 시집온 뒤로 시어머니에게 눌려 지내 집안에서 기를 펴지 못하고 살아온 안사람이다. 그런 면에서는 복이 지지리도 없는 편이라 젊었을 때는 내게 곧잘 불평도 고시랑거렸다. 그러나 어느 때부터인가, 어머님이 계시니 그 그늘이 편하다는 말을 하고부턴 아예 벙어리가 되고 말았다. 사실 어머니 같은 분 옆에는 어느 누가 견주어 서더라도 빛을 내기에 힘들기도 했다. 어머니 빛이 홀로 너무 밝으니 모두 자기 작은 그림자나 만들 뿐이기 때문이다.

「제수 음식이란 끼니때와 달리 음식마다 정성을 쏟아야 허지만 무엇보다 나물이 맛나게 무쳐져야 헌다. 장맛 보구 그집 음식 맛 알듯이 나물 맛이 좋으면 다른 제수 음식은 맛 안 보아두 알지. 제사 모시구 음복상 받으실 때, 아버님은 젓가락으루 먼저 무나물부터 집으셨다. 그러면 어머님과 나는 바늘방석에 선 듯 어르신 안색만 살폈지. 아무 말씀두 안허시구 수저를 들어 탕국물루 입을 헹구시면 그제서야 안심을 했느니라.」

「그렇다면 증조할아버지께선 나물맛이 없으면 타박을 줬나요?」

건배 처가 묻는다.

「타박주지 않으셨지만 수저를 들지 않으시구 한참동안 음식상을 두루 살피셨지.」

그때, 현관문이 열린다. 박 서방이 아래층 고방에 두었던 병풍을 날라온다. 거실에 병풍을 옮겨놓곤 제상·교의·향안도 들여놓는다. 먼지를 털고 초벌로 물걸레질을 했는지 나뭇결이 윤기를 낸다. 그것들과 재물 그릇은 할아버지 때부터 사용해 오던, 이를테면 우리 집안의 손때가 묻은 유물인 셈이다. 주방에서 제기를 닦던 내 안사람이 행주를 빨아들고 거실로 나와 제상과 교의를 닦는다. 운식이 처는 마른행주로 병풍 액자를 닦는다.

나는 거실의 괘종시계를 본다. 벌써 아홉시를 넘어서고 있다. 나는 안방으로 들어가 집에서 입는 허드레옷을 벗는다. 흰 와이셔츠를 입고 넥타이를 맨다. 양복을 입곤 거실로 나온다. 거실 정면 북쪽에는 여덟 폭 병풍이 펼쳐졌다. 병풍 글은 송나라 때 문장가 여흥숙(呂興淑)이 지은 '극기명(克己銘)'이다. 그 병풍 글씨는 일찍이 경기도 서편에서 명필로 이름이 났던 외증조부가 쓴 초서체이다. 할아버지가 살아 계실 때 제사용 병풍으론 역시 외증조부가 쓴 한퇴지(韓退之)의 '사설(師說)'이 있었다. 할아버지는 그 글의 뜻을 기려 기제사에는 늘 그 병풍을 사용하며 손자들에게 그 내용을 익히게 했다. 그 병풍은 육이오 전쟁 때 사랑채가 비행기 폭격으로 무너져 소실되고 말았다.

내가 정장을 갖추고 나오자 안사람이 곧 남자들 일감을 거실로 나른다. 밤과 대추를 치고, 포를 모양 있게 오리가리하고, 과실을 깎는 일은 남자 몫이다. 나는 화장실에서 손을 씻고 나온다. 운식이도 나를 따라 관수(盥水)한다.

「오늘은 우리가 해볼까요?」 건배가 묻는다.

「아직 너들은 멀었다. 다 차례가 있으니.」 운식이가 빙긋 웃으며 아들 말을 받는다.

나는 가위로 오징어 머리와 아랫부분을 잘라내고 오리가리를 시작한다. 봉황이나 용을 만들 손재주는 없어 부채꼴로 가위질한다. 운식이도 배 꼭지를 도려낸 뒤 윗부분을 깎는다. 귀신이 와서 먹을 음식은 아니지만 이런 일을 할 때는, 제사가 언제부터 시작되었으며 누가 처음으로 창안해 내었을까를 더듬어보게 된다. 천・지・일・월・성신・산・천에 모두 신령이 깃들여 있다는 생각으로 신의 재앙이 없는 안락한 생활을 기원하는 마음가짐에서 제사는 시작되었을 것이다. 우주의 더 넓은 이치와 생명을 건사하는 신묘한 능력과 천재지변의 놀라운 위력을 가늠하다 보면 인간의 한살이는 티끌과 같이 보잘것없고, 자신도 모르게 신의 존재를 긍정하고 거기에 의지하게 됨이 사람의 항심(恒心)이다. 고래로 부여의 영고(迎鼓), 고구려의 동맹(東盟), 동예의 무천(舞天)이 다 그렇게 시작된 제사라는 문헌 기록이 있다. 그렇다면 조상을 숭모하여 하늘에 드리는 제사 역시 그 뒤를 이어 시작되었으리라 짐작된다. 인간이 짐승과 달리 예(禮)를 생활의 바탕으로 삼았을 때, 조상을 숭모하는 이치야말로 당연한 귀결이다. 신라에서는 남해왕 때 혁거세 묘를 세우고 혜공왕 때 5묘(五廟)의 제도를 정했다 하니, 그 역사가 천년을 넘어 거슬러 올라간다. 조상의 은덕을 생각하여 받들어 기리고, 살아 있는 후손의 평안을 염원하는 이 예식이야말로 인간이 창출한 것 중 심오한 뜻으로 말하면 그 으뜸 자리에 오를 것이다. 그러나 정신적인 것과 마음으로써 얻는 평안이 과학적인 것과 물질적인 것으로부터 배척당하고 오직 현시적인 것만이 대접받는 시대에 당도하니 세상의 이치도 많이 바뀌었다는 생각이 든다.

거실로 나온 어머니가 뒷짐을 지고 우리 형제의 솜씨를 내려다보며 음전케 미소를 띠고 섰다. 건규가 바둑판을 찾아내더니 거실 한쪽에서 건배와 바둑을 두기 시작한다. 서로가 백돌을 잡겠다며 티

격태격하다 건배가 백돌을 한움큼 쥐어 흑백을 가린 모양이다. 그들의 급수는 이급이 되었다 사급으로 떨어지기도 한다. 건욱이까지 합쳐 셋의 치수가 비슷하여 명절이나 제사 때면 그들은 곧잘 어울려 바둑을 둔다. 미국으로 이민 간 큰애 건모가 공인 아마 사단이어서 늘 해설자 노릇을 했더랬는데, 이제 바둑판 옆에 앉아 혀를 차던 그의 모습을 볼 수 없다. 어쩌면 앞으로도 볼 수 없을 것이다. 우리 형제가 밤과 대추를 쳐서 그 일을 끝낼 때야 바둑도 한판이 끝난다. 건배가 이겨 의기양양하게 백돌을 빼앗는다. 그렇게 돌을 바꾸어 새 판을 둔다.

할아버지 살았을 적이 생각난다. 그때는 우리 형제가 어리기도 했지만, 할아버지의 제사 모시는 정성은 대단했다. 증조부 기제사는 날씨가 푹푹 찌는 삼복이었지만 할아버지는 아침부터 당목두루마기에 갓으로 의관을 정제하여 땀을 뻘뻘 흘리며 남자가 해야 할 모든 일은 손수 처리했다. 잘 보고 배워두라는 할아버지 분부가 있었으나 우리 형제는 제사 따위에 별 관심이 없어 장난치며 너른 집안팎을 분탕치고 다녔다. 대청마루가 꺼져라 널뛰기도 했다. 그러던 세월이 반세기 가까이 흘러 이제 내가 그 당시 할아버지가 되고 머리 큰 자식들은 그 당시 까까머리였던 나처럼 이제 자기 놀음만 즐기는 꼴이 된 셈이다. 물같이 흘러가버리는 세월, 앞으로 또 그만한 세월이 흐른다면 그때는 누가 밤과 대추를 칠까. 어쩌면 그 시절에는 제사가 없어질는지 모르고, 있다 해도 세월의 추이를 가늠하면 더욱 간소화되리라 여겨진다. 지금도 시장에 가면 기계로 깎은 밤을 포장지에 담아 파니 밤을 칠 필요가 없는 세상이 되고 말았다.

박 서방이 사다놓은 조선종이 한 장으로 나는 지방(紙榜)을 만든다. 할아버지가 살아 계실 때만 해도 사당(祠堂)이 있어서 위패(位牌)를 만들어 그곳에 모셔두었다 제사를 지냈으나, 내가 서울

생활을 시작한 뒤 제사를 가져오고부터 위패를 대신해서 지방을 모셨다. 할아버지는 장손인 내게 지방 접는 방법을 가르쳐주셨는데, 그 까다로운 방법을 사십 년이 가깝도록 나는 잊지 않고 있다.

먼저 백지 한 장을 옆으로 접고 또한번 접은 뒤 다시 삼등분해서 접으면 열두 칸과 열한 선이 생기게 된다. 그것은 오른쪽의 1, 2, 3선까지 왼쪽으로 접고 5선을 기준으로 종이 왼쪽을 오른쪽으로 접으면 종이 뒷부분이 앞으로 나오게 된다. 다음, 6선을 다시 왼쪽으로 접으면 종이 앞면인 7, 8, 9, 10, 11선이 보인다. 그대로 이것을 들고 뒤집어 7선을 기준하여 왼쪽으로 접고, 종이 위와 아래를 조금 접은 뒤 9선과 11선을 접어 남은 부분을 옆으로 끼워넣으면 직사각형 지방이 된다. 만들어진 지방 위 두 귀퉁이를 약간 눌러 이것을 교의에 세워두면 되는 것이다.

나는 가느다란 붓으로 먹잉크를 찍어 우선 헌 신문에 몇 차례 글씨를 연습한다. 어느 정도 체를 갖추었다 싶자 지방에 옮겨 쓴다.

'顯考 學生府君 神位'

아버지는 특별한 벼슬을 하지 않았으므로 그렇게 쓸 수밖에 없다. 그렇게 쓰고 보니 사당에 위패로 모셨던 증조할아버지의 신위 글귀와 같다.

나는 서투른 붓글씨로 지방을 쓰고 나자 안방 문갑 서랍에서 제사 때 늘 사용하는 기제축문을 꺼내 향안 아래에 둔다. 그러고도 한참의 시간이 흐른 뒤에야 대문께에서 진돌이 짖는 소리가 들린다. 막내 건욱인가 했더니 막내아우 청식이가 현관으로 들어선다. 한잔을 마셔도 술기운을 타는 그인지라 눈가장자리가 붉다.

「어머님, 절 받으셔야지요.」

주방을 들여다보던 청식이 어머니 손목을 잡고 거실로 나온다.

청식은 겹으로 주름지는 턱에 과장기 섞인 미소를 띠고 있다. 어머니를 어머니 방으로 밀고 들어가는 그의 거동에 막내다운 익살기가 섞였다.

「너 한잔 헌 게로구나. 삼 일 재계(齋戒)헌다는 말두 모르느냐. 세월이 변했기로서니 오늘만은 그래두 몸을 정결허게 씻구, 고기 음식을 입에 대지 말구, 술은 삼가해야지.」

어머니가 부드럽게 나무라며 방석에 앉는다.

「제가 뉘 손인데 그걸 까먹겠습니까. 부득이 그럴 일이 생겨 그랬지요. 뻔히 알며 한잔 해야 하는 막내놈 타는 속도 알아주셔야지요.」

「속타다니. 속탈 일을 왜 허구 다녀.」

어머니는 손녀딸 건옥이가 시위사건으로 경찰서 유치장에 갇혀 있는 줄을 모르고 하는 소리다.

「어머니. 됐어요. 그냥 절부터 받으세요.」

청식이 어머니 앞에 무릎을 꿇더니 넙죽 절을 한다.

「병원에서 곧장 오는 길이 아닌 모양이로구나?」

「대접할 자리가 있어 시내에 들렀다 오는 길입니다. 어머님, 제가 그중 늦었지요?」

「그렇긴 하다만 이제 열시니 맞춤하게 왔다. 세수나 하거라.」

청식은 현화와 제 손녀가 방 한칸에 나란히 잠든 쪽에 눈을 주더니 거실로 나온다. 청식이 현관으로 들어설 때 건성으로 인사했던 건배와 건규는 바둑 두기에 여념이 없다. 청식은 윗도리를 벗어 응접의자 등받이에 걸쳐놓곤 화장실로 들어가 세수를 한다. 나와 운식이 안방에 앉아 있자, 수건으로 얼굴을 닦으며 청식이가 들어온다.

「변호사는 뭐라던?」 운식이가 낮은 소리로 아우에게 묻는다.

「건옥이 학과장과 같이 만났죠. 학과장이 우선 담당검사 앞으로 각서를 한 통 쓰기로 했어요.」

청식이 거실을 흘끗거리며 방문을 반쯤 닫는다.

「각서라니?」
「앞으로 학업에만 전념토록 책임지도하겠다는.」
「교수가 각서 쓰고, 나이 새파란 피고가 판검사를 훈계하는 마당이 됐으니, 만화경을 보는 세상이군.」
「큰형님은 웃으시겠지만 저는 수술하는 의사가 아닌, 수술받는 축농증 환자가 됐다니깐요. 답답해서 숨쉬기도 괴롭습니다. 그런데 닭장에 갇힌 애는 다리 뻗고 잠자니 적반하장이 어디 따로 있습니까」 하곤, 청식이가 주방에 대고 얼음물 한잔 달라고 외친다.
청식이 처가 보리차에 각얼음을 띄운 유리컵을 차반침대에 얹고 소반에 받쳐 들고 온다. 유리컵만 소반에 달랑 얹어 들고 왔다간 어머니 꾸중이 떨어질 것임을 알고 조심하는 눈치다. 아녀자가 걸음을 걸을 때는 소리 내지 않고 사뿐사뿐 걷고, 남자 앞으로 가로지르거나 남자 신을 타넘으면 안된다. 옷을 걸 때 남자와 같은 횃대를 쓰지 않으며 남자 옷 위에 아녀자 옷을 걸어선 안된다. 낯 닦는 수건을 남자와 같이 써도 안된다. 토방에 오를 때는 반드시 소리 내어 알게 하며, 방 밖에 신이 두 켤레 있을 때 안에서 말소리가 들리거든 들어가고 안에서 아무런 말소리도 들리지 않거든 들어가지 않는다. 방문이 열려 있을 때는 안으로 들어가도 그대로 열어두며, 방문이 닫혔다면 닫아두고, 뒤따라 들어올 사람이 있으면 닫아도 아주 닫지 아니한다. 그외에도 어머니가 한번 쏟아놓으면 그 내훈은 끝이 없었다. 막내며느리가 갓 시집왔을 때였다. 제 서방을 두고 어머님에게 무심결로, 아직 돌아오지 않으셨어요 하고 올림말을 썼다 꾸중을 들은 적이 있었다. 지아비를 손위 앞에서 말할 때는 존대말을 쓰지 않는다는 어머님 말씀이었다.
「변호사는 만나셨어요?」 수심 낀 얼굴로 청식이 처가 제 남편에게 묻는다.
청식이 보리차를 마시며, 잘될 것 같기도 하다며 아리송한 답을 어물쩍 흘린다. 언제 들었는지 안방 방문 옆 거실 가장자리에서 바둑을 두던 건규가 제 여동생을 두고, 그애는 고생 좀 해야 해요 하며 신둥부러진 소리로 한마디 한다. 청식이 처가 아들 말버릇을 못마땅하게 여겨 눈을 흘긴다.

주방은 제수 음식 준비가 대충 끝났는지 조용하다. 주방 아녀자들 말소리가 도란도란 들리고 어머니 방에서도 이야깃소리가 들린다. 그림책을 보던 운식이·청식이 손자들도 하품을 하던 끝에 건넌방으로 가더니 가로세로 누워 잠들어버렸다. 초등학교에 다닐 때까지는 제사와 무관했으나 중학생이 된 뒤부터 반드시 자시(子時) 제사 참례가 집안 관례였기에 그애들은 그냥 자게 내버려둔다.

어느 사이 시간이 밤 열한시를 넘겼다. 이제 와야 할 사람은 내 막내애 건욱이만 남은 셈이다. 드라마 원고를 쓴다고 이틀 사흘 외출하지 않을 때도 있었는데 오늘은 제집 찾아들기에도 늦은 시간이다. 그래서 그런지 건욱이 처가 현관 밖으로 들랑거리는 눈치다.

「어느 집이나 그 집안에 내려오는 가훈을 들어보면 다 비슷허지만, 아버님이 우리 후손에게 이르시던 가훈은 대체루 여섯 가지였느니라.」 어머니 방에서 들려오는 어머니의 차분한 목소리다. 「우선 조선님 제사를 삼가 받들어 정성껏 모시구 선영을 잘 가꾸라 이르셨다. 두 번째가 종갓집을 귀중히 여기구 친척이 화목하라 허셨느니라. 종갓집이란 나무의 뿌리니 나무란 뿌리를 잘 북돋워주지 않으면 가지와 잎이 절루 마르는 이치와 같으다. 친척은 비록 갈래가 다르더라두 핏줄이 서루 이어져 있으니 사랑하는 데 힘쓰구, 공경허는 마음으루 만나구, 정성껏 대접허구, 장점을 모아 단점을 보호해 줘야 헌다. 병들 때 서루 위로허구, 외롭구 가난할 때 도와줌이 어찌 장헌 일이 아니겠느냐. 세 번째가 세상을 살아가는 데 몸가짐이 구차스러워선 아니된다구 했느니라. 반드시 의리를 분별허는 분수를 알아 옳구 그른 관계를 살펴 예의루 일을 처리해야 허느니라. 염치를 차려 스스로 욕심을 경계허구, 어떠헌 경우라두 비루헌 일을 허지 말라 이르셨지. 이는 곧 남자란 위엄이 있구, 태도가 신중헌 중에 매사에 공명정대허며, 뜻이 넓구 굳세며, 근면허구 절약해야 헌다는 가르침이다…….」 며느리들과 손자며느리들을 앞에 앉혀두고 어머니가 늘어지게 설교한다.

「어머님은 아버님 말씀은 별로 하지 않으셔도 할아버지 말씀만 입에 올리시면 절로 신이 난다니깐.」

운식이 어머니 방을 본다.

「아버님이 일찍 별세하신 뒤 할아버님 공경하기가 하늘과 같았으니 그럴 만도 하지요. 언젠가 건욱이한테 할아버님 전기를 쓰게 하면 어떨까요? 어머님 기억력이 더 흐려지기 전에.」 청식이 나를 보고 묻는다.

「그 말 맞군. 우리 집안에선 그래도 건욱이가 문필가 아닌가. 그 녀석이 쓰면 제격이겠다. 사실 할아버님은 우리 집안뿐만 아니라 누구에게나 그 생애를 알릴 만한 분이시지.」 운식이 맞장구를 친다.

「그렇잖아도 내가 그런 말했더랬지. 건욱이도 민속적인 것이나 전통적인 우리 얘기에 각별한 관심을 두는 것 같기에.」 내가 담배를 꺼내 물며 말한다.

「큰아버님, 건욱이 말입니다. 어제 제 서점에 들렀습니다. 〈지봉유설(芝峰類說)〉과 〈민담일화집(民譚逸話集)〉이란 책을 가져가며 구비문학 관련서적도 구해달라더군요.」 바둑을 두며 건배가 말한다.

「〈지봉유설〉? 그건 이수광이 엮은 고래 기사일문집(奇事逸聞集) 아닌가. 그분이 우리나라에 천주교를 처음 소개했을걸.」 운식이가 말을 받는다.

「예, 맞아요. 선조 때 사람이지요. 그분이 처음 서학(西學)을 들여올 때야 천주교 수난 훨씬 전이라 임진왜란·정묘호란을 겪었지만 천수를 누렸지요.」

「형, 대마가 생사기로를 헤매는데 어디다 정신 팔고 있어요?」 건규 말이다.

「그런 걸 보면 사람은 때를 타고나야 돼. 지봉 선생도 이백 년만 늦게 태어났어 봐. 당신 명껏 살기 힘들었을 테니. 형님, 그런 뜻에서 보자면 저의 세대는 육이오 전쟁 희생 세대요, 어머님은 봉건 시대 희생 세대가 되겠지요. 뭔가 이름을 붙인다면 건옥이같이 급진적인 생각을 가진 애들도 어떤 의미에선 또다른 희생 세대고요.」 청식이 운식을 보며 말한다.

「어머님 세대가 여자들에겐 희생 세대에 해당된다는 말은 맞지만, 어머님 경우는 다르지. 어머님은 옛 부도(婦道)를 편안한 마음으로 받들며 살아오셨으니 희생 세대란 말이 어울리잖아. 누구한테는 그 길이 고행이 되겠지만 누구한텐 그 길이 기쁨의 길도 되는 법이니깐. 내가 생각하기에 오히려 아버님이야말로 봉건 시대 마지막 희생 세대가 아닐까 하는 생각이 들어.」 운식의 다른 해석이다.

청식이 뚱한 표정으로 둘째형을 바라본다. 납득이 가지 않다는 눈치다. 나도 얼핏 그런 생각이 든다. 역마살이 낀 아버지는 스스로 수명을 잘라먹으며 방만으로 한평생을 보냈다. 아버지 쪽 입장에서 보자면, 짧은 한평생 천하를 주유하며 쓸 만큼 돈을 뿌린 호방함에 속세의 낙을 골고루 즐긴 유감 없는 삶일 수 있을 것이다. 그러나 그 반대, 할아버지 입장에서 해석하자면 자기 절제와 분수를 모른 오만하고 어리석었던 삶이라 치부할 수도 있다. 그런 점에서 돌아가신 할아버지 견해가 맞는 말이다. 아버지는 무엇보다 부모보다 먼저 타계함으로써 그 불효가 크고, 나라나 사회에 이바지한 공이 전혀 없고, 외도를 일삼아 어머니를 버려두었고, 자식에게도 아비다운 역할을 못했으며, 방탕에 젖은 무절제한 생활이 끝내 건강을 갉아먹어 죽음에 이르는 길을 자초하고 말았던 것이다.

「아버님이 결혼했을 당시 이십년대 중반이라면 이 땅에 서구 문화와 서구 사상이 한창 물밀듯 밀려 들어오던 때 아니었나. 그 시대 신교육 받은 개화 신사가 구식 중매 결혼으로 조혼한 후 이혼이나 별거를 안한 사람이 몇이나 되게. 어머님이 구식 여자라 내 하는 소리는 아니지만.」 운식이 청식을 보고 어머니가 들을세라 목소리 낮추어 말한다. 「바깥 세상으로 나가면 온갖 신기한 문물과 조류에 휩싸이게 되는데 집에 들어오면 어디 그런가. 엄격한 전통적인 유교식 생활을 해야 하니 그 갈등이 보통 심했겠어. 아버님이야말로 열여섯 살에 장가든 후 공부한다고 객지 생활만 한 데다 할아버님 자녀 교육 방법 또한 얼마나 보수적이었어. 방학 때면 수원 집으로 돌아온 아버지가 유성기 틀어놓고 이탈리아 가곡이나 서양 고전음악에 심취하며 커피 마시다, 망측하다며 할아버님께 혼났다잖아. 그러니 심약한 데다 낭만적이었던 아버님은 자연 집발이 붙지 않을 수밖에. 지방 토호 아들로 서울로 유학 와 명월관이다 카페다 하고 들랑거리던 인텔리가 그 당시 어디 한둘이었어. 지금 시점에서 보면 겉멋 들린 객기라지만 그 당시야 그래야만 서양을 이해하는 식자로 행세를 하지 않았겠어? 쎄비루 양복에 중절모 쓰고 단장 짚고 흔들어야 종로나 명동바닥을 누빌 수 있었을 테니깐. 결핵을 앓으며 주색잡기로 세월을 보냈으니 그 점도 그 시대 희생자랄 수밖에. 더욱 나라 잃은 설움이 가슴에 찼을 테니 허무가나 부르며 더 자학에 빠질 수밖에 없었을 테지. 청식이 너도 의사니 알겠지만 마이신이나 페니실린이란 항생제가 다 육이오 전쟁 전후에 들어왔잖아. 그전에야 얼마나 많은 청춘이 결핵으로 쓰러졌어. 아버님이 만약 십 년 뒤에만 태어났어도 건졌을 목숨인데…….」

어머니 방에선 다른 이야기로 어수선하다. 남편을 '자기'나 '아빠'라 부르는 요즘 젊은 새댁의 호칭 문제를 두고 어머니를 비롯한 우리 형제들 안사람의 성토가 자못 높다. 며느리들의 목소리는 들리지 않는다.

「삼촌이란 말도 그렇지. 반드시 도련님으로 불러야 하는데, 이건 어떻게 되어먹은 세상인지 진짜 삼촌은 따로 두구 시동생을 삼촌이라 부르다니. 어린 도련님부터 혼인한 애 아비까지 그저 두루뭉수리로 삼촌, 그것두 빈정거리는 투루 사암춘이라 부르니 내 딱해서 못 듣겠더구만. 고모란 말도 그게 뭐야. 시누이를 고모라 부르니 그런 말버릇이 어딨어. 그래도 친정 쪽 식구들 두곤 제 편이라고 그런 말 안 쓰데.」 무람없는 세태에 자못 분개한 내 안사람의 말이다.

「아버님이 독자에다 너의 시어르신이 역시 독자였으니 내게는 사촌 되는 분두 없었지. 나야 새댁 시절에 도련님, 하고 다정하게 불러보는 것두 작은 원 중에 하나였느니라.」 어머니가 말씀한다. 모두들 입을 다물고 있자 어머님 말씀이 계속된다. 「얘기가 나온 김에 또하나 생각나는 게 있는데, 자기 서방을 부르는 말이다. 집안사람이 아닐 경우에 서방을 입에 올려야 헐 땐 우리집 바깥양반, 우리집 바깥주인이라 해야 될 말을 요즘에는 그냥 아빠라거나, 철이 아빠, 순이 아빠라 애 이름을 앞세워 부르는데, 예전에 그런 말을 쓰면 상년이라 했어.」

「할머님, 상년이란 말뜻이 무어예요? 년이란 상소리로 욕 아닙니까?」 교사답게 며느리가 묻는다.

「이제는 욕이 되구 말았지만 예전에는 상한여인(常漢女人)이란 말을 줄여 쓴 말루 알구 있다. 보잘것없는 사내의 아녀자란 뜻이지. 그러니 앞으루 말헐 때 주의들 하거라.」

어머니 방에서 들려오는 말에 귀를 기울이는 동안, 청식이가 운식이 말을 반박하고 나선다.

「둘째형님 말씀도 일리는 있지요. 그러나 아버님처럼 그런 삶을 살지 않은 분이 훨씬 많지요. 큰형님, 그렇잖습니까. 아버님 경우는 예외겠지요. 만약 할아버님이 이루어놓으신 재산이 없었다면 우리들이 공부를 어떻게 할 수 있었겠습니까. 또한 우리 대에서도 일정·해방·육이오·사일구로 이어지는 첩첩산중 어려운 세월을 겪었습니다. 그러나 아버님과 같은 분은 없었지요. 아버님 기제삿날에 얘기가 이상하게 됐지만, 우리 형제는 사회적으로나 가정적으로 다 자기 직분을 성실하게 지켜 오늘에 이르지 않았습니까.」

나는 문득 북으로 간 일식이와 숙이를 생각한다. 유전학상으로 같은 염색소의 대물림이라곤 말할 수 없지만 아버지에서 시작하여 일식이·숙이로 이어지다 자살한 내 첫째애 건명이를 거쳐 운동권 대학생인 건옥이, 그 아랫대에서 미국에 있는 내 큰애 건모 아들 완이 순서대로 머릿속에 떠오른다. 그들은 모두 부모 가슴에 피멍 자국을 남겼고 지금도 그런 못질을 한다. 자식을 두고 근심하지 않는 부모가 어디 있으랴만 세상살이란 즐거움이 있다면 슬픔이 있고 그 슬픔 또한 삶의 한 속성일 것이다. 바다의 너울 센 날이 있음으로써 잔잔한 수면이 더욱 평화스러워 보이고, 서방이 배를 타고 나간 너울 센 바다를 봐야 바다의 위력에 두려움을 느낀다. 세월이 늘 편안하지 않은 것처럼 인생 역시 늘 그 너울을 타며 살게 마련이다.

「그 얘긴 그쯤 하지.」

운식이 청식이에게 말하며 일어선다.

「형님, 이제 촛불 켜야지요.」

「그래」 하며 나도 담뱃불을 끈다. 안방 탁상시계를 보니 열한시 이십분이다.

「너들도 이제 바둑 치우려무나.」 운식이가 거실로 나서며 건배와 건규에게 말한다.

우리 형제가 마루로 나서자, 어머니 방도 이야기가 그친다. 모두 거실로 우르르 나온다. 건배와 건규는 재깍재깍 서둘러 바둑을 둔다. 짜인 판을 보니 끝내기 단계다.

「건욱이 얘는 어떻게 된 셈인가. 시간이 이렇게 되도록 올 줄 모르니. 오늘 같은 날 술 마시며 늑장부리지도 않을 텐데, 전화 한 통 없어.」 내 안사람이 부엌으로 가며 혼잣말을 중얼거린다.

그 동안 식어버린 제수 음식을 데우느라 주방이 다시 소란스러워진다. 볶고 끓이는 음식 내음이 식욕을 자극한다. 나는 지방을 병풍 앞 정중앙에 놓인 교의 가운데 받침대에 세운다. 집사(執事)로서 마음가짐을 엄숙히 하여 돗자리 위 향안 앞에 무릎을 꿇고 우선 제상 양쪽에 놓인 촛대의 초에 라이터로 불부터 밝힌다. 응접의자 방석을 내려 돗자리 뒤쪽 정중앙에 정좌하여 앉는다. 내 양쪽에 운식이와 청식이가 앉는다.

「건욱이는 어찌된 셈이야?」

건배가 제 아버지 옆에 주저앉으며 건규를 본다.

「글쎄요, 뭣한다고 안 들어오는지」 하며 건규가 마루 괘종시계를 흘끗 본다.

시간은 자꾸 흘러 열한시 반을 넘긴다. 먼 한길의 차소리도 이제 뜸하다. 주방에서도 아직 돌아오지 않은 막내애를 두고 소곤거리는 소리가 들린다. 제가 한길까지 나갔다 오지요, 하는 말에 이어 며느리가 부엌문을 통해 밖으로 나가는 모양이다. 아무도 말을 하지 않았지만 나부터 교통 사고와 같은 불길한 생각이 머릿속을 스쳐간다. 차를 모는 사람이나 길을 걷는 사람이나 교통 법규를 너무 지키지 않는 현실이다. 그러니 교통 사고율이 세계에서 으뜸이란 불명예를 쓰고 있지 않은가. 칠십 평생이라면 그리 짧지도 않은 세월인데 우리나라 사람들은 뭐가 그리 급한지 쫓기듯 차를 몰고, 도망가듯 신호를 무시하고, 네거리를 건넌다. 지난 정초 연휴 사흘 동안 눈이 좀 왔기로서니 전국적으로 교통 사고에 의해 사망한 사람이 쉰여 명, 중경상자가 일천오백여 명이란 통계가 떠오른다. 내 주위만도 교통 사고로 죽은 사람, 또는 불구가 된 사람이 여럿 있다. 열흘 전에도 진형물산 사원이 교통 사고로 중상을 입고 지금 대학병원에 입원중이다.

「제삿날 이렇게 늦은 적이 없는데…….」 내 안사람이 주방에서 얼굴을 내밀고 나를 보며 말한다. 표정에 불안기가 감돈다.

「좀더 기다리지 뭘.」 나는 느긋하게 말할 수밖에 없다.

어머니도 내 막내애를 염두에 둔 탓인지 제상 차리기를 지시하지 않는다. 곱송그린 자세로 주방에서 당신 방을 두 차례 왔다갔다 하며 현관 쪽에 자주 눈을 주곤 한다. 언제인가 막내애가 내 대를 이어 집사가 될 것이기에 저렇게 신경을 쓰시리라 여겨진다.

시계바늘이 열두시 십분 전을 가리킨다.

「안되겠다. 제상을 차려야지. 음식을 옮겨놓도록 하거라.」 어머니도 더 늦출 수 없다는 듯 주방에 말씀을 내린다.

그때였다. 전화벨이 요란하게 울린다. 막내애한테 무슨 사고일까, 하고 생각하자 공연히 가슴이 뛴다. 전화벨이 두 번 울릴 때까지 거실에 있는 모든 눈길이 응접탁자에 놓인 전화기에 쏠린다. 주방에서도 어머니를 비롯하여 아녀자들이 거실로 나서서 전화 내용의 그 어떤 소식을 기다린다. 궁금해 하는 가운데 모두의 얼굴이 좀 멍해진 채, 또는 두려움으로 붕 떠 있다. 전화기와 가까이 앉은 건규가 냉큼 송수화기를 집어든다.

「미국이래요.」 건규가 나를 돌아보며 말한다.

주방 쪽에서 누구인가 안도의 한숨을 내쉬는 소리가 들린다.

「건모구나.」 내 안사람이 엉겁결에 말한다.

건규가 미국이라고 말했을 때, 나 역시 큰애 건모를 떠올렸다. 미국 동부와 한국과의 시차에도 불구하고 그가 할아버지 기제삿날과 시간을 잊지 않음이 대견하다 싶다.

「큰아버님이 받으시지요.」

일어서는 내게 건규가 손을 받쳐 송수화기를 넘겨준다.

「누구십니까, 서울 거기 누구십니까?」

미국으로 떠난 지 석 달, 전화를 통해 네 번째 듣는 건모 목소리다.

「나야, 아버지다. 거기는 별일 없느냐?」

「아버님이시군요. 우리 식구는 모두 잘 있습니다. 여긴 아침 일곱시가 다됐는데, 지금 할아버님 제사 모시잖습니까?」

「그래, 조금 있으면 자정이라 지금 막 모시려는 중이다.」

가까운 거리같이 큰애 목소리가 너무 또록해 나는 큰소리로 말하지 않고 보통 목소리로 말한다. 안사람이 내 옆으로 다가와 송수화기에 귀를 모은다.

「아버님, 불효를 용서해 주십시오. 장자가 이렇게 바다 멀리 떠나와 할아버님 제사에도 참례하지 못하게 됐으니…….」 갑자기 큰애의 목소리가 울음기에 잠겨든다.

내 목울대도 그만 시큰해진다. 잊지 않고 이렇게 전화라도 걸어주니 네 성의가 가상하다. 너는 불효자가 아니다. 이런 말이 목울대를 치받고 올라왔으나 무엇인가 목구멍을 막고 있는 느낌이다.

「네 어미 바꿔주마.」

나는 가까스로 말을 끊고 송수화기를 옆에 섰는 안사람에게 넘겨준다.

「건몬가? 그래. 어미다. 그래. 그래. 모두 모였다.」 안사람이 큰소리로 말한다. 「가게는 잘된다구? 다행이다. 암, 그래야지. 우리야 자나깨나 너들 걱정 아닌가. 여기는 아무 탈 없다. 그래, 할머님도 평강하시고. 어떻게 됐다구? 완이가 입학했다니……. 오냐, 그래. 다 조선님이 도우신 덕분이다. 그래. 알았다. 잠시 기다려라.」

안사람이 송수화기를 가슴에 대고 거실 안을 두루 둘러보더니 젖은 눈을 어머니 눈과 맞춘다.

「어머님, 건모가 어머님 바꿔달래요. 어서 오셔서 전화 받으세요.」

「이 할미가 무슨 헐말이 있다구」 하며, 어머니는 천천히 거실 가장자리로 둘러와 송수화기를 며느리로부터 받아든다. 그 얼굴에는 아무런 표정이 없다. 「그래, 나다. 잊지 않구 전화해 주니 기특구나. 오냐, 오냐. 늘 건강 조심허구. 아이들 차 조심시켜라. 오냐, 고맙다. 이 할미야 이제 산다 헌들 얼마를 살겠느냐. 먼 객지지만 뿌리 없는 나무가 없듯, 너희들이 어디서 왔구 누구 자손임을 늘 명심허거라. 우리 순둥이 완이를 특별히 잘 돌보구. 그애는 우리 집안에 귀헌 애다. 그래, 할미 그만 전화 끊는다.」

어머니는 송수화기를 내려놓는다.

「상을 차려라.」 어머니가 주방 입구에 선 며느리들과 손자며느리들에게 명령을 내린다.

「완이를 특수학교에 입학시켰대요. 자폐증 아이들만 모아 교육시키는 학교가 정말 있는가 봐요. 나라에서 하는 완전의탁 교육이라 토요일에 완이를 데려왔다 일요일 오후에 다시 맡기는 모양이에요.」

안사람이 내게 조금 들뜬, 밝은 목소리로 말하곤 주방으로 잰걸음을 놓는다.

큰애 장남인 완이는 올해 열한 살의 사내아이로 겉으로 보기엔 정상아와 다를 바 없는, 아니 오히려 허여멀쑥하고 이목구비가 또렷하다. 그러나 완이는 자폐증이다.

「어마, 어디 가.」「하머니, 노자.」「데레비 보자.」 이렇게 두 단어의 맞춤만 어눌한 발음으로 말할 수 있을 뿐 자기 의사를 이음말로 제대로 표현하지 못했다. 완이는 가족 눈만 피하면 빈방이나 집

뒤란 후미진 곳으로 가서 혼자 두 팔을 버둥거리며 우리에 갇힌 성난 짐승처럼 짹짹 소리를 질러댔다. 얼굴과 온몸이 땀에 흠씬 젖을 정도로 격심한 단순 반복 운동을 하고 나서야 간질병 뒤끝같이 한동안 순한 양이 되었다. 몇 시간 뒤면 다시 남이 보지 않는 사이 혼자 있을 자리로 찾아가 그 단순 반복 운동을 되풀이했다. 남에게 해코지를 하거나 기물을 함부로 부수지는 않았다. 주위에서 무슨 충격음이 들리면 제 먼저 민감하게 움찔 놀랐다. 그외에도 완이 자폐증 특징은 여러 점에서 정상아와 구별되었다. 언어 장애도 그렇지만, 흥분성이 우선 두드러졌다. 외부 자극이나 새로운 환경과 만나면 공포감을 나타냈다. 또래집단에 어울리지 못하고 혼자 있으려 했다. 머리가 무거운지 혼자 있을 때도 주로 누워 놀았다. 불안감이 심하며 겁이 많았다. 침착성이 없었고 충동적인 행동을 했다. 편식이 심하여 자기가 먹어본 반찬 외에는 먹지 않았고, 먹여주어도 뱉어버렸다. 음식을 먹을 때 간섭하지 않으면 맨밥을 먹었다. 잠이 없어 자정을 넘겨도 재우지 않으면 잠을 자지 않았다. 종이를 주어 그림을 그리게 하면 가분수 얼굴만 그렸는데, 그만두게 하지 않을 때는 같은 얼굴을 수십 명, 백 명까지도 몇 시간씩 지칠 줄 모르고 그렸다. 물론 눈·코·입이 자기 자리에 붙어 있지 않은 조잡한 만화 그림이었다. 옷의 단추를 잠그거나 열거나, 허리띠를 조르거나 푸는 방법을 몰랐다. 손가락 놀림이 둔하여 젓가락질을 못했다. 그외에도 완이는 여러 점에서 정상아와 구별되는 괴이쩍은 행동을 했지만 정박아와 다른 점은, 완이가 삐뚤게나마 글을 쓸 줄 안다는 점이었다. 여섯 살 때 한번 가르쳐준 이름자의 글씨를 베껴낸 뒤, 개·소·말·어머니·아버지 따위의 획이 복잡하지 않은 말은 불러주는 대로 받아썼다. 그 받아쓰기도 완이의 기분이 아주 좋았을 경우였다. 완이는 누구 말이든 모든 말에 우선 부정부터 했다. 청개구리 심사인지 빙퉁그러진 그의 부정 방법은 단 한마디,

'안해'이다. 밥 먹어라. 안해. 옷 입어라. 안해. 이제 자야지. 안해. 그래서, 자지 말라 해도, 안해 했다. 그러므로 철부지 완이를 달래는 데는 식구가 다 동원되었고, 특히 제 증조할머니의 인내심이 극진했다. 완이가 「노하머니 죽어」 하며 천진스럽게 웃어도, 「그래 순둥이 널 두고 내가 어찌 눈을 감으랴」 하며 어머니도 따라 웃으셨다. 소리에 민감한만큼 완이는 음에도 예민했다. 텔레비전 상품 선전 노래를 듣고 무슨 광고인지 알아맞힘은 물론, 안방에서 거실에 있는 텔레비전의 대화 몇 마디를 듣고 무슨 연속극임을 알아맞혔다. 가수 목소리만 듣고도, 김 아무개 했다.

완이 처음 태어났을 때는 삼점오 킬로의 건강한 신생아였다. 산모도 별 어려움 없이 출산했다. 젖을 잘 먹고 잠 잘 자고 보채지 않아, 내 안사람과 어머니는 완이에게 순둥이라는 별명을 지어주었다. 우량아 선발대회라도 보낼 만큼 무럭무럭 잘 자랐다. 그러나 돌이 지나도 방바닥에 기기는커녕 전혀 의사표시가 없었다. 젖을 때맞춰 물리지 않아도 울지 않았다. 제 어미와 눈을 맞출 줄 몰랐다. 그러더니 일 년 육 개월 만에 벽을 짚고 일어서더니 대뜸 걸었다. 뒤집거나 기는 순서가 생략된 발전이었다. 그러나 아무래도 이상한 점이 있었다. 희로애락의 감정 표현이 없는 데다 자극의 반응이 무디었다. 늦되는 아이도 있다는 어머니 말씀을 물리치고 청식이를 앞세워 대학병원에서 종합진단을 받게 했다. 닷새 동안의 뇌파 검사 과정에서 정박아와 자폐증아, 둘 중 하나라는 진단 결과가 떨어졌다. 스무 날을 입원시킨 임상관찰 끝에 자폐증이란 확실한 판정이 나왔다. 완이 자폐증아로 판정났으나 병원 당국조차 그 원인과 치료법을 알지 못했다. 약사 출신인 내가 듣기에도 입에 자주 오르내리지 않는 드문 병명이었다. 그 방면의 전문적인 책을 읽고서야, 자폐증이란 장애 명칭에서부터, 다른 정신적인 장애를 가진 아이들로부터 구별해 부르게 된 게 불과 이십 년이 채 못된다는 사실을 알았다. 그 원인과 치료법을 세계 어느 선진국조차 아직 밝혀 내지 못하고 있다는 놀라운 사실도 아울러 확인했다. 통계적으로 자폐아는 남자가 거의 대부분이며 여자는 드물다는 점과, 자폐아 부모의 교육 수준이 비교적 높다는 점이었다. 그렇지만 유전도 아닌 그 자폐증세가 태아 때 어떤 과정을 거쳐 나타나게 되느냐는 점은 암의 병원체를 잡지 못하듯, 의학계의 한 숙제였다.

완이 아래로 몸과 마음이 다 건강한 남매가 태어났지만 가족이 모두 완이 문제에 매달릴 수밖에 없었다. 병원 전문의를 찾아다니고, 대학 유아심리 전공학자를 만나고, 심신장애아 특수교사에게 자문을 구했으나 별다른 효과가 없었다. 나이를 먹어도 완이의 정신 발육은 제자리였으나 몸만은 정상적으로 성장했다. 겉만 보면 멀쩡하게 잘생긴 사내아이였으나 완이는 정신의 병을 앓는 환자였다. 유치원에 입학시켰으나 또래집단과 어울리지 못해 자퇴를 시킬 수밖에 없었다. 입학 적령기가 되었지만 초등학교에 넣을 수 없었다. 그렇다고 심신장애아를 교육시키는 특수학교에는 자폐아를 위한 학급은 물론 어떤 계획표도 짜여져 있지 않았다. 영국·미국·일본만 해도 유치원에서부터 중학 과정까지 나라에서 설립하여 운영하는 자폐아 학교와 그들의 성장 이후 사회보장 대책이 마련되어 있었으나, 우리나라에는 자폐아만을 위한 학급조차 없었다. 중증과 경증을 합하여 대충 십만 명으로 추산되는 우리나라 자폐아들은 겉으로 보기엔 정상아와 다를 바 없이, 그러나 이 세상의 지혜나 악을 배우거나 깨닫지 못한, 순진무구한 유아 마음 그대로 방치된 채 성장하고 있는 셈이다.

완이 어미가 기독교를 신실하게 믿기 시작한 것은 그즈음부터였다. 하나님만이 아는 비밀이기에 하나님에게 간구하고 매달리는 방법을 선택하더니, 그쪽 길로 아주 열성을 다했다. 눈비가 오는 날도 새벽 기도에 빠지지 않았고 양로원·고아원·무료 급식소 방문과 봉사에 헌신하기 시작했다. 완이 어미는 기도를 할 때마다 하나님께 간절하게 간구하는 말이 있다 했다.

「주님, 저 양같이 착하고 풀잎같이 여린 어린 마음이 이 험난한 세상을 어떻게 살아나갈 수 있겠습니까. 내 비록 연약한 몸이지만 완이가 죽는 다음날 이 어미 눈도 감게 해주소서. 이 어미가 그의 몸종이 되어주지 못하곤 눈을 감을 수 없나이다.」

의탁할 곳 없는 늙은이, 고아와 심신장애자를 위한 사회보장제도가 아직 밑바닥 수준인 이 나라 현실을 술만 먹으면 욕질하던 큰애가 미국 이민을 꼼꼼히 생각하기 시작한 게 재작년부터였다. 집안에서 그의 계획을 눈치챘을 때, 그 반대가 자못 강경할 수밖에 없었다. 종손은 선산과 제사를 버릴 수 없다. 다른 자식은 몰라도 너만은 절대 이민을 못 간다며, 그중 어머니 반대는 가히 결사적이었다. 순둥이 완이가 이 세상에 태어난 것도 다 하늘의 어떤 뜻이 있을 것이다. 그도 나름대로의 삶을 이 땅에서 살 자격이 있다. 부모가 정성을 다해 지도한다면 차츰 나아질 수 있다. 완이에게 평생 먹고 살 재산을 물려준다면 구태여 직장을 염려할 필요가 없다. 일찍 장가보내고 똑똑한 종부감을 맞아 그의 후사를 도모한다면 장래를 그리 걱정하지 않아도 된다. 이런 점으로 어머니와 나와 안사람이 아들 내외를 설득시켰다. 그러나 건모 고집도 대단했다. 건모 말은 고집이라기보다 완이 아비로서 또다른 설득력이 있었다. 아버지 대가 이승을 하직하고 우리 대마저 늙어 이승을 떠난다면 완이 문제를 지금처럼 걱정해 줄 사람이 있는가. 윗세대 때문에 완이 자신의 인생이 희생되어선 안된다. 부모는 최소한 자식 장래를 자신의 삶과 관계없는 터전에서도 살 수 있게 키워줘야 할 의무가 있다. 이 지구 안에 완이 문제를 책임질 땅이 없다면 지구 밖까지 찾아보아야 할 책임을 부모는 가지고 있다. 만약 이 땅에 전쟁이라도 일어날 경우 완이 같은 유아 심성은 전쟁에 따른 직접 피해와 상관이 없다 해도 자력으로 생활할 수 없다. 지금의 재산이 완이 성장 이후 그대로 유지된다는 보장도 없다. 건모는 결단을 내리고 이민 수속을 시작했다. 자폐증아가 살 수 있는 보다 좋은 환경을 미국 땅으로 선택한 것이다. 로스앤젤레스만 하더라도 한국인이 삼십오만 명이나 살고 있으므로 건모는 그곳에서 전통가구점을 열면 자립할 수 있다고 계산한 모양이었다. 결국 그는 자기 자식을 위해 종손 자리를 건욱이에게 물려주고 떠났다.

막내애는 자정이 다된 지금 시간까지 돌아오지 않았다. 내가 헤아려보아도 제삿날 이런 일은 근래에 없었다.

드디어 거실 괘종시계가 자정을 알린다. 시계는 정확하게 열두 번을 울린다. 주방에서 내 안사람의 소곤거리는 말소리가 들린다.

「앞줄 음식부터 담아내야지.」

옷 스치는 소리까지 들릴 정도로 집안이 조용하다.

내 안사람이 책상반에 제수를 담아 내오기 시작한다. 나는 제상 앞에 무릎을 꿇어, 먼저 시접(匙楪)과 잔반(盞盤)을 교의 지방 앞에 놓은 뒤 메와 국을 수저 양쪽에 놓는다. 병풍 옆에 서서 어머니가 내 진설 방법을 내려다보고 있음을 의식하며, 나는 이럴 때 늘 입 속으로 읊는 말을 다시 환기한다. 조율이시(棗栗梨柿) 좌포우혜(左脯右醯)하고 홍동백서(紅東白西) 어동육서(魚東肉西)하고 두서미동(頭西尾東)이라.

내 안사람이 책상반에 계속 제수를 날라온다. 제수 그릇도 그 쓰임새에 따라 용도가 다르다. 젯메〔祭飯〕와 메탕(湯)은 은반기에, 채소류와 과실은 제기 접시에, 침채(沈菜 ; 동치미)는 보시기에, 청장(淸醬)은 종지에, 제주(祭酒)는 주병과 제주잔에, 갱수(更水)는 대접에 담는다.

제물 진설이 끝나자 나는 제상 위를 두루 살펴본다. 삼탕(三湯)·삼적(三炙)·채소·포·유과류·전과(煎果)·시과(時果)가 두루 갖춰져 제상이 풍성해 보인다. 우리 집안 제수 진설은 할아버지 적부터 율곡 선생의 〈격몽요결(擊蒙要訣)〉을 따르는데, 형식에 끌려 허례가 되지 않는 범위 안에서 갖출 것은 반드시 갖추어왔다. 내가 제상을 둘러보자, 제상 옆에 서 있던 어머니가 넷째 줄에 놓인 식혜와 김치 자리를 바꾸어놓는다.

주방에 있던 내 안사람을 비롯하여 제수씨들과 조카며느리들이 발소리 죽여 거실로 나오더니 남자들 뒤에 무릎 꿇어 늘비하게 앉는다. 막내애를 마중 나갔던 며느리도 어느 사이 돌아와 있다. 늘 그런 것처럼 운식이가 제상 옆으로 나와 우집사(右執事)를 맡는다. 내가 재배(再拜)를 하고 나자, 운식이 술잔에 칠 할쯤 술을 부어 내게 넘겨준다. 나는 그 잔과 잔대를 두 손으로 받아 향로 위에 세 번 두른 다음 왼손으로 잔대를 쥐고 오른손으로 잔을 들어 모사(茅沙) 그릇에 세 차례 나누어 부은 뒤, 빈 잔을 운식이에게 돌려준다. 그런 다음 향합에서 향을 세 개비 꺼내어 촛불로 불을 댕겨 향로에 꽂는다. 은은한 향내가 코끝에 스친다. 이로써 강신(降神) 순서를 마친다.

내 안사람이 주방으로 들어가 진찬(進饌)을 내어온다. 떡·국수·국·적·탕이다. 좌집사(左執事)로 청식이 나와 우집사 운식이와 함께 진찬을 제상 위 제수 그릇들을 조금씩 밀치고 끼워넣는다. 초헌(初獻)과 독축(讀祝)을 위해 나는 신위 앞에 나아가 꿇어앉아 분향 재배한다. 청식이 잔을 내게 주자, 운식이 두 손으로 받쳐든 잔에 술을 따른다. 나는 두 손으로 그 잔을 받아 왼손에 잔대를 쥐고 오른손으로 술잔을 들어 향로 위에 세 번 두른 다음 모사 그릇 위에 세 차례 나누어 조금씩 부어 청식이에게 준다. 청식이 그 잔을 받아 메 앞으로 옮겨놓는다. 그런 다음 나는 향안 아래에 둔 한지 봉투 속에서 기제축문을 꺼내어 예전 할아버지가 읽던 느린 목소리를 흉내내어 독축을 시작한다. 기제축을 읽을 동안은 모든 참사자(參祀者)가 무릎을 꿇고 있다.

내가 기제축을 마치고 잠시 묵념을 올린 뒤 물러나오자, 운식이 아헌(亞獻)을 올릴 차례이다. 건배가 재빨리 제상 옆으로 나가 제 아버지를 대신하여 우집사 노릇을 한다. 거실은 기침소리 없이 조용한 중에 엄숙하다. 운식이 잔을 올릴 동안 나는 현관 쪽에 잠시 눈을 준다. 분명 대문과 현관문이 열려 있을 터인데 건욱이 모습은 아직 보이지 않는다. 괘종시계는 어느덧 영시 이십칠분을 가리킨다.

운식의 아헌이 끝나고, 이제 참사자 모두가 참신(參神)할 차례다. 종헌(終獻)을 올리려 청식은 빠지고 건배와 건규가 차례대로 분향 재배한 뒤 한 번 읍하고 물러나온다. 미국 간 건모 가족과 막내애마저 빠져버린 남자 참신 순서가 후딱 끝나버린다. 문득 완이 떠오른다. 자정을 기다리다 못해 다른 아이들은 늘 잠에 들었으나 잠이 없는 완은 제사 시간에 의젓이 끼여 있었다. 자정을 넘겨도 맑은 눈을 또록이 뜨고 신기한 제사 의식을 꼼꼼히 지켜보며 혼자 손뼉 치고 낄낄 웃기도 했다. 「완아, 너 차례다. 앞으로 나가 절하거라.」「아이구 우리 종손 순둥이 조선님께 절하는 구경 좀 하자.」 뒤에 앉아 있던 제 할머니와 증조할머니가 이렇게 말하면 완이는 처음은, 「안해」 했다. 제 아비와 삼촌들이 일으켜세워 제상 앞으로 내보내면 마지못한 듯 다리를 벌리고 서서 뒤돌아보며 뺑긋 수줍은 웃음을 빼어 물다 절인지 절구공이 찍기인지 엉덩이를 번쩍 든 그런 절을 후딱 해치우곤 제자리로 돌아와 앉곤 했다. 참사자들이 소리 내어 웃지는 못했으나 모두 웃음을 머금었다. 내 안사람과 완이 엄마는 웃음과 눈물을 동시에 보였으니 입은 웃고 눈자위는 손등으로 훔쳤다. 그런 막간극도 이젠 다시 볼 수 없다고 생각하자 순둥이 완이의 그 재롱이 어린 시절 봄날 낮꿈처럼 아스라이 그리웁다.

여자들 차례가 되자 어머니가 치마귀를 모으며 돗자리 위로 나선다. 어머니는 두 손을 모아 이마께쯤 올리고 허리 세워 천천히 주저앉더니 등을 굽혀 살풋 절을 한다. 네 번을 그렇게 일어섰다 앉으며 절하는 모습은 마치 학이 날개를 한 번 폈다 접으며 제 둥지에 살풋 앉는 기품 있는 자태를 방불케 한다. 그만큼 어머니의 그 의식은 신중하고 우아하며 조용한 가운데 절도가 있어, 보는 이로 하여금 제례(祭禮)의 신성함을 실감케 한다. 예식을 마치고 폐백을 올릴 때, 신부가 처음 시부모님한테 큰절을 올린다. 그때 신부가 긴장한 상태지만 주저앉았다 일어서는 절차에서 옆에서 팔을 부축하여 도와주지 않으면 혼자 일어서는 데 여간 힘들지 않다. 그럼에도 팔순에 가까운 어머니가 남의 도움 없이 사뿐히 일어서는 것을 볼 때 그 점은 어머니의 강단도 강단이지만 외곬의 정성스러움과 오랜 숙련 탓으로 보아야 할 것이다.

어머니가 이마께에 올렸던 손을 떼고 물러나오자, 내 안사람과 제수씨들 절이 이어진다. 청식이 처가 절을 하고 나자, 어머니가 「현화어미가 먼저 나서거라」 하며 내 막내며느리를 내보낸다. 원래는 건모 처 차례였으나 그들이 이민을 떠난 뒤 순서가 바뀌어도 많이 바뀐 셈이다. 나이 순서로 따진다면 건배 처, 건규 처, 그리고 내 막내며느리 순서였으나 어머니는 막내며느리를 종부감으로 점찍고 있어 순서를 바꾼 모양이다. 그 장면에 이르자, 미국으로 간 맏며느리가 기도하던 모습이 떠오른다.

예수를 섬기고 난 뒤부터 건모 처는 제사 때 절을 하지 않았다. 그 괘씸한 처사를 두고 어머니와 내 안사람이 번갈아가며 매우 엄하게 꾸짖었으나, 죽은 사람에게 절을 하면 우상숭배로 기독교 교리에 어긋난다 하여 한사코 반대했다. 그 고집이 얼마만큼 세었던지 제삿날은 숫제 금식한다며 물 이외에는 음식을 입에 대지 않았고 제수 준비를 끝내고 제사 모실 시간이면 자리를 떠 지하 보일러실에서 기도와 찬송으로 혼자 추모예배를 볼 정도였다. 보일러실은 건모 처가 늘 기도실로 사용했는데 전기 장판 한 장을 깔아놓은 맞은편 벽에 건모가 만든 십자가에 못박힌 예수 목재 조각품이 걸려 있었다. 그래서 한동안은 제삿날만 되면 집안에 먹구름이 끼었다. 종교적 견해 차이란 민족과 국가를 갈라놓기도 하는 터라, 집안에서의 종교적 갈등 또한 작은 문제가 아니었다. 어머니는 맏손자며느리가 하나 입댈 데 없으나, 기도원이다 철야다 심방이다 하며 나다니는 꼴은 못 보겠다며 머리를 젓곤 했다. 결국 나와 건모가 중재를 나설 수밖에 없었다. 그 중재안이, 제사에는 참석하되 절 대신 기도로 대신해도 된다는 것이었다. 어머니가 그 중재안에 승낙하지는 않았으나 딱 부러진 반대가 없는 점으로 보아 나와 건모는 어머니 의중을 묵인으로 해석했다. 그래서 건모 처는 절을 해야 할 자기 차례가 오면 신위 앞으로 나아가 무릎을 꿇었다. 두 손을 모은 뒤 눈을 감곤 이 분쯤 입속말 기도로써 조선님에 대한 예를 치렀다. 기도를 마치고 났을 때 완이 어미 얼굴은 온통 눈물로 얼룩져 있곤 했다. 그만큼 마음의 짐이 무거웠으리라. 어머님은 맏손자며느리의 그 모습을 못마땅해 했으나 어느 날 내 안사람에게, 이제 내 시대가 끝났으니 탓한들 무슨 소용이 있으랴 하시며 울적해 했다 한다.

여자들 절이 끝나자, 청식이 종헌으로 마지막 술잔을 올린다. 잠시 대역을 맡은 우집사 건배가 그 잔에 칠 할쯤 술을 따른다. 청식이 그 잔을 메 옆으로 옮겨놓는다. 우리 집안은 술잔을 올릴 때 가적(加炙 ; 술안주로 올리는 적)은 번거롭다 하여 생략한다.

이제 첨작(添酌) 차례다. 내가 영좌 앞으로 나아가 부복(俯伏)하자, 좌·우집사로 청식이와 운식이가 양옆에 선다. 나는 우집사로부터 다른 빈 잔을 받는다. 우집사가 그 술잔에 술을 부어주자, 나는 그 잔을 좌집사에게 넘긴다. 좌집사 청식이 종헌례에서 자기가 올린 잔에 세 번에 걸쳐 첨작하여 잔을 채운다. 급시정저(扱匙

正箸)로, 나는 밥에 저를 건다. 바로 메그릇 뚜껑을 열고 숟가락을 꽂으며 젓가락을 고른다. 이렇게 신위께서 제물을 잡수어달라는 의미에서 베푸는 의식을 개반삽시(開飯插匙)라 한다.

합문(闔門)과 계문(啓門)의 원래 순서는 이렇다. 제주 이하 모든 참사자가 제상 위 한쪽 촛불을 끄고 모두 밖으로 나가 문을 닫고 부복하여 고요히 십 분쯤 기다린다. 잠시 뒤 제주가 희흠삼성(噫歆三聲 ; 세 번 기침함)하여 문을 열고(啓門) 앞장을 서면, 참사자가 모두 뒤따라 방으로 들어간다. 그런 다음 오른손을 밑에 왼손을 위로 하는 공수(拱手)로 한참동안 서서 기다린다. 그러나 서울로 제사를 모셔오고 난 뒤 내 대부터는 집 구조가 대청이 있는 수원 집과 달라 밖으로 나가 기다리는 대신 그 자리에 참사자가 모두 일어서서 오 분쯤 돌아가신 조선님을 생각하며 묵념을 올리는 방법을 취했다.

제주인 내가 자리에서 일어나 제상 위 한쪽 촛불을 끄고 공수하여 묵념을 올리자, 모든 참사자가 나를 따라 한다. 한순간이 지나자, 뒤쪽에서 중언부언 입속말로 읊조리는 소리가 나지막이 들린다. 청식이 처다. 아마도 유치장에 갇힌 딸애 건옥이를 두고 그 무사 석방을 간구하는 모양이다. 나는 입속말로 읊진 않았으나 우리 집안의 평안과 어머니 장수와 미국에 있는 건모 가족의 안전과 아직도 돌아오지 않은 막내애의 무사함과, 특히 완이에게 총명과 지혜를 주십사고 신위에게 빈다.

그렇게 오 분쯤이 지났을 때다. 갑자기 거실 안이 소란스러워진 느낌이다. 분명 누가 소리 내어 말하거나 움직이는 소리가 들리지 않았으나 눈꺼풀과 고막에 어떤 새로운 현상이 방금 거실 안에서 빚어지고 있음을 나는 감지한다. 나는 숙인 머리를 들고 눈을 조금 떠 현관 쪽을 본다. 발소리도 없이 언제 돌아왔는지 현관 쪽 어머니 방 앞에 점퍼 차림의 막내 건욱이가 공수하여 머리를 조아리고 있다. 먼 길을 다녀왔는지 텁수룩한 머리카락에 거칫한 얼굴이다. 나는 자신도 모르는 사이에 안도의 한숨을 쉬고 눈길을 뒤쪽으로 돌린다. 그런데 나만 건욱이를 보는 게 아니라 어머니를 제외한 참사자 모두 눈을 가늘게 뜬 채 막내를, 마치 눈길로 그를 발가벗기기라도 하겠다는 듯 곁눈질하고 있다. 막내도 자기에게 쏟아지는 많은 눈길을 의식했음인지 감은 눈꺼풀이 잘게 떨린다.

나는 다시 눈을 감는다. 제사를 마치고 나면 무슨 말로써 막내를 꾸짖을까. 그런 잡스러운 생각을 한다. 어디서 배운 못된 버릇인가. 하필 오늘 같은 날 그놈의 취재를 꼭 떠나야 했냐. 한 번 더 이런 일이 있다면 그때는 네가 비록 애 아비긴 하지만 내가 회초리를 들겠다. 그러나 읊어보는 내 이런 말이 자신에게도 따끔한 훈계로 여겨지지 않는다. 장가를 들어 자식까지 둔 아들에게 그런 훈계가 얼마만큼 효과를 내겠느냐고 생각하자 부질없다는 느낌부터 앞선다. 이런 일만은 스스로가 깨우쳐야지, 비록 아비지만 타인의 충고가 실효를 거둘 것 같지 않다. 할아버지의 그 열성 어린 훈육을 받고 자랐어도 아버지는 집안 제사 의식을 낡은 유교 폐습이라 치부했던 것이다. 그러나 막내의 이번 처사가 괘씸하다는 생각은 쉬 지워지지 않는다. 나는 곁눈질로 막내를 다시 본다. 막내도 눈을 떴는데, 그의 눈이 내 뒤쪽을 쏘아본다. 막내 눈빛에 어떤 비웃음이 흐르고 있다. 누구를 저렇게 못마땅한 눈길로 보고 있을까 싶어 나는 고개를 돌린다. 분명 막내 눈길은 어머니에게 박혀 있다. 어머니의 하얗게 센 머리카락이 은백색으로 빛난다. 어머니는 눈을 감고 쪼그라진 입술로 무슨 말인가를 읊조린다. 정신일도(精神一到) 깊은 생각에 잠겨 손자가 도착한 사실조차 아직 모른 채 간절한 기원을 드리고 있다. 어머니 표정은 비록 눈을 감고 있었지만 그 어느 때보다 그 모습이 심오하면서도 자비에 넘친다. 황홀한 빛이 얼굴 주위에서 달무리로 넘쳐나듯 느껴지고, 왠지 내 마음도 감동으로 찡해온다.

내가 기침을 세 번 함으로써 묵념이 끝나자, 막내가 쭈뼛거리며 영좌 앞으로 나선다. 막내가 이마께에 손을 얹더니 절을 한다. 엎드렸다 일어서는데 다른 누구보다도 시간이 걸린다. 늦게나마 정성을 다하겠다는 티를 참사자 모두에게 보인다. 아니, 내 생각이 잘못일는지 모른다. 그는 종손으로서 할아버지 제사에 지각한 불효됨을 진정으로 사죄하고 있을 것이다. 그런데 조금 전 묵념을 할 때 그가 어머니에게 보낸 눈길은 무슨 뜻일까. 노안(老眼)이라 내가 잘못 본 탓일까. 이런 생각을 할 동안 막내 절이 끝난다.

이제 헌차(獻茶)를 할 차례다. 내 안사람과 제수씨 둘이 주방으로 들어간다. 안사람이 소반에 대접을 받쳐 숭늉그릇을 내온다. 나는 제상 위 국그릇을 안사람에게 건네주고, 숭늉그릇을 국그릇 놓았던 자리에 놓는다. 그리고 메를 세 술 떠서 숭늉에 만다. 잠시 뒤, 수저를 물리고 메그릇 뚜껑을 닫는다. 이때에 제주가 꿇어앉아 술과 음식을 조금씩 맛보는 절차인 수저(受胙)는 할아버지 때 이미 생략해 지금은 지내지 않는다. 참사자들이 신을 전송한다는 뜻으로 재배하는 사신(辭神)을 마치자, 그로써 제사 순서는 모두 끝난다.

「왜 늦었니? 혹시 무슨 사고나 났나 하고 얼마나 걱정했다구.」「이십 분만 빨리 왔으면 될 일인데 그 시간을 못 지켜?」「그래도 끝나기 전에 와서 다행이다.」「건욱이 너, 할머님한테 벌받아야 되겠어.」「도대체 어디서 오는 길인가?」 모두 막내를 몰아세우며 한마디씩 했으나, 그는 쑥스럽다는 듯 뒷머리만 긁적거릴 뿐 대답이 없다. 어머니는 끝내 아무 말씀도 하지 않고 당신 방으로 들어간다.

내가 나머지 하나 촛불마저 끄고 지방을 내리자, 막내 처와 건배 처가 제상을 맞잡아 들고 주방으로 간다. 나는 지방과 아직도 연기를 피우는 향로를 들고 현관으로 나간다. 박 서방이 정원 가운데 우두커니 서서 청승스럽게 달을 바라보고 있다. 음력 스무하루 기운 달이 하늘에 말갛게 떴다. 새벽 한시가 가까운 시간이라 사위는 조용하고 알싸한 밤 기운이 느껴진다. 내가 기침을 하자 박 서방이, 이제 마치셨습니까 한다. 나는 주머니에서 라이터를 꺼내 지방에 불을 붙인다. 화르르 피어나는 불꽃이 주위의 어둠을 조금 밀쳐낸다. 잠시 찾아왔던 아버지 영혼이 타오르는 불꽃을 따라 다시 하늘로 올라가는가. 나는 숙연한 마음으로 조선종이를 태우는 불꽃을 본다. 지방을 땅에 떨어뜨리자 시름시름 앓듯 불꽃이 약해지더니 곧 재로 사그라든다.

박 서방이 내 뒤를 따라 거실로 들어온다. 나는 병풍을 접는다. 문득 초서로 쓰인 병풍의 글귀가 눈에 들어온다.

大人存誠 心見帝則 初無吝驕 作我蟊賊

志以爲帥 氣爲卒徒 奉辭于天 誰敢侮予

그와 더불어 지난날 그 글귀를 풀이해 주던 할아버지의 걸걸한 음성이 들리는 듯하다.

—성현군자는 성실을 지녀서 마음으로 천제의 법칙을 본다. 그리하여 천리가 어떤 것임을 알고 있으므로 처음부터 물욕에 얽매어 인색하거나 남을 업신여기는 교만한 짓이 없으므로 자신의 마음을 해하는 벌레를 만들지 않는다. 이러한 사람은 자신의 지조로써 적을 막는 장수로 삼고, 신체의 활동은 장수의 지휘에 따르는 병졸로 삼아 하늘의 뜻을 받들어 행동하게 되니, 누가 감히 이런 사람을 업신여길 수 있겠는가.

박 서방이 병풍과 교의를 밖으로 내간다. 주방은 주방대로, 거실은 거실대로 얘기가 분분하다. 남자들은 모두 웃옷을 벗는다.

「……완이를 위해선 이민을 잘 간 것 같애. 심신장애자를 위한 사회복지 제도야 북유럽 삼국과 미국이 완벽하잖아. 선진국이란 뭐 다른 게 있나. 그런 점에서 안정된 나라지.」 응접의자에 앉은 운식이의 느직한 말이다.

「정의・자유・평등・인권 개념이 우선되어야지요.」 건배가 화난 목소리로 제 아버지 말을 받는다. 「그런데 미국은 눈에 안 보이는 인종차별 정책으로 유색인종이 기를 못 펴잖아요. 평등이 그렇다면, 정의는 뭐예요. 강대국 지배논리로 분쟁국과 약소국가…….」

「그만큼 해둬. 누가 모르나, 그렇지만 엘에이야 어디 이제 외국 땅이라 할 수 있나. 코리아타운 시장에 가면 여기 남대문시장 뺨칠 정도로 물목의 구색을 갖추었다는데.」 건규가 우렁한 목소리로 껄끄럽게 풀리려는 화제를 돌려잡는다. 그가 여러 사람들에게 말한다. 「한국인이 엘에이만 하더라도 삼십 수만 명이나 사니 일찍 터를 닦은 부류는 고국이 그리워서라도 예스런 장롱이며 문갑이며 사방탁자를 들여놓고 복고 취미에 젖겠지요. 그러니 건모형님 일감도 늘어날 테고.」

건욱이 화장실에서 세수를 마치고 나온다. 수건으로 얼굴을 닦으며 그도 거실의 화제에 끼여든다.

「제가 택시 속에서 깜짝 놀랄 뉴스를 들었어요.」

거실 안 눈길이 모두 막내에게 쏠린다.

「일본서 말입니다, 세계 최초로 자폐증아 원인 규명에 성공했다는 소식이에요. 그게 신문마다 톱 뉴스로 실렸대요. 일본 후생성 발표에 따르면, 태아가 모태에 있을 때 특정 산소가 부족하면 자폐증아가 태어난다 그겁니다. 즉 효소(酵素), 그걸 뭐라 그러더라. 내가 어디에 적어뒀는데……」 하더니, 막내는 바지 주머니에서 메모 쪽지를 꺼낸다. 「여기 있군. 천연성 테트라하이드로 바이오프테린의 대량 합성에 성공해서 이를 자폐증아에게 투약했더니 열일곱 명 중에 열다섯 명은 증상의 현저한 개선을 보았다는 겁니다.」

「완이 경우는 너무 늦지 않을까. 유아기에는 몰라도.」 청식이 저어한 표정으로 말한다.

「글쎄요. 어쨌든 획기적인 발견 아니겠어요. 형님한테 편지 낼 때 그 소식부터 알리겠어요.」
「듣던 중 반가운 소식이군.」 운식이 말이다.
「그건 그렇고, 술도 안 마신 것 같은데 어디서 오는 길이야?」 건규가 막내에게 묻는다.
「수원으로 갔다 내친김에 천안까지 갔더랬어. 천안서 대절택시를 타구 올라온 길이야. 다른 손님 셋과 합승해서 말이야. 열시에 출발했으니 가까스로 닿을 수밖에.」
「할머님께 인사드렸느냐?」 내가 막내에게 정색하여 묻는다.
「아참, 그렇군요」 하며, 막내가 어머니 방으로 들어간다.
건배 처와 며느리가 주방에서 제사 밥상을 마주 들고 나온다. 둘이 안방으로 가져갈까 어쩔까 하며 망설이자, 운식이 그냥 거실에서 먹도록 하자고 말한다. 다시 이런 일이 없겠다고 사죄하는 막내 목소리가 들리는 어머니 방으로 청식이 들어간다.
「너도 알 만한 나이인데 할머님 심기를 불편하게 해드려서야 되겠냐. 건욱이 넌 큰형님 대를 이을 이 집안 대들보가 아니냐.」 어머니 목소리는 들리지 않고, 청식이가 막내를 나무란다.
이윽고 청식이 어머니 한 팔을 끼고 거실로 나온다. 어머니 얼굴은 표정이 없다. 막내로 인한 화가 풀린 것 같기도 하고, 막내로 인한 걱정이 풀린 것 같기도 하다. 어머니가 제사 밥상 가운데에 앉자 우리 형제도 자리를 잡는다. 어머니 옆에 내가 앉고, 맞은편에 운식이와 청식이가 앉는다. 건배·건규·건욱이는 제상 옆면에 자리잡는다. 어머니가 상 위를 둘러 본다. 제상에 올랐던 음식이 과일과 포 종류는 빼고 모두 올랐다. 데운 탕국에서 김이 오른다. 어머니가 주방 쪽으로 고개를 돌린다. 내 안사람과 며느리가 주방 앞에 다소곳한 자세로 섰다.
「박 서방 댁에두 음식 보냈느냐?」 어머니가 묻는다.

「기사들 상까지 지금 준비하고 있습니다.」 내 안사람이 대답한다. 어머니가 아들 셋과 손자 셋을 둘러보곤 비로소 입가에 미소를 띤다.

「모두 먹도록 하자.」

어머니가 젓가락을 든다. 어머니 젓가락은 이럴 때 늘 그런 것처럼, 먼저 무나물부터 집어 간을 본다. 다음 차례는 숟가락을 들어 탕국을 뜰 것이다.

「선고께서 내리신 술을 한잔씩 합시다.」

청식이 막내 옆에 놓인 호리병을 든다. 내가 제주잔을 들자, 청식이가 법주를 잔에 팔 할 정도 채워준다. 청식이가 운식이 잔에도 술을 따르자, 그 호리병을 건규가 받아 제 아버지 잔에 술을 따른다. 나는 음복하고 젓가락을 들어 안주로 부침개를 집는다. 마침 부침개 접시가 건욱이 앞에 있어 그를 흘끗 보니 그의 얼굴이 의외로 침울하다. 주방 쪽에도 식탁에 수저 놓는 소리가 들린다.

식사가 끝났을 때는 괘종시계 시침과 분침이 이미 새벽 한시 이십분을 가리키고 있다. 주방에서 내어온 숭늉을 마시자, 건규와 건배 처가 밥상을 주방으로 옮겨간다. 운식이가, 내일 일찍 등청해야 된다며 윗도리를 걸친다.

「빨리 가야지. 아침 보충수업 시험 감독을 맡았는데.」 주방에서 제 처를 채근하는 건규 소리다.

건배는 건넌방으로 가서 깊이 잠든 제 아이 둘을 깨운다. 설거지를 남은 식구에게 물리고 제수씨 둘과 조카며느리 둘도 자기 물건을 챙긴다. 내 안사람이 일회용 나무도시락에 담은 제수 음식을 떠날 식구에게 나누어준다. 밖에선 차에 시동을 거는 소리가 들린다.

거실 응접의자에 앉은 어머니는 조금 쓸쓸한 표정으로 부산스러운 그런 장면을 바라보고 있다. 어쩌면 어머니는 수원 시절 시집살이를 생각하는지 몰랐다. 안팎으로 드난꾼이 많았던 수원 집은 제사를 모시고 새벽닭이 울고 나서야 겨우 다리를 뻗고 앉을 짬이 있었다고 어머니는 늘 말씀했다. 이제 그 시절은 먼 세월 저쪽으로 흘러가버려 한집안 식구들조차 잠시의 만남 끝에 이렇게 떠나기 바쁘구나, 하고 애잔히 여길 어머니 마음이 내 눈에 훤히 보이듯하다.

우리 집안 식구 모두가 골목길로 나가 배웅하는 가운데 운식이 차에 건배 가족이, 청식이 차에 건규 가족이, 그렇게 제 자식 권솔을 갈무리하여 싣고, 그들은 떠난다. 차가 저만큼 섰는 가로등 불빛 아래를 거쳐 큰길 쪽으로 꺾어돌 때까지 어머니는 그 꽁무니를 바라본다. 차가 시야 밖으로 사라지고 차소리마저 멀어지자 정적이 골목을 채운다.

「어머님, 들어가십시다. 찬 야기 마시면 건강에 해롭습니다.」

내 안사람이 어머니 허리에 손을 두른다.

「이제 어머님 기제사 때나 모이게 되겠군」 하면서도 어머님은 텅 빈 골목길을 바라보며 섰다. 모두 떠나버린 썰렁한 집 안으로 들어서기가 못내 섭섭한 모양이다.

「어머님 들어가십시오. 이제 주무셔야죠.」 내가 대문께로 몸을 돌리며 말한다.

나와 안사람이 어머니 양쪽 팔을 끼고 현관 안으로 들어선다. 막내와 그 처가 뒤따른다. 막내 처가 대문을 잠그곤 제 서방에게 낮은 소리로 늦은 이유를 묻는다. 막내의 대답이 없다. 내가 막 현관 안으로 들어섰을 때였다.

「아버지.」 막내가 나를 부른다. 내가 돌아보자, 「드릴 말씀이 있어서요」 하곤, 막내가 정원 쪽으로 몇 발 내딛는다.

「무슨 말인데?」

나는 막내가 꺼낼 말을 짐작할 수 없다. 다만 제사의 계 순서에 묵념할 때, 그가 어머니를 쏘아보던 비웃음 띤 곁눈질과, 제삿밥 먹을 때 말없이 침울하던 모습만 떠오른다.

우리 부자는 정원 잔디밭을 질러 외등 아래 도마의자에 마주보고 앉는다. 막내가 잠시 말을 잊고 외로이 빛을 뿜는 외등을 멍하니 바라본다. 온몸을 감싸는 한기에 나는 어깨를 움츠린다.

「말해보려무나.」 내가 먼저 말을 꺼낸다.

「제가 증조할아버님 생애의 한 부분을 드라마로 각색해 볼까 해서 자료 취집차 수원 집으로 내려갔더랬습니다. 아침에 떠날 때는 오후 서너시쯤 서울로 돌아오기로 작정했지요.」

「그래서?」

「예전 증조할아버님이 경영하셨던 건어물 도매상 '경진상회'의 내력을 캐봤지요. 교동시장통을 뒤진 끝에 증조할아버님 가게에서 일하신 분을 만났습니다. 시장 안에 있는 복덕방에서 말입니다. 심불출 씨라고, 칠순에 가까운 그 노인 기억하십니까?」

「음, 그러고 보니 생각날 것도 같군. 그분은 소년 적부터 할아버님이 별세하신 육이오 전쟁 때까지 경진상회 점원으로 일했었지.」

할아버지가 살아 계실 때 집 안팎으로 드난꾼 남정네만도 열이 넘어, 나는 그 사람을 일일이 기억하고 있지 않다. 심불출 씨만은 그 이름의 특이함과 얼굴이 얽었으므로 지금도 성품 무던한 그분이 머릿속에 남아 있다. 몇 년 전 수원에 내려갔을 때 매산초등학교 앞 한길에서 그분을 우연히 만났는데 그때까지도 기골이 정정했다.

「그 어르신이 예전 얘기를 들려주던 끝에, 증조할아버님은 효성이 지극한 분이었다고 말씀하더군요. 고조할머님이 병석에 누워 계실 때 얘기며, 만장이 수백 개나 날렸다는 성대한 상여 떠날 때 광경도 다 기억하고 있더군요. 그런데 고조할머님 장례식 때 천안에서 증조할아버님 사촌 육촌뻘 되는 친척은 많이 왔는데, 응당 꼭 와야 할 고조할머님 친정 쪽은 단 한 명도 문상을 안 와 교동골 사람들이 모두 그 일을 두고 뒷공론이 많았다고 말씀하시더군요. 고조할머님은 광산 김씨 문벌 집안인데 말입니다.」

막내가 말을 끊곤 나를 바라본다. 아버지는 그 이유를 알고 있겠지요, 하는 그런 표정이다.

「나도 그 정도야 알고 있지.」

「아버님, 이상하지 않습니까?」

대뜸 묻는 막내 질문이 날카롭다. 외등 불빛을 받은 그의 눈이 그 어떤 의혹으로 빛난다.

「네 할아버님이나 증조할아버님이 독자여서 집안이 외롭고, 고조할머님 역시 무남독녀로 아산에서 천안까지 시집오신 외로우신 분이셨느니라. 내 어릴 적에 네 증조할아버님이 고조할머님을 두고 그런 말씀을 들려주셨지.」

「그런데 아버님, 할머님이 증조할아버님의 훌륭하신 점은 늘 입이 닳도록 외시구 더러 증조할머님 말씀도 들려주셨지만, 당신이 시집오신 후 삼 년 동안 모신 고조할머님 내력은 한 번도 들려주신 적이 없었습니다. 그래서…….」

막내가 다시 말꼬리를 뺀다.

「어쨌다는 거냐?」

나는 나도 모르는 사이에 목소리가 높다. 왠지 모르게 막내의 세모진 눈초리와 가계의 무엇인가를 캐려는 그의 입바른 어투가 형사나 세무서원 말씨를 닮아 화가 치받친다.

「무엇인가 짚이는 점이 있어 구청으로 가서 호적등본 한 통을 떼어봤지요. 그러나 그 등본은 멸실 우려가 있어 칠십오년도에 가로쓰기 서식으로 다시 만들어져 증조할아버지 윗대는 이름자조차 올라 있지 않더군요. 그래서 호적계원 말을 좇아 시청으로 찾아갔지요.」

「시청에 무엇이 있던가?」

그때, 현관 쪽에서 내 안사람이 얼굴을 내민다.

「밤이슬에 젖겠어요. 뭣들 한다고 그렇게 앉았어요. 들어와 얘기 해도 될 텐데.」

「네, 어머님. 곧 들어가겠어요.」 막내가 말한다. 내 처가 실내로 들어가자, 그가 나를 보고 말을 계속한다. 「지하실 문서보관소를 뒤진 끝에 겨우 구등본을 확인할 수 있었지요. 고조할머님 고향은 아산군 영인면이었습니다. 지금은 아산방조제가 막아버려 옥답이 되었으나 예전에는 아산호 바다가 훤히 보이는 구성리더군요.」

그제서야 나는 막내가 추적하는 말의 전말을 유추해 낼 수 있다. 「바로 고조할머니, 내게 증조할머니 되는 그분 내력을 캐내었단 말인가? 그 이력을 증언해 줄 사람을 만났다 그 말인가?」 굽죄일 필요가 없다 싶어 내가 다그쳐 묻는다.

「아무도 만나지 못했습니다. 고조할머니를 기억하는 사람도 없었고요. 그러나 광산 김씨, 즉 고조할머님 집안이 그 면내에선 가장 문벌을 자랑하던 집안으로, 모두 김 참판 댁이라 불렀다더군요. 왜정 시대로 넘어가기 전만 해도 만석꾼 토호 집안이었음을 확인했습니다. 호적상으로 따진다면 그런 신분의 고조할머님이 저 먼 천안 땅 역참거리 역졸이었던 신분 낮은 고조할아버님께 시집갔던 것으로 되어 있더군요.」

「으음.」

나는 자신도 모르는 사이에 신음소리를 흘린다.

「고조할머님은 분명 그 집안 혈통을 이어받지 않았습니다. 광산 김씨도 아니고요.」 막내가 단정적으로 말한다.

「너는 그 점을 어떻게 증명할 수 있단 말인가? 글쓰는 작가로서 추리인가?」

「고조할머님이 광산 김씨라는 점에 정말 확신이 서지 않습니다. 지금이야 뭐 족보 따지는 세상이 아니고, 어디 김씨라고 알아주지도 않지만 말입니다. 그러나 고조할머님이 김 참판 댁에 살았다는 점쯤은 어쭙잖은 제 추리로서도 분명합니다.」
막내 목소리가 차츰 열기를 띠어간다. 열기를 띠는 만큼 그의 목소리는 어떤 확신에 차 있다.
「그래서 어찌되었다는 거냐?」
「그뿐 아닙니다. 고조할머님은 홀로 천안 쪽으로 나가 도목수였던 나이 든 고조할아버님을 만났고, 아들 하나를 두었습니다. 고조할아버님이 별세하신 뒤 증조할아버님은 열여덟 살에 청운의 큰 뜻을 품고 천안 땅을 떠났습니다. 화성군 우정면 소금밭으로 말입니다. 그 이력을 천안에서 확인하게 되었습니다. 제 결혼식 때 올라오신 재종숙아저씨를 천안에서 뵈었거든요. 말씀 꺼내기를 꽤 어려워하시더니, 수원에서 자수성가한 증조할아버님이 워낙 집안의 인물인지라 선대로부터 들었다는 이야기를 꽤 알고 계시더군요. 그러나 고조할아버님께서는 천안 역참거리 역졸에서 시작하여 마방에서 젊은 시절을 목수로 보낸 뒤, 마방에서 나와 선 대목으로 집 짓는 공사판 일을 했다는 얘기도 들었습니다. 건모형님 나무 다루는 솜씨가 고조할아버님 내림인지도 모르지요.」
막내는 이제 더 무엇을 숨길 게 있냐는 듯 득의의 눈초리로 나를 본다.
「그렇게 해서 삼례가 어느 분이며 길대가 어느 분이란 사실을 확인했다는 건가?」 기어코 나도 이렇게 묻지 않을 수 없다.
「고조할머님이 홀몸으로 천안까지 나와 고조할아버님을 만나 족두리 한 번 써보지 못한 채 당신을 낳았다는 사실을 증조할아버님은 늘 가슴에 못으로 박고 지냈던 겁니다. 수원에서 일가를 이루자 증조할아버님은 당신 어머님을 모셔오고 천안 땅에는 발을 끊었습니다. 묘사만 다녀오는 외는 말입니다. 그리고 홀어머님께 지극한 효성을 다한 거지요. 선산에 있는 고조할머님 묘가 유독 장엄한 것도 다 증조할아버님이 어머님 한을 풀어드리느라 그랬던 겁니다. 그러고선 외가 쪽 내력을 은폐하려 온갖 노력을 기울였으나 소문이란 꼬리를 달게 마련입니다. 증조할아버님은 당신 어머님 호적을 그 집안 주인이었던 광산 김씨로 고치고, 그 비밀을 종부였던 며느리한테만 말했습니다. 예학에 밝고 근엄하신 우리 할머님 말입니다. 그러자 할머님은 시가 그 내력을 자식들이 혹시 귀띔하여 사실로 믿기 전에 각본 하나를 만들기로 작정했습니다. 아니, 어쩌면 증조할아버님이 며느리에게 사주했는지 알 수 없지요. 어쨌든 할머님은 심사숙고 끝에 친정 배경을 빌려와 삼례와 그 자식 길대의 전설 같은 얘기를 만든 셈이지요.」

막내 추리는 이제 자기가 쓴 드라마 각본을 그대로 재현시킨다. 그러나 그 드라마 각본이 진실이든 허위든 내겐 설득력이 없다.

「건욱아, 그만큼 해두자. 그분들은 이미 옛사람들이다.」 내가 타이르듯 말한다. 내 목소리는 마치 공범자로 몰린 죄인처럼 힘이 빠진다.

「할머님은 우리 가계를 미덕으로 감쌌습니다. 어쨌든 할머님은 자식과 손자들에게 거짓말을 남긴 셈입니다. 그 점을 아버님도 이미 알고 계시면서 모른체하신 거지요? 천안 쪽 친척 입을 통해 그 말 후일담이 비칠 때, 아버님은 오히려 할머님 이야기 쪽을 믿고 싶어했지요? 두 분 작은아버님도 마찬가집니다. 친일파 자손이 선대 내력을 드러내기 싫어하는 그런 심정으로 말입니다.」

「네 말은 편견에 사로잡혀 있어. 그걸 내가 알고 있었다면 어떻고 설령 모르고 있었다면 어떠랴? 그 얘기 진위가 무엇이 그토록 중요한가? 중요하다면 그렇게 해서라도 집안을 보란 듯 우뚝 세우겠다는 할아버님의 눈물겨운 정신이겠지. 네가 쓴 드라마 한 부분이 설령 우리 가계의 한 부분과 일치한다 하더라도 나로선 그 점이 할아버님이나 어머님을 달리 보게 될 어떤 결정적인 동기가 되지는 못한다.」 이제 내가 막내를 설득한다.

「아버님은 끝내 명쾌한 답을 들려주시지 않군요.」

「달리 네게 들려줄 말이 없기 때문이다. 네 가지 보기 중에서 하나 답을 찍어내는 객관식 시험으로 인생 자체의 모든 의문을 해결할 수야 없지.」

「저는 오직 진실의 은폐를 확인했다는 얘깁니다. 그러나 할머니 세대와 다른 저로서는 왜 꼭 그렇게까지 할 필요가 있었느냐고 묻지 않을 수 없습니다. 물론 윗세대로선 저의 따짐이 부질없겠지만 말입니다. 돌아오는 차에서 생각했습니다. 이런 허전함이랄까, 쓸쓸함도 잠시겠거니 하구요. 따지고 보면 진구렁텅이에서 몸을 일으켜 용으로 승천하신 웅혼이 솟대할아버님 아니십니까. 저는 누굽니까? 바로 그 솟대할아버님 증손자니깐요.」 그제서야 막내가 어설픈 미소를 깨물며 도마의자에서 일어선다. 「아버님, 들어가십시다. 이슬이 내리군요.」

막내가 별이 총총한 하늘을 올려다본다. 미세한 분말이 하얗게 엉기어 떨어진다. 이슬이다.

「먼저 들어가거라. 난 담배 한 대 피우고 들어가마.」

잠시 머뭇거리던 막내가 현관 쪽으로 걸음을 옮긴다.

나는 주머니에서 담배와 라이터를 꺼낸다. 담배에 불을 붙여문다. 뿌유스름한 외등 불빛이 우유색으로 풀어진 밤의 눅눅한 공간에 연기를 뿜는다. 나는 이파리를 약간 오므린 목련꽃을 본다. 유월이면 해마다 탐스러운 꽃을 피우는 목련과 같이, 우리 집안의 가계가 마치 물너울 아래 흘러가는 주마등 붉은 불빛같이 스쳐간다.

산야에 자라는 한갓 들풀처럼, 흐르는 세월에 간난스럽게 부침해온 우리 집안을 할아버님은 솟대로 우뚝 서서 남 보란 듯 일으켜 세웠다. 그러나 심성이 유약했던 아버지 대에서 그 나무는 제대로 잎을 피우지 못하고 고사할 지경에 이르렀으나, 어머니가 우리 집

안으로 들어와 튼튼한 뿌리가 되어 나무를 소생시키더니 잎 무성한 가지를 벌렸다. 그래서 우리 대에 와서 이 사회 중산층에 끼여드는 착실한 기반을 굳혔다. 그러나 우리 삼형제 자식 대로 내려가자 유약했던 아버지 피물림 탓인지, 머리가 좋은 반면 소극적인 예술가 성향의 그만그만한 여러 자식을 두었고, 감수성이 예민했던 내 첫애는 후사를 잇기도 전에 아버지보다 빨리 스스로 이승의 삶을 닫아버렸다. 그렇다면 손자 대에서, 그들이 자라 어떤 유형의 인물로 이 사회에 뿌리를 내릴까? 그 점을 두고 나는 어떤 미래도 상상할 수 없다. 다만 완이 같은 아이의 고단한 훗날 삶이 우울하게 내다보일 뿐이다.

「큰애야, 밤이슬이 해로운데 왜 거기 앉았느냐. 들어와 자도록 허거라.」 어느 사이 나왔는지 얇은 스웨터를 걸친 어머니가 정원에 그림자를 드리우고 서서 근심 띤 목소리로 말씀한다.

「아직도 안 주무셨군요. 어서 들어가십시다.」

나는 얼른 일어나 담뱃불을 끈다. 어머니를 부축하여 현관으로 천천히 걸음을 옮긴다. 얇은 옷을 통해 어머님의 그 정다운 내음이며 체온이 따뜻하게 느껴온다.

내가 할아버지 소리를 들은 지 오래된 마당에, 내 윗대가 되는 어머니란 누구인가. 나이 들어 경제권을 잃고 기력이 쇠하면 자식에게 얹혀지내는 한갓 천덕꾸러기 연세가 팔순을 앞둔 늙은이라면 너무 지나친 비약일까. 고목껍질처럼 쪼그라진 얼굴과, 같은 말을 되풀이 고시랑거리는 잔소리가 싫어 증손자들조차 상대하기 꺼리다 보니 홀로 방안에 갇혀 벌레처럼 꼼지락거리며 숨을 잇는 죽음의 그림자가 어디 한둘이랴. 치매를 앓는 노인들로 채워진 양로원을 연상하지 않더라도 그들은 이미 철저하게 잊혀진 세대이다. 그러나 노인도 노인 나름일 것이다. 그가 살아온 삶의 도정이나 기력에 따라 노인의 모습도 달라진다. 어머니 경우는 시아버지가 시할머니의 가계를 꾸몄음에도 이를 넉넉한 마음으로 감쌌음은 물론, 이를 넘어서서 스스로 본이 된, 그 생애가 아름다운 삶이었다. 그 아름다움이란 스스로를 겸손으로 감추는 가운데, 보는 이로 하여금 느끼게 하는 눈부심이다. 어머니는 바깥으로 널리 퍼지는 밝은 빛이라기보다 가까이 있는 혈육에게만 깜깜한 밤의 등불과 같이 주위를 밝혀주는 희망과 안식의 빛이다. 어머니는 다른 누구보다 후손에게만은 엄격한 스승이요 존숭의 의연한 모습으로 살아오셨다. 내 젊었을 시절에는 어머니의 서릿발 같은 훈육과 조금도 틈이 없는 바자위한 성정으로 꽤 곤욕을 치른 것도 사실이다. 넉넉한 젖퉁이같이 부드럽고 따뜻한 그런 어머니 사랑을 그리워하기도 했다. 그러나 내 머리에 서리 앉은 나이가 되고부터 나는 어머니 앞에서는 어린아이가 되었다. 절로 머리가 숙여져 땅에 눈이 머물면 어머니 작은 발은 대지에 깊게 내린 뿌리요, 올려다보면 하늘과 같은 어머니 마음이 그 맑은 눈빛 속에 푸르게 머물러 있었다. 나는 종교를 갖고 있지 않다. 나로서는 어머니가 계시지 않는 우리 집안을 아직까지는 상상할 수 없다. 어머니가 동생네 집이나 수원 고향으로 내려가 며칠 집을 비울 때면 집 안이 텅 빈 듯하다. 외롭고 허전하여 불 꺼진 어머니 방에 형광등을 밤새 켜놓곤 한다. 그러므로 어머니는 오래 전부터 내게 종교와 같은 절대적인 그 무엇이 되었다. 그 그늘이 아니고선 우리 집안은 물론 나라는 존재도 너울 센 바다에 떠도는 가랑잎이었으리라. 내가 그런 생각을 갖기는 오래 전이고, 나는 다시 한번 그 고마움을 마음 깊이 새긴다. (1986. 6)

어느 여름 저녁

「갈 길도 먼데, 이제 출발해.」 다방에서 나온 방위군복짜리가 말한다.

꺼벙이와 계집애가 냉커피를 마실 동안 방위는 위스키 두 잔을 마셔 눈자위가 붉다. 군복 소매를 팔뚝까지 걷어붙인 손에 소형 백과 구겨진 방위병 모자가 들렸다. 말을 할 때 핏발 선 그의 눈이 계집애의 도톰한 입술에 머문다. 분홍색 은분을 바른 입술이다.

「형, 그럼 언제 또 나와?」 꺼벙이가 묻는다. 그는 도수 높은 안경을 꼈고 큰 키에 몸이 말라 어깨가 꾸부정하다.

「야간근무 없을 때는 출퇴근하지. 아까 그 재종숙 댁에서 먹고 잔다니깐.」

「서울에 말이야.」

「다음 주는 힘들고, 그 다음 주말쯤 올라갈게.」 방위가 아우에게 말하며 계집애만 본다.

「자주 나오지 마. 고작 일 년 아냐? 아버지 고향이니 좀 썩지 뺀질나게 서울 오면 뭘해. 지긋지긋한 최루탄 냄새 질리지도 않아? 텔레비전 있겠다, 심심하면 책이나 읽지.」 계집애가 말한다. 그녀는 자주색 반소매 블라우스에 아래통이 퍼진 흰 스커트 차림이다. 챙 넓은 왕골모자를 썼다. 기운 햇살이라 얼굴이 그늘에 가렸다. 나비귀고리 아래 동그스름한 턱선과 긴 목이 깨끗하다.

「시험도 끝났겠다, 이제 네가 종종 내려오면 어때? 방학이니 만판이잖아.」

「그래두 난 바쁜걸. 오전에는 영어 회화, 오후에는 수영 배우기로 했어.」

「젠장, 꼰대는 왜 날 이 촌구석에 떨어뜨렸는지 모르겠어.」

「현명한 판단이지. 학교에 그냥 뒀단 의식화의 집단 최면에 걸릴까 봐 겁나고, 방위로 서울에 떨어뜨렸단 외박에 음주운전으로 싸돌 테니, 여기가 가장 안전지대야. 안 그래?」 하며 계집애가 고소하다는 듯 웃는다.

「의식화? 미친 새끼들, 그 영웅주의자들이야말로 가짜야. 세상이 온통 가짜투성이지만 저들까지 과대 포장하구 나서니.」

「나도 공부 때려치우고 이런 데 와서 푹 쉬었으면 좋겠어.」 꺼벙이가 주위를 둘러보며 말한다.

「네가 지금 쉴 때니? 늙은이 티 내지 마, 새파란 새끼가.」

「그냥 해보는 소리지 뭘.」

「잘 가. 신고할 시간 됐어. 방위도 군대라고 더럽게 따져.」 방위가 말한다. 그는 다시 계집애 모자에서부터 발끝까지 핏발 선 눈길로 훑어본다. 침을 삼킨다. 두 다리를 꼬며 손목시계를 본다. 오후 일곱시 십오분이다.

「근무나 잘해. 그럼 우린 갈게.」 계집애가 입꼬리를 늘이며 웃는다. 볼우물이 팬다. 걸음을 돌려 차 있는 쪽으로 걷는다.

계집애가 오는 것을 보자 젊은 기사가 차 트렁크 문을 눌러 닫는다. 앞쪽으로 돌아와 운전석에 오른다. 시동을 건다. 목덜미 땀을 훑어 티셔츠 허리에 문지른다. 라디오를 켠다. 유행가가 쏟아지자 꺼버린다.

방위는 민희 뒷모습을 보고 선다. 잘록한 허리 아래 펑파짐한 엉덩이를 보며 그는 침을 삼킨다.

「형, 갈래. 근무 충실히 해.」

「너 이럴 때가 아냐. 삼수생 안되려면 어디든 붙어야지.」

「알아. 내 일은 내가 알아 할 테니.」

「잘 가, 민희. 내 편지할게!」 방위가 계집애 쪽으로 소리친다. 계집애가 돌아보며 손을 흔들다 그 손을 자기 입술에 대었다 뗀다. 「김 기사한테 돈 받으면 그 돈 엄마한테 맡겨.」 방위가 아우에게 말한다.

방위는 한길을 건넌다. 길 건너 군청사 옆이 경찰서다. 정문에서 입초 선 방위병이 웃으며 그를 맞는다.

「애인이니?」

「그쯤 되지.」

「섹시한데 그래.」

「쓸 만한 애야.」

「서울서 재미 보구 내려오는군.」

「그렇지 뭘.」

방위는 모자를 짧게 깎은 머리통에 아무렇게나 얹는다. 백 지퍼를 열고 담배 한 갑을 꺼내어 입초병에게 던진다.

「밤에 빨 돈은 넣어왔겠지?」 입초가 담배를 받으며 묻는다.

「생맥줏집에서 일차 하지.」

「이 차는?」

「미스 초 집이 어떨까?」

「빵구내지 마.」

해가 서산 마루에 걸렸다. 가로수는 유월 하순의 뜨거운 볕 아래 늘어져 있다. 마침 장날이라 읍내 중심부 한길은 사람들이 많다. 레코드와 카메라 필름을 취급하는 점포 앞에 내놓은 확성기에서 유행가가 시끄럽게 쏟아진다. 그 옆 생맥줏집에서 불카해진 젊은이 둘이 나온다. 소매 없어 겨드랑이가 훤한 임신복 차림의 여자가 얼굴을 내민다. 머리카락은 노랑물을 들였고 얼굴은 화장독으로 푸르죽죽하다. 밤에 또 와요, 재미있는 테이프 있어. 여자가 말한다. 경운기 수리점 앞으로 수박장수가 손수레를 끌고 지나간다. 골라잡아 칠백 원. 떨이요, 떨이. 밀짚모자 쓴 수박장수가 외친다.

「더 들를 데 없지요?」 계집애와 함께 뒷좌석에 오르는 꺼벙이를 돌아보며 기사가 묻는다.

「곧장 갑시다.」

차가 천천히 움직인다. 한길은 인도와 차도가 구별되지 않아 사람으로 넘친다. 기사가 연방 클랙슨을 울린다. 길이 쉽게 뚫리지 않는다. 맞은쪽은 시외버스터미널이라 북새통을 이룬다. 기사는 열어놓은 창틀에 한 팔을 걸치고 천천히 차를 몬다.

「저기, 저 양조장이죠.」

꺼벙이가 길가에 있는 허름한 단층 함석집을 손가락질한다. 양조장 앞에 두 말들이 빈 막걸리통 여러 개가 쌓였다. 배달원이 자전거 뒤에 얹힌 나무상자에 두 말들이 플라스틱 막걸리통을 옮겨 싣고 있다.

「지금은 누가 하는데요?」 계집애가 묻는다.

「먼 친척뻘이랍니다. 누군지 나도 몰라요. 벌써 여러 손을 거쳤겠죠. 삼촌이 태어나고 손떼었다니 할아버지가 젊었을 때였죠. 그리곤 곧 고향을 떠났으니깐요.」

「대구로 나갔담서요?」

「염색공장을 차렸나 봐요. 그게 사업의 시작이었어요. 해방되고 일본놈들이 떠나자 주물공장을 헐값에 불하받으면서 사업을 크게 확장한 게 오늘의 바탕이 된 거죠 뭘.」

「우리집이나 피장파장이군요.」

「그럼, 선대엔 말죽거리에서 농사지었나요?」

「농사꾼 출신이 어떻게 땅장사해요? 땅장사란 남이 기어다닐 때 날아다니는 사람이 돈 놓고 돈 먹기식 땅따먹긴데.」

「하긴 그렇다고 하더군요.」

「한국 땅은 정말 살맛이 없어요.」

계집애는 왕골모자를 벗어 뒤쪽 선반에 얹는다. 신발도 벗는다. 꺼벙이 사이에 놓인 백을 열더니 콤팩트를 꺼낸다. 콤팩트 거울에 얼굴을 비춰본다. 손수건으로 눈 주위와 뺨을 다독거린다.

읍내로 빠져나온 차는 버드나무가 줄지어 선 포장된 길을 빠르게 내닫는다. 읍내와 달리 길이 훤하게 뚫렸다. 싱그런 저녁바람이 차 안으로 밀려든다.

「시골이 좋긴 좋군요. 한번도 살아본 적 없지만.」 꺼벙이가 푸른 들녘에 눈을 주며 혼잣말을 한다.

들녘에는 벼가 잘 자란다. 농부들이 벼포기 사이에 흩어져 있다. 야산 아래 새마을 주택이 모여 있다. 마을 뒷산은 소나무가 울울하다. 마을 앞 정자마당에 아이들이 노는 모습이 보인다.

기사는 차를 몰며 들녘에 눈을 준다. 이제 차츰 기억 속에서 지워지지만, 눈에 익은 초여름 풍경이다. 그는 초등학교를 졸업하던 해 가족과 함께 서울로 올라왔다. 봉천동 가풀막 단칸방에 짐을 풀었다. 아버지는 공사판으로, 어머니는 파출부로 나갔다. 그는 겨우 중학교를 졸업할 수 있었다. 고향을 떠난 지 십 년 남짓한 세월이 흘렀다. 시골에 살 때, 이 절기쯤이면 풋바심한 꽁보리밥에 호박잎 넣고 끓인 된장국으로 때웠다. 이제 가족은 꽁보리밥을 먹지 않는다. 아버지는 신장병을 얻어 쉬지만, 나머지 가족은 모두 일터를 갖고 있다. 시골 풍경을 보자 어릴 적 가난과 초등학교와 마을 고샅길이 떠오른다. 고향을 떠난 뒤 그는 그쪽에 갈 기회가 없었다.

작년에 병적 문제로 고향에 들렀다. 이제 그곳에도 동무들은 모두 고향을 떠나고 없었다. 늙은이들만 고향을 지켰다. 그들은 자기 가족이 떠날 때와 똑같은 삶을 살고 있었다. 도회지 자식들이 보내 주었다며 이집 저집 컬러 텔레비전이 저녁마다 화려한 색상으로 도회 생활을 보여주었다. 빚으로 산 경운기 몇 대가 있다는 점이 삼십여 호 고향 마을의 변화였다.

「씹을래요?」 계집애가 껌을 꺼벙이한테 내민다.

「그러죠.」 꺼벙이가 껌을 받아 포장지를 창 밖에 버리고 알맹이를 씹는다.

「자, 기사님.」 계집애가 운전석 등받이 너머로 껌을 내민다.

「괜찮아요.」 기사가 무뚝뚝하게 거절한다.

계집애는 입술을 삐죽하더니 껌 포장지를 벗긴다. 무슨 생각에선지 그 껌을 백에 넣고 다른 껌을 꺼낸다. 은박지를 벗겨 둥글게 말아 혀에 얹는다.

차는 강을 끼고 산모퉁이를 돌아나간다. 강가에 왜가리 몇 마리가 긴 부리로 물밑을 쪼며 거닌다. 한켠에서 물장구치며 놀던 아이들이 왜가리 쪽으로 돌팔매를 날린다. 왜가리들이 날개를 퍼득이며 날아 강 아래로 옮겨앉는다.

갑자기 차가 기우뚱하더니 한쪽으로 쏠린다. 바퀴가 아스팔트 바닥에 밀리며 쥐 울음소리를 낸다. 계집애와 꺼벙이 어깨가 부딪친다. 시외버스가 빠른 속도로 차 옆을 지나쳐 뒤로 빠진다.

「천천히 몰 수 없어요?」 깜짝 놀란 계집애가 기사에게 쏘아붙인다.

「미안합니다.」

「큰일날 뻔했어요.」

「형, 안전운전해요.」 꺼벙이가 기사에게 말한다.
「이렇게 달려도 서울까진 네 시간 넘게 걸려요.」
기사는 안전벨트를 당겨 자물쇠를 채운다. 기사가 안전벨트를 채우자 꺼벙이도 얼른 따라 한다.
「채워야 안전해요.」 꺼벙이가 계집애에게 말한다.
「갑갑해서. 난 그냥 갈래요.」
계집애가 차창 밖을 내다본다. 산너머 노을이 곱다. 한 떼의 참새가 강 건너 숲에 내려앉는다. 숲은 이미 어둠에 잠겨간다. 계집애는 등받이에 머리를 기대고 눈을 감는다.
「제가 괜히 따라왔나 봐요. 머리도 식힐 겸 나서긴 했지만.」 꺼벙이가 계집애에게 말한다.
「자고 가라 보채지 않은 게 완호 씨 덕분이죠 뭘.」 계집애가 눈을 감은 채 대답한다. 그녀 입에 묘한 미소가 스친다.
계집애를 보던 꺼벙이 눈이 한 곳에 머문다. 눈을 감은 여자의 홈 파인 가슴을 들여다본다. 불룩한 젖의 융기가 보일락말락한다. 진주알 목걸이가 융기의 골을 막고 있다. 꺼벙이는 침을 삼킨다. 바람에 나부끼는 여자 머리카락에서 향수 내음이 풍긴다. 꺼벙이는 기사를 의식하고 자세를 바로한다. 콧등에 걸린 안경을 밀어올린다.
기사는 차량이 뜸한 국도에서 여전히 빠르게 차를 몬다. 버드나무 가로수가 뒤로 밀려난다. 속도계 바늘이 백에 머물러 있다.
「형, 이 차 중고시장에 팔아달라는 얘기 들었지요?」 꺼벙이가 기사에게 묻는다.
「늘 세워두느니 팔아야죠.」
「제대하면 새 차를 산대요. 차 판 돈은 어머니한테 맡기세요.」
꺼벙이도 등받이에 윗몸을 기댄다. 잠시 눈을 감고 있다 윗몸을 세운다. 계집애 사추리를 내려다본다. 그는 마른침을 삼키곤 눈을 거두어 차창 밖을 내다본다. 눈을 껌벅이며 어둠 속에 잠겨가는 산야와 마을을 바라본다. 집집마다 불을 켜 집들이 어둠 속에서 반짝인다. 승용차가 고속도로로 올라앉는다. 훤하게 뚫린 길로 차가 마음껏 내닫는다. 차체가 흔들린다.

「소값 파동이다 해서 죽느니 사느니 하지만, 농촌은 평화스럽네요.」 꺼병이가 기사에게 말한다.

「먼데서 보면 그림 같죠. 농사꾼 입장은 다르겠지만.」

「설령 농사짓고 산다 해도 별다를 게 있겠어요. 집 있겠다, 요즘 옷이야 어디 떨어져 못 입나요. 사실 촌사람들 세 끼니 먹는 것이야 그 돈이 얼마 되겠어요.」

「얼마 되겠다니?」

「그렇다는 거죠 뭘. 난 잘 모르지만서두.」 기사의 강한 되물음에 꺼병이가 어물어물 대답한다.

「촌사람이라고 밥만 먹고 살아야 하우? 짐승도 제 몫은 챙겨 먹어요.」

기사 말에 꺼병이는 입을 다문다. 약간 겁먹은 눈으로 기사 뒤통수를 본다. 말이 없는 어머니 차 기사가 그에게는 늘 꺼림칙하다. 사람을 쏘아보는 눈이 음험하다. 올라가면 어머니에게 이야기해서 기사를 갈아치우라 말해야지 하고 꺼병이는 생각한다.

꺼병이는 옅은 잠에 든 계집애와 차창 밖을 번갈아 본다. 두 다리를 포개었다 폈다 하며 허리를 흔들기도 한다. 뒤따라오는 고속버스가 일차선을 비켜달라며 비상 라이트를 껐다 켰다 한다. 기사는 이차선이 비었는데 내처 달린다. 고속버스가 바짝 따라붙는다. 고속버스 비상 라이트로 차 안이 조명등을 켠 듯 번쩍거린다.

「형, 길을 내줘요.」 꺼병이가 뒤를 돌아보며 겁먹은 목소리로 말한다.

기사는 대답이 없다. 고속버스가 이차선으로 돌아 승용차를 앞질러 다시 일차선으로 올라선다.

「형, 너무 빨리 모는 게 아니오? 이건 엄마 차처럼 좋은 차도 아닌데.」

「걱정 마시우. 나도 하나뿐인 목숨이니깐.」

될 대로 되라는 듯 꺼벙이는 등받이에 기대고 눈을 감는다. 그의 한 손이 포장친 샅 사이에 얹혔다.

차가 구미 인터체인지를 지나 김천으로 달릴 때, 계집애가 눈을 뜬다.

「어디까지 왔지? 내가 많이 잤나 봐요.」 계집애가 윗몸을 세우며 기지개를 켠다. 손바닥으로 하품을 눌러 재운다.

「김천이 다 와가나 봐요.」 꺼벙이가 반갑게 대답한다.

「아이, 목말라.」

「나도 그래요. 다음 휴게소에서 잠시 쉬어가죠. 형, 다음 휴게소가 어디에요?」

「추풍령.」

「거기서 잠시 쉬어가도록 해요.」

기사는 대답을 않고 일차선으로 계속 차를 몬다. 속도계의 바늘이 백이십에서 오르내린다. 차체가 심하게 흔들린다.

차가 추풍령 휴게소로 휘어들어간다. 차가 멈추어선다. 꺼벙이가 차에서 내리더니 어적이는 걸음으로 바삐 화장실로 달려간다. 계집애도 샌들을 신자 따라 내린다. 기사가 안전벨트를 풀고 차에서 내린다. 과열된 엔진에서 더운내가 끼얹어온다. 기사는 앞덮개를 열어 받침대로 받쳐 세운다. 그는 화장실로 천천히 걷는다. 곳곳에 외등이 켜져 낮처럼 환한 휴게소 마당은 여행객으로 붐빈다. 매점과 떡볶이를 파는 진열대 앞이 복작거린다. 한 아낙네가 이동식 쓰레기통을 들고 다니며 집게로 쓰레기를 줍는다. 기사는 문득 어머니를 떠올린다.

「아줌마는 퇴근도 없나요?」 기사가 묻는다.
「고속버스가 끊겨야 청소하고 집에 가지요.」
「저 아랫마을에 사나요?」
「집은 서울이에요.」
「그럼 잠은?」
「방을 하나 빌려 살지요.」
「이산가족이군.」
「애들 학비 대느라 이렇게 나와 살죠.」

아낙네는 허리를 펴고 일어선다. 기사 어머니 역시 빌딩 청소부로 일한다. 형은 자동차 정비공장에, 누이는 구로공단에서 일한다. 아우는 고 삼이다. 유일하게 대학물을 먹어볼 아우가 집안의 희망이다. 아우는 공부를 잘한다. 대학에 들어가면 아우도 이 나라의 현실을 보고 깨닫게 될 것이다. 매년 연례행사를 치르는 반정부 대학생 데모를 떠올리자, 그는 아우가 무사히 대학을 졸업할까 싶어 우울해진다.

기사는 담배를 피우며 화장실 계단으로 오른다. 화장실로 들어가자, 대변용 칸막이 문이 열리고 꺼벙이가 나온다. 바지춤을 여미며 안경 뒤쪽 몽롱한 눈으로 기사를 본다.

기사는 소변을 보고 화장실에서 나온다. 매점 쪽으로 간다. 음료수나 한 병 마실까 하다 누이를 생각하고 그만두기로 한다. 야근까지 합쳐 누이 한 달 봉급이 구만 팔천 원. 누이는 봉제공장 견습공이다. 공장에서 보내주는 야간 상업학교에 다니느라 기숙사에서 자취를 하고 있다.

「형, 우유 먹지.」 꺼벙이가 말한다. 그는 캔맥주를 마신다.

기사는 우유팩을 받는다. 꺼벙이가 캔맥주를 단숨에 비운다.

「갈증이 심해 미치겠군. 아가씨, 맥주 하나 더 줘.」

꺼벙이가 캔맥주를 여종업원으로부터 받는다. 청바지 주머니에서 돈을 꺼내 셈을 치른다. 기사는 우유팩을 쓰레기통에 버리고 차 쪽으로 걷는다.

기사가 차 앞덮개를 닫고 잠시 기다리자, 꺼벙이가 온다. 뒤따라 계집애가 아이스크림을 빨며 온다. 둘이 뒷좌석에 오르고 문을 닫자, 기사는 시동을 켠다. 안전벨트를 맨다. 꺼벙이도 안전벨트를 맨다. 차가 휴게소를 떠난다.

휴게소를 떠난 지 오 분, 차츰 속력을 올린 차는 일차선으로 미끄러든다. 산을 가르며 빤하게 뚫린 고속도로로 빠르게 내닫는다.

「형 말론, 민희 씨가 대학을 미국으로 옮길 거라면서요?」 꺼벙이가 트림 끝에 계집애에게 묻는다.

「여기 대학이 시시해서 그럴 작정이에요. 허구한 날 데모로 날이 지니 어디 공부가 제대로 돼요. 오빠들도 오라 하구, 집에서도 권하구.」 계집애가 아이스크림 꽁지를 차창 밖으로 버린다.

「오빠 두 분이 미국 있다면서요?」

「큰오빠는 영주권을 얻었으니 눌러앉을 모양이구, 작은오빠는 경영학인가 뭔가, 그 학위만 끝나면 나올 거예요. 처가 기업체에 기획실장으로 부임한다나 어쩐다나.」 계집애가 시퉁하게 말한다.

「민희 씨, 나도 여자 하나 소개해 줘요. 외로워 미치겠어요.」 꺼벙이가 말한다.

「대학에 붙고 봐요. 어느 골빈 애가 재수생 따라다니겠어요.」

「하긴 그렇군요. 따라지에라도 붙고 봐야 하는데, 난 머리가 나쁜가 봐요.」

「대학도 이젠 기부금 제도가 생긴다니 잘됐죠. 그러나 완호 씨는 이미 늦었어요.」

「그래요. 내년에 당장 시행될 전망은 없으니깐. 요즘은 왠지 만사가 시들해요. 도무지 살맛이 없다니깐요. 대학에 들어가 본들 간판 따기지, 뭐 달라질 게 있겠어요? 연애하고 술 마시는 건

간섭 안 받겠지만.」

「우리집 막내도 공부에는 영 취미가 없나 봐요. 영화판과 가요판만 기웃거리는 걸 보니. 여기저기 펜팔 보내 인기인이 사인한 사진을 수십 장도 더 모은 걸요. 아버지두, 갠 기부금 아니면 대학문 앞에 가보기 글렀다잖아요.」

꺼벙이는 가벼이 한숨을 날린다. 민희 씨 동생을 소개해 달라는 말이 차마 입 밖에 떨어지지 않는다. 형 따라 언젠가 민희 씨 집에 가보아야겠다고 생각한다. 대화가 끊겨 그는 차창 밖 어둠에 눈을 준다. 차는 숲이 짙은 산 사이 언덕을 오른다. 잠시 뒤 굴이 나온다. 차는 굴속으로 빠져든다. 꺼벙이는 잠시 화장실에서 떠올린 여자의 그 부분을 떠올린다. 축축한 살 사이를 누른다. 굴속이라 그런지 가슴이 답답하고 머리가 어지럽다. 이윽고 차는 굴속을 빠져나온다. 어둠을 휘저으며 내리막길을 굽어돈다.

차가 영동 인터체인지를 지났을 때다.

「형, 어디 차 잠시 세워줘요. 오줌통이 꽉 찼어요.」 꺼벙이가 말한다.

「고속도로에선 설 수 없고, 조금 가면 간이휴게소가 있을걸.」

기사는 액셀러레이터를 눌러 밟는다. 헤드라이트 불빛이 닿은 데까지 고속도로가 텅 비었다. 차는 빈 길을, 차 이름 그대로 미친 말같이 내닫는다. 십 분쯤 달려가자, 저만큼 간이휴게소가 보인다. 시계탑이 있다. 헤드라이트 불빛을 받은 시계판 침은 이미 아홉시를 넘어버렸다. 차가 휴게소 안쪽 길로 미끄러져 들어선다.

꺼벙이가 안전벨트를 푼다. 그는 차가 멈추자마자 뛰어내린다. 풀섶으로 달려가 지퍼를 내린다. 오줌을 누려다 후딱 돌아본다. 계집애의 얼굴과 마주치자 간이휴게소 건물 뒤로 돌아간다.

시동을 걸어놓은 채 기사가 안전벨트를 푼다. 그는 엉덩이를 일으켜 윗몸을 뒤로 돌린다. 기사는 꺼벙이가 열어놓은 뒷문짝을 소리나게 닫는다.

「왜 그래요?」 계집애가 기사 짓거리를 보며 놀라 묻는다.

「만사가 시들하다는 녀석은 고생 좀 해봐야 살맛이 나겠지.」

기사가 액셀러레이터를 밟는다. 차가 덜컹 하며 간이휴게소를 빠져나간다. 갓길에서 차는 빠르게 고속도로로 올라선다.

「왜 이래요, 완호 씨 안 태우고?」 계집애가 발끈하여 소리친다.

「이젠 감잡혔어? 똑똑한 계집애야.」

「미쳤어요?」

「다들 제정신이 아니지.」

「세워요, 차를 세워!」

「아가리 못 닥쳐! 누구처럼 트렁크에 처넣을까 부다.」 얼굴을 돌린 기사가 부릅뜬 눈으로 소리친다.

차는 일차선으로 달려간다. 속도계 바늘이 일백에서 빠르게 일백이십으로 넘어선다.

「정, 정말 왜 이러는 거예요. 이러심 완수 씨나 완호 씨가 가만 있을 것 같아요? 당장 해고당할 거예요!」

「난 냄새 나는 그 집을 떠나기로 결정했어. 너처럼 미국엔 못 가지만 멀리 떠나기로. 조금 가면 금강 휴게손데 다리에서 차와 함께 강으로 다이빙할까. 동반자살은 어때?」 기사가 앞을 보며 말한다.

「내려줘요. 전 내릴래요. 혼자 따로 올라가겠어요!」

「내릴려면 내려봐. 빈대떡이 될걸.」

「어쩌자는 거예요?」 계집애 목소리가 울먹인다.

「트렁크에 처넣어 강물 속에 차를 밀어넣기 전에 잠자코 있으라니깐. 팔아야 삼십만 원도 못 받을 차와 함께 물귀신 안되려면 찍소리 말아!」

기사가 윽박지르곤 백 미러를 계집애 쪽으로 고정시킨다. 라디오를 켠다. 재즈음악이 쏟아진다. 기사는 볼륨을 한껏 높인다. 차 안이 음악소리로 찬다.

그때, 계집애가 주먹으로 기사 머리를 세게 친다. 차가 비틀거린다. 계집애가 비명을 지르며 손으로 얼굴을 감싼다. 몸이 시트에서 붕 떴다 다시 시트 구석에 처박힌다. 그녀 머리가 모서리벽에 부딪힌다.

「같이 죽고 싶다면 그렇게 지랄병 쳐봐. 나도 이젠 제정신이 아냐. 돌아버렸다구. 아주 미쳤어 !」 기사가 돌아보며 악을 쓴다.

한동안 지그재그로 달리던 차가 차츰 정상을 되찾는다. 그는 라디오 음악만큼 광적으로 차를 몬다. 계집애는 무릎에 얼굴을 묻고 있다. 등판이 들먹인다.

「무서워요. 제발 살려줘요…….」

「넌 아랫도리가 질났잖아. 똑똑하구. 뒤처리는 잘할 거야.」

뒤쪽에서 고속버스 한 대가 달려온다. 계집애가 눈물로 얼룩진 얼굴을 든다. 그녀가 창 밖으로 목을 내민다.

「살려줘요, 사람 좀 살려주세요 !」 민희가 고속버스를 향해 손을 내저으며 울부짖는다.

고속버스가 무심히 스쳐간다. 그 속에 있는 얼굴도 표정이 없다.

「원한다면 내려주지. 어여쁜 공주님을 울려서야 쓰겠냐.」

「악마 같은 새끼. 내려줘, 어서 내려줘 !」

기사가 승용차 속력을 줄인다. 서둘러 브레이크를 밟자 차가 밀리며 길 옆으로 비켜선다. 주위는 산이 높고 큰키나무들이 울창하다. 기사는 헤드라이트를 한 단 낮추어 표시등으로 바꾸고, 우회전 깜박이를 켠다. 그럴 사이 계집애가 차문을 열고 뛰어내린다. 멀리서 승용차 한 대가 달려온다. 샌들을 신지 않은 민희가 동동거리며 손을 흔든다. 차에서 재빨리 내린 기사가 민희 팔을 낚아채어 비튼다. 그는 주먹으로 계집애 머리를 후려친다. 비명을 삼키는 민희 몸이 중심을 잃는다. 기사는 쓰러지려는 그녀 허리를 받쳐 안는다.

그는 축 늘어진 그녀를 끌며 숲으로 들어간다.

한참 뒤, 기사는 혼자 숲에서 나온다. 차에 오르자 라디오를 꺼버린다. 차는 다시 이차선으로 들어선다. 그는 얼굴에 묻은 흙과 땀을 훔친다. 그는 다시 일차선으로 빠르게 차를 몬다. 막막하게 트인 고속도로 끝을 뚫어지게 본다. 땀으로 번질거리는 그의 얼굴은 아무런 표정이 없다. (1986. 8)

깨끗한 몸

그 시절의 기억 몇 가지는 왜 분명하지 않고 흐릿한 부분이 많은지 모르겠다. 전쟁이 난 이태 뒤인 1952년으로, 초등학교 오학년 때이다. 만 여섯 살에 학교에 입학했으므로 오학년 끝 무렵이라면 열한 살이었다. 나이 열한 살이면 철이 들어도 제법 들었을 터였다. 양력으로는 해가 바뀐 2월이었지만 음력 섣달 그믐 세밑에 나는 어머니 손에 끌려 읍내에서는 하나밖에 없던 목욕탕에 가게 되었다.

전쟁 전후 우리 가족은 서울 남산 밑 묵정동에 일 년 반 정도 살았으므로 그 동네에도 목욕탕은 있었을 터였다. 물론 그때는 아버지가 가장으로 가족을 건사했기에 목욕탕에 갔다면 아버지와 함께 갔을 것이다. 아니, 곰곰이 생각해 보니 목욕탕에는 숫제 가지 않았을는지 모른다. 왜냐하면 그런 기억이 남아 있지 않다. 서울살이 때 내가 다닌 영희초등학교의 하얀 시멘트 사층 건물, 그 옆 컴컴하고 질척한 화원시장의 저잣길, 당시 국무총리였던 이범석 씨 사택이 있던 남산 오르막길, 흰 가운을 입은 의사 차림의 면도사가 면도칼을 얼굴에 들이대던 이발관, 두부 사러 다녔던 함석집 두부

공장의 콩 불린 비릿한 내음까지 떠오르는데, 목욕탕 위치만은 감조차 잡히지 않는다. 아니다. 아버지의 벌거숭이 몸은 목욕탕과 관계없이 더러 떠오르기도 한다. 아버지는 키가 작았고 살갗이 깜조록했다. 몸이 홀쭉하고 날렵하여 숫사슴 같았다. 나는 아버지의 민틋한 아랫배 아래 거웃이 시커멓게 나 있는 걸 보고, 어른들은 수염이 나다 못해 왜 거기에까지 털이 날까 하고 궁금하게 여긴 기억이 남아 있기 때문이다. 어쩌면 그 기억 속의 아버지는 다른 어른이었을는지도 모른다. 어린 시절 목욕탕에서 다른 어른 거웃을 본 게 아버지도 으레 그러려니 하는 연상을 낳게 되고, 그 연상이 머릿속에 자리잡아 사실로 굳어져 버릴 수도 있으니깐. 그래서 서울살이 때 내 목욕은 대체로 부엌 뒷문 밖 좁장한 담벽 아래 물을 담은 큰 나무통을 놓고, 그 속에 내가 비좁게 들어앉으면 어머니가 열심히 몸을 씻겨주던 장면이 떠오른다. 겨울철에는 어떻게 목욕했는지 잘 생각나지 않지만 여름 한철은 저녁 무렵 아우와 주로 그렇게 목욕했다. 찬물이 아니라 반드시 물을 데워 했던 기억이 난다. 어쨌든 목욕탕 하면, 열한 살 그때, 어머니 손에 끌려 가슴 두근거리며 따라갔던 읍내 목욕탕 기억이 내게는 첫 경험으로 남아 있는 셈이다.

인민군에게 내어준 서울을 국군이 되찾기 직전이었으니, 아마 9월 하순이었을 것이다. 며칠 만에 집에 들른 아버지는 짐꾼 편에 지게에 짊어온 쌀 한 가마를 마당에 부려놓곤, 당분간 보기 힘들게 될 거라며 황망히 집을 떠났는데, 그때 모택동 복장에 납작 모자를 쓴 아버지 모습을 본 게 마지막이었다. 세상이 바뀌었지만 어디서든 살아만 있다면 돌아오겠거니 하며 아버지를 기다리기 두 달, 우리 가족은 돈이 될 만한 지닌 물건을 다 팔아치운 뒤라 더 어떻게 서울 생활을 버텨내기가 힘에 부쳤다. 네 아버지는 개미 한 마리 마음대로 못 죽이는 위인이라 죄짓고 다닐 사람이 아니다. 어머니가 이렇게 우겼으나 알 수 없는 일이었다. 퇴각하던 저들을 따라 이북으로 넘어가 버렸는지, 탈환하고 후퇴하는 그 갈림길의 아수라판에 비명횡사했는지, 우리 가족은 알 수 없었다. 양식이 떨어져 끼니를 거르면서도 겉으로는 느긋했으나 밤마다 대문에 귀기울이던 어머니도 끝내 아버지를 단념하는 눈치였다. 언제인가 전쟁이 멎는 그날, 아버지가 살아만 있다면 서울바닥에서 우리 가족을 찾을 수 없더라도 고향으로 소식이 오겠거니 하며, 어머니는 11월의 첫 추위가 닥칠 무렵 우리 네 형제와 함께 서울역에서 석탄 따위를 실어 나르는 무게차를 타고 피란길에 올랐다. 다른 피란민처럼 고향을 등진 게 아니라 버렸던 고향을 찾아 알거지가 되어 돌아왔다. 우리 가족이 고향을 등지고 서울로 이사를 갈 때는 세 칸 초가와 가재도구가 모두였던 그 알량한 가산이나마 죄 정리하여 단출하게 떠났으므로 막상 다시 고향으로 내려오자 앞으로 살길이 막연했다. 그래서 어머니는 이웃사촌으로 지냈던 읍내 장터마당에 살던 울산댁에게, 중노미 하나 둔 셈치고 당분간만 거둬달라고 어거지로 나를 떠맡겼다. 울산댁은 내 할머니 나이뻘로, 내외가 장터마당 입구에서 주막을 열고 있었다. 울산댁 서방 이인택 씨는 외가 먼 사돈뻘이기도 했다. 그런 뒤, 어머니는 세 형제를 달고 이모님 댁이 있던 대구로 올라가 그곳에서 살길을 찾았다. 나만 가족과 떨어진 셈이었다. 어머니는 서너 달에 한 번쯤 나를 보러 대구에서 기차를 갈아타고 경선남부선 역이 있는 고향 진영으로 오곤 했다.

어머니와 세 형제가 낯선 타향 땅 대구에 처음 발을 디뎌 삶을 꾸린 생활은 내가 훗날 듣게 되었지만, 그 정황이 눈에 선하다. 대구에 막상 정착했으나 전쟁 와중의 난리북새통 세월이라 어머니는 이모님 댁에 늘 얹혀지낼 수는 없었다. 외가 쪽 몇 친척집을 동냥하듯 떠돌던 끝에 따로 사글세방을 한 칸 얻게 되었다. 그러나 하루 끼니조차 제대로 잇지 못하여 자식들과 함께 굶기도 잦았던 모양이었다. 외조부 대에서 철저히 몰락하고 말았지만 어머니는 울산 땅의 문벌 있는 유생 집안 출신이었다. 그렇지만 당장 호구가 급한 판이라 식모로, 직물공장 잡역부로, 닥치는 대로 막일에 나섰다. 그래서 고향으로 내려와 나를 목욕탕에 데리고 가게 된, 전쟁 터진 이듬해 섣달 그믐께에는 그럭저럭 한 가지 일감을 잡았으니, 그 일이 바느질이었다. 지아비 없는 아녀자로서 입에 풀칠할 수 있는 마땅한 일감을 갖게 되었으나 두 평 남짓한 남의 집 문간방 사글세 신세에 봉지쌀을 팔아먹던 처지라 나를 데리고 갈 형편이 못되었다. 자식이 없던 울산댁 내외가 어머니를 중신한 죄밑 탓인지 나를 친손자같이 보살펴주는 데다 읍내에서 십리 밖 뜸마을 농사꾼에게 시집간 고모네가 학비를 대어 읍내 학교까지 다니게 해주었으니, 어머니는 맏이를 대구로 데려가야지 하고 벼르면서도 입 하나 던다는 계산에서인지 일 년이 넘도록 어물쩍 세월을 벌고 있었다.

읍내 목욕탕은 역에서 장터마당으로 올라가는 길목에 있었다. 네모난 단층 시멘트 건물로 일정 때 일본 사람이 지은 목욕탕이었다. 두 개 낡은 쪽문 위에 달린 곰보유리창에는 붓글씨로 '男'과 '女'라 쓴 마름모꼴의 창호지가 붙어 있었다.

내 고향은 왜정 초기 일본인들에 의해 읍내꼴을 갖추게 된 마산과 가까운 지방인 데다, 북으로 훤한 오천 정보의 드넓은 평야를 안고 있었다. 왜정 때는 그 들판 대부분이 동양척식주식회사 소유였다. 그래서 한일 강제합병 이후 일본인이 떼거리로 몰려나와 읍내에 일본인 자녀만을 위한 소학교까지 세워졌을 정도였다. 그러므로 목욕탕 역시 일본인이 지어 그들이 주로 이용했다. 우기 잦고 습기 많은 섬나라에서 나온 그들은 유독 목욕을 즐겼던 것이다. 팔일오 해방으로 일본인이 모두 떠난 뒤, 목욕탕은 한동안 문을 닫았다. 목욕탕은 보수를 하지 않아 시멘트 벽이 헐어져 내리고 문짝도 썩어, 해마다 낡아갔다. 「쪽발이놈들 목간 한분 좋아하데.」 사람들은 볼썽사나운 목욕탕 앞을 지나치며 한마디씩 빈정거렸다. 그러던 어느 해인가, 객지에서 흘러들어온 돈푼깨나 있던 사람이 목욕탕을 사서 얼치기로 개수를 하더니, 겨울 한철만 문을 열어 손님을 받았다.

그해 음력 설밑 단대목에 어머니는 머리가 짜부라져라 능금을 한 보퉁이 이고 고향으로 내려왔다. 물론 그 능금은 본고장 대구 청과물 도매시장에서 싸게 사들여 고향 장터에 팔기 위한 상품이었다. 명절 아침 제사상 차리는 데 빨간 능금은 반드시 필요한 실과였고, 어머니는 그 이문으로 차삯과 찬값이라도 뽑자는 심산이었다. 어머니는 울산댁 내외에게 선물할 버선 한 벌씩과, 바느질감에서 자투리로 남은 헝겊으로 만든 꽃주머니 두 개를 만들어왔다. 물론 내 메리야스 속옷 한 벌과 학용품도 능금 보퉁이 사이에 끼워가지고 왔다.

어머니가 나를 만나러 그렇게 내려올 때, 나는 반가운 마음은 잠시이고 늘 두려움에 떨었다. 전쟁이 어머니 성정을 그런 쪽으로 돌려세웠겠지만, 전쟁 전에도 어머니는 자식에게 위엄을 단단히 세워 나에겐 참으로 무서운 분이었다. 고향으로 내려오면 어머니는 그동안 내 행실과 학교 공부 정도를 울산댁과 이웃 사람들에게 염탐하고선 반드시 무슨 이유든 끌어대어 매질로 당조짐을 놓곤 대구로 떠났다. 밤늦게까지 공부는 뒷전이고 장터마당을 싸돌거나 극장 앞을 기웃거린다, 시골에서도 학교 성적이 늘 중간밖에 못하는 너를 장자로 믿고 이 에미가 어떻게 살겠느냐, 구슬치기를 얼마나 했기에 손이 까마귀발처럼 새까맣냐, 제 몸조차 깨끗이 씻지 않는다는 그런 결점을 잡아, 거기에 박복한 당신의 설움까지 덤으로 얹어 곡지통을 터뜨리며 무슨 분풀이하듯 매질을 했다. 매질도 남이 보는 데가 아니라 울산댁네 돼지우리 뒤꼍이나 장터마당을 벗어나 선달바위산으로 오르는 대밭이었다. 너는 이제 아비 없는 집안의 장남이다란 말이 매질 사이사이에 자주 되풀이되었다. 그래서 내게 어머니의 나타남이란 곧 매질로 연상되었다.

어머니가 새벽 첫 기차를 타고 대구에서 내려온 날은 마침 대목장날이라 이고 온 능금은 장이 서기도 전에 중간상인에게 팔렸다.

어머니는 마치 그 일감 하나 때문에 고향으로 내려온 듯 나를 알몸으로 홀랑 벗겼다. 방바닥에 허연 비듬이 쌀가루같이 떨어져 내렸고, 떨어진 비듬 사이로 굵은 이가 스멀거렸다.

「아이구, 누룽지로 긁어내도 한 냄비는 되겠데이.」 어머니가 버썩 마른 내 몸을 훑어보며 말했다.

제 똥오줌에 뒹구는 돼지처럼 내 온몸이 덖은 때투성이일 수밖에 없었다. 울산댁 할머니가 나를 먹이고 재워준다지만, 남의집살이 하는 내 꼴이 깎은 알밤 같을 리 만무했다. 장터마당이란 데가 원래 제 앞 닦기에도 바쁜 뜨내기 장사치들이 꾀는 곳이라 그들의 규모 없는 살림살이는 물론, 자식들 간수가 귀살쩍을 수밖에 없었다. 들개처럼 내놓아 기르는 아이들의 거친 말투며, 거지 꼬락서니 입성은 너나없이 모두가 한통속이라, 내 덖은 때는 비단 부모 손떠나 자란 탓만 아니었다. 그 시절은 전쟁중이었고, 겨울철이라도 양말이나 버선을 신지 않은 아이가 태반이었다. 그들이 여름철을 빼곤 때를 씻으려 따로 목욕을 할 리 없었다. 먹고무신 꿴 까마귀 같은 내 발은 그렇다 치고 손등은 때가 덕지로 앉았고 칼로 벤 듯 갈라터져 피까지 비쳤다. 여름 나고부터 고양이 낯짝 물 바르듯 세수만 했지 목욕을 하지 않아 내가 보아도 부끄러울 정도로 온몸이 뱀 허물 벗는 꼴이었다. 다행히 머리만은 멀끔했다. 이틀 전 이발기계와 도마의자만 들고 다니는 난들 이발사에게 울산댁 할머니가 머리칼을 깎게 해주어 까까중이었다.

「오늘 목간통이 문을 열었다 카이, 그늠으 때 빼기는 값에 천금이 들더라도 목간통에 가야겠다.」

어머니가 벗어놓은 참기름병 마개 같은 내 옷을 마치 터지지 않은 폭약이라도 만지듯 팔을 뻗어 들고 나갔다. 자린고비 어머니가 돈을 들여 목욕탕에 간다니 의아스러웠으나, 어린 내 소견으로도 능금 판 이문이 생각했던 액수보다 많이 떨어졌으리라 짐작되었다.

내가 난생 처음으로 목욕탕에 가게 된 날이어서 그런지 그날 기억만은 지금도 오롯이 남아 있다. 그날은 일요일이었고 섣달 그믐땜을 하는지 날씨가 아주 추웠다. 당시 이승만 대통령은 음력설을 철저하게 못 쇠게 했으므로 우리는 설날에도 책보를 끼고 학교로 갔고, 그날은 방학 때를 넘긴 이월 초순이었다.

알몸이 된 채 건넌방에서 이불을 쓰고 앉은 나는 온몸을 긁어대기 시작했다. 긁는 쾌감이란 모르고 싸댈 때는 가렵지 않다가 한번 긁어 그 맛을 들이면 살갗이 마치 벌떼처럼 아우성을 지르며, 여기저기 손톱 오기를 기다려 열 개 손가락이 모자라게 바쁠 지경이 된다. 나는 한동안 정신없이 온몸을 피가 맺히게 긁어댔다. 그 기분이야말로 훗날 몽정과 수음을 처음 알았을 때의 쾌감과 비슷했다.

몸 긁기도 긁힌 살갗이 쓰라리자 나는 대충 마칠 수밖에 없었다. 방바닥에 기는 이를 손바닥에 올려놓고 동무 삼아 놀기도 잠시, 그 짓에 싫증이 나자 나는 방문 손잡이 옆에 붙은 손바닥만한 유리를 통해 바깥을 내다보았다. 아래통 좁은 바지를 입은 어머니가 수챗가에 큰 엉덩이를 접고 앉아 내 겉옷을 빨랫방망이로 기운차게 내리치고 있었다.

대목장이 아니더라도 장날이면 장터마당을 싸돌고 싶은 참에 이불을 쓰고 냉방에 웅크려 있자니 좀이 쑤실 노릇이었다. 장터마당 아이들이, 「길남아, 약장수패 왔데이. 놀러 가자아」 하며 나를 부르러 왔으나 벗어 내어놓은 겉옷이 단벌이라 '나무꾼과 선녀'의 옷 잃은 선녀 신세와 다를 바 없었다. 나는 응답을 못했다.

어머니는 단대목이라 바느질감이 밀렸다며 저녁차 편으로 다시

대구로 올라가야 한다고 했다. 그래서 낮 짧은 겨울 햇발에 아들의 옷을 벗겨놓고 떠날 수 없다고 생각했던지 가겟방 국밥 끓이는 가마솥 아궁이 앞에 쪼그려앉아 불도 보아줄 겸해서 한 시간 동안 빨아놓은 내 겉옷을 대충 말렸다.

작은장터 극장에서는 스피커를 통해 낮부터 유행가를 틀어대었고, 약장수패 꽹과리 치는 소리가 방안까지 들려왔다. 장사꾼 외침소리, 왁자지껄한 웃음소리, 엿장수 가위질소리도 시끄러웠다. 나는 그 판을 기웃거릴 수도 없는 데 안달이 났으나 그렇다고 알몸으로 뛰쳐나갈 수도 없었다. 속이 상해 부아를 끓이기 한참, 나는 겉절이한 푸새처럼 기운이 빠졌고 차츰 두려움에 잠겼다. 추위만도 아닌데 온몸이 떨렸다.

목욕을 마치면 어머니는 틀림없이 내 손을 잡아채어 나를 울산댁네 돼지우리 뒤꼍 채마밭 귀퉁이로 데리고 갈 터였다. 이유를 붙여 댄다면 매맞을 감이야 한두 가지가 아니므로 어머니는 닥치는 대로 종아리며 등줄기를 사정없이 매질할 것이다. 어머니는 그렇게 매를 들고, 아비 없는 자식이니 집안을 떠맡을 기둥이니 하며 지청구를 떨 게 분명했다. 그 치도곤은 두려움에 떤다고 끝장을 볼 성질이 아니었다. 어머니가 저녁 통근차를 타러 역으로 떠나야만 겨우 안심을 할 수 있었다. 지난번 가을 햇곡머리에 어머니가 내려왔을 때처럼, 앞으로는 착한 아들이 되겠다고 눈물 콧물로 범벅이 된 채 비손하는 방법밖에 다른 묘책이 없었다. 그 두려움을 자포자기 상태로 삭여내자, 이제는 어머니가 내 몸 씻기는 고역을 참아낼 일이 아득하게 여겨졌다.

어머니의 청결벽은 병적이라고 말해야 옳았다. 고향에 살 적에나 서울에 살 적에 어머니는 방안·옷가지·살림도구, 심지어 간장종지 하나에 이르기까지 그 모든 것을 쓸고 닦아 깨끗이 하는 데 하루해를 보낸다 해도 빈말이 아니었다. 서울 묵정동에서 살 때, 우리집은 전기회사 공장 창고에 달린 방 한 칸을 세들어 살았다. 대문이 따로 없었고 부엌 쪽문을 밀고 나가면 창고 마당이었다. 그런데 어머니는 날마다 우리집도 아닌데 그 지저분한 창고 마당까지 깨끗하게 비질을 했다. 방안 창문은 물론 창틀에 앉은 먼지마저 하루 한두 차례 닦아냈다. 몇 개 안되는 자잘한 장독, 사과 궤짝 세 개를 포개어놓았던 찬장도 분통 같게 길을 들였다. 제사가 그렇게 잦느냐고 이웃 아주머니들이 물었지만, 어머니는 그저 빙긋 웃으며 놋그릇도 사흘들이 아궁이 재로 닦았다. 그러므로 우리 식구가 밥상을 받았을 때 철부지 동생의 밥풀 흘리는 것은 보아넘겨도 나와 누나가 반들한 상 위에 밥풀이나 찬을 흘리면 금세 어머니 불호령이 떨어졌다. 집에서는 도무지 말이 없던 아버지가 밥상머리에서 역정내는 그런 어머니를 늘 못마땅하게 여겨 눈살을 찌푸렸다. 밥 먹기 전 세수할 때와 잠들기 전에는 반드시 소금으로 양치질을 해야 했다. 잠시 골목길에서 놀다 와도 손발을 씻어야 했고, 잠자기 전에 펴놓은 하얀 이불 겉싸개라도 밟으면 어김없이 잔소리가 따랐다. 어느 집이나 겨울철이면 아랫목에 방이불을 깔아놓는데, 이불을 깔아놓으면 눕고 싶어 게으름뱅이가 된다 하여 이불을 깔지 않았다. 어쩌면 어머니는 그 이불을 밟고 다니거나 더럽히는 것이 싫었는지도 몰랐다. 사실 겨울철 이불과 요 겉싸개만은 강풀을 하지 않은 폭삭한 질감이 좋으련만 어머니는 눈이 부실 정도로 빳빳하게 풀을 먹여 잠자리에 들 때면 몸의 온도로 이불과 요를 녹이는 데 한참을 떨어야 했다. 또한 어머니가 가위로 내 손톱과 발톱을 깎을 때면 뿌리까지 바짝 깎는 통에 사흘 정도는 반드시 그 부분이 아렸다. 그러다 보니 우리 형제가 입는 옷은 너무 자주 빨아 금방 해질 정도로 말끔했다. 나일론 계통의 섬유가 나오기 전이라 한 번 빨수록 닳아짐은 당연한 이치였다. 빨아서 삶고, 풀하고, 물을 뿜어 오랫동안 밟고, 그것을 다림질하는 과정에서 어머니가 보이는 정성

또한 여간이 아니었다. 빨랫감이 많은 여름 한철이면 저녁밥 짓기 전 한 시간 정도 누나와 나는 번갈아가며 물 축여 차곡차곡 접은 옷을 밟는 일과 숯불다리미로 다림질할 때 맞잡아주는 일로 보내야 했다. 어머니가 밀어대는 불이 벌겋게 핀 숯불다리미가 이불호청이나 옷의 귀를 잡은 손끝까지 미끄러져올 때 마치 손을 델 것 같은 조마조마함을 늘 참아내야 한다는 게 얼마나 힘들었던지 누나는, 오늘도 비밀 일기장에 그걸 썼데이 하고 내게 여러 차례 말했을 정도였다. 열에 단 다리미가 손끝을 지지더라도 쥐고 있던 천자락을 놓아버리면 숯불이 온통 다림질하는 천에 쏟아지므로, 용을 써서 잡은 천을 당기는 힘도 힘이지만 그 조마조마함이란 무엇보다 참기 힘든 고역이었다. 빨랫감이 많은 여름철에 주방 쪽에서 탈탈탈 세탁기 돌아가는 소리가 들리면 나는 지금도 그 시절을 뒤돌아보며 잠시 진땀 흐르던 옛 생각에 잠기곤 한다. 강원도 어떤 탄광의 서울 사무소에서 회계일을 보던 아버지는 무슨 일이 그렇게 바쁜지 늘 자정께에 돌아오거나 뻔질나게 집을 비웠다. 저녁밥을 먹고 나면 어머니는 삼십 촉 전등 아래 바느질감을 차지하고 앉았다. 그러면 아버지가 돌아올 그 긴 시간까지 꼼짝을 않고 이 옷 저 옷을 깁고 일주일 남짓된 이불 겉싸개의 깃을 새로이 갈곤 했다. 잠을 자다 오줌이 마려워 눈을 떠보면 어머니는 여전히 바느질일에 골몰하고 있었다. 「아부지 안죽 안 왔습니꺼」「몇 십니꺼?」 내가 물을라치면 어머니는, 「한 시다」「오늘은 바쁜 일이 있어 못 돌아오시는 모양이다」 하고 냉랭하게 대답했다. 그런 어머니다 보니 당신의 자식 몸 씻기기는 누구의 비유인지 모르지만, 문둥이가 제 자식 씻겨 죽인다는 말을 들었을 때, 얼마나 적절한 비유인지 몰라 절로 머리가 끄덕여졌다. 울산댁 할머니의 말을 빌린다면, 「강정댁이 지 새끼 몸 씻기는 거 보모 사람을 쥑이드키 하는기라. 털 뽑은 달구 새끼가 따로 읎구로 얼매나 쎄기 씻기는지 아아 새끼를 빨갛게 맹글어놓는다 카이」 하고 말할 정도로, 어머니의 자식 몸 씻기기는 어떤 면에서 일종의 고문이었다.

해질 무렵이 되어 어머니가 진영을 떠날 때까지 내가 어머니로부터 당해내야 할 두 가지 일건으로 나는 이래저래 풀이 죽어 그 두려움으로 떨고 있었다. 마 칵 죽어뿟으모 할 정도로 살기가 싫어져 멍청하게 앉아 있자니 불난 데 부채질하는 꼴로 오줌까지 마려웠다. 방안에는 요강이 없었고 벗고 앉은 몸이라 참고 견딜 수밖에 없었다. 그럴 때면 무슨 재미있는 궁리를 생각해 내야 할 텐데 떠오르는 감도 없었다. 한참을 무료하게 앉아 있다 겨우 짜내게 된 생각이, 바로 읍내에 하나밖에 없는, 내가 곧 끌려가게 될 목욕탕이었다.

나는 한차례도 들어가본 적 없는 목욕탕 안 구조부터 떠올려보았다. 언뜻 생각나는 게 바로 한 반 애인 찬호네 집 목욕탕이었다. 찬호네 집은 일정 때 우체국 앞에서 잡화상을 열었던 일본인 모리씨가 살던 적산가옥이었다. 적산가옥 구조가 그렇듯 다다미방이 몇 개 붙어 있었고, 삐걱이는 골마루를 따라 컴컴한 뒤쪽으로 돌아가면 마루청에 붙어 변소가 있었고, 변소 옆이 목욕탕이었다. 목욕탕은 바닥과 벽을 시멘트로 발랐는데, 그때로서는 허드레 물건을 넣어두는 고방으로 쓰고 있었다. 「이게 목간통이 있었데이, 군인이 쓰는 철모 있제이, 그 데스까부도 같은 엄청나게 큰 솥이 여게 걸려 있었는기라. 그 데스까부도에 물을 열 지게쯤 붓고 밑에다 장작불을 막 때모 물이 끓는기라.」 불에 그을린 채 빠끔하게 뚫려 솥 걸었던 자리만 보이는 컴컴한 데를 찬호가 가리키며 하던 말이었다. 그 큰 놋쇠솥은 일정 말기 집집마다 성전(聖戰) 헌납 명목으로 놋숟가락까지 거두어갈 때 공출당했으므로 남아 있을 리 없었다. 철모보다 수백 배나 클 게 분명한 목욕통을 떠올리자 나는 제풀에 놀라 진저리쳤다. 생각해 보면 그 솥 아래 전봇대만한 장작불을 지펴 물을 끓일 터였다. 그 속에 사람이 알몸으로 들어가서 앉는다면 얼마나 뜨거울까 연상하자 온몸이 불에 데기라도 한 듯 따가워 진저리쳤다. 물론 철모처럼 아래는 둥그스름한 바닥에 살평상같이 얼금얼금한 나무판을 깔아놓았을 것이다. 나는 그때까지 물을 따로 끓여 찬물과 섞어 수도꼭지를 통해 욕조에 더운물을 흘려넣는다는 생각을 못했기 때문이었다. 전쟁 전 서울 생활 때 수도꼭지를 보았지만 그건 어디까지나 차가운 물이 졸졸 나오는 꼭지였다.

대구에서 사온 새 속옷을 입히자니 내 몸꼴이 말이 아닌지라, 어머니는 가겟방 아궁이에서 채 덜 말린 윗도리와 바지를 나에게 입으라 했다.

「이가 붙었을지 모른께 몸을 싹싹 훑고 입거라.」

나는 마른 때와 함께 떨어지는 비듬을 대충 털고 옷을 입었다. 시간은 정오가 되었는데 옷은 그때까지 꿉꿉했고 솔기 부분은 물기가 그대로 남아 있었다. 해마다 키는 멋대로 자라는데 옷은 매양 그 품이라 윗옷은 강동소매에 바지는 발목이 훤히 드러났다. 팔꿈치와 무릎께는 구멍이 났으나 그것을 제때 곰바지런하게 기워줄 사람이 없어 살이 훤히 들여다보였다. 목욕을 갔다오면 어머니가 그 구멍을 메워주고 떠날 터였다. 늘 달고 다니는 누런 풀코를 소매끝으로 닦아보니 그 부분은 마치 절어빠진 가죽같이 반질거렸는데, 어머니가 잘 빨아 깨끗했다.

「어서 목간통에 가자.」 어머니가 즐겁게 말했다.

내가 중학교에 다니던 대구 시절 일이다. 옆방 새댁이 아기 똥기저귀 빨기가 무엇보다 싫고 귀찮다 말했을 때, 어머니가 이런 말을 한 적 있었다. 「인자 우리 아아들은 다 컸지만 시골 살 적에 내사 아아 똥싼 기저귀를 거랑(냇물)에 헹구모 노르께한 똥이 물에 동동 풀려나가는 기 와 그래 재미있고 우습던지. 하얗게 빨아 말린 폭신한 기저귀를 차곡차곡 접는 일도 즐겁고…….」 어머니는 그렇게 무엇이든 깨끗이 하는 데는 이골이 난 분이었다. 그러니 그 즐거운 일감을 온몸에 덕지덕지 바르고 있는 자식을 데리고 목욕탕으로 가는 발걸음이 가벼울 수밖에 없었다. 설령 돈이 얼마쯤 들게 되더라도.

빨랫감이 든 함석대야를 능금 싸왔던 보자기에 싸서 들고 어머니는 내 손을 낚아챘다. 장날이기에 가겟방에서 더운 국밥이라도 한 그릇 얻어먹고 갔으면 싶은데, 어머니는 오히려 가겟방 서말치 솥 앞에 앉은 울산댁 눈에 띌세라 재빨리 삽짝을 나섰다. 낮시간이라 가겟방이 손들로 북적댔고 울산댁 할머니는 우리 모자가 집을 벗어나 장꾼들 사이에 섞여드는 모습을 보지 못했다. 점심때인지라 마음 씀씀이 넉넉한 울산댁 할머니가 우리 모자를 봤다면 그냥 둘 리 없었다. 내가 가겟방 쪽을 힐끔거리자, 그런 내 마음을 알아챈 듯 어머니가 윽박질렀다.

「대구에서는 우리 식구 모두 점심을 굶는다. 니 누부도 벤또 안 싸가지고 학교 가고, 그 대신 저녁밥을 빨리 해묵제.」

햇발은 있었으나 날씨가 춥고 바람이 세차게 불었다. 덜 마른 겉옷을 입고 걷자니 아르르한 느낌도 그랬지만 곧 옷이 얼마르기 시작했으므로 뻣뻣해졌다. 뻣뻣한 솔기에 스친 살이, 여름철 강풀한 셔츠를 입을 때 목덜미에 닿는 느낌만큼 따가웠다. 걷기 싫은 걸음이 더욱 더디어 마치 도살장에 끌려가는 소가 이런 심정이리란 생각까지 들었다.

대목장이라 왁시글덕시글한 장터마당을 벗어나 역으로 내려가는 길을 걷자, 저만큼 아래 목욕탕 벽돌 굴뚝이 보였다. 그을음을 탄 높은 굴뚝에서 피어난 연기가 바람에 싸안겨 흩어졌다.

목욕탕을 십 미터쯤 앞둔 데까지 오자 나는 무엇에 놀란 듯 멈추어섰다. 참고 있던 오줌까지 흘리고 말았다. 목욕탕 쪽문 두 개를 보자 그제서야 어머니가 나를 여탕으로 데리고 들어갈 작정임을 깨달았던 것이다. 건넌방에서 이불을 싸고 앉았을 때, 어머니와 함께 내가 목욕탕에 간다면 여탕에 가게 된다는 그 뻔한 이치를 왜 미처 깨닫지 못했는지 한심한 생각조차 들었다. 목욕탕 안 광경을 연상했을 때 나는 자연스럽게 남자들 알몸만 떠올렸을 뿐이었다. 이제 곧 육학년이 될 텐데 이렇게 다 큰 몸으로 여탕에 들어간다고 생각하자마자 내 얼굴은 숯불이 되었다. 가슴까지 활랑거렸다. 매를 얼마만큼 맞게 될는지 모르지만 나는 매를 맞는 쪽을 택했지 여탕에만은 들어갈 수 없다고 결심을 단단히 했다.

「어무이, 나는 목간 안할랍니더.」 더듬는 말로, 그러나 단호하게 내가 말했다. 한 발자국도 움직이지 않으리라, 나는 발끝에 힘을 주었다.

「몸이 까마구 같은데 목간 안할라 카다이.」

별소리를 다 듣겠다는 듯 어머니가 내 얼굴을 내려다보았다.

「나는 여자만 목간하는 덴 안 드갈랍니더. 여자만 빨가벗고 있을 낀데 거게 우째 들어갑니꺼. 절대로 나는 몬합니더.」

내 눈앞에 오학년 여자반 계집애들의 단발머리 얼굴이 마치 모아놓은 구슬처럼 떠올랐다. 틀림없이 여자반 계집애가 한둘쯤 여탕에 있을 거였다. 내가 알몸으로, 역시 알몸인 그 계집애들을 나는 절대 마주볼 수 없다고 다짐했다. 계집애들은 나를 보고 비명을 지르며 사추리 사이를 손으로 가리고 몸을 돌릴 터였다. 내가 여탕에서 목욕했다는 소문은 장터마당 주위에 금방 퍼질 터였다.

도망치려는 내 뒷덜미를 어머니가 낚아챘다. 어머니가 주먹으로 내 머리통을 쥐어박았다. 눈앞에 불이 켜지는 아픔보다도, 여탕에 들어갈 수 없는 강한 반발에서 나는 큰소리로 울음을 터뜨렸다.

「꼴값하는구나. 길남아 바라, 때 씻는 기 머가 그래 부끄럽노. 니 나이 몇 살인데 벌써러 여자 목간통에 못 들어가겠다는 기고. 아닌 말로 니 거게 털이라도 났나? 사내사 도둑질 안한 다음에

사 이 세상에 부끄러운 기 읎는기라. 잘묵고 잘사는 사람들이나 그런 체면 따지제, 지금 우리 처지에 체면 따질 기 머가 있다고. 앞으로 니가 집안을 떠맡을 기둥인데 사내자슥이 그래 부끄럼 타서 눈뜨고 코 베어갈 세상에 장차 무신 일을 하겠노 말이다.」

어머니가 내 머리통에 꿀밤부터 먹이고 허리춤을 단단히 쥔 채 목욕탕 쪽으로 마구 끌고갔다. 키가 크고 몸집이 우람하여 여장부로 통하던 어머니는 그 억센 힘으로 뻗대는 나를 사정없이 끌어당겼다. 그 힘을 말라깽이 나로서는 당해낼 수 없었다. 나는 소리 내어 울었다. 내 허리춤을 잡았던 어머니 주먹이 두 차례나 더 머리통에 알밤을 먹였다. 나는 이제 아픔이나 부끄러움도 잊었고 그저 서럽기만 했다.

「바라, 니만한 아아도 저게 여자 목간통으로 안 드가나. 사내자슥이 머가 그래 부끄럽다고. 그라모 내가 목간 가자 칼 때 니 호문차 남탕에 보낼 줄 알고 따라나섰나? 이런 얼빠를 믿고 내가 죽을 동 살 동 눈 팔모 머하겠노.」

어머니 말에 나는 눈물을 닦던 손을 떼고 목욕탕 쪽을 보았다. 나 정도는 아니지만 초등학교 삼학년쯤 되어보이는 사내애가 제 엄마 손에 끌려 여탕 안으로 들어서고 있었다. 그런데 그 사내애 역시 나처럼 울음을 빼어물고 여탕에 들어가지 않겠다고 앙버팀을 해댔다. 내가 잠시 목욕탕을 바라보는 사이 어머니는 그 기회를 잡아 종종걸음을 놓듯 나를 이끌었다. 나는 이제 부끄러워 학교도 다니지 못하게 되리라. 차라리 죽어버리는 게 낫지 않을까. 나는 그렇게 방정맞은 생각까지 하며 울음을 짰다.

큰소리로 울며 들어가지 않겠다고 버티는 나를 어머니는 여탕 쪽 문 앞에 세웠다. 어머니가 숨을 고르며 그윽한 눈길로 나를 내려다보았다.

「길남아, 작년 늦가실, 지붕 읎는 고빼차 타고 피란민 떼거리에 섞여 서울서 내려올 때 부모 읎이 굶고 떠도는 아아들을 니도 많게 봤잖나? 니만한 아아 시체 또한 한두 번 봤나. 그래 고아 거러지 되고 폭격맞아 죽었으모 목간인들 우째 하게 되겠노. 아부지사 잃었지마는 그래도 니한테는 이 에미가 있잖나. 에미가 어데 자슥한테 하모 안될 일, 나쁜 일 시키겠나. 이 세상 살아갈라 카모 니도 앙심 단단히 묵어야 되는기라. 사내사 도둑질말고는 부끄러버할 꺼 아무것도 없는기라. 게을러빠지고 거짓말 안하고, 그 세 가지마 잠들모사 몰라도 눈뜨고 있을 때 명심하모 되는기라.」

어머니 목소리는 어느덧 축축하게 젖었다. 그랬다. 어머니 말이 맞았다. 뚜껑 없는 무게차간에 앉아 사흘 밤 사흘 낮이 걸려 서울에서 삼랑진까지 내려올 때, 나는 많은 고아와 시체를 보았다. 역마다 깡통 든 걸레 입성에 몸이 까마귀 같은 아이들이 먹을 것 달라고 애걸했다. 논두렁에, 또는 산자락에 내던져진 시체에는 어김없이 솔개나 까마귀가 달려들고 있었다. 나는 내 또래 시체의 뼈 앙상한 가슴팍을 차고 앉아 눈인지 코인지 쪼던 수리 한 마리를 본 적도 있었다. 만약 나 역시 그렇게 고아가 되거나 죽고 말았다면 낯선 땅 어디로 떠돌든, 이 땅에 살아 있지 않기에 부끄러워할 그 어떤 것도 없을 터였다.

어머니에게 떠밀리기도 했지만, 나는 이빨을 앙다물고 목욕탕 안으로 성큼 들어섰다. 신발 벗는 좁은 공간과 안쪽 마루청 사이에는 검정색 가리개천이 드리워져 있었다. 돈을 받는 창문 앞에 얼굴 두툼한 아주머니 한 분이 앉아 있었다. 서 있는 어른조차 내려다볼 수 있는 위치였다. 아주머니는 마침 남탕 쪽으로 난 창을 통해 어떤 남자 어른에게 거스름돈을 내어주고 있었다. 조금 전에 울며 들어간 사내아이는 보이지 않았다.

「다리를 쪼매 꼬부리라. 몇 살이고 물으모 아홉 살, 삼학년이라

캐라.」 어머니가 귀엣말로 말했다.

나는 무릎관절을 조금 접었다. 삼학년은 무엇하지만 사학년쯤으로는 보일 것 같았다. 목욕탕 안에서도 이렇게 꼬부장하게 행동한다면 그렇게 어린애로 보아줄는지 모른다는 생각이 들었다. 나는 벌쓰는 아이처럼 돈받는 아주머니와 눈을 마주치지 않으려 머리를 숙였다.

「어른 하나, 아아 하나.」 어머니가 말했다. 어머니는 스웨터 주머니에서 돈을 꺼내어 아주머니에게 셈을 치렀다.

「쟈는 어른표 끊어야 함더.」「쟈는 남탕에 들어가야지 여탕에는 안됨더.」 이런 말이 아주머니 입에서 떨어질까 보아 나는 조릿조릿한 마음으로 떨고 있었다. 그러나 아주머니 쪽에서는 아무 말도 들리지 않았다. 목욕탕도 대목장 날을 맞아 한창 성시를 이루어, 아주머니가 정신을 못 차리고 있는지 몰랐다. 문이 열리고 썰렁한 바람과 함께 네댓 살 된 계집애를 데리고 젊은 여자가 목욕탕 안으로 들어왔다.

「빨랫감을 그래 많이 들고 오모 됩니껴. 몸 씻을 물도 모자라는 판인데.」 목욕탕 아주머니가 등을 돌리는 어머니에게 말했다.

「통만 컸지 머가 있다고. 보소, 여게 아아 내복 하나밖에 더 있는교?」 어머니가 함석대야 싼 보자기를 뒤집어보이며 대꾸했다.

나는 고양이 앞의 쥐처럼 어머니 옆에 붙어 서 있었다. 목욕탕 아주머니가 나를 두곤 이렇다 할말이 없었다.

「들어가자」 하며 어머니는 가리개천을 젖히고 마루청으로 올라갔다. 고무신을 챙겨들며 곱송거린 채 선 내 어깻죽지를 어머니가 당겼다.

예닐곱 평 됨 직한 옷 벗고 입는 마루청은 북새통을 이루었다. 눈앞에 갑자기 뭉글뭉글하고 번들거리는 살덩이들이 일렁였다. 여자 알몸 중 큼지막한 젖통이와 엉덩판의 움직임이 내 눈에는 엄청난 크기로 다가들었다. 여자 그 부분이 그렇게 큰 줄, 옷 입고 있을 때는 몰랐다 벗은 몸을 보고서야 나는 처음으로 남자들과는 판이하게 다른 여자 몸 구조를 알게 되었다. 나는 숨조차 제대로 쉴 수 없었다. 학교 계집애들이 나를 보면 어쩔까 하는 부끄러움으로 얼굴을 숙인 채 어머니 버선발만 놓치지 않겠다고 따라붙었다. 어머니가 가리개천을 열어젖혔을 때 얼핏 내 또래 계집애들도 눈에 띄었던 것이다. 냉랭한 공기 속에 비누 냄새와 후텁지근한 습기가 코끝에 묻었다.

「와따, 목간하는 사람도 많네. 옷 넣을 장도 읎구마는.」 어머니가 혼잣말을 했다.

옷장 앞에서 한참을 서성이던 어머니가 막 옷을 챙겨입고 빠져나가는 아낙네 장 하나를 차지하게 되었다. 옷을 벗으라고 어머니가 말했지만 나는 한참을 꾸물거렸다. 굴뚝을 빠져나온 듯 묶은 때를 남에게 보이기 부끄러웠고, 어머니 벗은 몸을 보아내야 할 내 마음 또한 난감하게 여겨졌다. 나는 옷장을 정면으로 바짝 붙어섰다. 「아이구 오메, 길남이 쟈가 여게 들어왔네.」 계집애 입에서 터져나올 이런 비명은 끝내 들리지 않았다. 생각해 보면 부끄러워 몸을 감추기에는 그 쪽이나 내 쪽이나 별 차이가 없으리라 여겨지기도 했다. 아니, 계집애 쪽에서 먼저 나를 보자마자 너무 부끄러워 몸을 숨길는지도 몰랐다.

「니는 옷 안 벗고 머하노.」

어머니 채근에 나는 얼마른 윗도리부터 벗었다. 옷이래야 벗을 것도 많지 않았다. 윗도리 벗고 허리띠 매지 않은 바지만 까내리면 되었다. 내가 허리를 접은 채 옷을 벗었으므로 등뒤에서 누군가 나를 보고 있을는지 알 수 없었다. 그러나, 저런 큰 머슴애를 여탕으로 데리고 들어온 여편네가 도대체 누구냐는 핀잔말은 귀를 곤두세웠으나 들리지 않았다.

물론 내 뜻으로 구경하게 된 건 아니지만, 지금도 여탕에 들어갔던 그때를 생각하면 눈앞이 아찔해진다. 사춘기 시절, 한반 동무가 학교에 몰래 숨겨온 미국 대중잡지에서 도색적인 서양 여자 알몸을 처음 보았을 때, 나는 고향에서 여탕에 들어갔던 기억을 떠올리기도 했다. 그러나 이상하게도 그 연상이 성욕과 결부되지는 않았다. 능청이 아닌 솔직한 고백으로, 그때 고향 목욕탕에서 본 고향 여자들의 알몸을 두고 그 당시는 물론 그 뒤에도 상상으로나마 탐했던 기억은 없다. 쓸쓸하고 아련한 추억 속, 가난하고 슬픈 육체의 여인 군상으로 떠올랐다. 그 시절로 돌아가, 열한 살 나이에 여자 알몸을 보았다면 무엇을 느꼈으리오. 신문 해외토픽을 보면 유럽 어느 해안 지방에는 나체촌이 있다는 소식도 실리고, 일본은 개화되기 전까지 웬만한 시골로 들어가도 남녀 혼탕이 있었고 독일은 지금도 혼탕이 있다는 사실로 미루어볼 때, 한 소년이 여탕에 들어갔다는 게 무슨 대단한 일일 수는 없다. 또한 당시는 전국토가 전쟁의 아수라에 휘말려 하루하루의 삶이 명줄잇기의 고단한 세월이었다. 어머니 말처럼, 요컨대 체면이 밥 먹여주는 세월이 아니었다. 그러나 그런 방면의 염치를 '남녀 칠세 부동석'이란 말로 유독 따져온 우리나라로서는 어머니 처사를 흉으로 잡아 하릴없는 사람들의 이야기감은 될 법했고, 나로서는 사실 적잖게 충격적인 '사건'이었다. 그렇지만 그 사건이 어떤 호기심과 연루된 기대감으로서는 전혀 작용하지 않았다.

어머니의 엉덩판은 큰 박통 두 쪽을 엎어놓은 듯했다. 그것은 마치 푹 쪄놓은 호박이듯 이미 탄력을 잃고 있었다. 나는 주름 잡힌 어머니의 펑퍼짐한 그 엉덩판에 붙어서서 살 사이를 손으로 가린 채 한껏 몸을 움츠려 목욕탕 안으로 들어갔다. 물기에 불어터진 나무문짝을 당기고 탕 안으로 들어서자 확 끼얹어오는 더운 습기가, 그렇잖아도 괴로운 숨길을 막았다. 목욕탕 안은 계단을 하나 내려가게 되어 있었는데 그 계단을 미처 발견하지 못한 나는 어머니 허리를 잡지 않았다면 앞으로 고꾸라질 뻔했다.

목욕탕 안이 증기로 꽉 차 있는 데다 귀를 멍멍하게 할 정도로 시끄럽고 혼란스러운 점이 내게는 큰 위안이 되었다. 증기가 얼마나 찼던지 몇 발 앞 사람조차 구별할 수 없었고, 목욕탕 안은 한마디로 아비규환이었다. 아무도 내게 관심을 가져주지 않고 자욱한 증기가 내 몸을 숨겨준다는 게 천만다행이었다. 물을 퍼내거나 좌르르 붓는 소리, 아이들 울음소리, 나무통이 부딪치는 소리, 더운 물을 더 넣어달라고 손뼉치며 왜자기는 앙칼진 고함도 들렸다. 그렇게 만원인데도 출입문은 계속 여닫히며 사람들이 드나들었다. 나는 문득 지옥을 연상하지 않을 수 없었다. 지옥은 전생에 죄지은 사람들이 벌거숭이로 빼곡히 들어차 유황불과 유황물 세례를 받으며 고통에 찬 비명을 지르는 곳이라고 선생님이 말했던 것이다.

작년 여름, 더위가 푹푹 찔 무렵이었다. 내가 근무하는 월부판매 출판사의 영업부장직에서 퇴사한 뒤 도서판매센터를 독자적으로 경영하여 기반을 다진 백정구 씨가 점심시간에 때맞추어 내가 책임자로 일하는 편집실에 들렀다. 백씨는 식사도 할 겸 어디 시원한 데 쉬러 가자 하여 나는 그가 운전하는 차에 올랐다. 백정구 씨는 한남대교를 넘어 영동으로 차를 몰았다. 차를 댄 곳이 역삼동 '큐피터 사우나클럽'이었다. 그 일대는 여관과 호텔이 즐비했고 대형 사우나탕과 헬스클럽도 여러 개 있었다. 팔 층짜리 현대식 건물의 큐피터 사우나클럽은 건물 전체가 통째 사우나탕이었다. 미끈한 외제 대리석으로 바닥과 벽을 치장한 현관으로 들어서니 제복을 입은 젊은이가 우리를 엘리베이터로 안내했다. 엘리베이터를 타자 팔등신으로 쭉 빠진 아가씨가, 객실은 오층까지 이미 만원이라며 우리를 육층에 내려주었다. 엘리베이터에서 나오자 널찍한 공간에 하늘색 제복을 입은 싱싱한 여종업원이 열 넘게 대기하고 있다 일제히, 어서 오세요 하고 공손한 절로 우리를 맞았다. 백정구 씨는 잰 채 어깨를 으쓱했으나 그런 대형 사우나탕에 처음 들어온 나로서는 촌닭처럼 주위를 두리번거리며 그저 백정구 씨를 따라 하는 수밖에 없었다. 왼쪽 턱에 점이 있는 귀염성스런 여종업원이 차곡차곡 접은 가운과 열쇠를 들고 우리를 앞서서 안쪽 객실로 안내했다. 붉은 카펫이 깔린 복도를 기역자로 굽어돌며 뒤따라 들어가자, 틈이 보이는 객실 안에서 화투장 두들기는 소리가 들렸다. 「터져봐야 삼점 아냐, 투 고다.」 고스톱을 치고 있는 모양이었다. 몇 시부터 와서 놀이판을 벌이는지 모르지만 객실마다 화투장 치는 소리가 들렸다. 스무 살쯤 되었을까, 우리를 안내하는 여종업원은 원피스 아랫단이 허벅지가 훤히 보이게 짧아 도톰한 엉덩이의 흔들거림이 꽤 도발적이었다. 빈 객실 안으로 들어서자, 「에어컨을 켜둘까요」 하고 여종업원이 물었다. 「낮잠 잘 시간이 어딨어, 먹고 살기에도 바쁜데.」 백정구 씨가 여종업원 엉덩판을 치며 시큰둥 말했다. 그는 옷을 훌훌 벗었다. 여종업원이 벗은 옷을 받아 옷장 옷걸이에 걸었다. 나도 돌아서서 옷을 벗었다. 러닝셔츠를 벗을 때면 나가려니 했으나 여종업원은 백정구 씨가 팬티를 까내릴 때까지 바짝 뒤에 서 있었다. 이 정도쯤이야 늘 보는 것 아니에요, 하듯 여종업원은 스스럼없이 백정구 씨의 알몸이 된 등뒤에 가운을 걸쳐주었다. 러닝셔츠를 벗은 나는 돌아서서 가운을 걸치고 가운 안에서 팬티를 벗었다. 우리는 다시 엘리베이터를 타고 욕장이 있는 이층으로 내려갔다. 엘리베이터에서 내리자 초대형 고급 샹들리에 조명등 아래 반나(半裸) 여인 석상 넷이 있는 출입구에 이르렀다. 이백 개 가까운 고급 목재 라커가 놓인 탈의실에서 가운을 벗고 욕장 안으로 들어서니 저쪽 벽이 까맣게 보일 만큼 실내가 넓었다. 「동현 사우나 가봤어요? 거긴 여기보다 규모가 더 크지요. 십이 층이 모두 사우나탕이니깐.」 백정구 씨 말이었다. 백오십 평 넘음 직한 욕장은 온통 조각품으로 장식되어 있었다. 온탕 중앙에 설치된 대형 남녀 어린이 조각 군상, 벽면 기둥을 이룬 남녀 석상들, 정교한 고대 그리스 양식 기둥조각, 돔식 천장에 아기 천사상, 한쪽 벽에는 열대어와 비단잉어가 노니는 수족관이 설치되어 있었다. 한쪽 벽면을 보니 라돈자력실·열증기실·원적외선실·고온실·표준실 따위의 한증실과, 냉탕·냉안개실까지 갖춰져 있었다. 피둥피둥 살이 찐 목욕객이 서른 명 정도 욕장을 채우고 있었다. 나는 어안이벙벙했다. 영화를 누렸던 옛 로마 목욕탕도 이쯤이면 무색하리라는 생각과 더불어, 나는 문득 어머니 손에 끌려갔던 고향 목욕탕을 떠올렸다. 그곳의 첫 느낌이 지옥이었다면 이곳은 천당일까. 사우나탕이 어쩌면 살아서 누릴 수 있는 천당을 흉내낸지도 모른다는 생각이 들었다. 샤워기를 틀어 샴프로 머리부터 감을 때, 백정구 씨가 말했다. 「이 사우나탕을 만들려 사장이 직접 외국을 돌며 자료를 수집했대요. 돔식 천장은 프랑스 베르사유 궁전을 본뜬 것이고, 장식비만도 십억 원이나 들었다지 뭡니까.」 내가 더 놀란 것은 녹용과 여러 종류의 약초를 매달아 그 증기를 쐬는 한방약초실에 들어가 땀을 뺄 때, 들려준 백정구 씨 말이었다. 객실에서 여종업원에게 안마를 받고 섹스도 즐기는 데 이만 원이면 족하다는 것이다. 「그래요? 그렇담 여기가 고급 매음장 아니오?」 내가 놀라자, 백정구 씨는 샌님이 따로 없다는 듯 한술 더 떠서 말했다. 먹고 놀자 판에 섹스가 해결 안되는 곳이 어디 있으며, 이 사우나탕에 여종업원으로 취직하려 해도 쭉 빠진 계집애들이 이력서를 들이밀고 대기상태에 있다고 했다. 그래서 보증금이 오백만 원에서 이제 칠백만 원으로 뛰었다는 것이다. 「안 쓰고 착실히 버는 애들은 한 달 수입이 백오십에서 이백이랍디다. 그렇게 이삼 년만 일하면 작은 아파트 한 채를 사거나 조그만 카페를 자영할 수 있다는 계산 아니오.」 나는 백정구 씨 말을 들으며 한때 물의를 일으켰던 외국인 관광 섹스를 연상했다. 발바닥부터 시작하여 똥구멍까지 혀로 핥아준다는 그 짓거리를 누구한테인가 들었을 때 치미는 구역질을 애써 참았는데, 지금도 서울 어디에서 이 백주에 그 짓거리가 자행되고 있을 터였다. 순진한 소녀를 꾀어 그런 죄악의 구렁텅이에 팁이란 미끼를 던져 수치심을 마모시켜 끌어들이는 이게 바로 자본주의 말세적 작태인가, 아니면 황금알을 낳는 식의 자본주의 꽃인가. 내가 이런 생각에 잠겨 있을 때 백정구 씨가 물었다. 「이 형은 마사지실에 들어가 본 적 있나요?」「아니, 없습니다. 별난 데란 말은 들었지만서도.」「미녀들 서비스가 대단하지요. 아주 끝내줍니다. 사실 한순간에 끝나버리는 떡치기야 그게 뭐 재미가 있나요. 그러나 보디 마사지를 한번 받아보면 섹스 테크닉의 참맛을 알게 되지요. 고자라도 스케줄 끝까지 참아내기가 힘들 정돕니다. 조루증은 아예 처음에 항복해 버리고, 노련한 녀석도 중간쯤에서 녹아떨어져 버리고 말지요」 하더니, 그는 자랑스럽게 이 바닥 실정 한 자락을 주워섬겼다. 「영동에는 여성 전용 대형 사우나탕도 여러 개 있지요. 보배 사우나탕은 육 층 건물인데 특수 설계한 인공폭포가 볼 만하대요. 일억 원 이상 들여 수입한 살빼기와 몸을 날씬하게 가꾸는 운동기구가 갖추어져 있고, 미제·일제 제품의 효소·미네랄 발생기가 욕조에 설치되어 있답니다. 미네랄탕에는 수입 향수를 혼합한 인공 온천수도 있고요. 물론 특실 우유탕도 있지요.」 나는 백정구 씨 말을 건성으로 들었다. 향락과 사치가 그 방면으로 치달으면 어디 그 정도에서 그치랴 싶었다. 인간이 누릴 수 있는 육체적 쾌락은 끝없이 개발될 것이다. 서울바닥에서 어느 한 부류에게는 이제 목욕이 단순하게 때를 씻는 곳이란 상식에서 일찍이 졸업한 터였다. 목욕탕은 살을 부드럽게, 그 어떤 식물성 섬유보다 더 부드럽게 풀어놓음으로써 긴장의 느즈러짐에 따른 쾌감을 즐기는 곳으로 변용되고 말았다. 백정구 씨와 나는 한방약초실에서 나왔다. 일본 북해도 온천 지방에서 개발했다는 일제 라돈 발생기는 수입 가격만도 사억 원이 넘는다 했다. 본전을 뽑으려면 반드시 그 라돈 발생기를 이용해야 한다는 백정구 씨 말을 좇아 나 역시 그 엄청난 돈의 시설물로 살을 부드럽게 풀었다. 냉탕·온탕을 한차례씩 들랑거린 뒤 면도기로 수염을 대충 밀고, 휴대용 칫솔과 치약이 있었으나 사용을 생략한 채, 우리는 욕장에서 나왔다. 삼층에는 칠십 평 정도의 극장식 휴게실이 있었다. 에어컨이 시원하게 작동되었고, 푹신한 소파들 앞쪽 레이저빔 영사 시설을 갖춘 대형 스크린에서 총잡이들이 설쳐대는 미국 서부영화가 방영되고 있었다. 우리는 극장휴게실 옆 식당휴게실로 들어갔다. 백정구 씨는 꼬리곰탕을 시켰고, 나는 냉면을 먹었다. 가운을 걸친 스무 명 정도의 혈색 좋은 중년 사내들이 한창 먹기에 열중하고 있었다. 대부분 꼬리곰탕이나 도가니탕에, 입가심으로 시원한 맥주를 곁들이고 있었다. 한증탕에서 체중을 뺀 만큼 돌아서서 영양을 보충하고 있는 셈이었다. 삼층 일부는 수면휴게실, 자동안마기를 갖춘 건강휴게실, 맹인 안마휴게실, 마사지실, 터키탕이 있다고 백정구 씨가 꼬리뼈에 붙은 살을 이빨로 찢으며 말했다. 「이렇게 실컷 땀 빼고 먹고 만 오천 원 정도라면 싸지 않아요? 소주 한 병 마시려 해도 그 돈은 드는데 말입니다. 오후에 일터에서 돌아온 사원들 붙잡고 입씨름하려면 이 정도 체력은 보강해 놔야 해요.」 백정구 씨가 사우나탕을 나서며 말했다. 그는 일시적 기분 전환을 위해 살을 부드럽게 푸는 사우나탕 출입을 두고 체력 보강이란 말을 썼다. 그의 말을 듣자 나는 왠지 부끄러웠다. 그 부끄러움은 가난한 내 어린 시절과 이제 이 땅에 숨쉬고 있지 않은 어머니가 떠올랐기 때문이었다.

어머니는 사람들 틈을 비집고 곰보유리창이 있는 벽을 따라 안쪽으로 들어갔다. 창으로 부윰한 빛살이 밀려들었다. 나는 어머니 엉덩판에 바짝 붙어서서 원숭이 꼬락서니로 뒤를 따랐다. 목욕탕 가운데에 평상 크기의 욕조가 있었다. 욕조는 내가 추측했던 철모와 같은 둥근 놋쇠가 아니었고, 무릎 높이로 벽을 세운 네모진 시멘트 구조물이었다. 그 욕조를 둘러싸고 머리칼을 감거나 때를 씻는 여자들이 촘촘히 붙어앉아 있었다. 더운 김이 푸짐하게 오르는 욕조 속에도 여자들의 술 취한 듯한 붉은 얼굴이 와글거렸다. 더러 머리칼을 물에 풀어 흩뜨린 여자의 모습은 달밤에 나타남 직한 귀신꼴이었다.

지옥이다, 지옥. 나는 속으로 그렇게 중얼거리며, 저 끓는 물 속에 여낙낙하게 들어앉은 여자들이야말로 그 어떤 건강한 농사꾼이나 군인들보다 용감하다고 감탄했다. 욕조 속에서 내 또래 계집애 하나가 힐끔 내게 눈을 주었다. 단발머리에 턱이 뾰족한 계집애였다. 작은장터 극장 어귀에서 독장수를 하는 한 첨지 막내딸로, 이름은 알 수 없었으나 오학년 여자반 아이가 틀림없었다. 나는 제풀에 놀라 얼른 외면했으나 얼굴이 숯덩이처럼 화끈했다. 이제 들통나고 만 셈이었다. 될 대로 되라는 자포자기의 마음밖에 들지 않았다. 여탕이 남탕과 붙었는지 창문과 반대쪽 위가 트인 벽 건너편에서 남자들 목소리와 물 붓는 소리가 들려왔다. 벽이 담장보다 높아 타넘어 갈 수 없다는 게 나는 아쉬웠다.

「아지매요, 쪼매 찡기 앉읍시더. 단대목이라고 우째 사람이 이래 많은지. 일 년 묵은 때를 몽땅 다 뻿기는 거 같심더.」 어머니가 꼬부장한 할머니에게 양해를 구하곤 욕조 벽 앞에 비비대고 앉았다.

「난 누구라고, 강정댁이네. 대구 산다 카더마는 제사 지내로 왔나?」 할머니가 자리를 내주며 반갑게 말했다. 머리에 젖은 수건을 쓰고 있어 내가 미처 알아보지 못했는데 도랑골 술이 할머니였다.

「제사는 대구서 지냅니더. 볼일이 있어 댕기로 왔심더.」

할아버지와 아버지가 내리 독자였으므로 우리집은 제사를 모실 큰집이 없었다.

「참, 그렇제. 제사는 강정댁이가 지내겠구마는. 그래, 그후로 이 서방 소식은 읎나?」

「서방요? 잊아뿔고 자식하고 살랍니더. 전쟁통에 죽은 남정네가 어데 한둘입니껴」 하더니 어머니가,「앉제, 머하고 섰노?」 하고 나에게 분풀이나 하듯 쏘아 말했다.

「어데 우째 앉습니껴.」

도대체 앉을 만한 자리가 없었다. 내가 끼여앉을까 싶은지 옆 여자가 내 쪽으로 엉덩판을 밀어붙여 빠끔하던 자리나마 발 딛고 설 틈밖에 없었다. 마려운 오줌을 참으며 나는 손으로 샅을 가린 채 주위를 두리번거리며 우물쭈물했다.

「아무데나 찡기앉는 기제, 누가 목간통 자리 돈 주고 샀나.」 어머니가 버럭 역정을 냈다.

내 마음 같아선 발가벗은 채 달아나고 싶었으나, 행동만은 엉뚱하게 그 자리에 퍼더버리고 앉았다. 옆 여자의 미끈거리는 물컹한 살이 닿자 쥐구멍에라도 숨고 싶은 심정이었다. 그런데 이치가 묘했으니, 분명 발디딜 틈밖에 없었는데 자리를 차지해 앉아버리자 엉덩이를 붙인 터가 저절로 마련된 셈이었다.

「아이구, 이렇게 질대 같은 머슴아를 여탕에 델고 들어오모 우짜는교. 남사시럽지도 않는가베.」 내게 자리를 밀채인 아주머니가 돌아보며 쏘아붙였다.

그 말은 내가 여탕에 들어와서 남한테 당한 첫 수치였다. 나는 세운 무릎 사이에 얼굴을 틀어박았다. 초등학교에 다닌 여섯 해를 통틀어 가장 부끄럽던 기억 중 하나가 그때 아주머니의 그 말이었다. 일학년 때 나는 학교에서 바지에 오줌싼 경험이 있고, 생쌀 씹는 맛에 장날이면 싸전에서 빗면으로 깎은 대통을 쌀가마니에 찔러 쌀을 훔치다 싸전 주인에게 들켜 혼구멍이 났고, 참외나 감 서리를 하다 붙잡혀 두 시간이나 뙤약볕 아래 꿇어앉는 경을 치렀지만, 그

때 아주머니의 그 말만큼 나로 하여금 부끄러움을 느끼게 해주지는 않았다. 전쟁과 아버지와 이별, 그로 하여 겪게 된 가난이 어머니를 그렇게 만들었겠지만, 우선 수치를 당한 나로선 여탕으로 기어코 끌어들인 어머니의 뻔뻔스러움과 몰염치가 미웠다. 울산 할아버지와 함께 설밑에 반드시 남탕에서 목욕을 하게 될 거라고 어머니에게 말하지 못했던 불찰이 큰 후회로 가슴을 쳤다. 그러나 내가 할아버지와 목욕탕에 갈 거라고 말했더라도, 먹이고 재워줌도 고마운데 그런 신세까지 져서야 되냐고 어머니가 몰아세웠을 게 분명했다. 청결벽과 더불어 결백증 또한 알아줄 만하여 어머니는 그 가난 속에서도 남에게 진 신세를 외면하지 않고 어떡하든 갚으려 노력하는 분이었다.

내가 고향에서 초등학교를 졸업하고 대구로 올라가 우리 식구와 합류한 뒤에, 세 끼니 밥 걱정을 면했을 때부터 어머니는 네 해 동안 나를 키워준 울산댁 내외의 신세를 두고두고 갚았던 것이다. 우리가 잘살기 때문에, 아니면 울산댁 노친네 내외가 갑자기 살기가 힘들어져 그랬던 게 아닌데, 어머니는 대구에서 고향으로 내려갈 때마다 양주의 새 옷이나 속옷·버선 따위를 마련해 가고, 고깃근을 사다주고, 올라올 때는 쌀을 댓 말쯤 팔아주고 왔다. 「니가 커서 성공할 때까지 그 노친네 양주가 살아 계신다면 예전 그 은공을 잊으모 사람 새끼가 아이다. 내 눈에 피눈물 날 때 피붙이조차 외면했지만 그 노친네는 혈연이 아니면서도 니를 친손자같이 키아주신 분이다. 편안하게 살 때 서로 도와주는 기사 누구나 할 수 있지만 내 굶을 때 더운밥 한 끼 믹이주는 사람은 마음에 깊이 새겨두어야 하니라.」 훗날 어머니는 내게 그런 말을 자주 했다. 그러나 울산 할아버지는 어머니와 함께 목욕 갔던 그 이듬해 갑작스레 별세했고, 내가 결혼한 직후 아직 생활의 터를 확실하게 잡기 전 울산댁 할머니마저 별세함으로써 나는 어머니의 말을 실천할 기회를 영영 놓치고 말았던 것이다. 한편, 어쩜 어머니는 대구에서 내려올 때부터, 길남이 몸을 푸른 대추처럼 씻겨놓고 떠나야지 하는 즐거움에 들떠 있었는지도 몰랐다. 곧 알게 된 일이지만 어머니는 정말 그런 분이었다.

어머니는 아주머니의 쏘아붙인 말이 돼먹잖은 강짜라는 듯 들은 척도 않았다. 함석대야에 담아온 내 빨랫감을 집어내어 옆에 놓고, 대야를 싸왔던 수건으로 당신 허리 아래를 덮었다. 나도 얼른 빨랫감 하나를 주워 아랫도리를 가렸다. 어머니가 쓰고 왔던 머릿수건이었다. 나는 이제 더 참을 수 없었다. 어차피 지옥에 떨어진 몸, 될 대로 되라는 식으로 참았던 오줌을 눠버렸다. 시원하기야 그지없었지만 주위에서 뜨뜻한 오줌 벼락을 맞고 지청구를 떨까 보아 수꿀하기도 했다. 때맞춰 어머니는 대야로 탕 속 물을 가득 퍼내더니 그 물을 내 머리통에 좌르르 부었다. 화끈한 뜨거움이 전기처럼 온몸을 저렸으나 씻겨 내려갈 오줌을 생각하니 견딜 만한 뜨거움이었다. 입 속으로 흘러드는 물을 푸푸 뱉으며 나는 손으로 얼굴을 훑어내렸다. 탕 속 물이 생각했던 만큼 뜨겁지는 않았다. 나는 눈을 비비고 눈썹에 맺힌 물기를 털어내느라 깜박이던 눈을 떴다. 그제서야 나는 눈앞에 늘어진 어머니 젖둥이를 똑똑히 볼 수 있었다. 울산댁 할머니 젖처럼 쭈글쭈글하지 않았지만 오뉴월 쇠불알처럼 늘어진 볼품없게 말라버린 젖이었다. 전쟁이 났던 해 4월, 막내아우가 태어났을 때, 나는 아우에게 젖꼭지를 물린 어머니 젖을 자주 보았다. 그때만 해도 정말 만져보고 싶도록 탱탱하게 솟은 탐스러운 큰 젖이었다. 그 젖을 혼자 차지하여 조물락거리는 막내아우를 보면 은근히 부아가 끓어오르기도 했다. 파란 힘줄이 흰 젖둥이에 얼비치던 불룩한 젖이 일 년도 채 지나지 않은 사이 홀쭉 마른 채 주름진 뱃가죽 양쪽에 늘어져 있었다. 새알심처럼 젖꼭지만 큰 늘어진 젖을 보자 나도 젖먹이 때 저 젖을 빨며 자랐으리라 여겨지지 않았다. 공연히 콧마루가 시큰해지고 어머니가 가엾다는 생각이 들었다. 내 책갈피에 보관된 누나 편지가 떠올랐다. 두 달 전, 누나가 내게 편지를 보낸 적이 있었다. 나는 그 편지를 읽고 울었다.

—길남아, 우리 형편에 어디 우표 살 돈이 있겠니. 학교에서 전방 국군아저씨에게 위문편지를 쓰다 옆짝이 내게 우표 한 장을 공짜로 주었단다. 누구에게 편지를 보낼까 곰곰이 생각하다 마땅히 편지 보낼 곳이 없던 참에 길남이 너 생각이 났지. 여기 외가 친척은 우리 처지에 계집애를 중학교에 보냈다고 어머니를 모두 비웃지만 어머니는 굶어도 배워야 한다며 나를 학교에 넣어주셨단다. 어머니는 자정이 넘게까지 바느질일을 하시지. 그러면 나는 그 옆쪽 책상(사실 우리 식구의 밥상이란다)에 붙어앉아 공부를 한단다. 재봉틀을 박을 때 옷감을 당겨주거나 바늘귀도 꿰어주면서. 그래서 지난 첫 시험에는 전교에서 둘째를 했지. 우리집이 아직도 한 말 쌀을 팔아두고 먹을 처지는 못되지만 이제 방세만은 제때에 꼬박꼬박 내니깐 쫓겨날 걱정은 안해도 돼. 하루 두 끼, 반찬이래야 간장에 허연 김치 한 가지로 때우지만 이모님 집에 양식 얻으러 다닐 때보단 얼마나 떳떳하냐. 길남이 너도 공부 열심히 하거라. 어머니는 눈만 뜨면 길남이 너 얘기를 하신단다. 부모 형제 떨어져 얼마나 서럽겠느냐면서. 아버지를 합쳐 우리 식구가 언제 배부르게 한솥밥을 먹게 될는지. 그날이 오기까지 열심히 공부하거라.

내가 누나 편지를 받고 울었던 건 대구 식구들에 비해 내 생활이 너무 자족하여 부끄러웠기 때문이다. 울산댁 국밥집에서 나는 세 끼니 밥을 눈치 안 보고 먹었으며 닷새장마다 쇠고기국밥까지 포식했다. 그뿐만 아니라 내가 어지럼병이 있다 하여 울산댁 내외는 도살장에서 갓 잡은 소 생지라와 생간을 얻어와 참기름소금에 찍어 먹게 했다. 나는 누구의 간섭도 받지 않은 망나니로 장터마당 주위 아이들과 어울려 저녁 마을도 자유로이 싸다녔다. 그러다 보니 공부는 뒷전이라 학교가 파한 뒤에는 책 한 번 펼쳐보는 짬없어 석차를 중간이나마 유지하는 게 가상타 할 정도였다.

나는 조금 측은한 마음이 되어 어머니의 처진 젖을 보고 있었다. 어머니도 여느 아주머니들처럼 저렇게 시들어가구나, 하는 생각이 들었다. 어머니는 서른 중반, 그 나이쯤 여자들이 보여주는 따뜻한 모성애, 너그럽고 풍만한 아름다움을 잃어가고 있었다. 당시 어머니는 아버지가 없는 우리 집안의 생계를 떠맡아 애옥살이 고생에 시달리느라 행복과 먼 거리에 있기도 했다. 자식을 안 굶기고 먹이려 당신은 하도 굶어 매운 성깔만 남았을 뿐, 몸은 이미 부대자루처럼 늙은이가 되어가고 있었던 것이다. 뒷날 어머니는 그 시절을 뒤돌아보며 말했다. 「그때 내 심정은 악으로만 꽉 차 있었데이. 사는 게 무언지 돌아볼 짬이 읎었고, 그저 어떡하모 너그들 밥 안 굶기고 공부시킬꼬. 그 일념밖에 읎었느니라.」 그런 경황에서도 고향으로 내려올 때 이미 내 몸을 씻겨주기로 작정하고 있었으니, 어머니의 청결벽은 갸륵하다 할 만했다.

어머니는 내 몸에 몇 차례 뜨거운 물을 끼얹었다. 나는 몸을 움츠리고 있었다. 까맣게 덖은 때를 누가 볼까 봐 창피했다. 사실 요즘 그런 몸으로 목욕탕에 간다면 모두 한마디씩 입을 대거나 눈흘김을 보내겠지만, 그 시절이야말로 도회지 사람인들 한 달에 한 번 목욕탕 가면 제격이었다. 여름철 목욕탕 행차는 사치였고 모두 그렇게 홑옷 한 벌 입은 셈치고 때를 끼우고 살았던 것이다.

「이래서야 욕묵을까 바 어데 탕에 들어가겠나.」

어머니는 오른손 엄지로 내 몸의 겉때를 벗기기 시작했다. 슬슬 문지르는데도 밀려 떨어지는 까만 때가 마치 수채에서 기어나온 구더기 같았다. 내 팔다리· 등짝·가슴팍·목의 겉때를 물을 끼얹어 가며 대충 벗겨내자, 어머니가 말했다.

「인자 탕에 드가거라. 뜨신 물에 우묵이 되도록 몸을 푹 불가라.」

내가 수건으로 아랫도리를 가리고 일어서자 어머니가 그 수건을 낚아챘다. 탕 안에는 열댓 명 정도 여자가 들어차 살을 익히고 있었으나 내 한 몸 끼워넣을 틈은 충분했다. 나는 한 손으로 고추와 불알을 가리고 몸을 옹송그린 채 욕조 낮은 벽을 타넘었다. 두 발부터 물 속에 담갔다. 발끝에서부터 신경을 타고 뜨거움이 찌르듯 몸으로 번져왔다. 물 속에는 벽을 따라 앉기 좋은 계단이 한 칸 있었다. 계단 아래 바닥에 발을 딛고 정강이 위까지 물에 담그자 잠긴 부분의 살갗이 가렵고 따가웠다. 더이상 탕 속에 들어가 윗몸까지 물에 담글 용기가 나지 않는데, 물은 자꾸 더 뜨거워졌다. 흘끗 보니 틀어놓은 수도꼭지에서 더운 물이 쏟아지고 있었다.

「니 몇 살인데 누구하고 여게 들어왔노?」 앞에 앉았던, 앞니 빠진 할머니가 나를 보고 물었다.

장터마당에서 더러 본 듯한 얼굴인데 잘 모르는 할머니였다.

「쟈가 장텃걸 울산댁이 집에 얹혀 지내는 길남이 아인가. 그런데 쟈가 누구하고 여탕에 들어왔을꼬. 장날이라 울산댁이는 장사하고 있을 낀데.」 할머니 옆에 머리만 내놓고 있던 식이 엄마 말이었다. 영식이는 삼학년으로 식이 아버지는 읍사무소 서기였다.

「저래 큰 머슴아를 여탕에 델고 들어오면 되는강. 델고 온 사람도 문제지마는 돈만 알고 저런 아아를 여탕에 딜이보낸 주인도 문제가 있는기라.」 낯선 아주머니의 구시렁거리는 말이었다.

나는 여러 사람의 지청구가 듣기 싫어 얼굴이 빨갛게 되어 몸을 바깥쪽으로 돌리고 말았다. 마치 그런 지청구에 복수라도 하듯 눈을 감고 유황불 지옥 속에 팽개치듯 몸을 뜨거운 물에 풍덩 담갔다. 사내자슥은 도둑질 아이모 부끄러운 기 없는기라. 어머니 말을 이제 내가 되뇌었다. 그러나 물이 엄청 뜨거워 다시 불끈 일어서자, 언제 알아차렸던지 어머니 손이 내 여윈 어깻죽지를 눌렀다.

「애비 없는 설움이 어데 한두 가진가. 참아야 한다. 훗날 웃으며 이런 말할라 카모 다 참고 이겨야 산다.」 욕조 안에 있는 여자들이 들으란 듯 어머니가 큰소리로 말했다.

내게는 형이 없었다. 형만 있어도 형과 함께 남탕에 갈 수 있을 텐데. 분한 마음을 삭이며 나는 살갗을 찌르는 뜨거움을 애써 참았다. 가쁘던 숨길이 차츰 진정되자 아늑하고 혼곤한 느낌이 살갗을 천천히 풀어갔다. 어떤 나쁜 환경이라도 더 나쁜 환경과 견주어 견디다 보면 자기 환경에 차츰 익숙해져 처음 불편을 잊어버린다는 원리가 탕 속에 처음 들어갈 경우임을, 그 평범한 진리를 나는 그 뒤 목욕할 때마다 깨단하곤 했다. 여름에도 찬물로 등물을 못하는 체질인 내가 결혼 뒤부터 목욕탕에 가면 냉탕에 들어갈 수 있게 되기까지 나는 늘, 처음을 견디자며 용기를 냈고, 그때마다 고향에서 어머니와 함께 여탕에 갔을 때를 회상해 보곤 했다.

탕물은 더러웠다. 바닥이 보이지 않을 만큼 물이 뿌옇게 흐렸다. 햇살에 떠도는 먼지처럼 불순물이 들끓었고 때가 버캐같이 거품을 이루어 떠다녔다. 머리카락도 섞여 있었다. 그러나 아녀자들은, 어 시원타, 조옿구나 하며 욕조의 뜨거움과 더러움을 함께 즐겼다. 석탄 백탄 타는데 연기만 퐁퐁 나구려, 하며 타령을 읊거나, 하나에 둘이요 둘에 셋이요 셋에 넷이요, 하며 뜻없는 셈을 구시렁거리는 늙은이도 있었다. 욕조 안에서 바깥을 살펴보니 삼면 벽의 낮은 위치에 수도꼭지들이 붙어 있었다. 그러나 찬물만 나오고 더운 물은 나오지 않는지 모두 욕조 물을 퍼내어 썼다.

머리카락을 감고 있는 어머니에게, 「이제 나가도 됩니꺼」 하고 내가 두 차례나 물었으나 어머니는 대답이 없었다. 한참 뒤 다시 물으니, 꼼짝 말고 더 있으라고 말했다. 어머니는 지겹지도 않은지 빨랫비누로 머리카락을 네 차례나 감으며 참빗으로 긴머리채를 긁어내렸다. 내 얼굴이 술 취한 듯 달아오르고 어지럼증으로 눈앞이

핑그르르 돌 때야 어머니의, 나와도 좋다는 허락이 떨어졌다. 욕탕에서 나오자 내 손바닥과 발바닥이 지도 등고선을 그렸다. 뜨거운 물에 불리면 손가락과 손바닥이 오돌오돌해지는 변화를 자주 보아 왔지만, 볼 때마다 신기했다. 뜨거운 물에 오래 담갔다 꺼내면 왜 그렇게 되는지, 그 뒤 누구에게 물어도 확실하게 대답해 준 사람은 없었다. 거짓말을 하거나 죄를 지었을 때도 한동안은 없어지지 않는 표적이 그렇게 남는다면 하고 생각하자, 그렇게 되었으면 좋겠다는 느낌보다 두려운 마음이 더 앞섰다.

어머니의 때 씻기는 일에는 반드시 일정한 차례가 있었다. 먼저 수건을 빨아 불끈 짜선 그것을 마치 두루미알처럼 손아귀에 넣기 좋게 둥글게 뭉쳤다. 뭉친 수건에 때밀이수건을 한 겹 쌌다. 지금은 손에 끼워서 때밀이에 쓰는 수세미같이 빳빳한 때밀이수건이 따로 있어 힘 덜들이고 한결 수월하게 때를 밀어내지만, 그때만 해도 때밀이수건은 물론 감촉 좋은 보풀한 타월조차 구경하기 힘들었다. 수건이라면 대체로 무명이라 머리에 쓰거나 땀을 닦았고, 밥술 걱정을 놓은 사람이래야 겹으로 짠 무명수건이 고작이었다. 그러나 어머니는 늘 때밀이로 쓰는 수건을 따로 준비해 두었는데 그날도 예외는 아니어서 약탕관 약 짜는 데 쓰기에 알맞은 손수건만한 거친 삼베수건을 가지고 왔던 것이다. 그 수건은 고향 바닥에서 당장 준비할 수 없었으므로 대구에서 가져온 게 틀림없었다. 어머니는 고향 목욕탕이 문을 여는지 어쩐지 몰랐겠지만, 물을 데워 울산댁 뒤꼍에서라도 내 몸을 씻겨주려고 대구에서부터 단단히 벼르고 내려왔음을 나는 그 수건을 보고서야 알아차렸다. 서울에서도 어머니는 우리 형제를 목욕시킬 때 꼭 삼베 때밀이수건을 따로 두고 썼다.

내가 고향 울산댁 국밥집을 떠나 대구로 올라가기는 초등학교를 졸업한 그해 4월이었다. 그때는 이미 입학 시기가 끝나서 나는 이듬해가 되어서야 신설된 공립중학교에 입학하게 되었다. 학생수는 마흔 명 남짓했고, 선생이라곤 교장을 합하여 다섯 명이 관련 있는 여러 과목을 섞어 가르쳤다. 대구 생활이란 놓아먹이던 망아지와 같았던 고향 생활의 청산을 뜻했고, 그때부터 어머니의 엄격한 통제 아래 철저하게 규칙적인 생활을 하게 되었다. 나는 대구로 올라간 해 신문팔이를 거쳐 석간신문 배달 일자리를 구했으므로 학교 생활과 오후 한때 바깥으로 나도는 시간을 빼곤 사사건건 어머니 잔소리와 간섭을 받았다. 남의 집이므로 큰소리로 웃어선 안된다, 발소리 죽여 마당출입 하거라, 대문은 꼭 잠그고 다녀라, 밤 열한 시 전에는 잠잘 생각을 말라는 따위에서부터, 세든 사람들이 쓰는 변소 사용 방법, 밥 먹는 버릇, 앉음새, 코 풀 때 아껴 써야 하는 휴지 문제에 이르기까지 간섭을 받게 되었다. 그래서 고향 울산댁 주막에서 자유스럽게 지냈던 생활이 절로 떠올라 그쪽 하늘을 보며 눈물 글썽인 적도 한두 번이 아니었다. 특히 그 시절 잊지 못할 추억이 한 가지 있었다. 건식이네 집에 우리 식구가 세들었던 건넌방은 함석처마가 길게 나왔고, 한켠이 노천 부엌이었다. 어느 여름날 낮, 어머니가 실과 동정 따위의 바느질 부속감을 사러 시장으로 나가고 없었다. 때마침 소낙비가 쏟아져 함석처마 때리는 빗소리가 시끄러웠다. 누나와 나는 주인이 사는 안채에까지 들리지 않겠지 하며, '바우고개'니 '켄터키 옛집'이니 하는 노래를 목청 돋워 불렀다. 그때 그 노래가 뒷날까지 두고두고 잊혀지지 않았다. 어머니에게 매인 그런 생활이다 보니 목욕 문제만 해도 더위가 쪄오는 유월에서부터 찬바람이 소슬한 구월까지는 밤중에 부엌 앞에서 목욕을 했지만, 나머지 추운 계절은 공동 목욕탕을 이용할 수밖에 없었는데, 나는 한 달에 한 번씩 길중이를 데리고 큰길에 있는 목욕탕으로 갔다. 그때까지 막내아우 길수는 학교에 입학하기 전이었기에 어머니가 여탕에 데리고 다녔다. 우리 형제가 목욕탕에 가는 날은 정해져 있었다. 한 달 마지막 주 일요일 새벽이었다. 깨끗한 첫 물에 목욕해야 좋다며, 잠자리에서 일어나 이불을 개고 나면 어머니가 목욕수건과 비누를 챙겨주었다. 타월 한 장, 예의 때밀이에 쓰는 손수건만한 삼베수건, 빨랫비누, 그리고 미제 아이보리비누였다. 평생 옷 한 벌 마음놓고 해입지 않았고 늘 먹고 싶어하던 돼지고기 한 근 들퍽지게 포식 못한 어머니가 그때로서는 과분하다 할 만큼 세수는 반드시 미제 아이보리비누를 썼던 점은 지금 생각해도 묘한 느낌이 든다. 국산 세숫비누 질이 좋지 않을 때이기도 했지만, 미제 아이보리비누는 잘 닳지 않고 거품이 잘 나며 우선 크기가 마음에 든다고 어머니가 말했다. 그 비누는 빨랫비누만큼 컸으므로 늘 두 도막을 내어 한쪽은 은박지를 붙였고, 닳아져 딱지만큼 납작해지면 새 비누에 붙여서 썼다. 어머니는 목욕탕에 가는 나를 붙잡아 세우곤 분이 섞인 목소리로 늘 판에 박힌 말을 했다. 내가 너를 따라 남탕에 못 가니 내가 너 씻겨줄 때처럼 목욕탕값 아깝지 않게 철저히 때를 씻고 와야 한다. 너는 물론이고 동생 때를 씻겨줄 때도 마찬가지다. 두 시간 반 이내 돌아올 생각 말아라. 목욕갔다 오면 시간을 따져보고 얼마나 잘 씻었는지 몸검사를 하겠다. 때를 밀기 전 탕 속에 십오 분은 들어앉아 몸을 푹 불려야 한다. 머리는 네 번 감고, 특히 사추리 사이를 잘 씻어라. 비누는 쓰고 난 뒤 물에 젖지 않도록 반드시 마른 데 두고, 세숫비누는 아껴 써야 하니 낯 씻을 때 이외에 써선 안된다. 낯을 씻을 때도 세숫비누를 손바닥에 풀어 거품을 내지 말고 반드시 물끈 짠 수건에 비누를 칠해 낯빤대기를 빡빡 문질러라……. 나와 아우는 어머니의 이런 당부말을 듣고 집을 나섰다. 그러나 목욕탕까지 가는 시간과 오는 시간을 빼고 두 시간 삼십 분 정도를 목욕탕에서 보내기란 참으로 고역이어서, 탕에서 한 시간쯤 지나면 할 일이 없었다. 그래서 나는 아우와 욕탕 안에서 장난질로 시간을 보내며 탈의장 벽시계를 자주 훔쳐보곤 했다. 어머니와 약속한 시간을 겨우 맞추어 허기진 배를 안고 집으로 돌아오면, 어머니는 그 특유의 감사나운 눈길로 나와 아우 몸을 꼼꼼하게 살폈다. 한 번은 귓바퀴에 비눗물을 그대로 묻히고 돌아와 숯포대 회초리로 종아리까지 맞은 적이 있었다. 그러나 겉살갗은 물론 위장 또한 깡그리 빈 상태에서 개운한 기분으로 늦은 아침밥을 먹을 때의 상쾌감은 지금도 잊혀지지 않는 맑은 추억으로 남아 있다.

어머니는 두루미알처럼 둥글게 뭉친 수건 겉면에 역시 물기 적게 불끈 짠 때밀이 삼베수건을 덧씌웠다. 그렇게 준비를 마친 뒤 왼손으로 내 오른손 손가락 끝을 잡고 엄지부터 때를 밀어내기 시작했다. 다섯 개 손가락을 판장이가 판다리에 옻칠 올리듯 한 차례가 아니고 두세 차례에 걸쳐 꼼꼼하게 때를 밀곤 다음 차례 손가락 사이와 손바닥으로 옮아갔다. 손바닥에도 묵은 때가 앉을 틈이 있는가 모르지만 어머니는 반드시 손바닥까지 씻어주었고 발바닥은 간지러움으로 몸을 비트는 나를 꾸짖어가며 목욕탕 바닥에 굴러다니는 구멍 숭숭한 돌을 찾아 박박 밀어주었다. 그렇게 하여 양쪽 팔이 모두 끝나면 머리·목·겨드랑이·가슴·등·엉덩이·허벅지·다리로 차례에 따라 꼼꼼하게, 지극한 정성을 들여 때를 밀었다. 때밀이할 때 어머니의 표정이나 그 힘쓰는 공력은 마치 불공대천 원수를 만나 피를 말리는 싸움을 방불케 했다. 아니면 살갗의 얼룩점까지 지워내겠다는 가증스런 모질음이었다. 이 말은 과장이 아니라, 나는 어머니의 때밀이 때 그 용쓰는 행동거지를 그렇게 표현할 수밖에 없다. 자식들 몸을 씻기고 났을 때 당신 스스로 탈진이 될 정도였으니 늘 하는 말처럼, 너들 씻기고 나모 널치 (어원을 알 수 없지만 경상도 남부 지방 사투리로, 기력이 다하여 넋이 빠질 정도라는 뜻)가 난다는 말이 제격이었다. 새(鳥)같이 마른 자식 몸에 때가 붙었다면 그 때가 얼마만큼 덖었기에 어머니는 뭉쳐 싼 삼베수건이 해져라 뼈가 아릴 정도로 살갗을 그렇게 학대했는지, 구천의 넋이 된 당신을 두고 지금도 그 공력을 헤아려보면 나는 이상한 감회에 잠긴다. 겨울철에도 냉수마찰하는 사람처럼 살갗을 튼튼하게 해주기 위해서? 지나친 청결벽? 이렇게 두 가지로 어머니 그때 씻기기를 따져보면 처음은 아예 해당이 되지 않고, 두 번째가 그런대로 적중한 해석이다. 거기에 덧붙인다면, 잠잘 때 외에는 쉬는 적을 본 적 없는 그 '부지런함'과, 그런 방법으로라도 '자식을 강하게 키워야 한다'는 답을 끌어낼 수 있을 것이다.

어머니 때밀이는 살갗이 발갛게 부풀어오르고 붉은 실핏줄이 비칠 때까지 계속되니, 그 고문을 당하는 입장에서는 절로 신음이 터지게 마련이었다. 비죽거리거나 비명을 지르면 어머니는 어김없이 내 팔과 허벅지를 꼬집었다. 그래서 나는 어머니가 이렇게까지 모질게 때를 씻기는 데 무엇인가 맺혔을 당신의 원한을 엉뚱하게도 자식에게 풀고 있는 게 아닐까 하는 의구심마저 들었다.

어머니에게 들은 이야기지만 유아 때부터 나는 누구든 머리에 손을 대는 것을 싫어했다 한다. 머리를 감길 때면 숨넘어가듯 파랗게 자지러지므로 마치 터지려는 풍선 다루듯 조심하지 않으면 안되었다는 것이다. 사물을 기억할 나이가 되고도 누구든 내 머리에 손을 대는 것을 나는 싫어했다. 심지어 어른들이 사랑스럽다는 뜻으로 머리를 쓰다듬어주려 할 때도 손부터 얼른 머리꼭지에 얹어 어른 손을 피하는 버릇이 있었다. 그러나 목욕탕에서 어머니가 내 머리를 감겨줄 때는 그 엄살이 통할 리가 없었다. 어머니 손톱이 마귀할멈 그것처럼 머리통을 피가 날 정도로 사정없이 박박 긁어대면 코가 아리다 못해 콧물과 눈물까지 쏟아졌다. 입 밖으로 표현이야 못했지만 '좆도, 씨팔' 소리를 어금니로 짓씹어도 분이 풀리지 않았다. 사실 어머니가 그렇게 머리통을 씻기고 나면 나는 얼굴을 찡그리는 데도 그쪽 살갗이 당기는지 머리통이 따끔따끔 아팠고 어떤 때는 골속으로 바람소리가 들리며 어지럼증마저 찾아오곤 했다. 그런데 그만한 고역이 또 있었으니 살갗 중에 부드러운 부분, 이를테면 목덜미와 겨드랑이, 허벅지 안쪽의 때를 삼베수건으로 밀 때, 그 쓰라림이란 견디기 힘든 고통이었다. 어머니는 귀 하나를 씻길 때도 삼베수건을 집게손가락에 돌돌 말아 귓바퀴의 미로를 몇 차례나 닦아내었고 귓구멍은 손가락을 돌려가며 송곳으로 파듯 쑤셔댔다. 그래서 한쪽 귀를 닦아내는 데도 일 분 넘이 시간을 잡아먹었다.

나는 터지려는 비명과 울음을 어금니로 깨물며 고문에 못지않은 어머니 때밀이를 참아냈다. 적게 잡아도 사십 분은 넘이 걸렸을 그 때밀이가 내게는 한 시간도 넘게 지루했다. 어머니 손길이 가슴팍에서 이제 배 쪽으로 넘어가려니 하고 졸갑증을 내면, 웬걸 그 손은 다시 가슴팍을 세 차례째 되풀이하여 밀어대곤 했다. 무르팍과 팔꿈치처럼 살갗 주름이 많고 때를 잘 타는 부분은 속새로 나무결을 곱게 다듬듯 삼베수건을 제자리에서 돌려가며 문질러댔다. 과장을 보탠다면 그 때밀이야말로 대패질로 살 깎아내기에 다름아니었다.

그렇게 털 뽑은 닭처럼 살갗에 피멍이 들도록 때를 씻긴 뒤에는 어머니도 기진해져, 탕 속에 들어가라는 허락이 떨어졌다. 그제서야 나는 마치 지옥 굴에서 빠져나온 듯 안도의 큰숨을 내쉬었다. 뜨거운 물이 살갗에 닿으면 더 쓰라릴 것 같았으나 어머니가 또 붙잡고 늘어져 혹시 놓친 부분, 미진한 부분을 다시 씻길까 보아, 다른 한편으로 알몸을 감추기 위해 얼른 탕 속으로 들어가 몸을 감추었다. 탕 안에 있는 여자들 보기가 민망하여 나는 벽으로 몸을 돌렸다. 불에 달구는 듯 온몸이 뜨겁고 쓰라렸다. 거기에다 머릿속이 돌개바람이라도 몰아치는 듯한 어지럼증으로 나는 탕 벽에 이마를 기대고 눈을 감았다. 알 수 없는 고통과 슬픔이 기운이 빠져버린 온몸의 숨구멍을 죄어오고, 오히려 고아가 되었으면 좋겠다는 자포자기의 상태에서, 나는 잠시 동안 콧숨으로 흐느꼈다.

내 나이 삼십대 중반이었으니 자식 둘이 있을 때였다. 그때만 해도 자정이면 사이렌이 부는 통행금지가 있었다. 자정 가까이 술에 취한 채 한길을 건너다 과속으로 달려오던 택시에 치어 나는 팔과 다리뼈를 부러뜨리는 중상을 당했다. 그 무덥던 여름 한철에 회사 근무도 쉬며 두 달 동안 꼼짝없이 병상에 누워 지내는 신세가 되었다. 퇴원한 뒤에도 한 달 동안은 통원 치료를 받았다. 깁스를 풀고 목욕탕에 갔을 때는 실로 석 달 만이었다. 병원에 있을 때나 통원 치료를 받을 때 얼굴과 목과 가슴은 부분적으로 닦아내었으나 온몸을 씻기는 그때가 석 달 만에 처음이었다. 목욕탕에서 때밀이에게 뚱뚱한 몸을 맡기고 간이침상이나 의자에 늘어진 사람을 볼 때, 튼튼한 제 팔과 손을 두고 자기 몸을 남에게 맡기는 그 흉측한 꼴을 나는 절대 저지르지 않으리라 결심했고, 그때까지 목욕탕에 가면 내 몸은 내가 씻었다. 때밀이 청년에게 자신의 몸을 맡긴 채 널브러져 있는 사람을 보면 나는 늘 미술화집에서 본 폼페이 벽화를 연상했다. 제정 로마 초기, 영화의 극치를 누렸던 폼페이는 베수비오 화산의 대폭발로 땅속에 묻히고 말았지만, 한마디로 그 대참사는 인간의 쾌락 추구에 따른 하늘의 징벌이었고, 그 쾌락은 바로 남녀가 진수성찬으로 먹고 마시고 알몸으로 함께 희롱한 '목욕탕 문화'라고 일컬어도 좋을 타락의 한 표본이었다. 그래서 나는 석 달 동안 쓰지 않았던 오른팔이었지만 내 힘으로 때를 씻기로 마음먹었다. 여름 한철 동안 목욕을 못한 탓인지 밀어도 밀어도 때는 나오는데 오른팔이 힘에 부쳤다. 온몸에 진땀이 흐르고 기운이 빠져 한쪽 팔과 다리를 씻는데도 나는 지쳤다. 어떡할까, 나는 잠시 망설였다. 그러나 나는 곧 내가 병자라는 사실에 억지 이유를 붙였다. 때밀이 젊은이에게 몸을 맡기기로 결정을 본 것이다. 막상 내 몸을 남에게 맡기고 나자, 소년 시절 고향 목욕탕에서 어머니가 때를 씻어준 뒤 탕에 들어갔을 때 그 알 수 없던 고통과 슬픔이 온몸의 숨구멍을 죄어왔던 경험을 다시 느끼게 되었다. 교통사고를 당했던 그즈음, 어머니를 내가 모시고 있었다. 집으로 돌아가면 나는 어머니 얼굴을 바로 볼 수 없다는 생각이 들었다. 어머니에게 죄를 짓는다는 아픔이 때를 열심히 미는 남의 손을 통해 살갗을 훑었고, 나는 콧숨으로 흐느끼며 어머니 손길이 아닌 남의 손을 밀쳐내지 못하는 내 자신이 부끄러웠다. 나는 때밀이를 돈을 주고 샀다는 사실을 어머니에게 고백할 수 없음은 물론, 이제 다시 폼페이의 벽화를 욕질할 수 없는 입장임을 깨달았던 것이다.

'넡치'가 나도록 나를 씻겨놓은 어머니는 이제 당신 몸을 씻기 시작했다. 그 시간의 소비란 몸 체격과 비례하므로 내 몸 두 배는 실히 넘음 직한 어머니가 한 시간 넘이 공력을 쓰게 마련이었다. 이미 술이 할머니는 나가버려 없었기에 어머니는 그 자리를 차지하고 앉은 옆 아주머니와 말을 터 서로 등의 때를 품앗이로 밀어주었고, 대야에 담아온 내 속옷까지 죄 빨았다. 빨랫감은 비단 어머니만 가져온 게 아니었다. 목욕값 밑천을 뽑겠다고 다른 여자들도 한 통씩 빨랫감을 가지고 와서 더운 물에 흥청망청 빨래를 하고 있었다. 겉옷 입은 중씰한 여자가 들어와 물을 아껴 써라, 빨래를 그렇게 많이 하면 안된다고 잔소리를 했지만 미안쩍어하는 여자는 없었다. 돈 내고 들어왔는데 무슨 말인가 하듯 그 여자를 곱지 않은 눈길로 흘끗거렸다.

어머니가 당신 몸을 씻을 동안 내게는 지루한 시간이었지만 어머니 손에서 놓여난 기분을 즐기며 목욕탕 안을 두루 구경하는 짬을 낼 수 있었다. 그 동안 사람이 조금 빠져나가 목욕탕은 들어올 때만큼 붐비지 않았다. 이제는 나와 비슷한 또래의 계집애를 보아도 철면피가 되어 무덤덤히 바라보았다. 네가 학교에서 소문을 낸다면 나도 소문을 내리라는 알량한 뱃심으로 바라볼 양이면 저쪽에서 오히려 눈길을 피해버렸다.

아무리 설밑이라지만 목욕탕에 올 만한 읍내 사람은 그래도 생활 정도가 나은 편이었다. 그러나 대부분 여자들 몸꼴이야말로 말이 아니었다. 내 나이 아래 계집애들은 그렇다 치더라도 어른들마저 팔과 다리는 보습의 성에처럼 홀쭉 말라 꺼칠했고 어깨뼈가 윷가락 같게 드러나 있었다. 밋밋한 가슴팍에 젖은 축 늘어져 달렸고, 갈비뼈는 숭숭한데 필요없게 퍼져내린 굵은 허리통에 엉덩판만은 널찍이 자리잡고 있었다. 주름살로 늘어진 쭈글쭈글한 배 아래 거웃 사이를 열심히 씻는 아낙네를 보자 추하다는 느낌마저 들었다. 특히 허리가 꼬부장한 늙은이들 몸이란 좁장한 등판까지 겹주름이 져 그 긴 세월의 살아냄이 나무의 나이테처럼, 결과적으로 주름살을 만드는 과정으로 여겨졌다. 그 나이 때만도 나는 늙어감이나 늙음 끝에 닿게 되는 죽음에 대해 생각해 본 적이 없었다. 사람이 스물 전후의 꽃다운 나이를 넘기면 그 나이로서 성장에 따른 활동을 멈추고 늙기 시작한다는 육체의 퇴화 과정을, 나 역시 그 장거리 경주를 열심히 뛰고 있다고 깨닫게 되기는 내 나이 서른여덟 살, 어머니가 고혈압으로 쓰러져 의식 불명의 상태로 보름 동안 중환자실에 입원해 있을 때였다. 나는 그때서야 식물인간으로 누워 있는 어머니를 통하여 비로소 죽음에 이르게 되는 그 실체를 보았던 것이다. 나도 언제인가 저렇게 죽게 되려니, 하는 두려움이 온몸으로 엄습해 왔다.

더러운 옷이지만 옷을 입고 있을 때보다 그 옷을 홀랑 벗어버릴 때 사람이란 이렇게 추한 몰골이구나. 나는 그런 생각을 하며 목욕탕 안의 볼품없는 여자들 알몸을 흘낏거리며 관찰하고 있었다. 그런데 내 그런 생각을 바꾸어놓을 만큼 아주 특별한 여자를 보게 되었다. 젖은 머리칼을 틀어올려 수건으로 동여맨 스무 살 정도의 처녀였다. 마침 그 여자는 탕 속에 앉아 있다 돌연 나타난 선녀처럼 불쑥 일어서더니 허리를 굽혀 욕조 벽을 타넘곤 내가 바라보는 맞은쪽 자리로 옮겨갔다. 유난히 희고 미끄러운 살결이 내 눈을 끌었는데, 그 여자는 마른 몸이 아니었고 그렇다고 살이 찐 몸도 아니었다. 한마디로 곱게 빠진 예쁜 몸이었다. 몸 어디에도 주름이 없었고, 각진 데가 없었다. 어깨에서 허리로, 허리에서 다리로 흘러내린 선이 부드러운 곡선을 이루었고 알맞게 찐 살이 뼈를 잘 감추고 있었다. 잘 익은 수밀도처럼 볼록한 젖과 탄탄한 엉덩판도 아름다웠다. 한마디로 그 여자의 살결은 성당 뒤뜰 선교사 사택 담장을 따라 핀 분홍 장미같이 신선하게 고왔고, 물에 탄 구호품 분유처럼 농밀한 부드러움을 지니고 있었다. 이 시골에도 저렇게 고운 살결의 여자가 있었던가. 나는 입까지 벙긋 벌린 채 감탄했다. 그 감탄은 내가 좋아하는 여선생이 나만을 바라볼 때의 가슴 뛰는 황홀함과 같은 성질이었지, 성적 충동 같은 어떤 다른 뜻을 포함하고 있지 않았다. 아니, 무의식이나 잠재 의식 속에 그런 욕구가 가냘프게 가쁜 숨을 쉬고 있었는지 몰랐다. 훗날 그 어둡고 축축한 사춘기를 보내며 몽정과 수음을 체험했을 때, 내 머릿속에 처음 자리잡은 성적 상상력의 대상이 바로 그때 본 그 여자의 아름다운 알몸이었기 때문이다. 사춘기 적 나는 처음으로 그 여자를 통해 부드럽고 아름다운, 내가 소유하고 싶은 확연한 실체를 눈앞에 그려보게 되었던 것이다. 그전까지 부드러움이란 늘 물이나 바람과 같은 무형의 형태라 생각했다. 물과 바람은 잘 만져지지 않는데도 부드러움을 무엇보다도 뚜렷하게 실감시켜 준다. 그러나 물이나 바람은 무한대의 체적만 있지 형태가 없다. 컴퍼스로 그리는 곡선은 형태가 있으나 체적이 나타나지 않는다. 거기에 한술 더 떠서 부드러움에 아름다움까지 결부시킨다면 그 실체는 더욱 잘 떠오르지 않는다. 기껏해야 바람결에 나부끼는 꽃을 통해 바람과 꽃을 연결짓는 인상 정도이다. 그런데 내 사춘기 적 아련하게 떠오르는 그 여자의 몸이야말로 그 두 낱말이 그대로 어울려 만들어낸 하나의 완벽한 작품이었던 셈이다. 인간이 아닌 신이 만든 작품, 그렇지만 그 사춘기 때에는 이미 아이 몇을 둔 중년의 아낙네가 되고 말았을, 멀리 떠나버린 기억 속의 여자였기에, 더욱 가슴을 애달프게 하는 구원의 그리움이었다.

「인제 나오너라. 비누칠하고 가야지러.」

멍해져 있는 내 귀에 어머니 말소리가 들렸다.

빨랫비누칠한 수건으로 몸을 닦아줄 때도 어머니는 여느 사람의 경우와 달랐다. 물론 비누칠할 때만은 삼베수건을 쓰지 않았다. 두루미알처럼 뭉쳤던 무명수건에 비누칠을 했다. 어머니는 비누를 아끼느라 불끈 짠 수건을 엄지를 뺀 네 개 손가락의 친친 감은 부분에만 비누칠을 했다. 먼저 몸의 가장 윗부분인 이마부터 다식판에 떡 누르듯 힘을 주었다. 어머니가 방바닥에 걸레질을 할 때는 뽀드득 소리가 날 만큼 힘을 주어 문질렀는데, 한 손으로 머리 뒤를 받치고 이마를 문지를 때도 마찬가지였다. 이마에서 코로, 코밑으로, 뺨으로 숨쉴 짬도 주지 않고 힘을 주어 문질러대면 내 얼굴판이 절로 뒤틀렸다. 내가 숨을 쉴 짬은 어머니가 수건에 비누칠을 다시 할 때뿐이었다. 귀를 씻어줄 때는 역시 집게손가락에 붕대 감듯 수건을 말아 귓바퀴 미로에 빠뜨리는 구석이라도 있을세라 홈마다 후벼팠다. 어머니가 그렇게 한참 귀를 문질러대면 열이 날 수밖에 없어 귓바퀴가 화끈거리고 얼얼할 정도였다. 특히 비누칠한 수건으로 팔을 씻길 때는 당신 손아귀에 수건을 감고 뼈를 추려낼 듯이 밀어대어 어머니 아귀 힘이 얼마나 센지 뼈가 아렸다. 비누칠하여 빡빡머리를 감겨줄 때도 세 차례나 되풀이했고 손톱으로 바닥을 사정없이 박박 긁었다. 손톱 길게 기르고 다니는 여자 꼴은 천하에 못 봐낸다는 당신의 버릇말처럼 어머니 손톱이 몽그라졌기에망정이

지 손톱이 길었다면 내 머리통은 밭고랑이 되어 줄줄이 피를 흘렸을 터였다. 포경이었던 내 고추를 홀랑 까서 비누수건으로 여러 차례 씻어내고, 사람 몸 중에 가장 깨끗하게 간수해야 할 부분이라며 목욕탕 벽에 붙은 수도마개를 틀어 맑은 찬물을 받아와 씻기고 또 씻겨줄 때, 항문 쪽으로 뻗친 오줌줄기까지 쌔끔쌔끔해지고 고추 끝이 끊어져라 쓰리게 아팠던 기억은 지금 뒤돌아보아도 찬물을 끼얹듯 으스스해진다.

「이라다가 차시간 늦겠데이. 니 옷도 깁어놓고 가야 할 낀데 말이다.」 비누칠을 마친 어머니가 이 말을 했을 때는 짧은 겨울 해가 설핏 기울어 곰보유리창에 그늘이 드리워졌을 때였다.

목욕탕 안은 사람이 절반으로 줄어버렸고, 욕조의 더운 물도 더 공급되지 않아 내가 그 속에 들어앉더라도 어깨를 채 못 가릴 정도였다. 욕조 안으로 뜨거운 물을 공급하는 수도꼭지는 하나뿐이었다.

「몸을 헹궈야 할 낀데…….」

어머니가 말하며 앉은걸음으로 그쪽으로 가서 수도꼭지를 틀었으나 이미 물은 끊어져 있었다. 어머니가 더운 물을 넣어달라고 몇 차례 고함을 지르고 손뼉까지 쳤으나 바깥에서는 아무 대답이 없었다. 자리로 돌아온 어머니는 욕조 안의 물을 들여다보더니 난감한 얼굴이 되었다. 내가 보아도 그 물은 너무 더러웠다. 물 속에 엉겨 다니는 때가 장구벌레처럼 눈에 들어왔다.

「이 더러분 물로 우째 헹구제.」

어머니가 무슨 결심을 한 모양이었다. 벽에 붙은 수도마개를 틀어 함석대야에 찬물을 받았다. 비누칠했던 수건을 대야 찬물이 깨끗해질 때까지 여러 차례 빨았다. 그리곤 대야 가득 물을 받아 내 옆으로 왔다.

「찬물로예?」

나는 몸부터 떨었다.

「쪼매 찹더라도 참아라. 한겨울에 바깥에서 냉수마찰하는 사람도 있는데 사내자슥이 이쭘도 몬 참아서야 되겠나. 일사후퇴 피란 내려온 사람들 이바구로는, 그 추운 한뎃바람을 맞으며 목에까지 잠기는 얼음물에 피란짐을 이고 지고 강을 건넜다 카더라.」

말은 그렇게 했지만 어머니는 차마 대야 찬물을 내 머리꼭지에 좌르르 붓지 않았다. 머리를 감기곤 찬물에 빤 수건으로 내 몸을 닦아내렸다. 온몸에 소름이 솟고 수건이 살갗을 스칠 때마다 따가웠으나, 나는 이제 목욕이 끝났다는 기쁨으로 참아냈다. 물에 뛰어들기 전 준비 운동처럼 내 몸을 얼추 식힌 어머니는 아니나다를까, 찬물을 새로 받아 내 몸에 좌르르 부었다. 찬물이 튀자 내 옆에 앉았던 아낙네가, 「그라다가 아아 감기 들겠심더」 하고 말했으나, 당신 자식이나 감기 조심시키란 듯 어머니는 대꾸하지 않았다. 어머니가 저녁차 편에 바삐 떠나자면 나에게 매질로 당조짐할 시간이 없겠거니, 하는 기쁨으로 나는 턱까지 떨며 어머니가 퍼붓는 찬물 세례를 이겨냈다.

「밖에서 기다리거라. 내 얼른 비누칠하고 나가꾸마.」 비틀어 짠 수건으로 내 몸에 묻은 물기를 샅샅이 닦아주곤 어머니가 말했다.

드디어 나는 어머니로부터 해방되었다. 샅을 가려야 한다는 염치를 차릴 겨를도 없이 나는 불알을 덜렁이며 목욕탕을 빠져나왔다. 눈여겨 보아두었던 23번 장을 열고 바지를 입었다. 탕 안에 있을 때보다 밖으로 나오니 추위가 한결 심하여 나는 와들와들 떨며 옷을 입었다. 이제 여자 탈의장에서 어머니를 기다려야 할 필요가 없었다. 고무신을 챙겨신고 나는 재빨리 목욕탕을 나섰다.

한길로 나오니 어느덧 해는 중앙산 쪽으로 설핏 기울어져 있었다. 바람이 스산하게 불어 흙먼지가 날리는 속에 설 쇨 장을 보고 돌아가는 먼 마을 사람들이 목욕탕 앞길을 메워 지나가고 있었다.

설빔의 자기 몫으로 먹고무신이라도 한 켤레 샀는지 부모에 떨어질세라 앙감질걸음을 바삐 놀려 따라붙는 아이들도 있었다. 나는 몸이 날아갈 듯 개운하여 청노루마냥 바람을 가르며 어디로든 내닫고 싶었다. 그러나 그 많은 때와 함께 기운조차 다 빠져나간 듯 몸이 나른했고 배가 고팠다. 울산댁 주막으로 달려가 국밥이라도 한 그릇 얻어먹을까 했으나 밖에서 기다리라던 어머니 말을 생각하고 나는 방금 남탕에서 나오기라도 했다는 듯 남탕 앞 바람막이된 문간에 서 있었다. 어머니는 저녁 통근차 편에 삼랑진으로 올라갈 터였다. 마산에서 출발하여 삼랑진으로 돌아 종착점 부산까지 가는 통근열차가 진영역을 거치기는 오후 다섯시 전후였다. 기운 해를 가늠하자 세시 반은 되었을 것 같았다. 나는 그 자리에 쪼그려앉아 귀가길을 재촉하는 장꾼들을 구경했다. 중부전선에서는 전쟁이 계속되고 있었지만 닥쳐올 설은 역시 설이었기에 장꾼은 장본 물건을 머리에 이고 손에 들고 바삐 걸었다. 장꾼들은 활발히 걸음을 떼놓으며 장 시세를 두고, 군에 간 자식에 대해 동행과 이야기를 나누며 내 앞을 지나쳤다. 험한 입성에 때에 덖은 몰골이지만 따라붙는 코흘리개 아이들 표정이 한결같게 밝았다. 나는 불현듯 설날 아침에 대구에서 지내는 제사에 끼일 수 없는 처지임을 알았다.

「길남아, 길남이 어딨노?」 어머니가 주위를 두리번거리며 나를 불렀다.

「여깄심더」 하고 대답하며 나는 어머니 곁으로 다가갔다. 쪼그려앉아 있었던 탓인지 양말도 신지 않는 발가락이 쥐까지 나서 나는 절뚝걸음을 걸었다.

「와 그라노?」

「쥐가 났나 봅니더.」

「목간하이까 깨분하게?」 꽃물 들인 듯 활짝 핀 붉은 얼굴에 따뜻한 미소를 보이며 어머니가 내게 물었다. 정다운 목소리였다.

「깨분합니더.」 나는 정말 새처럼 몸이 가벼웠고 날아갈 듯 개운했다.

「가자, 어서 가야제. 내복도 안 입어 춥겠다.」

어머니가 내 손을 잡고 장터 쪽으로 걸음을 옮겼다. 어머니 큰손을 통하여 따뜻한 느낌이 내 손으로 전해왔다.

「더러운 세월 만나 애비 읎는 설움으로 니가 비록 남으 집에 얹혀 얻어묵고 있지마는 씻은 몸처럼 늘 마음도 깨끗하게 지녀야 하니라. 깨끗한 몸맨쿠로 정직한 마음으로 어른이 돼서…….」 어머니가 잠시 말을 끊고 물코를 들이켰다. 「길남아, 우리 식구가 한 지붕 아래 몬 살미, 이 고생하고 살았을 때를 먼 뒷날 웃으미 이바구할라 카모 니가 우째 마음 결심하고 살아야 되는 줄 알고 있제?」

어머니 그 목소리가 어느 때보다 엄숙했으나 물기를 머금어 간곡한 호소를 담고 있었다. 나는 대답 않고 묵묵히 걸었다. 나는 어머니가 할 다음 말을 이미 알고 있었다. 매질 뒤에는 어김없이 그 말이 따랐기 때문이었다. 그 말을 옹골차게 실천할 자신감이 없었으므로 꺾인 내 고개가 들려지지 않았고, 나는 어머니를 마주볼 수 없었다. 겨드랑이에서 돋아나려던 빳빳한 날개가 갑자기 소금에 절인 푸새처럼 힘없이 처져내림을 느꼈다.

「우짜든동 니가 열심히 공부해서 훌륭한 사람이 되는 길밖에 없데이.」

(1987. 1)

마음의 감옥

금년으로 일곱 번째 맞은 '모스크바 국제도서박람회'에 한국이 처음으로 오백칠십여 종의 도서를 출품하게 되었다. 그 사무를 주관한 대한출판문화협회는 도서박람회의 참관과 소련 시찰을 목적으로 모스크바 파견 대표단을 모집한 결과, 스물두 개 회원 출판사 대표가 참가신청서를 내었다. 나도 그 일원으로 지원했다. 모스크바에서의 도서박람회 개최 기간은 일주일이었으나 한국 대표단의 일정에 따라 나 역시 레닌그라드와 키예프를 둘러보는 열이틀 동안의 소련 여행을 마치고 돌아왔다. 김포공항으로 마중을 나온 아내가 안부말 끝에 현구 소식을 알려주었다.

「그쪽은 국제전화도 힘들고, 공연히 걱정만 안고 다니실 것 같아 당신이 레닌그라드에선가 전화했을 때 그 말은 하지 않았어요. 근데, 일주일 전에 삼촌이 경북대 의대 부속병원에 입원했어요.」

현구의 병에 따른 감정유치(鑑定留置) 명령이 드디어 법원으로부터 떨어진 모양이었다. 나는 아내 말에서 아우 병이 전문의의 지속적인 관찰이 요구될 만큼 나빠졌음을 짐작할 수 있었다. 현구는 일심 공판에서 징역 일 년 육 월이 선고되어 고법에 항소 계류 중에 있었다. 그러나 감정유치가 너무 늦은 감이 있어 나는 법원의 그 조치를 선의로만 해석할 수 없었다. 십 년 전 아우는 간염을 앓은 적이 있었다. 1979년 그해, 일 년 팔 월 형을 살고 형집행 정지로 석방된 직후였다. 눈 흰자위에 노르끄레한 황달 증세가 나타났으나, 누이 집에서 쉬며 가까운 개인병원 통원 치료로 쉽게 회복되었다. 아우의 허우대가 건장하다 할 수는 없지만 그렇다고 허약 체질도 아니었기에 그 뒤 그는 별 탈없이 바쁘게 그의 삶을 살아왔던 셈이다. 그런데 이번 사건으로 구속된 뒤, 경찰에서 검찰로 넘어가고부터 그는 그 알량한 그곳 식사조차 제대로 소화를 못해 늘 속이 쓰리고 기운이 없어 앉아 있기조차 힘들다고 면회자에게 호소했던 터였다. 첫 장마절기에 들어 날마다 비가 뿌리던 칠월 초순 어느 날, 내가 대구로 내려가서 면회를 통해 아우 얼굴을 보자, 그를 못 본 지 불과 한 달 사이에 보기 딱할 정도로 야위었고 혈색 또한 좋지 않았다. 얼굴색이 검누렇게 찌든 데다 광대뼈가 도드라져, 다시 단식이라도 시작한 듯 영양실조증이 완연했다. 다섯 해 전 아우가 안동교도소에 수감되어 있을 때, 교도소 당국의 양심범 가혹 행위에 항의하여 일주일 동안 물만 먹고 단식한다기에 내가 그를 면회 갔을 때가 꼭 그랬다. 그때는 얼굴색이 창백했지 검누렇지는 않았다. 일거리도 없을 이 장마비에 주민들이 뭘 먹고 지낼까. 그 걱정을 하다 보면 잠이 오지 않았는데 마치 꿈이나 꾸듯, 내가 석방되어 산동네로 막 뛰어올라가고 있잖아요. 그 말을 하며 아우는 나이에 어울리지 않게 수줍은 미소를 머금었다. 그의 표정 중에 한 특징이라 말해야 할 그런 미소를 지을 때, 입가에 메마른 살갗이 겹주름까지 져서 서른아홉 살의 한창 나이인 그가 마치 늙은이 같아 보였다. 아무래도 위장이나 간장에 문제가 있다며 진찰을 받았느냐고 내가 묻자, 아우는 소화제를 타먹는다며, 달리 아픈 데는 없으니 곧 낫겠지요 하고 힘담 없게 대답했다. 나는 아우 담당변호사 주영준을 만나, 현구가 병이 있으니 병원 감정유치를 청구하여 종합병원에서 진찰과 치료를 받게 해달라고 부탁하곤 상경했다. 내가 소련으로 떠날 때까지 현구의 감정유치 허가는 떨어지지 않았다.

공항을 떠나 집으로 돌아오는 차 안에서 아내는, 그저께 당일치기로 대구에 다녀왔다며, 현구 종합검진이 진행중이더라고 말했다. 의사 말로는 병이 위가 아니라 간 쪽이며, 자기가 보기에도 상태가 아주 좋지 않더라는 것이다.

「복수(腹水)가 심해 배에 찬 물부터 뽑았는데, 체중이 한꺼번에 육 킬로나 빠졌대요. 차마 마주볼 수 없을 정도로 여위었어요. 검사를 받느라 미음조차 먹지 못하니……. 간병하시는 어머님이 몸져누우실까 걱정됩디다. 그렇다고 애들 때문에 내가 내려가 있을 수도 없잖아요. 아무리 바쁘더라도 당신이 속히 한 번 다녀와야겠어요」 하며 손수건으로 눈을 훔치던 아내가 문득 생각했는지, 「지난번 것하고, 이번 힘써준 사례비며 변호사 비용 일백만 원은 대구 아가씨가 냈어요」 하고 말했다.

차창 밖으로 팔월 중순의 불볕 더위가 끓고 있었다. 가로수 잎이 후줄근히 늘어졌고 멀리 보이는 아파트 단지는 증발하는 증기로 무너져내릴 듯 흐물거렸다. 그 흐물거리는 뒤쪽, 현구의 여윈 모습이 물 아래 가라앉은 탈색한 가랑잎이듯 얼비쳐보였다. 아우와 나는 여덟 살 나이 차이로 속 깊은 대화는 나누어보지 못한 채, 여지껏 떨어져 살아온 세월이 더 길었다. 그와 함께 생활하기는 내가 고등학교를 졸업할 때까지였다. 그가 중학교에 다닐 때 나는 서울에서 대학을 다녔고, 그가 고등학교에 다닐 때 나는 입대했으며, 그가 대구에서 대학에 다닐 때 나는 이미 사회인이 되어 서울에서 직장 생활을 하고 있었다.

이튿날 아침, 아파트 주차장에 보름째 덮개를 쓰고 있는 자가용을 그대로 두고 나는 좌석버스 편으로 출근했다. 회사로 나오자 나는 국외 여행으로 자리를 비운 동안의 판매 실적 장부부터 살폈다. 모두 산과 바다를 찾아 빠져나갔을 지난 두 주일, 따분한 읽을거리가 잘 팔릴 리 없었다. 가을 출간을 목표로 진행하던 신간 세 권의 편집 진행 현황도 살폈다. 그리고 모스크바에서 가져온, 초판이 현지 시중에 나온 지 불과 달포밖에 되지 않은 아나톨리 리바코프의 소설 〈1935년과 그 이후〉 첫째 권 원서 번역을 서둘러 착수해야 했기에, 〈아르바트의 아이들〉을 번역했던 러시아어과 교수를 만났다. 〈1935년과 그 이후〉는, 고르바초프의 페레스트로이카 정책에 힘입어 소련에서 출간되자마자 곧 서방 세계 여러 나라말로 번역되어 세계적인 명성을 획득한 리바코프 만년의 대작 〈아르바트의 아이들〉 제2부 첫 권에 해당되는 소설이었다. 삼백여 쪽 분량의 원서를 두 달 안으로 번역을 마쳐달라는 내 부탁에, 교수는 더위를 핑계로 난색을 표명했다. 조급한 마음 같아선 우리보다 한 발 앞서 이미 시판되고 있을는지 모를 일어판을 구해 서너 토막으로 나누어 여럿에게 중역을 의뢰했으면 싶었으나 내 출판 기본 방침이 그러하지 아니했기에 제1부 역자와 밀고 당기는 설득전을 벌일 수밖에 없었다. 그의 꼼꼼한 번역은 믿을 만했다. 인원 아홉 명을 거느린 내가 경영하는 소규모 단행본 출판사는 그 동안 팔십여 종의 책을 출판했으나 작년 이후로 내세울 만한 상품이 없어 현상 유지가 빠듯했던 게 사실이었다. 그 점에는 영업부장의 은근한 투정도 있었듯, 시류에 영합하는 청소년 취향의 감상적인 읽을거리를 출판에서 배제한 내 출판 방침에도 원인이 있었다. 그런데 리바코프의 〈아르바트의 아이들〉 세 권이 근래 도하 신문 외신란과 특집란을 거의 덮다시피 하는 소련의 민주화 개혁정치 소개 기사에 힘입어 사 개월 만에 총 구만여 권의 판매 실적을 올리고 있으므로 운영 자금에 큰 도움을 받고 있었다. 마침 소련에서 열린 국제도서박람회에 내가 선뜻 나서게 된 것도 '소련작가동맹' 산하 '소련저작권협회'와의 사무 협의와 리바코프 면담에 주목적이 있었다. 한편, 문화 해빙기를 맞아 재평가를 받는 스탈린 치하 강제수용소 실태를 고발한 샬라모프 소설 〈콜리마 이야기〉의 원전을 입수해 오기도 했다. 그래서 저녁 시간에는 다른 러시아어과 교수를 만나 샬라모프 소설 번역을 교섭하느라 식사와 곁들여 맥주도 마셨다. 아침에 집을 나설 때 이미 아내에게 말해두었기에, 나는 떠난다는 전화 한 통만 집에 걸고 대구로 가는 밤기차를 탔다.

동대구역에 도착하니 짧은 여름 밤이 지나고 역광장이 희뿌옇게 트여왔다. 손가방을 든 나는 빈 택시에 올라, 기사에게 대학병원으로 가자고 말했다. 이제 대구에도 의과대학이 여러 개 생겨 대학병원이라면 어느 의과대학 부속병원을 가리키는지 혼동되겠지만, 대구에 오래 터를 잡은 사람에게 대학병원은 으레 시 중심부 삼덕동에 있는 경북대학교 의과대학 부속병원으로 알고 있었다. 길 하나를 사이에 두고 넓게 터를 잡아 마주보는 의과대학과 부속병원은 대구에서 이제 몇 남지 않은 연조 깊은 서양식 벽돌건물이었다. 동대구역에서 대학병원까지는 기본요금 거리였다.

택시에서 내리자, 미명 속에 의과대학과 부속병원 사이의 좁장한 한길은 한적했다. 불현듯 중학 시절이 생각났다. 중앙지 조간신문을 배달하던 때, 내 구역이 삼덕동과 동인동 일대였다. 길은 물론 주위의 풍경까지 그때와 변한 데가 없었으나 그 시절은 사차선 팔차선 도로가 없던 때여선지 널찍한 큰길이었다. 나는 사람 자취가 없는 휑한 이 길로 신문 덩이를 끼고 새벽별 보며 종종걸음 쳤다. 의과대학에서 신문 여섯 부, 부속병원에서 일곱 부를 구독했는데, 양쪽 수위실에 신문 열세 장을 문틈에 밀어넣고 나면 마치 배달을 절반쯤 마친 듯 끼고 있는 신문 덩이가 가뿐했다. 그 시절이 1955년이던가. 아우가 사변둥이이니 다섯 살이었으리라. 어머니가 양키시장에서 미제 물건을 팔아 삼남매를 키웠고, 다른 피란민들도 그렇게 힘들게 살았듯 우리 역시 전후 애옥살이한 시절이었다.

안이 훤하게 들여다보이는 낮은 벽돌담 안 양쪽 구내는 예전 그대로 넓은 뜰에 숲이 울창했다. 한길을 지붕으로 덮다시피 한 무성한 버즘나무 가로수는 새벽 이슬에 젖어 있었다. 기차 안에서 숙면을 못한 탓인지 골이 패었고 피곤으로 발걸음이 희뜩거렸다. 따지고 보면 모스크바와 서울과의 일곱 시간 시차를 극복하기에는 그 날수가 이틀이 채 되지 않기도 했다.

병원 정문 안쪽 수위실에는 파리한 형광등 불빛 아래 제모 쓴 수위가 고갯방아를 찧으며 졸고 있었다. 그에게 현구가 입원한 병동 위치를 물으려다 그만두고, 저만큼 육중하게 버틴 일정 때 지은 우중충한 본관 건물을 향해 숲 사이로 난 아스팔트 길을 걸었다. 새벽의 신선한 공기가 콧속으로 스며들었다. 아우를 만날 생각으로 마음이 무거워, 골치를 무릅쓰고 담배를 피워물었다. 한쪽 숲속 어디에서인가 깊이 가라앉은 정적을 흩뜨리며 잠을 턴 새가 날카로운 소리로 울었다.

아내가 일러준 현구가 입원한 병동은 다른 병동과 뚝 떨어진, 담쟁이 덩굴로 벽면이 덮인 뒷담장과 붙은 후미진 데 있었다. 마지못해 그를 감정유치로 옥에서 내주며 유폐된 정신병동에 처넣어버린 느낌이었다. 단층 병동으로 들어서자 컴컴하고 긴 통로가 나를 맞았다. 멀리 보이는 복도 끝 뒷문 채광창 두 개가 안경같이 뿌윰하게 트여 있었다. 아우가 제집처럼 들랑거린 옥사로 들어선 듯 으스스했다. 다섯 걸음 정도마다 창을 낸 앞쪽은 숲이 짙은 널찍한 뜰이었고 뒷담장 쪽은 칸칸으로 나누어진 병실이었다. 칠팔십 년을 견디어낸 건물이라 회칠한 천장과 벽은 그을음과 먼지에 절었고 시멘트 바닥도 여러 차례 땜질해서 누더기가 된 형편이었다. 병원 특유의 크레졸 냄새에 눅눅한 곰팡이 내음이 섞여 있었다. 뿌연 형광등이 이따금 걸린 어두신한 복도를 걸으며 나는 아우 병실을 찾았다. 문짝에 바짝 붙어서서 병실 호수를 읽어야 했기에 복도를 헤매는 내 발짝소리가 유독 크게 울렸다. 더위 때문인지 어느 병실은 문을 반쯤 열어놓아, 안에서 통증을 호소하는 환자의 여린 신음이 새어나오기도 했다. 그 소리가 깊은 지하에서 솟아오르는 절망의 하소연 같아, 내 어두운 마음을 더 무겁게 눌렀다. 복도 벽에 붙여놓은 긴 의자에는 더러 환자 가족이 아무것도 덮지 않고 새우잠에 들어 있었다. 처음에는 그들 중에 어머니나 동수엄마가 있나 싶어 나는 잠든 사람 얼굴을 가까이에서 들여다보기도 했다. 두 사람째 그렇게 눈여겨보다, 아내 말이 아우 병실은 특실이라 했기에 그럴 리 없다 싶어 더 살피지 않았다.

「큰애 오는구나. 에미다.」

얼굴을 구별하기 힘든 침침한 회색 공간임에도 어머니는 모성 특유의 감각으로 멀리서 걸어오는 나를 알아보았다. 복도 의자에 한쪽 무릎을 세워 꼬부장히 앉은 어머니 표정을 볼 수 없었고 쉰 목소리만 들렸다.

먼 길을 잘 다녀왔느냐는 어머니 안부말이 있고, 왜 밖에 앉아 계시냐고 내가 물었다. 어머니는 병실 쪽을 흘끗 돌아보며, 꼴 보기 싫은 자가 버티고 있어 여기서 잠시 눈을 붙였다고 대답했다. 아우가 주거 제한 감정유치 허가를 받은 미결수이기에 입원실은 간수가 지키고 있음을 알았다.

「윤구야, 어찌 뭔가 잘못 돌아가는 것 같으다. 감정유치 명령이 뭔가 모르지만, 관할서에서 높은 양반이 와서 입원비와 치료비는 걱정 말라더라. 나라에서 다 부담한다구. 사람을 큰 쇠판에 십자가처럼 매달아 붙여선 빙빙 돌리는 그런 고문 같은 종합검사도 끝난 모양인데, 담당의사는 함구만 하구……. 모두들 간경변증인가 경화증인가 그렇다지만 어쩐지…….」 무엇인가 목울대를 치받는지 어머니는 말을 잇지 못했다.

그렇다면 암이냐고 나 역시 물을 수 없었다. 나는 어머니 옆에 앉았다. 지금 시간, 잠들어 있기 십상인 아우를 위해 특별한 대책을 세워오지도 않은 형으로서 그를 서둘러 깨울 이유가 없었다.

「너 대학병원에 동기생 의사 있지?」 어머니가 물었다.

「예, 다들 서울로 올라와버렸으나 한 친구가 있어요.」

고등학교 졸업반 때 우리 반만 해도 경북대학교 의과대학에 진학한 급우가 다섯이었다. 그 동안 넷은 서울로 올라와 종합병원 과장급이 되었고 개인병원을 개업하기도 했다. 함근조만은 스무 해째 아직 여기 병원 임상병리과에 남아 있었다.

「설마 네 불알친구까지 속이랴. 너가 한번 그 친구를 만나봐야겠다. 그런데 만약 그 입에서…….」

어머니는 작은 몸을 더욱 움츠려, 회한이 사무치는지 울음을 삼켰다. 하얗게 센 앞머리카락이 형광등 희뿌연 빛에 반사되어 잘게 떨렸다.

평안북도에서도 오지에 속하는 희천, 거기에서도 오십여 리 산골에 들어앉은 사십여 호 한재 마을에서 개척교회를 열었던 아버지가 종교의 자유를 찾아 직계가족만 데리고 월남하여 서울에 정착하기는 내가 초등학교에 입학하기 전해인 1947년 가을이었다. 삼 년 뒤에 전쟁이 터지자, 당시 서울 시민 모두가 그랬듯 우리 가족도 피란을 못 갔고, 아버지는 내무서에 연행당했다. 구이팔 서울수복 직전, 아버지가 퇴각하는 인민군에 끌려 북행하자, 어머니는 북진하는 국군을 뒤따라 만삭의 몸으로 어린 두 자식을 달고 아버지가 간 길을 뒤쫓았다. 황해도 사리원을 못미처, 아버지와 함께 납치되어 끌려갔던 일행 중 용케 탈출에 성공하여 서울로 되돌아오던 몇 사람을 만날 수 있었다. 그중 한 사람이, 경기도 연천 어름에서 박 목사를 비롯한 스무여남은 명이 미군기 폭격으로 사망했다는 소식을 들려주었다. 잘못 보았을 수도 있어 어머니는 그 말을 곧이곧대로 믿지 않아 발길을 연천으로 되돌렸고, 기어코 아버지 죽음을 확인했다. 어머니는 그곳에서 피란을 떠나 빈집으로 남은 토방에서 유복자를 낳았다. 바로 현구였다. 어떻게 목숨이 붙었는지 모른 채 가위눌려 남북으로 동분서주했던 그해 1950년, 어머니는 젊디젊은 스물아홉 살에 청상이 되셨다. 중공군의 참전으로 국군이 다시 밀리기까지 어머니가 겪어야 했던 수난은 훗날 당신 말로, 필설로써 어찌 다 기록할 수 있냐고 했다. 엄동의 혹한이 몰아치는데 삼남매를 이끌고 물 설고 낯선 대구까지 흘러 내려왔으니, 당시 초등학교 삼학년이던 내 기억에도 추위와 굶주림과, 끝없는 보행과, 발가락이 떨어져나갈 듯 아프던 그 쓰라림만은 지금도 또렷하게 남아 있다. 어떤 경우에는 여자가 남자보다 강기 있다는 말처럼, 불평 없이 옹골지게 따라붙던 어린 숙영이의 다부진 모습 또한 눈에 선하다.

피붙이라곤 남한 땅에 남은 세 자식을 오로지 기둥 삼아 오늘에 이르기까지의 홀어미 생애를, 나는 내 나이 마흔일곱이니 이제 넉넉한 마음으로 짐작할 수 있다. 그렇게 키운 세 자식 중에 그 하나를 어쩌면 애물로 저 세상에 먼저 보내지 않을까 하는 벼랑에 선 모정을, 나는 넋 놓고 앉은 당신의 주름 많은 어두운 모습에서 읽을 수 있었다. 내가 이렇게 울어서는 안되는데, 하며 혼잣말을 하던 어머니 눈에 먼빛이 그 물기에만 강하게 응집되어 번쩍임을 볼 수 있었다. 세 자식을 보듬고 타관의 모진 세파를 이겨올 동안 모질음으로 쌓아올린 그 강인한 성채도 어느 순간 저렇게 머릿돌부터 흔들리는구나, 하고 나는 생각했다. 아니, 당신은 한시절, 육순을 넘긴 연세에도 아랑곳 않고 갇힌 아우를 구해내겠다며 머리와 어깨에 띠를 두르고 '민가협' 모임에도 부지런히 나다니는 열성을 보였다. 유복자로 태어난 현구였기에 어머니는, 서로 몸뚱이는 다르지만 저 막내만은 자나깨나 지아비와 함께 내 몸속에 있다는 말버릇처럼, 감옥이 아닌 바깥 세상에서도 당신은 마음에 현구가 들어앉은 감옥 한 칸을 마련해 두었던 것이다.

「현구와 내가 스물아홉 나이 차이라, 작년에 남들이 말하는 그 험한 아홉수를 서로가 그런대로 넘긴다 싶더니…….」 어머니가 맞은쪽 창 밖을 바라보며 중언부언했다.

어머니가 셈하는 아홉수는 전래의 우리식 나이 계산법이었다. 얼마나 속울음을 지우셨는지 꺽 쉰 가라앉은 그 목소리에서, 열렬한 사랑이 쏟는 만큼의 반비례로 되돌아오는 허탈감을 읽을 수 있었다. 나는 할말을 잃고 어머니의 눈길을 좇았다. 히말라야시타의 넓게 벌린 가지와 넓은 뜰 건너, 뚝 떨어진 앞 병동의 이층 벽돌 건물 사이로, 조각져 보이는 하늘을 바라보았다. 새들 울음이 빛살처럼 뿌려지는 새벽 하늘이 맑게 트여왔다. 이 병동 안에 한 생명의 불꽃이 지금 사그라지고 있을 때도 저 땅 끝에서부터 해는 늘 그렇게 무심히 떠오르고 있었다.

나는 가방을 들고 말없이 일어났다. 병실 문에는 '관계자 외 일절 출입금지'라는 큼지막한 팻말이 걸렸다. 나는 병실 안으로 들어섰다. 침대 발치에 걸어놓은 '절대 안정'이란 또다른 팻말이 먼저 눈에 들어왔다. 현구는 링거 주사기를 팔에 꽂은 채 눈을 감고 있었다. 병실 중앙에는 탁자를 가운데 두고 비닐로 씌운 철재 응접의자 셋이 있었다. 한쪽 벽에 켜진 반투명 전등 불빛이 창으로 밀려드는 빛살에 사위어갔다.

긴 의자에 신을 신고 잠을 자던 제복 입은 젊은이가 잠귀도 밝게 벌떡 일어나 앉으며, 돌연한 침입자를 쏘아보았다. 허리에 수갑과 방망이를 차고 있었다.

「현구 형 됩니다.」 내가 목소리 낮추어 말했다.

가방을 빈 의자에 놓고 나는 침대로 다가갔다. 아우는 팔뚝에 꽂힌 주사바늘에 묶여 있기라도 하듯 갈고리같이 마른 손을 홑이불 밖에 얌전하게 포개어 얹고, 잠들어 있었다. 땀으로 찌든 긴 머리카락 아래 경성드뭇이 자란 수염 자리가 안쓰러웠다. 더 깎았다간 뼈를 다칠 듯, 얼굴은 나무로 빚은 모습이었다. 환자복 사이로 보이는 빗장뼈도 집어낼 만큼 돌기졌다. 육질이 제거된 그의 흉상이 내게는 탈속한 경건함까지 느끼게 했다. 대구 중심부 장관동 단칸 셋방에 살며 현구와 내가 집과 가까운 '제일교회'에 다닐 때, 아우는 초등반이었고 나는 고등반이었다. 부끄럼 잘 타는 현구가 기도할 때만은, 우리 어머니 우리 어머니 하며 어찌나 잘 읊는지 신통하더라는 초등반 교사 말을 들은 적 있었다. 어릴 적에 그는 나이 답잖게 어머니를 끔찍이 섬겼고, 그래서 위로 우리 남매보다 당신의 사랑을 더 도탑게 받았다. 땅거미가 낄 때쯤 일 마치고 돌아오는 어머니와 함께 저녁밥을 먹겠다며 한길로 나가 장맞이도 곧잘 하던 그였다. 우리 막내 효자가 엄마하고 밥 먹겠다고 여지껏 기다렸다 안 그러나, 하며 어머니는 현구 손을 잡고 대문을 들어서곤 했다. 잠에 든 아우의 평화로운 얼굴을 보자 마음이 착한 자는 나이가 들어도 그 얼굴에 소년 티의 순진성이 남아 있듯, 어릴 적 그의 모습을 떠올려주었다.

잠이 든 현구를 깨울 수 없어 나는 빈 의자에 앉았다. 어느 사이 어머니가 병실 안으로 들어와 있었다. 상고머리에 얼굴이 각진 젊은이가 자기 소개를 했다. 간수 최는 방명록에 내 이름·주소·전화번호를 기록하곤, 이것저것 여러 말을 물었으나 심심풀이 질문이라 나는 건성으로 대답했다.

병실 문이 소리 없이 열리고 머릿수건 쓴 아낙네가 플라스틱 물통을 들고 조심스럽게 들어왔다. 소매를 걷은 군복 윗도리에 왜바지 차림이었다.

「상주댁이구려. 일찍도 나왔네.」

어머니가 반갑게 그네를 맞았다.

「일곱시 반부터 일을 시작해요.」 볕에 까맣게 그을린 상주댁이 죄지은 사람처럼 조그맣게 대답했다.

상주댁은 뒷산 약수터에서 갓 받아온 생수라며 물통을 한 켠에 놓았다. 그네는 잠이 든 현구 모습을 멀찌감치에서 바라보다 조심스럽게 의자에 앉았다. 권사님, 기도하세요 하고 상주댁이 말하곤 손을 여며잡았다. 어머니가 그네와 머리를 마주 대어, 현구를 살려 달라는 간곡한 기도를 했다. 상주댁은 십 분 정도 병실에 머물다 발소리 죽여 돌아갔다. 그 동안 간수 최는 밖으로 나가 세수를 하고 왔다.

「너도 현구 공판 때 상주댁을 봤을걸. 상주댁이 사글세 든 집을 철거반원들이 허물 때 그 사단이 벌어졌으니, 저 여편네가 저렇게 정성으로 마음을 쓰는구나. 세 자식과 거동 불편한 시어머니를 거느리구 살다 보니 신새벽에 공사장에 나가, 삼층 사층까지 엉성한 철다리를 밟고 모래와 벽돌을 져다 올려.」 어머니가 상주댁이 가져온 물통을 현구가 누운 침대 밑에 옮겨놓으며 말했다.

현구가 잠에서 깨어나기는 삼십 분쯤 뒤로, 복도에 발짝소리가 분주하게 들릴 때였다.

「형님, 언제 귀국했어요?」

아우가 말문을 떼곤 내게 나직나직 여러 말을 물었다. 이십 세기 마지막 대결단이라 일컬어지는 소련의 민주화 개혁 추진, 칠십 년 소련을 장악해 온 볼셰비키 보수파에 의해 실각이 우려된다고 보도되는 고르바초프의 현지 지지도, 무너져버린 동·서독 장벽과 동구 여러 나라의 탈이념 조치에 따른 소련의 반응 따위였다. 탁자의 전화기와 성경책 옆에 신문이 여러 장 있어 외신을 통해 들어와 날마다 실리는 그런 기사를 그가 읽었을 텐데도 내 입으로부터 직접 목격담이 듣고 싶은 모양이었다. 아니면 진보도 보수도 아닌 회색 중산층 지식인 반응이 궁금했는지도 몰랐다. 이념을 절대가치로 앞세운 패권주의를 청산하고 소련은 지금 탈사회주의화로 과감한 수정을 하고 있으며 고르바초프 인기가 대단하더라고 대답하기에는 나 자신도 그 단정이 성급할 수 있었다. 또한 그런 쪽 문제를 남한의 현실과 결부하여 스무 해 가까이 실천운동으로써 그 해답을 얻겠다고 고군분투해 온 아우에게 주마간산격이었던 내 관찰이 섣부른 판단으로 들릴 수 있었다. 그래서 나는, 사회주의가 인민의 삶을 좀 더 향상시키기 위해 지금껏 굳혀온 교조주의적 체질을 바꾸고 있는 갈등의 현장을 보았다고, 애매모호한 표현으로 뭉뚱그려 대답했다. 모든 생필품의 부족 현상으로 모스크바는 물론 레닌그라드도 백화점이든 상점이든 장사진을 이룬 구매자의 긴 행렬 따위는 언급하고 싶지 않았다. 신문에 이미 보도된 소련의 그런 현상을 두고, 정치의 일방 통행식 관료주의 체질, 모든 생산 공장의 국영화에 따른 경쟁 없는 사회가 안고 있는 제품의 형편없는 수준, 생산과 수요의 차질, 균등한 배급제에 따른 노동자의 타성적인 근무 태도를 장황한 설명으로 보충해야 했기 때문이었다. 아우는, 절대 수정될 것 같지 않던 마르크스 경제이론도 그렇게 수정되는데, 어찌 우리 나라만이 남북 어느쪽도 기득권을 빼앗길세라 한치의 양보가 없는지 모르겠다며 힘없이 머리를 저었다. 링거 속에 진통제가 주입되어 있는지, 간은 자각 증상이 없어서 그런지, 아우는 말을 하면서도 고통은 느끼지 않아보였고, 목소리는 기가 빠졌으나 표정이 밝았다.

「모스크바 교외에 작가동맹 주택단지가 있더군. 고리키가 레닌에게 부탁하여 일천구백삼십삼년에 건설한 문학가들의 이상촌이지. 소련 펜클럽 회장인 노작가 리바코프가 거기에 살아. 별장식이라 뜰은 넓은데, 낡은 목조 가옥에는 방이 두 개밖에 없어. 하나는 침실이요 하나는 집필실이라 거실 겸 식당에서 대화를 나누었어. 소련 인민의 가정이 다 그렇겠지만 노대가 집도 검소함이 한눈에 보이더라. 한국에서도 선생님 소설이 많이 읽힌다고 말하니 기뻐하더군. 일흔일곱의 노익장인데, 목소리가 힘이 있고 안광이 빛나. 그러니 말년에도 〈아르바트의 아이들〉과 같은 대작을 써낼 수 있겠지. 그는 다른 지식인과 마찬가지로 고르바초프를 열렬히 지지하더군. 고르바초프는 전인민에게 제한 없는 여행의 자유와 말할 권리를 주었고, 예술가들에게도 무한대 표현의 자유를 주었다면서 말이야. 사실 〈아르바트의 아이들〉이 스탈린 시대 일인독재 공포정치를 고발한 내용에다 그런 내용이 빛을 보는 시대가 됐으니 그럴 수밖에 없겠지. 그분 말로는, 스탈린 독재 치하 스물두 해 동안 지식인을 포함해서 칠천만 명이나 처형되고 유배되었다더군. 그래도 우리는 살아남았다, 아랍 민족과 몽고로부터 침탈당했을 때 이삼백 년 노예 생활을 묵묵히 견디어 왔듯, 슬라브 민족은 참고 견디는 데는 어느 민족보다 강하다, 하며 열변을 토하더군. 그분이 왜 그런 말을 했냐 하면, 지금 소련에서 벌어지는 페레스트로이카는 결국 슬라브 인의 그런 인내심이 수십 년 만에 피워낸 꽃이란 뜻이지.」

귀국을 갓 한 탓인지 해외 여행담을 늘어놓다 보니 내 말이 길어졌다.

「형님이 차입해 준 〈아르바트의 아이들〉 세 권을 읽었죠. 러시아 문학의 스케일은 역시 다릅디다. 그런데 그 책에 실린 리바코프의 약력을 보았더니, 스탈린 시대 대학 재학중 삼 년간 시베리아 유형에 처해진 적은 있으나 그 뒤부터는 체제순응주의자가 되어 스탈린이 죽기 직전 '스탈린상'도 수상했더군요. 그로부터 삼십여 년 동안 이렇다 할 작품도 쓰지 않고 보신책으로 긴 침묵 끝에, 표현의 자유시대가 도래하자 드디어 필을 들어 스탈린을 공격한다! 이게 뭡니까? 만약 그가 이런 대변혁이 오기 전, 칠

년 전쯤 칠십 세로 사망했다면 어찌되었을까요?」

현구가 리바코프를 신랄하게 공격했다. 내가 그렇게 말한다면 부르주아 지식인의 탁상공론이란 비난깨나 받겠으나, 아우로서는 그렇게 말할 자격이 충분했다.

「그래서 작가는 시대를 타고난다는 말도 있지.」

궁색해진 내 답변을 묵살하며, 현구가 화제를 바꾸었다.

「사회주의 이념은 원래 도덕적 정의에 기초를 두잖습니까. 레닌이 볼셰비키 혁명에 성공하자 공정한 분배를 원칙으로 계급 평등부터 실현했잖아요. 고르바초프는 정치·경제의 다원주의를 도입하여 그 기반 위에 삶의 질을 서유럽 수준으로 높여보자고 글라스노스트와 페레스트로이카를 실천하고 있는 줄 아는데요?」

「볼셰비키 혁명에 성공한 일천구백십칠년 시점에서는 사회주의 경제이론이 맞아떨어졌지만, 이제는 그 한계에 봉착한 셈이지. 국영 백화점에 그 흔한 전자계산기 하나 없이 판매원은 아직도 수판으로 셈을 하고 있는 실정이니깐.」

「거기 사람들 생활은 어때요?」

「자본주의 관점에서 보자면 대체로 가난해. 백화점에 있는 상품 질은 우리나라 육십년대 중반쯤 될까. 그러나 사회복지 정책이 잘돼 있고 기본적인 의식주 걱정은 없는 것 같애. 그 사회의 장점이라면, 네 말처럼 윤리적·도덕적 측면에서 청결하다는 점일 게야. 그쪽 사람들은 정직하고 순박할 수밖에 없지. 당 고위층은 모르지만, 부정부패가 없고, 그 사회에서는 거짓말·사기·폭력·쟁의 따위가 안 통하는 세상이니깐.」

「문제는 바로 거기에 있어요. 소련이 서구 선진국보다 생활수준면에선 이삼십 년 뒤떨어졌다 하더라도, 삶의 질에서는 평균화가 이루어져 있잖아요. 설령 더디더라도 그 평균화된 질을 한 단계씩 높이는 일이 중요하지 우리나라처럼 소수 독점자본가와 권력자, 거기에 기생하는 소수 유한계층 질만 높이면 뭘 합니까. 우리 현실을 보세요. 가진 자는 너무 가져 불로소득으로 호의호식하고 빈민층은 지하실 단칸 셋방에서 일고여덟 명이 복작대며 살고 있으니, 지옥과 천당이 따로 없지요. 제가 말하는 것은 사회주의를 이 땅에 꼭 실현하자는 강경론이 아닙니다. 사회주의 국가가 정치적으로는 독재요, 문화적으로는 획일적이요, 경제적으로는 낙후성을 면치 못하는 단점을 저도 인정합니다. 그러나 우리 현실을 직시할 때, 당장 눈앞에 벌어지는 이 악순환만은 빨리 시정되어야 해요. 우리 사회도 이제 성장 초입에 들어섰으니, 삼백오십만 정도로 추산되는 소외계층인 빈민층에 따뜻한 눈길을 돌려야 해요. 이 시점에선 성장이나 수출이 더 급한 게 아니라 분배 정의부터 제 궤도에 올려놓아야 한다는 말입니다. 그러자면 사회주의와 자본주의가 만나는 꼭 지점이 있을 겝니다…….」 말하기도 힘든지 현구가 헐떡거렸다.

「얘야, 그만 하거라. 흥분하면 몸에 좋지 않으니 그만큼 해둬. 네가 하는 그런 말도 이천 년 전 말씀이신 성경에 이미 다 기록되어 있지 않더냐. 부자가 천국에 가기는 낙타가 바늘구멍으로 들어가기보다 힘들다 했으니, 주님이 먼저 다 알고 계신다.」 듣고만 있던 어머니가 말참견을 했다.

나도 그 문제에 대해서는 더하고 싶은 말이 없었다. 현실 속으로 들어가 몸소 싸우는 자 앞에 나는 방관자밖에 되지 못했다.

「좋은 세월입니다. 형님이 국외 첫 나들이로 사회주의 종주국부터 다녀오게 됐으니…….」 현구가 지친 목소리로 말끝을 흐렸다.

현구는 자신의 일로 하여 형인 내가 당한 고통을 잘 알고 있었다. 그가 감옥에 있지 않은 도피 시절에는 나 역시 당국으로부터 늘 감시 대상이었고, 경찰서 정보과로 잡혀가 아우의 거처를 대라며 저들로부터 폭행을 당한 적도 두 차례 있었다.

현구가 대구에서 대학에 입학하여 서클 활동으로 처음 나선 일이

'기독교학생연맹'이었다. 이는 아버지가 목사였으므로 우리 삼남매가 유아세례를 받고 어릴 적부터 교회에 나가게 된 이력이 먼 인연이라 할 수 있었다. 그는 곧 기독교의 현실대응논리를 '민중적 해방신학' 쪽에서 그 답을 얻었고, '억압과 가난'으로부터 민중의 해방을 위해 반정부 집회와 시위에 참가하기 시작했다. 내성적이며 착하기만 하던 그가 그렇게 변할 줄은 어머니를 비롯한 주위의 누구도 짐작조차 못했다. 그러나 궤변론자 말을 빌리지 않더라도 내성적이기 때문에 그렇게 변할 수 있다는, 뒤집어 생각해 보기에 일리가 있는 변화였다. 아우는 몇 차례 수배를 당하고 구류를 산 뒤에, 삼학년 때 강제 징집당해 입대했다. 최전방 특수부대에서 냉대를 톡톡히 당한 끝에 만기 제대하고, 일 년 뒤였다. 졸업을 앞둔 1976년, 아우는 서슬 푸른 긴급조치 9호 위반으로 수배되자 도피생활을 하던 중, 이듬해 대구 근교 경산읍 건축공사 현장에서 날품을 팔다 체포되었다. 징역 이 년 자격정지 사 년을 선고받고 복역을 시작한 지 일 년 팔 개월 만에 그는 형집행 정지로 석방되었다. 그 뒤부터 그는 노동운동판에 뛰어들었다. 졸업은 포기한 채 학력을 낮추어 대구 비산동에 있는 염색공단 '동영염직' 양성공을 출발로, 그는 식구에게 거주지도 알리지 않고 노동자로, 노동야학 교사로, 빈민운동가로, 대구 검단공단·제3공단·비산동 염색공단·성서공단·월배공단에서 동가식서가숙했다. 나 역시 1980년 그해 해직기자가 되어 사 년 뒤 출판사를 시작할 때까지 생계에 타격이 컸으나, 그 당시는 물론 그 뒤에도 현구 소재를 파악하려는 수사기관의 출입이 내 서울 집과 출판사로 간단없이 이어졌다. 박현구가 있는 곳에는 반드시 쟁의와 파업과 생계 대책 빈민 시위가 뒤따른다는 출입 형사의 말이었다. 그 동안 그는 두 차례 옥고를 겪었고, 그가 옥에 갇힘으로써 활동할 수 없을 때만은 우리집에도 수사기관의 출입이 끊어졌다. 그가 마지막으로 투옥되기는 금년 봄 대구 비산동 달동네 재개발지 철거 과정에서, 철거반원과 주민 사이의 분쟁에 뛰어든 결과였다. 그는 아내와 함께 그 달동네에서 빈민운동에 헌신하고 있었는데, 철거반원 한 명의 중상과 또 한 명의 경상에 따른 피의자 고발로 구속되었던 것이다. 그를 당국에서는 대구지방 대표적인 문제인물로 파악하고 있었으나, 내게는 현구의 폭행이 사실로 믿어지지 않았다. 내가 보아온 아우는 외유내강의 한 전형으로, 누구에게나 늘 겸손했다. 그는 내게 빈민운동의 마음가짐을 이야기하며 봉사·헌신·사랑을 늘 강조했다. 그런 그가 철거반원의 쇠지레를 빼앗아 그들에게 휘둘렀다는 사실은 믿을 수 없었으나 증인도 인정했고, 법정에서 아우도 시인했다.

작년 유월 중순이던가, 자기 체면도 조금은 살려달라는 숙영이의 두 차례에 걸친 장거리 전화질에 못이겨, 나는 누이 막내시동생 결혼식에 참석차 대구로 내려간 적이 있었다. 현구로 하여 김 서방까지 자주 경찰서로 불려 다니는 누이로서 시가 쪽에 유일하게 내세울 점이라면, 오빠는 그래도 서울에서 사장 소리를 들으며 모범적 시민으로 살고 있다는 자랑이었다. 나는 어머니와 함께 결혼식에 참석하고, 어머니 뜻에 좇아 현구가 빈민운동에 헌신하는 달성공원 뒤쪽 비산동 산동네로 나섰다. 오후 두시쯤이었다. 택시를 타자는 내 말에, 어머니는 어림없는 소리라며 한사코 버스를 고집했다. 나는 조카 동수에게 줄 선물로 제과점에서 케이크를 하나 샀다. 버스에서 내린 비산동 산동네 입구는 개천을 복개한 길이었다. 인도는 사람이 다닐 수 없을 정도로 노점 행상이 전자리를 벌이고 있었다. 싸구려 옷장수를 비롯하여 과일장수·풀빵장수·장난감장수·나물을 파는 아낙네, 플라스틱 가정용품을 늘어놓은 젊은이 외에도, 온갖 잡동사니를 벌여놓은 장수들 호객소리에 귀가 따가울 정도였다. 토정비결과 손금 그림판을 펼쳐놓은 점쟁이도 있었고, 면봉·이쑤시개·때밀이수건·고무장갑을 파는 양다리 없는 불구자, 코흘리개를 앞에 앉혀두고 누운 채 까만 손바닥을 편 동냥꾼도 한몫을 차지했다. 좋게 말한다면 활달한 생존경쟁 현장을 보는 셈이고, 그렇지 않은 관점으로는 호구가 무엇인지 살아남기 위한 비탄의 아우성을 듣는 셈이었다. 어머니를 따라 골목길로 들어서서 소개소·약국·여인숙·미장원 간판이 붙은 가게와 상점을 지나자, 빈민촌이 시작되는 언덕길이 나섰다. 뒤에서 밀어주어야 할 리어카나 지겟짐 이외에는 아무 차도 올라갈 수 없게 비탈이 삼십도는 될 듯했다. 기왓장과 시멘트 골판을 지붕으로 덮은 집들이 주위로 촘촘하게 들어찼고, 두 사람이 비켜갈 수 있는 좁은 골목길이 옆으로 가지를 쳤다. 골목길에는 쓰레기통은 물론, 작은 단지와 무엇이 들었는지 사과궤짝 같은 살림도구까지 내다놓은 집도 있었다. 그런 좁은 골목에도 러닝셔츠와 팬티만 입은 여윈 아이들이 맑은 웃음을 터뜨리며 싸대었고, 골목 담장 그늘에는 노친네들이 앉아 한담을 나누고 있었다. 거기서부터 나는 빈민들의 생활을 후각으로 먼저 느꼈다. 수채 내음이 섞였고, 지린내가 섞였고, 털을 태우는 노린내도 섞인 듯한, 그런 모든 냄새가 함께 버무려진 역한 내음이 초여름의 후텁지근한 공기 속에 녹아 있었다. 초년병 사회부 기자 시절 나는 상계동 난민촌이며, 사당동 산동네에도 취재를 다녔는데, 강남 중산층 아파트에 옮겨 살게 된 지 오륙 년 사이에 까맣게 잊어온, 이제 낯이 선 철저히 소외된 지역이었다. 길은 차츰 좁아지고 굽이로 휘돌았는데, 비탈이 갑자기 사십오도는 되게 가팔라졌다. 수도관이 급한 비탈을 타고 올라가는지, 쓰레기와 변소 오물은 어떻게 처리하는지, 하수물은 어디를 통해 빠져 내려가는지 알 수 없었다.

—큰애야. 여기 사는 사람들 직업을 따지면 공장 직공·미장이·목수는 그래도 반반한 축들이지. 막노동·행상꾼·무직자가 육 할이 넘는단다. 나머지는 뭔지 아냐? 다쳤거나 몸이 아파 일을 할 수 없는 병자들이지. 성경에도 보면 그렇지 않더냐. 가난한 마

을에 병자와 병신이 많이 살듯, 여기도 그렇게 영육의 괴로움으로 신음하는 사람들만 모여 산단다. 그러나 주님은 언제나 그랬듯, 부자를 보지 않고 불쌍한 이웃들을 지켜보고 계시지.

어머니가 무릎에 손을 짚고 꼬부장히 한 발 두 발 내디디며, 헉헉 내쉬는 숨길 사이로 뱉는 말이었다. 어머니는 가압장이 설치된 공동 수도장에서, 잠시 다리쉼을 하자며 걸음을 멈추었다. 수돗물을 받으려는 물통이 골목길 가장자리로 오십 미터는 좋이 늘어섰고 물통 임자들이 뙤약볕 아래 줄을 서서, 멀끔한 차림의 내 모습보다 손에 들린 케이크 통을 내려다보았다. 부스럼딱지 같은 층층의 지붕들 사이로 발쫌한 구석마다 널어놓은 빨래가 시골 초등학교 운동회의 만국기같이 걸려 있었다. 더운 볕살이 그 위로 자글자글 끓었다. 어머니가 손수건으로 땀을 닦으며 내게 말했다.

—큰애야. 새벽부터 일터 나가는 사람이 도시락 싸들고 이 골목길을 메워 걸어 내려오는 것도 볼 만하지만, 해질 무렵에 집으로 돌아오는 사람들과 밤일 나가는 사람들을 여기에 앉아 보고 있으면, 왜 그렇게 눈물이 나는지……. 밀가루 한 봉지나 쌀 한 봉지 사들고, 또는 연탄 서너 장 새끼에 꿰어들고 올라오는 사람들의 그 허기진 퀭한 눈이란 배부른 사람이 이해하지 못할 거다. 야근 나가는 젊은 애들이며, 화장 짙게 하고 술집에 나가는 처녀애들은, 언덕길 허덕대며 올라오는 사람들에게 비켜서서 길을 내어준단다. 그게 여기 사람들 인사법이지.

현구 집과 탁아소가 아직 멀었냐고 내가 물었다. 어머니가 웃으며, 하늘나라와 가장 가까운 곳이 이 세상에서 가장 가난한 사람이 사는 곳이야, 하고 말했다. 어머니는 산마루를 올려다보았다. 그 위로 게딱지 같은 집들이 층을 이루어 다닥다닥 이어져 있었다. 어머니와 나는 물지게 지고 땀 흘리며 오르는 아낙네들을 비켜가며 다시 비탈길을 올랐다. 가압장 아래쪽은 한 집 평수 삼십 평은 넘어보였는데, 그 위쪽부터는 대체로 이십여 평 정도여서 마당이래야 고작 처마 밑에 신발 벗어놓을 터밖에 없었다. 어머니 말로는, 그래도 한 가구에 일곱 자 정도 크기지만 방이 세 개는 된다고 했다. 두 개는 주인이 쓰고 하나는 세를 놓거나, 주인이 한 칸만 쓰고 방 두 개를 세로 놓고 있다는 것이다. 현구가 사는 방은 물론 사글세 방이었다. 처마 밑에 쪽마루가 있고, 쪽마루 한쪽에 간이 찬장과 개수통이 있었다. 그 옆이 연탄 아궁이로, 부엌이 따로 없었다. 방 안에 아무도 없음을 알고 있었던지 어머니가 방문을 열었다. 컴컴한 방안에는 낡은 서랍장 하나, 가방이 세 개, 서랍장 위에 이불이 얹혀 있었다. 그리고 앉은뱅이책상이 고작이었다. 그 방에서 그래도 값이 될 만한 물건은 방구석에 켜켜로 쌓인 책 더미였다. 살림살이래야 리어카 하나로 실어내면 족할 분량이었다. 그나마 나머지 발쯤한 공간은 어른 셋이 누우면 꽉찰 크기였다.

—현구네는 이렇게 산단다. 그애가 자청하여 이렇게 사는데 뭘 도와주랴. 숙영이가 텔레비전이라도 한 대 사줄까 했으나, 현구 말이 그걸 볼 시간조차 없다며 거절했단다. 가진 것이 없을수록 마음이 홀가분하다니, 그애야말로 이 세상 사람이 아니지.

어머니는 방문을 닫고, 동수 보러 빨리 가야겠다며 탁아소로 걸음을 옮겼다. 탁아소는 소나무와 잡목이 듬성듬성 섰는 산꼭대기에 있었다. 한때는 넝마주이들이 움집을 엮고 살다 그들이 떠난 뒤 쓰레기장이 되었는데, 이태 전 쓰레기장을 흙으로 묻고 현구가 천막으로 시작했다는 탁아소였다. 블록으로 벽을 쌓고 시멘트 골판으로 지붕을 덮은, 그래도 번듯하게 큰 건물이었다. 아이들의 재잘거림이 바깥까지 왁자하게 들렸다. 교실 두 개가 각 열 평씩, 마당이 스무 평 정도 되었다. 운동장은 물론, 교실도 아이들로 초만원이었다. 보모 셋이 그 아이들 시중을 들고 있었다. 자원봉사 여대생들이 교대로 동수엄마를 돕는다는 말을 들었기에 그녀들이겠거니 여겨졌다. 아이구, 아주버님까지 오셨네 하며, 교실에서 나온 동수 엄마가 우리를 맞았다. 마당에서 뛰놀던 아이들이 케이크 통 주위로 몰려들었다. 어머니는 방안을 기웃거리다 고만고만한 아이들 속에서 동수를 찾아내었다. 제 할머니 품에 안겨드는 동수에게 나는 케이크 통을 넘겼다. 동수엄마 말로는, 이 산동네에 살며 '동협제작소'에 나가는 견습공이 성형연마기에 왼손 손가락 두 개가 절단되어 현구는 산재보험 관계로 아침 일찍 나갔다 했다. 그래서 결혼식에도 참석 못했다는 것이다. 전국민 의료보험화가 되기 전 언제인가, 서울로 올라와 내게 삼십만 원을 마련해 달라던 끝에 현구가 하던 말이 그때 문득 생각났다.

—형님, 가난한 사람들이라고 다 선량하지만은 않습니다. 때로는 그들을 철부지 어린아이나 노망든 노인이나 정신병자로 생각해야 할 때도 있어요. 경우에 없는 생떼를 쓰고, 걸핏하면 싸우고, 거짓말하고, 심지어 도둑질까지 하지요. 살아가는 데 너무 지쳐 마음마저 그렇게 황폐해져 버린 겁니다. 그 어리광과 투정과 사나움을 탓하기에 앞서, 그의 괴로운 삶만큼 나도 그들과 함께 아파하지 않으면 그들을 진정 이해할 수 없습니다. 어머니가 살인한 자식조차 조건 없이 사랑하듯, 그런 마음을 가지지 않곤 하루인들 여기서 배겨내지 못해요. 그러니 처음은 벗에게 봉사한다는 정신에서 출발하여, 한몸이 되어 함께 뒹굴며 희생하다 보면, 얻게 되는 결론이 대가를 바라지 않는 사랑의 실천이요 종된 자로서 겸손이 최상임을 깨닫게 되지요. 여기로 들어올 때 전 자존심 따위는 아주 버렸어요. 안사람한테도 내가 그 점을 늘 강조하지요. 조금 다른 이야기지만 며칠 전, 선생님이 무조건 살려주셔야 한다며 골수암으로 죽어가는 소년을 업고 달려온 어머니가 있었습니다. 그 어머니와 함께 이틀 동안 내가 소년을 업고 병원을 여덟 군데나 뛰었습니다. 한결같이 입원 보증금이 없다고 퇴짜를 놓더군요. 이틀째 저녁 무

렵, 소년은 끝내 내 등판에서 숨을 거뒀어요. 막막한 분노로 그 엄마와 나는 큰길에 주저앉아 목놓아 울었습니다. 이번에도 그런 처지에 놓인 딱한 가정이 있어서 한 아이를 꼭 살려내야겠기에 이렇게 형님을 찾아와 손 벌리게 됐습니다…….

그때의 현구 말을 떠올리며 탁아소 안을 둘러보던 내 눈에 올망졸망한 아이들 모습이 멀어지고, 핑글 눈물이 돌았다. 빈민촌 탁아소, 동수엄마도 현구만큼 힘든 일을 하고 있음이 한눈에 들어왔던 것이다. 탁아소 건물 옆에 가건물 한 동이 있기에 열린 창문 안을 들여다보니 아녀자들이 스무 명 정도 늘어앉아 한쪽에는 조화를 만드는 참이었고, 한쪽에는 싸구려 목걸이 구슬을 잇기에 열중하고 있었다. 빈민촌 아녀자가 일용직 막노동이나, 파출부나, 행상으로 나서지 않으면 들어앉아 할 수 있는 부업이란 스웨터 뜨기, 봉투 붙이기, 조화 만들기, 목걸이 구슬 꿰기였다.

여덟시 반이 되어서야 동수엄마가 동수를 탁아소에 두었는지, 음식 싼 보자기를 들고 병실로 들어왔다. 눈 아래 주근깨 많은 깜조록히 탄 얼굴에 생머리를 뒤로 빗어 핀으로 질끈 묶었고, 헐렁한 무명 셔츠 윗도리는 소매를 걷어붙였다. 여름이어서 내가 보았을 때마다 줄기차게 입고 다니던 청바지가 아닌 무릎 덮은 통치마 차림이었다.

동수엄마는 제 서방에게, 잘 주무셨느냐, 밤새 어디 불편한 데는 없었느냐고 사근사근 묻곤, 내게 인사 삼아 말했다.

「아주버님은 노독도 안 풀리고 회사일로 바쁘실 텐데 이렇게 와주시니 자꾸 빚만 늘군요. 고 삼 엄마는 일 년 동안 피가 마른다던데, 중 삼에 고 삼이 겹쳤으니 서울 형님 고생이 오죽하겠어요.」

동수엄마는 그 동안 서방 옥바라지와 그네가 꾸려가는 탁아소 일로 그 바쁘기가 다른 여자 서너 배는 될 터인데, 언제 보아도 표정이 밝았고 몸놀림이 가벼웠다. 악의는 없지만 말을 덜렁덜렁 함부로 하여 어머니 빈축을 사는 점 또한 그네의 스스럼없는 성격 탓이었다.

—탁아소만 해도 그렇지. 온갖 병균과 악취가 진동하는 빈민촌에 그 부모가 어디 자식인들 제대로 챙기겠냐. 밥벌이로 모두 일터에 나가면 그애들을 받아 씻기고, 먹이고, 글 가르치고, 병원에 데려가고……. 어디 동수엄마가 그 일뿐이냐. 탁아소를 중심 삼아 빈민촌 부녀운동도 하고 있잖아. 취업 상담에서부터 사글세 방값 문제까지, 저렇게 발 벗고 나서서 뛰니 내가 보아도 테레사든가, 그 수녀가 따로 없어. 쟤라고 어디 몸이 무쇠인가. 저러다 쓰러지면 어떡할는지 모르겠어.

어머니가 동수엄마를 두고 작년에 서울에 와서 계실 때 내게 들려준 말이었다.

대구 노원동 제3공단에서 현구가 노동야학을 열고 있을 무렵, 동수엄마는 시골 종합고등학교를 졸업하고 그곳 안경테 만드는 공장 총무부에 근무하며 야학일을 돕다 아우와 사귀게 되었음을 나는 알고 있었다. 그렇게 만났음인지 아우와 나이 차이가 아홉 살이나 졌다. 원형섭 목사 주례로 노곡동 산동네 교회에서 결혼식이 있던 날이 떠올랐다. 결혼식에는 노동야학에 다니던 공원들과 빈민촌 주민이 하객으로 참석했다. 결혼식 날 당사자의 가슴 두근거리는 기쁨이야 누구나 마찬가지겠지만, 그날 신부 얼굴은 시종 미소 띤 밝은 표정이었다. 어른들 말로 혼례식 날 신부가 웃으면 흉으로 잡힌다 했는데, 그네는 서른 살을 훨씬 넘긴 나이 든 신랑을 맞으면서도 기쁨을 감추지 않았다.

젊은 간수 최가 나이 지긋한 간수 홍과 교대하고, 곧 전문의와 인턴들이 뭉쳐다니는 오전 회진이 있었다. 잘 깎은 밤처럼 깔끔하게 생긴 현구 담당의인 마흔 중반의 민 박사는 환자 상태를 잠시 관찰하더니, 인턴에게 저희들이 쓰는 의학 전문 용어를 몇 마디 주고받은 뒤 병실을 떠났다. 내가 뒤쫓아나가 민 박사에게 현구의 종합검진 결과를 물었다. 민 박사는, 결과를 종합하여 분석중이라고만 대답했다. 동수엄마가 민 박사에게, 집에서 마련해 온 묽은 녹두죽을 환자에게 간식으로 먹여도 되냐고 물었다. 민 박사는, 필요한 영양제를 공급하고 있으며 병원측 식단도 그렇게 짜여 있으니 무엇이든 사식은 안된다며, 심지어 일정량의 보리차 이외 주스류도 먹여서는 안된다는 주의를 주었다. 그들은 우르르 옆 병실로 옮겨갔다. 잠시 뒤, 간호팀이 회진을 돌 때도 담당 간호사는 민 박사의 주의를 다시 환기시켰다.

「어머니, 아침밥 잡수셔야지요. 저와 잠시 나갔다 오시죠.」

내가 권했으나 어머니는 아침밥 한 끼니를 금식하고 있는 지가 오래되었다며 거절했다. 병원 밖으로 나가더라도 아침 식사가 되는 음식점을 찾아야 했기에 나 역시 한끼를 건너뛰기로 했다.

나는 고등학교 동기생 함근조를 만나려 임상병리실을 찾았다. 그곳은 본관과 가까운 다른 병동이었다.

「야, 박윤구 아닌가. 전화도 없이 아침부터 자네가 불쑥 웬일이야. 지방병원에 처박혔다구 사람 아주 무시하기니. 그래, 출판사 일은 어때? 책 잘 팔려?」

근조가 나를 반갑게 맞았다. 그를 만난 지 이 년이 넘은 것 같았다. 우리는 본관 건물에 달린 구내 휴게실로 옮겨앉아, 그는 생강차를 나는 우유를 마시며, 동기생들 근황을 두고 한동안 잡담을 나누었다. 티케이로 알려진 지방 명문고 출신이라 동기생들 중에는 정계와 재계에서 출세한 자가 많았다. 해직기자 생활을 거친 뒤 재경 동기회에 잘 나가지 않았던 터라 그들과 교우가 없었으나, 근조는 서울에 있는 출세한 동기생 근황을 나보다 더 잘 꿰뚫고 있었다. 해직기자도 복직하거나 창간된 신문사에 흡수되던데 너는 조그만 출판사에 매달려 도대체 뭘 끔지락거리냐며 근조가 진담 반 농담 반 말했다. 지난번 역시 현구 일로 내려와 대구 동기생 몇을 만났을 때도 그가 비슷한 말을 했던 기억이 났다. 해직기자도 곧잘 정당 쪽에 붙거나 투사가 되더라만, 너는 출신이 티케이라 반정부 투사 쪽은 글렀고 전공이 사회학이니 여당 쪽은 어떠냐고 내게 물었던 것이다. 네가 뜻만 있다면 그쪽에서 붙여줄 친구들이 많지 않느냐고 말하기도 했다. 삶의 길이 그런 공명심의 충족에만 있지 않다고 근조에게 대답하기에는 내가 세상 물정을 너무 모르는 맹한 사람으로 취급당하기 알맞아, 나는 멋쩍게 웃기만 했다.

내가 해직기자의 추레한 모양새로 그 협의회 모임에 나다니며 농성으로 더러 외박도 할 무렵, 어머니는 아예 대구 생활을 작파하고 서울 내 집에서 기거했다. 저렇게 남다른 길을 걷는 현구를 보나, 피란 내려와 너희들만 믿고 살아온 이 어미를 보더라도 장자인 너만은 제발 험한 길 스스로 찾아 나서지 말라는 당신의 간곡한 호소를 이틀이 멀다 하며 듣고 살았다.

—내 살아생전 통일될 그날, 이 어미 등에 업고 봄철이면 진달래 지천으로 피는 고향산천을 꼭 구경시켜 주겠다고 너 대학 들어갈 때 굳은 약속 하지 않았느냐. 어미한테는 너가 돈 많이 버는 일도, 남처럼 높은 사람 되어 낮은 사람 시기 사는 것도 원치 않는다. 너가 그저 부부 금슬 좋게 오손도손 다숩게 살며 자식 건사 잘하고 건강만 하다면야 그 이상 소원이 없다고 나는 늘 하나님께 기도한단다.

어머니는 그런 말도 했다. 어머니가 철야기도에 금식까지 단행하며, 장자인 내가 제발 가정적인 안정을 찾게 되기를 기원드릴 때, 나는 다른 어머니들과 구별해야 직성이 풀리는 그 모성애와 현실 사이에서 갈등도 적잖게 겪었고, 주량이 약한 나로서 소주도 꽤나 마셨다. 제5공화국이 들어선 직후던가, 현구가 '대구지방 노동운동 실태와 현장 사례'라는 제목의 원고 묶음을 들고 나를 찾아와 출판 문제를 상의했을 때, 내가 거절한 것도 아우가 부탁한 책을 형 출판사에서 낸다는 계면쩍은 점보다, 아우가 관계하며 원고의 편자로 되어 있는 '대구지방 민주노조'의 그 활동이 당시의 시국과 견줄 때 다분히 문제시될 수 있다는 기우 탓이 더 강하게 작용했다. 그 원고는 대구지역 경제변천 과정, 산업구조, 제조업 현황, 노동계급 실태에 절반을 할애하고, 나머지는 열악한 노동현장에서 일하는 저임금 노동자들의 눈물겨운 생존권 투쟁의 기록이었다. 당국의 방해로 대부분 중소 공장들이 노동조합을 결성하지 못한 상태에서, 친목회 단위로 사용자측을 상대하여 노동자들이 공동투쟁에 임한 일지(日誌)식 사례가 공장 단위별로 분류되어 있었다. 신문사 통폐합에 따른 관제 언론화의 획책에 맞서서 내가 솔선하여 그 투쟁에 나섰다기보다, 나는 내 양심의 뜻에 좇아 해직기자의 길로 나섰던 셈이다. 그런 나의 전력으로 보아도 비록 내 출판사가 진보적인 사회과학서를 십여 종 출판했으나, 역시 노동 현실을 다룬 그런 책은 그런 종류의 책을 내는 출판사라야 동류항으로서 성격이 부각되게 마련이었다. 그러나 나로서는 현구에게 출판사를 천거할 입장이 아니었다. 나는 당시의 경색된 시국 전반을 들먹이며 아우에게 출판을 보류하라고 강력하게 권고했다. 아우는 어느쪽으로도 자기의 마음을 보이지 않고, 바쁜 형님 시간만 빼앗았다며 예의 그 수줍은 미소를 보이곤 원고를 찾아갔다. 그 원고는 석 달 만에 책이 되어 나왔고, 보란 듯 내게 한 권이 우송되었다. 역시 내 예상대로 그 책은 발매와 동시에 당국에 전량이 압수되는 수난을 겪었다. 아우는 물론, 출판사 대표와 편집 책임자가 보름 동안 구류를 살고 나왔다.

「윤구야, 너 이진서 소식 들었냐? 건설업 하는 뚱뚱한 친구 말이야. 진서가 죽었어.」 근조가 말했다.

「그 친구가 갑자기 왜?」

「과로로 심장마비야.」

이진서는 고등학교 삼학년 때 급우였다. 나 역시 그가 그렇게 쉬 죽으리라곤 생각 밖이었다. 문득 1960년 그해 2월 28일이 떠올랐다. 당시 야당인 민주당 선거강연회에 고교생이 참석할까 봐 우려하여 당국이 학교측에 일요일 등교를 종용했다. 그 발상법조차 우스꽝스러운, 영화 관람이 미끼였다. 우리들은 일요 등교에 항의하여 고등학교로는 전국 처음인 가두시위를 벌였다. 오후 한시 오분, 삼학년이 주동되어 수백 명이 교문을 빠져나와 어깨를 겯고 반월당 네거리에 이르는 대구 중심 관통로를 내달았다. 「학생들 인권을 옹호하라!」「민주주의를 소생시켜라!」「우리는 학원에 개입하는 정치권력에 반대한다!」「우리는 비굴하지 않다!」 우리는 이런 구호를 외치며 주먹을 내둘렀다. 대학 입시에 매달렸던 나는 그 시위를 촉발시킨 주동자 중 하나는 아니었다. 그러나 나 역시 장기집권을 음모하는 이승만 정권의 비민주적인 작태에 의분을 느끼고 있었다. 개체에서 공동체 운명으로 결속되자 모두 힘에 넘쳤다. 우리는 계속 산발적인 구호를 외치며 중앙통을 거쳐 도청광장을 향해 질주했다. 그때 나와 어깨 겯었던 동무가 진서였다. 물론 근조도 동참했다. 진서를 마지막으로 본 지 벌써 삼 년이 넘었다. 그는 소규모 건축업자답게 사십대에 들자 몸이 났고, 말끝마다 바빠서 미치겠다는 푸념이었다. 집에서는 식구로부터 하숙생으로 내몰리고, 낮이면 현장에서 뛰고, 밤이면 그 스트레스를 푸느라 술판 앞에 앉게 된다는 것이다. 그렇게 몸을 돌보지 않고 뛰니 주택 경기가 좋은 시절이라 그가 짓는 다세대 연립주택은 잘 팔렸다.

—세 끼 밥 먹기는 마찬가진데 돈 몇 푼 더 벌겠다고 내가 꼭 이렇게 미친놈 널뛰듯 허둥대야 하냐? 난 정말 속물이 다되어버렸어. 윤구, 우리 그 시절 좋았잖아. 도청 앞까지 진출했을 때 말이

야. 그때 대구경찰서로 무더기 연행당해 꽤나 얻어터졌지. 사일구 혁명은 우리가 그렇게 도화선에 불을 붙였는데, 길 닦는 놈은 따로 있고 세단 타고 지나가는 놈 따로 있으니 젠장. 이상은 멀고 현실은 가까워. 출세하구, 잘먹구 잘살라지. 지금 우리는 뭐냐. 난 집장수가 되고, 넌 그래도 식자 소리 듣는 출판쟁이가 됐으니 나보다는 낫다. 자, 마시자구. 먹는 게 남는 거 아냐.

진서가 맥주잔을 들며 떠들던 불카한 모습이 떠올랐다. 나 역시 사일구 세대의 일원으로 대학 일학년 그해, 학우들과 함께 경무대 앞까지 진출했다. 그러나 사일구의 순수한 의미는 그 뒤 계속된 군사정권에 의해 퇴색되었다. 이 땅에 참다운 민주주의의 소생을 바라며 소박한 정의감만으로 뛰쳐나갔다 총탄에 쓰러진 일백팔십오명의 영령은 역사의 뒷장으로 물러나 수유리에 밀폐되었다. 그 '미완의 혁명'을 열심히 들먹이던 우리 세대의 일부는 혁명 주역으로 자처하며 정권에 유착되어 영달에 급급했고, 사일구 이름을 욕되게 하는 자도 계속 생겨났다. 그러나 사일구가 순수하고 정직한 젊은이들의 의분만으로 사령탑의 전략 전술 없이 시작되었고 끝났기에, 참여자 대부분은 본래의 자기 직분으로 돌아갈 수밖에 없었다. 나 역시 사일구 정신을 계승하려는 그 어떤 노력에도 몸 바치지 않은 채, 결혼하여 가정에 안주해 버림으로써 봉급쟁이 기자로 평범하게 살아간 나날이었다. 후진국의 종속적 정치 형태를 탓하며 나까지 혁명을 팔아먹기에는 자신이 너무 초라하게 느껴져, 나는 여지껏 어느 자리든 사일구 세대로 떳떳하게 자처한 적이 없었다.

사십대 사망률이 세계 일위라는 말끝에 근조는 한국인의 지나친 성취욕구, 물신숭배의 이기심, 거기에 따른 맹렬한 저돌성과 조급증을 통박했다.

「한창 일할 나이인 사십대에 쓰러진다고 생각해 봐. 자식이 뭔지, 이제부터 시집 장가 보낼 때까지 돈이 다발로 들어가는 나이 아냐. 일할 나이만 믿고 천방지축 뛰다 진서도 그렇게 쓰러진 게야. 예전에는 삼시 세 끼만 먹어도 족했는데, 먹고 살 만하게 되니 모두들 왜 이러는지 모르겠어. 잘사는 놈들은 제 배 터지는 줄 모르고 돈과 땅에만 혈안이 됐지, 반대쪽에 섰는 학생놈들과 노동자들 보라구. 그렇게 폭력을 앞세워 죽자살자 나선다구, 제 배 부른 자들이 나누어 먹자며 백기 들고 나서겠어? 이 정경 유착의 방만한 시대에 말이야. 혼란만 오구, 경제나 망치는 게지. 노동자가 파업투쟁해서 임금 쬐금 올려놓으면 정부가 그 노동파업에 신경쓰는 사이 물가가 더 뛰어 노동자 가계를 덜미 잡는 것, 그들이 그걸 모르니 탈이란 말이야. 지엔피 일만 달러까지만 좀 참으면 안되나…….」

논리가 서지 않은 근조의 주절거림은 끝없이 이어졌다. 그는 다시 진서 죽음으로 말머리를 돌리더니, 고 삼인 딸애가 서울대학교를 목표로 피아노를 배우는데 일주일에 두 번씩 비행기로 왕복하며 서울의 모 유명한 교수 밑에서 두 시간씩 개인교습을 받는다고 말했다. 그 수업료가 자그만치 월 큰것 한 장이니 밑 빠진 독에 물 붓기라고, 그는 오늘의 교육제도까지 마구잡이로 헐뜯었다. 상류층 속물로 주저앉아버린 근조를 두고 사일구 세대라면, 그의 말은 꼴사나운 작태가 아닐 수 없었다. 다만 그가 남들처럼 티케이를 앞세워 세속적 욕망으로 뭉쳐진 서울바닥에 껴붙지 않고 고향에 남아 있다는 점은 신통했다. 어쩌면 그 끼여들지 못함의 화풀이를 그렇게 입으로 짓찧는지 몰랐다. 그의 말을 들을 만큼 들어주었다 싶어 내가 말을 꺼냈다.

「너도 알고 있지. 내 동생 말이야. 현구 여기 입원했어.」

근조는, 그 문제 많은 동생? 하며 떨떠름한 표정이었다. 언젠가 지방신문에서 법정에 선 현구를 사진으로 보았다고 그가 말했다. 아마 비산동 재개발지역 철거민들이 몰려와 법정 소란을 벌였던 아우의 이심 공판을 두고 하는 말 같았다.

「구속중인 줄 아는데, 어디가 안 좋아?」

나는 현구 병력을 설명했다. 종합검진이 끝난 모양인데 지금 상태가 어느 정도인지, 앞으로 병원측에서 어떤 조치가 있을는지 알아보아 달라고 부탁했다. 그는 잠시 뜸을 들이다, 그렇게 해보마고 시무룩이 대답했다.

「점심이나 같이하지. 내가 입원실로 찾아가마.」

나는 그의 말을, 그때까지 현구에 대한 결과를 알아오겠다는 뜻으로 받아들였다.

현구 병동으로 돌아오니 입원실 앞 복도에 아낙네 다섯이 의자에 앉거나 쪼그려앉아 동수엄마와 무슨 이야기인가 나누고 있었다. 모두 표정이 어두웠다.

「친구분 만나셨어요?」 동수엄마가 내게 물었다.

「점심시간에 이쪽에 오기로 했어요. 그때 무슨 소식이든 알아오겠지요.」

「아주버님, 그럼 그 시간에 제가 여기로 전화하겠어요. 만약 외출하신담 어머님께 귀띔해 주세요.」

동수엄마가 내게 말하곤 입원실로 들어갔다 나오더니, 일터는 어찌하고 이렇게 몰려오면 어떡하냐며, 그들과 함께 바삐 병동을 떠났다. 복도를 걸으며 아우 병실 쪽을 돌아보던 한 아낙네가, 선생님이 어서 회복되시고 풀려나야 될 텐데 하며 손등으로 눈꼬리를 훔쳤다. 아낙네들은 동수엄마가 운영하는 빈민촌 탁아소 어머니들임에 틀림없었다. 하나같이 까맣게 그을린 얼굴에 주름살이 고랑으로 패어 있었다. 상주댁처럼 왜바지 차림에 흙가루 뒤발한 남자용 작업복을 입어, 공사판 일용직에 나섰음이 한눈에 짚여졌다.

내가 복도 의자에 앉아 담배를 피우며 찐득하게 괴는 목덜미의 땀을 손수건으로 훔칠 때, 저만큼에서 숙영이 양산을 접으며 걸어왔다. 누이는 초급대학 재학 시절 그런대로 반반한 외모와 활발한 성정 덕인지 약학대학에 다니던 시골 출신 김 서방과 연애를 하더니, 졸업 뒤 곧 결혼했다. 지금은 세 아이를 두었고, 시 외곽 아파트 단지에서 약국을 열고 있었다. 일 년으로 쳐서 어머니가 서울 내 집에서 두세 달을 보낸다면 대구에서는 주로 숙영이네 살림집에 기거하며, 현구네가 사는 비산동 산동네로 그 노구를 이끌고 마치 등산이나 하듯 반찬거리를 싸들고 다녔다. 어머니는 내 집으로 올라와 열흘쯤 계시면, 아파트 생활이 닭장 같고 감옥 같다며 푸념하기가 일쑤였다. 그럴 때쯤이면 어김없이 누이로부터, 서울에 웬만큼 계셨으니 어머니를 보내달라는 장거리 전화가 내 집으로 걸려왔다. 김 서방이 약국을 비우면 누이가 개인주택 살림집과 삼백 미터쯤 떨어진 약국으로 나가 대신 점포를 지킬 때가 잦으니, 학교에서 돌아오는 아이들 밥을 챙겨 먹이랴, 잡다한 집안살림을 맡아줄 사람이 필요했다. 한편, 장사로 서른 해 가까이 시장바닥에서 보낸 바지런한 '니북녀자'인 어머니로선, 비록 타관이긴 하지만 오래 정이 들었던 대구요, 아직도 교동시장(예전의 양키시장)에는 벗들도 있었고, 늘 위태로워보이는 막내아들 생활이 마음에 걸려 서둘러 서울을 떠났다. 홀어미는 죽 쑤어 먹을 처지라도 되면 맏이 집에 살아야 한다던데 내가 이 무슨 주책인고 하시면서, 출근길 내가 승용차 편에 고속터미널까지 모셔다드릴 때는, 그 자그마한 몸집에 떠나는 발걸음이 가벼웠다. 그러나 현구가 다시 구속된 뒤로는 아주 대구에 주질러앉아버리셨다. 아우 옥바라지가 어머니 몫이었던 것이다.

「오빠, 김 서방이 여기 아는 의사가 있어 알아봤는데, 상태가 좋지 않은 것 같다고만 말하지 구체적인 답은 회피한대.」 숙영이 들고 있던 양산 날개를 모두어 똑딱단추로 채우곤 말했다. 밝은 성격처럼 그 목소리에는 그늘이 없었다.

「이제 와서야 보석을 허가해 줄 정도니 그렇다고 봐야지. 시국사범으로 몰아붙이면 사람 목숨 하나야 짐승쯤으로 아는 세상 아냐.」

「오빠도 알지? 간질환이 일단 경화로 넘어가면 양의로서는 치료제가 없다잖아. 잘먹고 푹 쉬고……. 그래도 위와 신장 기능이 자꾸 떨어져 소화도 안되구 소변이 시원치 않구…….」

간장약은 잘 팔면서 약사 아내가 아는 지식이나 내가 알고 있는 상식에는 별 차이가 없었다. 내가 말이 없자 숙영이, 엄마 안에 계시지 하며 입원실로 걸음을 돌렸다. 나는 누이를 불러세웠다.

「지난번에 고마웠어.」

나는 지갑에서 접은 봉투를 꺼냈다.

「뭔데?」

「너가 대납한 현구 변호사 비용이야.」

「뭘 그런 걸 다 돌려주고 그래. 우리가 어디 남이야.」

숙영이 정색하며 내 손을 밀쳤다. 순간적으로, 우리는 정말 남다른 동기간이구나 하는 정감이 내 가슴을 뿌듯이 채웠다.

현구의 감정유치가 결정되었을 때, 나는 소련에 나가 있었다. 내가 집에 들여놓는 월 구십만 원으로 가계를 꾸려가는 아내로선 일백만 원을 자기 통장에서 현찰로 선뜻 찾아낼 여축금이 없었다. 출판사 경리 최 양에게 어떻게 돈을 변통하려고 회사에 전화질을 하는 사이, 대구에서 누이가 일백만 원을 내놓은 모양이었다. 그러며 올케에게 전화로, 출판사가 다들 어렵다는데 오빠가 귀국하더라도 그 돈 걱정은 말라는 단서까지 달았다고 아내가 말했다. 그러나 그 문제의 해결이야말로 출가외인인 누이 몫이 아니었기에 나는 대구로 내려오며 당좌수표 한 장을 가져왔던 것이다.

숙영이는 한사코 봉투를 받지 않겠다고 우겼다. 자기야말로 여지껏 시가와 친정을 따로 저울질해 본 적이 없으며, 시집갔지만 그만한 돈뭉은 낼 능력이 있다고 말했다. 잠시 실랑이 끝에, 나는 누이가 팔에 걸고 있는 마로 짠 손가방에 봉투를 쑤셔넣고 병실로 돌아섰다.

정오를 조금 넘겨 위생복을 벗은 함근조가 왔다. 그는 내가 궁금하게 여긴 현구 문제는 언급 않고, 모처럼 만났는데 괜찮은 데로 안내하겠다며 나를 이끌었다. 어머니는 동수엄마가 가져온 밥과 빨리 먹지 않으면 쉬어버릴 녹두죽이 있어 병실에서 누이와 함께 식사하겠다 했기에, 나는 근조를 따라나섰다. 건물 안에 있을 때는 눅눅하던 더위가, 볕살 아래 나서자 금세 살갗 땀구멍마다 물기를 자아내었다. 해는 머리맡에서 작열했다. 말복을 넘겼는데도 알아줄 만한 대구 불볕더위였다.

「너 개 먹지?」 근조가 자기 승용차에 나를 태우고 시동을 걸며 물었다.

「물론이지.」

근조는 경산읍으로 빠지는 외곽도로로 차를 몰았다. 대구도 변두리로 계속 고층아파트가 늘어나고 있었다. 한낮의 더위 탓도 있겠지만 이제 시내고 시 외곽이고 구별이 없는 서울에 비한다면 대구는 그런대로 교통소통이 원활했다. 근조는 여름 한철만의 보양이 아니라 중년 나이에 왜 개고기가 좋은지에 대해 들은 풍월을 읊었다. 그는 자기들이 안 먹는다고 우리를 야만인 취급하는 서양인의 얄팍한 선민의식을 성토하며, 각 민족의 고유한 음식 관습과 식성은 존중되어야 마땅한 기본적 향유권이라고 주장했다. 근조는 병원에도 사십대가 중심이 된 동우회 '멍멍회'가 있는데 그 먹자판 모임에는 결석자가 없으며, 자신이 그 회 간사라고 자랑스레 말했다.

대구와 경산 접경지대 야산 숲속에는 보신탕과 염소탕을 전문으로 하는 대형 식당이 드문드문했다. 승용차들이 넓은 주차장에 들어찼고, 옥내 옥외 가릴 것 없이 넥타이 풀어헤친 우리 나이 또래의 식도락 패가 땀을 흘리며 열심히 젓가락질을 하고 있었다. 갈대를 지붕으로 얹은 평상 한 귀퉁이에 자리잡자, 근조는 주인과 잘 아는 사이인지 '목살' 세 근을 전골로 주문했다.

「내과 쪽에서 뭐라 그래?」 전골냄비에서 야채와 고기가 익을 동안 내가 물었다.

「글쎄 말이야, 경화가 심하다면서도 모두 쉬쉬하대. 그게 단순한 폭행사건이 아닌 데다 재판에 계류중이라…….」 근조가 꼬리를 빼다 말을 이었다. 「내가 후배 한 놈을 다잡았지. 간경화라면 뻔한 병 아냐. 그렇다면 재수감은 불가하고 장기요양 조치가 필요하잖냐고 말이야. 그러자 후배 녀석이, 가족 승낙이 있어야겠지만, 담당 의사들이 수술을 권유하는 쪽으로 의견을 모으고 있다나…….」

「그렇다면?」 나는 숨을 죽였다.

「수술이람 캔서로 봐야지. 종양 크기가 벌써 사 센티쯤 된다나 어쩐다나…….」

현구가 간암이라니! 발달한 현대의학도 간암 완치까지는 이르지 못했고, 간암 진단을 받은 환자가 일 년 이상 수명을 연장하는 경우가 흔치 않음을 나는 알고 있었다. 그들은 병원으로부터 퇴원에 따른 가정 요양을 권고받았고, 그럴 경우 서너 달이 마지막 고비였다. 아니면 수술 도중, 또는 수술 직후 합병증으로 사망하기 예사였다. 내 나이 또래의 사망 소식을 전화로 접할 때, 교통사고가 아니면 간질환이 많았다. 나는 상갓집에서, 간염의 시작에서부터 죽음에 이르는 과정을 여러 차례 이야기 들은 적이 있었다. 그 임상 강의를 새겨듣다 보면, 한국인에게 사십대 후반에 주로 발생하는 간질환이야말로 아닌밤중에 불시로 달려드는 흉악범의 비수와 같았다. 간은 자각증상이 없으므로 아무런 동통을 수반하지 않은 채 잠복하다, 어느 날 느닷없이 '급성간경화'란 계고장으로 날아들었다. 죽음을 남의 일로 여기고 열심히 사회활동하는 자에게 날아드는 사형집행 예고장과 다를 바 아니었다. 그래서 내게 간질환이야말로, 반드시 내가 죽고 너도 죽이겠다는 맹독성이 간을 비밀한 터 삼아 자생력을 기르다, 결정적 시한에 당도하면 스스로 폭발해 버림으로써, 간은 물론 주위의 생생한 장기까지 일시에 파괴시켜 몸뚱이를 통째 휴지(休止)화시키는 정예 결사대로 여겨졌다.

「만약에 수술한다면?」

「가능성도 많지. 물론 조기 발견일수록 성공률이 높지만, 내가 알기로 수술 후 삼사 년 버틴 사람도 있고 아주 정상인으로 더 산 사람도 있으니깐. 간은 그 무게가 일점사 킬로나 되는 가장 큰 장기 아냐. 그러니 자생력이 강하고, 간이 삼분의 일만 기능을 해줘도 정상인과 다름없이 활동할 수 있으니깐.」 찬 물수건으로 땀을 닦던 근조의 무심한 대답이었다.

「그렇다면 현구도 수술을 받아야 할까?」

「메스를 대지 않는다면 식이요법과 휴식밖에 더 있겠어?」

「수술해야 할 만큼 악화되었다는 거냐?」 쓸데없는 질문인 줄 알면서 나는 어눌한 목소리로 자꾸 물었다. 미끄러운 나무줄기에 한사코 매달려 떨어지지 않으려 버둥거리는 나를 보듯했다.

「네 동생이 재판에 계류중이라 그 점에서 선뜻 단안을 못 내리는 눈치라. 사실 간질환도 조기 발견만 하면 완치가 가능하지만 병원을 찾을 땐 이미 한 발 늦은 뒤거든. 그러므로 꼭 교도소 당국을 탓할 수만도 없지. 어제까지 멀쩡한 사람이, 요즘 과로로 피곤하다며 종합검진이나 한 번 받겠다고 병원에 왔다가 간경변이란 진단을 덜컥 받게 되는 게 보통이니깐. 그러고 삼사 개월, 길면 일이 년 이내 끝장을 보게 되지…….」

근조 말이 내 귀에 들어오지 않았다. 몸과 마음이 춧농으로 녹아내리듯 기운이 빠졌고 주위의 사물이 눈앞에서 멀어졌다. 충분한 보양만이 장수의 지름길이란 듯 이열치열의 화식(火食)을 즐기는 식도락 패 모습도, 그들의 지껄임도 내 눈과 귀에 닿지 않았다. 사망을 남의 일로 알고 병상에 누워 수줍은 미소를 짓고 있던 현구의 마르고 찌든 얼굴만이 떠올랐다. 아니, 나는 그의 모습에서 어쩌면 이런 상태가 되기까지 아주 무관하다고만 볼 수 없는 그의 유년 시절 한 토막을 회상할 수 있었다.

우리네 식구가 1950년부터 이듬해에 걸쳐, 겨울의 눈보라를 가르고 동두천에서 서울을 거쳐 천안·오산으로 정처 없는 남행길을 재촉할 때, 숙영이와 나조차 영양실조로 꼬치꼬치 말라가던 처지인데, 어머니야말로 제대로 입에 들어갈 건더기가 없었다. 현구를 산파의 도움 없이 낳았으나 젖이 말라 젖퉁이는 늘어진 빈 주머니였다. 아직 핏덩이와 다름없던 현구는 오디 같은 어머니 젖꼭지를 피멍들게 빨았으나 젖이 나올 리 없었다. 누이와 나는 꽁꽁 언 버려진 밭을 헤매며 서리 앉아 얼어붙은 누런 배춧잎도 소중히 거두어 삭정이를 지핀 불에 데쳐 허기를 끌 때, 어머니는 밀고 내려오는 중공군 공세에 쫓겨 다시 피란 짐을 싸던 가가호호를 방문하여 아우의 애처로운 모습을 팔아 동냥죽을 구걸해야 했다. 동냥젖이 아니라 죽이었고, 끼니때에 앞서 만나 좁쌀죽마저 제대로 못 얻어먹일 때는 잦아지는 죽물을 얻어 어린 목숨을 연명시켰다. 생명력이란 모질었다. 어머니가 이삼십 리쯤 걷다, 등짝에 온기가 느껴지지 않는다며 내게 포대기를 들춰보라 했을 때, 꺼지지 않는 불씨로 한 생명이 거기에 아슬아슬하게 붙어 있었다. 현구는 그렇게 여린 숨줄을 이어 대구까지 마치 혹처럼 붙어 달려올 수 있었다. 대구에 도착하여 피란민 수용소에서 겨울을 넘기고 신암동 산비탈에 거적집을 짓자, 어머니는 양키시장으로 싸돌며 양담배와 미제 비누 따위를 팔았다. 나는 피란민 천막학교에 편입했고 누이도 나와 함께 입학했다. 나는 방과 후면 탈지분유나 옥수숫가루 한 봉지를 얻으려 코쟁이가 운영하던 구호급식소에서 늘 줄을 서야 했다. 헛걸음

치는 날도 있었지만 서너 시간 기다려 얻어오는 그 구호물자 한 봉지는 현구에게 요긴한 양식이었다. 아우에게 이상한 증세가 나타나기 시작하기는 그의 나이 세 살 때였다. 그즈음에는 행상이 아니라 양키시장 골목길 모퉁이에 좌판을 펴놓고 장사를 벌이던 어머니는 일터로 나갈 때 현구를 늘 데리고 다녔다. 그러나 하루종일 발목을 잡아매어둘 수 없다 보니 어머니가 물건을 팔 때나 잠시 다른 데 눈을 돌리면 현구가 없어지곤 했다. 아우는 어느 사이 안짱다리 걸음으로 골목길 쓰레기통을 뒤지고 있었다. 마치 신생아 때 굶은 벌충이라도 하듯, 여름철이면 길바닥에 버려진 수박이나 참외 껍질을 닥치는 대로 주워 먹었다. 버린 복숭아씨에 붙은 아교 같은 속살을 뜯어 먹으려다 복숭아씨가 목구멍에 걸려 숨이 막혀 죽을 뻔했던 적도 있었다. 그러므로 현구의 몸에 나타난 헛배 부른 증상은 이상한 게 아니라 충분히 그럴 소지가 있었다. 현구 배는 올챙이처럼 탱탱하게 부풀었고 푸른 심줄이 요철처럼 도드라졌다. 어머니는 그제서야 아우를 데리고 위생병원으로 갔다. 유동식으로 식사량을 줄이고 규칙적인 식사를 해야 한다는 의사의 말과 함께 산토닌 몇 알을 얻어왔을 뿐 달리 조치는 없었다. 아우는 산토닌을 먹자 엄청난 양의 회충을 설사로 쏟아내었다. 밑을 닦아주니 실지렁이 같은 회충이 까맣게 묻어나왔다고 어머니가 말했다. 그로부터 아우의 배는 차츰 꺼졌다. 노랗던 얼굴도 핏기가 돌았다. 그러나 유아기 건강이 여든까지 간다는 말을 어느 책에서 읽었듯, 아우는 유아 때의 굶주림으로 오장육부가 발육 단계부터 부실할 수밖에 없었음이 자명한 이치였다.

낮술이라 무엇하지만 보신탕에는 소주로 입을 헹궈야 한다며 근조는 오이채를 섞은 소주 한 병을 주문했다. 그는 넥타이를 느긋이 풀고 끓는 탕에서 고기를 건져 갖은양념으로 버무린 접시에 열심히 찍어먹었다.

「간병에는 고단백질의 충분한 공급이 급선무인데, 개고기가 바로 불포화성 고단백 덩어리 아닌가. 그런데 경화로 진행되어 간이 굳기 시작하면 육질은 소화를 못 시켜 단백질 분해 능력이 떨어지는 게 탈이란 말이야.」 근조가 말했다.

근조는 목뼈 한 토막을 냄비에서 건져내어 젓가락으로 게살 파먹듯 뼈에 붙은 살을 발기어 먹었다. 나는 아침밥을 걸렀는데도 입안이 썼고, 식욕이 동하지 않았다. 아직은 간에 별다른 이상이 없음을 알고 있지만 그 간을 더 보호하겠다고 고단백질을 밝히는 내 식탐이 간질환을 앓는 현구에게 죄를 짓는 마음도 들었다. 고기 몇 점을 먹고 국물을 안주로, 나는 평소 낮술을 하지 않았으나 소주를 석 잔이나 마셨다.

현구가 있는 병동으로 돌아오니 병동 현관 앞에는 뙤약볕 아래 대학생인지 공원인지 얼핏 구별이 가지 않는 젊은이 여덟 명이 이열 종대로 줄지어 서 있었다. 그들 중에는 여자도 둘 끼였다. 한 젊은이의 선창에 따라 다른 젊은이들이 후렴 구호를 외쳐댔다. 구호를 외칠 때 불끈 쥔 오른손을 힘차게 앞으로 뻗었다.

「박현구 선생을 살려내라!」

「살려내라, 살려내라!」

「박현구 선생을 당장 석방하라!」

「당장 석방하라, 석방하라!」

「당국은 빈민촌 철거민 대책을 조속히 세워라!」

「조속히 세워라, 세워라!」

나는 주위에 모여 구경하는 사람들과 함께 농성에 나선 그 젊은이들의 외침을 잠시 구경했다. 현구의 나이 어린 동지들을 보며 나는 묘한 감정에 사로잡혔다. 사일구 때 내 모습도 저렇게 용감했을까, 문득 그런 생각이 들었다.

복도로 들어서자 전투경찰대원 셋이 나를 막았다. 무전기를 든

상급자가 내게 신분증 제시를 요구했다. 나는 주민등록증을 보이며 박현구 형이라고 말했다. 그는 내 통과를 허락하더니 무선전화기로 어디론가 바삐 연락했다. 전투경찰대원 둘이 병실 앞을 지켰다.

병실에는 천장에 붙은 선풍기의 프로펠러가 소리를 내며 돌아갔다. 하사관생 같던 간수 최에 비해 사람이 물러보이는 나이 든 간수 홍은 열린 창 밖을 무료하게 내다보다 나를 맞았다. 흰 노타이에 감색 바지 차림의, 머리를 치켜 깎은 뚱뚱한 사내가 의자에 다리를 꼬고 앉아 신문을 보다 내게 감사나운 눈길을 던졌다.

「누구시오?」 신문을 보던 사내가 수사관 말투로 물었다.

「현구 형 됩니다.」

내 말에 그는 잠자코 신문에 다시 눈을 옮겼다.

어머니와 숙영이, 그리고 소매 짧은 여름용 점퍼에 이마가 벗겨진 사내는 현구가 누운 침대 쪽에 몰려 있었다. 마침 이마 벗겨진 사내가 기도를 하던 참이었다.

「……하나님께서 말씀하시지 않으셨습니까. 저희는 하나님의 백성이 되고 하나님은 친히 저희와 함께 계셔서 모든 눈물을 그 눈에서 씻기시매 다시 사망이 없고 애통하는 것이나 곡하는 것이나 아픈 것이 다시 있지 아니하다 하셨으니, 우리 형제의 이 아픔과 눈물을 씻겨주옵소서. 보라, 내가 만물을 새롭게 하노라 하셨듯, 능멸한 것은 치시고, 썩을 것은 땅속에 묻으시고, 선하고 힘없는 사람은 새롭게 태어나게 하소서…….」

성경책을 두 손에 받쳐든 어머니가 기도 중간에 간절하게 아멘을 애소했다.

훤한 정수리에 몇 가닥 머리카락이 푸스스하게 엉킨 낡은 점퍼 차림의 그는 원형섭 목사였다. 현구가 빈민촌 개척교회로 뛰어들게 만든 장본인으로 현구 결혼식에 주례를 섰던 그는, 대구 노곡동 산동네에 교회를 열고 있었다. 아우가 대학교 다닐 때 나는 공판정

피고석에 아우와 나란히 앉았던 당시 원형섭 전도사를 본 게 그와 첫 만남이었다. 불온 유인물 소지죄로 잡혀 들어간 기독교학생연맹 소속 대학생 셋과 원 전도사는 그 재판에서 2년 집행유예로 석방되었다. 당시 민완기자 소리를 들으며 시건방도 곧잘 떨었던 나는 다방에서 원 전도사와 몇 마디 이야기를 나눈 적이 있었다. 지금도 일요일 낮 예배는 아내와 함께 빠지지 않지만, 나는 내가 생각해도 독실한 신자로 자부할 입장은 못된다. 그즈음에는 지금만큼도 교회에 열성을 보이지 않을 때였다. 다방에서 나는, 원 형은 예수님의 부활을 믿습니까 하고 당돌한 질문을 던졌다. 그런 종류의 질문은 누가 내게 던졌을 때 그 답변이 가장 궁한, 두려운 질문이기도 했다. 원 전도사는 별 어려움 없이 그 대답을 풀어나갔다.

—부활을 믿지 않고 어떻게 목회자의 길을 한평생 걸을 수 있겠습니까. 예수님이 십자가에 못박혀 죽으시고 장사한 지 사흘 만에 살아나신 사건은 사실입니다. 그분 주위에 있던 여러 추종자들이 살아나신 예수님을 똑똑히 보았다고 증거했지요. 제자 도마만은, 십자가에 못박힌 예수님의 그 못 자국을 직접 손으로 만져보지 않고는 그분의 부활을 못 믿겠다고 말했지요. 냉철한 이성과 과학을 앞세우는 오늘의 현대인도 도마와 같은 그런 의심을 마음속에 품고 있을 겁니다. 예수님이 친히 도마 앞에 나타나셔, 내 손을 만져보고 네 손을 내 옆구리에 넣어보아라, 그래서 의심을 떨치고 믿음을 가져라라고 말씀했지요. 도마가 그제서야, 나의 주님, 나의 하나님! 하고 대답했습니다. 그러나 저는 지금 도마가 살았던 그 시대에 살고 있지 않으므로 그분의 피 묻은 못 자국 흉터를 직접 볼 수는 없지요. 훗날 나 같은 사람을 위해 주님은 도마를 통해서 말씀하셨습니다.「너는 나를 보았으므로 믿느냐? 나를 보지 않고도 믿는 사람이 복이 있다.」

원 전도사의 다음 말은 그 비약이 심했음에도, 나의 폐부를 강하게 찔렀다.

—저는 예수님의 못박힌 그 핏자국을 가난한 자의 신음과 그들이 흘리는 눈물을 통해 지금도 보고 있습니다. 예수님은 이 지상의 고통받는 자들 속에 다시 부활하신 겁니다. 너희들을 대속하여 내가 십자가에 달려 죽을 때의 모습이 이러하다고, 예수님은 많은 빈자들의 모습으로 지금도 부활하여 도마 앞에 보여주듯 우리에게, 너희들이 나를 위해 할 일이 무엇이냐고 물으십니다…….

기도를 마치자 눈을 뜬 네 사람이 나를 보았다. 원 목사와 나는 인사를 나누었다. 악수를 할 때 상대방 손을 쥐지 않고 맡기는 그의 버릇은 여전했다. 원 목사는 언제 보아도 그 복장이 노동자나 지게꾼 같았다. 후줄그레한 바지에 싸구려 운동화를 신고 있었다.

「민 박사가 보호자를 찾기에, 너가 오면 함께 가기로 했다. 그래, 친구가 뭐라든?」 어머니가 눈물 괸 겹주름진 눈꺼풀을 슴벅이며 물었다.

「그 친구도 뭘 잘 알지 못하고……. 나중에 말씀드리지요.」

나는 현구에게 눈을 돌렸다. 복수를 뺍았다는데도 홑이불 아래 그의 배가 마른 몸만큼 꺼져 있지 않았다. 아우가 나와 눈을 맞추며 미소를 띠었다. 선풍기가 돌아가고 있음에도 병실이 무더운 탓인지 그의 얼굴과 목에는 찐득한 땀이 번질거렸다. 나는 보조탁자에 놓인 젖은 수건으로 그의 이마와 목을 닦아주었다.

「어디 불편한 데는 없고?」

「여기로 오기 전에는 코피가 자주 났지만 그건 그쳤는데, 허리가 계속 결려요.」

「내가 좀 주물러주랴?」

「어머니가 해주셨어요.」

매미 울음소리를 가르며 바깥에서 외치는 구호가 조금 더 크게 들렸다. 그쪽에 신경쓰던 뚱뚱한 사내가, 「저 새끼들……」 하고 이빨 사이에 욕설을 으깨며 병실 밖으로 뛰쳐나갔다.

「내가 나가 저애들을 돌려보냈으면 좋겠는데, 병실 밖으로는 허가 없이 나갈 수 없다니…….」

현구가 말하자, 그 말에 이어 원 목사가 내게 보충설명을 했다.

「조금 전에 한바탕 소동이 났습니다. 학생 둘과 공원 하나가 병실을 노크하며 현구 씨 면회를 요청했지요. 간수 저이가 안된다며 병실 문을 안에서 잠가버렸습니다. 그리곤 어디로 전화를 걸자 전경대원들이 나타나고, 퇴짜맞은 학생들은 자기 패를 불러모으고…….」

「나 때문에 주위에서 이렇게 걱정하니 미안해서……. 어서 회복되어야 할 텐데……. 뭐 살 가망이 없다 해도 순종해야지, 그런 생각도 하지요. 그 동안 열심히 살았고, 제가 했던 일을 후회하진 않으니깐요. 이 나라 이 땅에 다시 태어난다 해도 현실이 지금 상태에서 개선되어 있지 않다면 역시 제 할 일은 이 일이겠거니, 그런 마음밖에 들잖아요.」

현구 말이 꼭 유언처럼 들려 마음이 아팠다. 그의 말에는, 태어날 때부터 마음 한 귀퉁이에 자기가 들어앉을 감옥 한 칸을 마련해 놓고 살아온 듯한 달관이 느껴지기도 했다. 후회 없는 삶은 아름답지만, 현구의 경우는 아름다운 만큼 안타까움도 더했다.

「얘야, 그런 말 말아라, 넌 이 어미보다 스물아홉 해는 더 살 거다. 너는 명줄을 길게 타고났으니깐. 큰애들은 그때 나이가 어려 잘 모를 거다. 현구가 유아세례를 받을 때 제일교회 이 목사님이, 박 목사님을 하늘나라로 데려가시며 이렇게 한 생명을 대신 주셨으니 이는 아브라함의 자손처럼 아버지 몫까지 살아 대대로 번창할 거라고 하시지 않았겠냐. 나는 지금도 그 말씀을 똑똑히 외고 있단다. 연전에 팔순을 넘기신 이 목사님을 병문안 가서 그 말을 했더니 문 권사님은 기억력도 좋다며 웃으시더라.」 어머니가 말했다.

현구의 유아세례 이야기는 여러 차례 들은 말이었다. 어머니는 그 말을 스스로에게 최면이라도 건 듯 철저히 믿었고, 지금도 말을 할 때 그 목소리가 확신에 차 있었다. 그 누구도 나로부터 현구만은 빼앗거나 떼어놓을 수 없다는 신념은 절대적 신앙만큼이나 옹골차, 아들이 옥에 갇혔을 때나 수배당할 때, 민가협 모임에서도 어머니는 누구보다 강단 있고 당당하게 대처했다. 꼭 그런 결과는 아니겠지만, 어머니는 끝내 아들을 당신 품으로 돌려받았다.

「어머니, 그럼 민 박사 뵈러 갑시다.」

내가 말하자, 현구가 일어나려는 몸짓을 했다.

「형님, 소변이…….」

나는 현구를 부축하여 일으켜 앉혔다. 주삿바늘이 팔목과 연결된 링거병을 들고 그를 부축하여 실내 화장실로 데리고 갔다. 아우는 주삿바늘이 꽂히지 않은 손으로 환자복 오줌 구멍을 더듬어 시든 연장을 꺼내었다. 그가 용을 썼으나 오줌이 쉬 나오지 않았다. 요기가 있는데도 늘 이렇다니깐 하고 그는 중얼거리며, 다리를 떨고 한동안 서 있었다. 불룩한 배가 가쁜 숨길 탓으로 경련을 일으켰다. 한참 만에야 뜨물이듯 고름이듯 몇 방울 탁한 오줌이 변기에 떨어졌다. 이뇨제를 쓰고 있을 텐데 신장 기능이 그 도움조차 받아들일 수 없다면? 수술로써 그가 회복되리란 가능성에 한가닥 기대마저 내 마음에서 무너짐을 어쩔 수 없었다. 나는 어머니처럼 신념화되지 못했으나 현구가 여기에서 생을 고별한다곤 믿어지지 않았다. 그는 숱한 역경에도 굴하지 않고 몸과 마음을 튼튼하게 버티어 왔다. 또한 그는 이 땅에 사는 어느 누구보다 그 쓰임새에서 소중한 머릿돌이었다. 그는 서울올림픽 이후, 노동운동에선 한 발 물러서서 빈민운동 쪽에 열성을 쏟아왔다.

—노동자들은 그래도 좋은 세상 만나 이제 자기네 스스로 조합을 만들어 공동투쟁으로 대처하는데, 일용직이 대부분인 빈민들이야

말로 일정한 봉급을 받나요, 조합을 만들 수 있나요. 거기에다 빈민들 가족 구성을 보면 결손가정이 아니면 한둘씩 병자나 노약자가 끼였게 마련이거든요. 정박아나 지체부자유아, 그외 심신장애아도 빈민층에 집중되어 있습니다. 이제 나는 평생 그들을 위해 살기로 했어요.

현구는 내게 했던 말처럼, 그의 그 '가난한 자를 위한 사랑의 실천운동'이야말로 하나님이 누구보다도 귀히 여기고 있을 것임에 틀림없었다. 한마디로 그는 소명(召命)을 받은 자였다.

침대에 다시 뉘어놓은 현구를 숙영이와 원 목사에게 맡겨두고, 나는 어머니와 함께 민 박사를 만나러 갔다.

우리가 긴 복도를 질러가자, 현관 입구에서 전투경찰대원들과 두 노인이 실랑이를 하고 있었다. 들어가겠다, 못 들어간다는 말씨름이었다. 밀짚모자 쓴 콧수염 기른 노인이 어머니를 알아보곤, 문 권사님 안녕하세요 하고 인사를 했다. 창길이 할아버지시구먼요, 하고 어머니가 알은체 절을 하며 반겼다. 현구 주위 사람들이 다 그렇듯 외양을 보니 산동네 비산동 주민인 듯했다.

「아, 글쎄 박 선생 면회가 안된다잖아요. 젊은이들은 그렇다 치구, 노인들 문병까지 왜 막습니까. 면회도 못할 만큼 박 선생이 그렇게 위독한가요?」

「이 사람들이 안된다면 난들 어쩌겠어요. 위독하다는 말은 거짓말입니다. 현구는 위독하지 않아요.」 어머니가 또렷하게 말했다.

「어머니, 가세요.」

나는 어머니 팔을 끌었다. 구호가 끊긴 바깥으로 나서니 학생들은 뙤약볕 아래, 겉옷이 땀에 흠뻑 젖은 채 가부좌 틀고 앉아 있었다. 침묵시위를 벌이는지 말없이 앉아 있는 그들의 땀에 젖은 모습이, 마치 선정(禪定)에 임한 고행하는 승려들 같았다.

「너들 중에 학생도 있는 것 같구나. 지성인이라 자부한다면 다른 환자들도 생각해얄 게 아냐. 여기가 어디 시장바닥인가. 또한 현구 씨도 지금 몸 상태가 아주 나빠. 직계가족 이외 일절 접견을 금지하라는 의사의 엄명인데, 이렇게 고함까지 질러대면 그분이 심리적으로 안정이 되겠어? 만약 또 구호를 외쳤다간 모조리 연행할 테니 그리 알아!」 뚱뚱한 수사관이 훈계하곤 병동 안으로 걸음을 돌렸다.

본관 건물로 걸을 때야 나는 근조가 들려준 말을 어머니에게 옮겼다. 신앙으로 다져진 신념이 어머니를 굳게 붙들고 있는 이상, 뒤에 받게 될런지 모를 큰 충격을 나눈다는 뜻에서 사실대로 들려줌이 좋을 것 같았다. 경화에 종양까지 발견된 상태라는 내 말에 어머니는, 하나님 맙소사 하고 신음을 흘렸다. 어머니는 쪼그라진 입을 굳게 다물고 다른 말을 더 묻지 않았다. 무엇인가 곰곰이 생각하는 냉정한 모습이라 나 역시 말을 붙일 수 없었다. 어머니는 부지런히 걸음을 옮겼으나 옮겨 딛는 고무신 코끝이 떨렸다.

나는 내과 안내실에서 민종학 박사를 찾았다. 간호사는 '내과 3'을 찾아가라고 일러주었다. 민 박사가 자리를 비우고 없었다. 바깥 외출이 아니고 병원 안에 있다기에 어머니와 나는 진찰실 안쪽 개인 방에서 그를 기다렸다. 에어컨이 가동되어 실내가 시원했다. 이십 분이 지나서야 민 박사가 나타났다. 그는 가족을 위로시킬 속셈인지, 앞으로 지게 될 부담을 덜려는지, 난치병으로서의 간질환을 자상하게 설명했다. 현구를 지목하진 않았으나, '치명적'이란 용어를 사용하는 그 빈도만큼, 위협적인 내용이었다. 어머니가 암이냐고 대놓고 물었다. 민 박사는 상냥하게, 굳어진 부분에 더욱 굳은 팥알 크기가 발견되었다고 완곡하게 표현했다.

「……우리의 소견으로 최선의 방법은, 수술과 방사선 치료를 병행해야 한다는 데 일차 합의를 보았습니다. 물론 확률은 절반이지요. 만약 당사자나 가족측이 동의하지 않는다면 인슐린 요법과

식이요법에 의지하는 수밖에 없긴 합니다만…….」

「박사님.」 나는 민 박사 말을 잘랐다. 「방사선 치료라면, 종양이 다른 부위까지 퍼졌다는 말입니까?」

「그렇게 악화된 상태라면 수술을 종용하지 않고, 차라리 자가 요양의 퇴원을 권고하겠습니다.」

「검찰 쪽에도 병원측 복안을 통보했습니까?」

「우리는 검진 결과에 따른 후속조치로서 의견만 밝혔습니다.」

민 박사 표현은 사무적이었으나, 여유가 있었고 목소리는 부드러웠다. 나는 어머니 얼굴을 보았다. 어머니는 뚫어지게 민 박사를 쏘아보았다. 에어컨 바람을 타는지 하얀 머리카락 몇 올이 주름진 이마 앞에서 나풀거렸다.

「수술은 안돼요. 현구 몸에 칼을 댈 수 없어요. 칼을 대느니 차라리 안수로 그 간을 정케 하겠어요. 누가 뭐래도 하나님은 우리 아이 편이니깐요!」 어머니가 갑자기 소리쳤다.

어머니는 튕기듯 의자에서 일어섰다. 조그마한 몸이지만 넘어질 듯하여 내가 어머니를 부축했다.

「박사님, 일단 변호사를 만나보겠습니다. 당장 수술을 할 만큼 그렇게 위급하진 않지요? 그렇게 위급하다면 지연된 감정유치 허가가 현구 생명을 빼앗은 결과입니다.」

내가 바삐 말하곤 어머니 허리에 팔을 둘러 진찰실 쪽으로 나섰다. 환자 가족에게 점진적인 충격요법의 일차 단계 통보를 끝냈음인지, 등뒤에서는 아무 말도 들리지 않았다.

어머니는 현구 병동 쪽으로 걸으며, 막내를 공기 좋은 기도원으로 데리고 가면 어떠냐고 내게 물었다. 안수로 말기 암환자까지 완치시킨 신령한 목사가 있다는 것이다. 간질환에 소양이 있는 교회 권사 한 분이 오늘 저녁 토룡탕 한 병을 가져오기로 했는데 그걸 싸들고 가서 먹이며 주님께 의지하면 현구 병을 깨끗이 완치시킬 수 있다고 장담했다. 어머니는 간질환에 관해 웬만한 식견을 가지고 있었으나 의외로 그 목소리는 카랑카랑했고, 걸음걸이도 힘이 있었다. 눈물을 비추지 않는 점으로도 어머니는 아우의 병을 애써 절망적으로 생각지 않고 있음이 분명했다. 내 그런 판단은 어머니의 다음 말을 통해 금방 드러났다.

「외국에서 갓 돌아와 너도 바쁠 텐데 여기서 이렇게 어정거려서야 되겠냐. 올라가서 네 일 보거라. 급한 다른 일이 있으면 또 연락하마. 서울에서 대구까지 오는 데야 네 시간밖에 더 걸리느냐. 전에도 동수엄마와 내가 다 옥바라지했고, 현구를 구해냈다. 옥 안이 아니고 병원까지 빼냈는데 설마 기도원이나 집으로 못 데려가려구. 내가 변호사를 만나마. 그 젊은이도 교회 집사고, 내 말을 잘 듣더라.」

어머니가 내 걱정까지 했다. 변호사는 내가 만나보겠다고 말했다. 변호사가 수술 가부를 판단해 주지는 못할 것이다. 누구보다 현구와 가까운 동수엄마의 의견이 어떨는지 모르지만, 나로서는 수술에 반대하고 싶은 입장이었다. 간 수술은 최후의 수단으로서 마지막 걸게 되는 한 가닥 희망이 아닐 수 없었다. 그러나 내 상식적 판단은 내 자신도 믿을 수 없었기에, 나는 밤기차 편으로 상경하여 내과 전문의 동기생을 만나 자문을 구해보기로 마음먹었다.

나는 법원 앞에 있는 변호사 사무실을 찾았다. 인권 변호사로 시국사범을 많이 맡아온 주영준을 만났다. 그는 현구 나이 또래였다. 나는 그에게 현구의 종합검진 결과를 알려주었다. 간질환은 서울대학교 부속병원이 권위가 있으니 현구를 그쪽으로 옮기면 어떠냐고 내가 물었다. 내 생각으론 서울대학교 부속병원에서 종합검진을 한 번 더 받고, 수술 문제를 그때 결정할 수도 있었다.

「내가 보기에 여기서의 수술은 이판사판으로 해보자는 거고, 가족이 수술을 거부한다면 시간이나 끌겠다는 배짱 아닙니까. '유치

장소 변경신청서'를 법원에 내겠어요. 서울대학교 부속병원과 비산동 거주지 두 군데로 말입니다. 그러나 법원이 서울대학교 쪽은 모르지만 집으로는 허가해 주지 않을 겁니다. 비산동 일대 빈민 지역과 그 주변 공단은 현구 씨 생활 터전이니깐요. 현구 씨 문제가 밖으로 알려질수록 당국으로선 골치 아픈 문제가 발생할 테니 이로울게 없지요.」 주 변호사가 말했다. 그는 내일 아침에 유치장소 변경신청서를 법원에 청구하겠다고 내게 약속했다.

대학병원으로 돌아오니 어느덧 여름의 긴 해가 기울어 석양에 당도해 있었다. 현관 앞에서 농성을 벌이던 학생들은 돌아가버렸고, 오늘부터 만약의 사태에 대비하여 야간근무까지 설 요량인지 병동 현관과 병실 앞은 여전히 전투경찰대원들이 지키고 있었다.

병실에는 간수가 젊은 최로 다시 교대되었으나, 뚱뚱한 수사관은 없었다. 숙영이와 원 목사 역시 돌아갔고, 조카 동수를 데리고 계수씨가 와 있었다. 그네는 침대 뒤로 돌아가 옆으로 누운 아우의 허리를 주먹으로 가볍게 치거나 주물렀다. 아우는 아들을 침대 가장자리에 앉히고 아비와 자식과의 정다운 대화를 나누고 있었다. 동수엄마는 미소 띤 얼굴로 부자 대화를 들었다.

「나는 이담에 의사가 될 테야. 그래야 아빠 병도 고쳐줄 수 있으니깐요.」 네 살바기 동수 말이었다.

「아빠 병도 고쳐주어야겠지만 우리 산동네에도 아픈 사람이 많잖아. 그 사람들 병도 고쳐주어야지.」

「그래, 그래. 꼭 의사가 돼야지. 아빠, 아파서 걸을 수 없으면 택시 타고 집에 가요. 버스말고 택시. 난 택시 안 타봤거든. 탁아소에 붙은 내 그림도 보여줄 게요.」

동수가 혀 짧은 소리로 제 아버지를 조르자 돋보기 끼고 성경을 들치던 어머니가, 조 앙증맞은 것 하며 눈을 흘겼다. 병실 안은 어디에도 죽음의 그림자가 없었다. 저 젊은 아내와 어린것을 두고 현구가 눈을 감는다면……. 쉰을 바라보는 나이인데도 내 마음이 감상에 젖어 코끝이 찡해왔다. 그제서야 가방에 들어 있는 소련에서 사온 선물이 떠올랐다. 어머니, 숙영이, 동수엄마 몫의 양털로 짠 숄과 동수에게 줄 함석으로 만든 장난감 자동차 두 개였다. 하나는 병원차였고 하나는 소방차였다. 나는 장난감 자동차를 동수 손에 쥐어주었다.

「와, 좋다! 내일 애들한테 자랑해야지. 큰아버지 고맙습니다.」

동수가 장난감 자동차를 머리 위로 쳐들고 우쭐거렸다. 기쁨이 얼굴 가득 피어났다.

나는 담배를 피우러 복도로 나왔다. 창 밖 뜰에는 해진 뒤의 그늘이 넓게 펴져 있었다. 나무 사이로 보이는 하늘이 주황빛으로 물들었다. 바람기가 있는지 나뭇잎이 흔들렸다. 넓은 뜰 여기저기에 휠체어를 탄 환자들이 더위가 꺾인 저녁 한때의 시원함을 즐기려 산책 나온 한가로운 모습도 보였다. 가까이에서 도란도란 나누는 이야깃소리가 들렸다. 창틀 옆에 바짝 다가서서 내다보니 바로 창 아래 그늘에 노인 네 사람이 모여 앉아, 한담을 나누고 있었다. 두 노인은 어머니와 내가 민 박사를 만나러 갈 때 어머니에게 인사했던 낯이 익은 분이었다.

「……에이지구 철거할 때 말이야. 아 글쎄, 양같이 순한 박 선생이 그렇게 화를 내는 걸 처음 봤다니깐. 앓는 할머니가 집 안에 있다며 선생이 몇 차례나 엄씨네 집 입구를 막아 서서 두 팔 벌렸지. 한 시간만 여유를 달라고 말일세. 그런데 그 무지막지한 철거반원들한테 박 선생 호소가 먹혀들 리 있겠어. 공무를 집행한다는 데야 인정사정 볼 게 없겠지. 철거반원이 선생을 사납게 밀어뜨리고 함마와 쇠지레로 판자벽을 내리치기 시작하더군. 그러자 안에서 비명이 터지고, 상주댁이 어린 자식을 품에 안고 쪽문으로 뛰어나왔어. 집 안에 어머님이 계시니 잠시만 기다려달라고 상주댁이 외쳤지. 그러나 철거반원들은 들은 척도 않더군. 그 때, 함마질에 튕겨나간 판자 조각이 상주댁 어린 자식 이마를 때려버린 거라. 어린것 이마에서 피가 줄줄 흘렀어. 그 광경을 보던 박 선생 얼굴이 갑자기 험악해지더군. 내가 옆에서 보니 선생 눈에 불이 번쩍하더라. 이거 무슨 일이 터지겠구나 싶었는데, 아니나다를까, 박 선생이 철거반원에게 달려들어 쇠지레를 빼앗더니 마구 휘두르기 시작했지 뭐냐. 눈물을 철철 흘리며 미친 사람처럼, 너들도 인간이냐며 철거반원을 치지 않았겠어.」

「내가 보았대도 가만있잖았겠다. 피도 눈물도 없는 종자들 같으니라구.」

「원 목사 그 양반도 현장에 있었는데, 박 선생이 구속되고 난 뒤, 그때 그 장면을 두고 묘한 말을 하대. 뭐라더라, 그 있잖는가. 예수께서 성전에서 매매하는 자를 내쫓고 돈 바꾸는 자며 비둘기 파는 자들 의자를 둘러엎으셨다는 그 말씀, 바로 그 장면을 보는 듯하더라고 말이야.」

「이 시대가 아까운 사람 하나 죽이는군. 이십 년 가까이 감옥이다, 노동운동이다, 빈민운동이다 하며 뛰었으니 어디 세 끼 밥인들 제대로 챙겨먹었겠어. 우리집 애 말로는 박 선생이 감방에서 단식도 숱해 했다더군. 그러니 간이 쪼그라든 게야.」

「글쎄, 못 먹고 고생한 사람 간도 멀쩡하기만 하던데, 나이 한창인 젊은이가 그렇게 운이 없을 수 있나.」

「박 선생이 만약 어찌된다면 가만있잖겠다고 벼르는 주민들이 많더군. 성안염직에 다니는 공원들하고, 한국경전기에 다니는 여공들 있지? 그애들이 앞장을 서서 치료비 모금운동을 벌일 모양이라…….」

나는 노인들 대화를 듣다 담뱃불을 끄고 병실로 들어갔다. 전등불이 들어와 있었다. 나는 동수엄마를 복도로 불러내어 민 박사한테 들은 현구 수술 문제를 두고 의논했다. 동수엄마도 현구가 간경변증과 암이 병치되어 있음을 이미 알고 있었다. 그네 역시 수술에는 일단 반대 의견을 표시했다. 그렇다고 법원 허가 없이 미결수를 당장 어디로든 옮길 수 없으니 며칠 동안 환자의 상태와 경과를 지켜보겠다는 것이었다.

「저도 여러 곳에 알아보고 있습니다. 글피가 주일이니 그때까지 어떤 결정이든 내려야겠지요. 종양이 작을 때는 셀루핀과 같은 얇은 막으로 종양을 밀봉하여 확산을 막는 새로운 치료법도 개발되었다던데, 상경하시면 그 점도 알아봐 주세요. 서울대학교 부속병원에 입실도 예약해 두는 게 좋겠습니다. 내일 아침 변호사와 함께 법원에 들어가겠어요.」 동수엄마의 담담한 말이었다.

갈라터진 입술을 꼬옥 깨문 동수엄마의 얼굴이 엄숙하여, 이미 최악의 경우까지 예상하고 있는 듯한 다부진 모습이었다. 그네가 이 위급한 사태에도 흔들리지 않고 이성적으로 대처하고 있음이 다행이었다.

「동수어머니, 우리들 여기 있어요. 선생님 면회가 안되면 동수어머니라도 이리로 나와보세요. 드릴 말이 있습니다.」 동수엄마 목소리를 들었는지 노인 하나가 창틀에 얼굴을 들이밀고 말했다.

「아직 안 가셨군요. 예, 제가 나갈 게요.」

그날, 자정 가까이 출발하는 서울행 새마을호 편으로 나는 동대구역을 떠났다. 출판사일은 내가 없더라도 잘 돌아가게 아퀴를 짓고, 예정으론 사흘 뒤 대구로 다시 내려오리라 작정했다.

서울로 돌아온 이튿날, 나는 출판사일과 현구일로 동분서주했다. 대구의 현구 병실과 숙영이네 약국으로 전화를 걸어 그쪽 사정을 문의하기도 했다. 현구 병세는 별 달라진 점이 없으나 소변을 보지 못하고 허리 통증이 더 심해진다고 어머니가 알려주었다. 하루를 그렇게 넘기고 자정 가까이 집으로 돌아온 나는 얼굴과 손발

씻기도 포기한 채 잠에 곯아떨어졌다. 나로서는 보름 넘어 처음으로 맞는 숙면이었다.

숙영이로부터 다급한 장거리 전화가 걸려오기는 이튿날 오후 한 시 반쯤으로, 내가 서울대학교 부속병원을 막 다녀왔을 때였다.

「오빠, 어쩌면 좋아. 현구가, 현구가 혼수상태로……. 빨리 와 줘야겠어. 날이 새고부터 못 견디겠다며 통증을 호소하더니……. 깨어났다 까무라치던 끝에 끝내…….」

또렷하게 들리는 숙영이의 울부짖음인데도 내 귀에는 아득히 먼 메아리로 들렸다. 갑자기 기운이 쭉 빠졌다. 드디어 올 것이 왔는데 어찌해야 하나. 나는 전화기를 던지듯 놓고 망연자실 멍해지고 말았다. 좋잖은 소식이냐고 경리 최 양이 조심스럽게 물었으나, 나는 잠시 눈을 감은 채 된숨만 내쉬었다.

「주택은행 통장 있잖아. 어서 가서 잔고 있는 대로 빨리 찾아와. 현찰 오십, 나머지는 수표로.」 내가 최 양에게 일렀다. 나는 집으로 전화를 걸었다. 아내에게 현구의 상태를 알리고 지금 곧 대구로 내려가겠다고 말했다. 아내는 청주 친정집에 연락하여 친정어머니가 상경하는 즉시 아이들을 맡겨놓고 뒤따라 내려가겠다고 다급하게 대답했다.

「차 몰고 가지 마세요. 꼭 그래야만 돼요. 흥분 상태로 차를 몰면……. 아시죠?」

아내는 몇 차례 다짐하곤 전화를 끊었다. 나는 그 점까지 미처 생각지 못했는데 여자란 역시 세심하고 영악한 데가 있었다.

강남 고속버스터미널보다 서울역이 회사와 가까웠기에 나는 기차를 타기로 했다. 기차가 영등포를 벗어나자, 차창 밖으로 들과 산이 희뜩희뜩 나타났다. 푸나무들은 더운 햇살만으로 푸르게 살아나는데, 죽어가는 사람도 저렇게 싱그럽게 살아날 수 있다면, 문득 그런 생각이 들었다. 온몸이 식은땀에 전 채 삶과 죽음 사이를 마치 그네 타듯 오락가락하고 있을 현구의 검누런 여윈 모습이 떠올랐다. 허약자에게는 여름 그 자체가 견디기 어려운 고역인데, 한증막 같은 더위가 끝내 현구를 부패시켜 버린 것이리라. 냉장고에 돌연 전기가 나가버렸을 때, 아니 전압이 떨어져 냉장고 안이 미적지근하게 되었을 때, 밀폐된 공간의 내용물은 빠르게 부패할 것임에 틀림없었다. 지금 현구 몸을 냉장고로 비유한다면 코드를 뽑았다 끼웠다 하는 상태여서, 몸 안의 내용물인 간은 물론 신장·위장·허파가 그렇게 부패되고 있지 않을까. 생각만 해도 끔찍한 현상이었다. 차라리 나는 현구에 관하여 다른 장면을 떠올리는 편이 나았다. 지금 기차가 달리고 있는 이 방향으로 그해 겨울 우리 가족이 남행을 재촉할 때, 어머니 등짝에 묻힌 작은 불씨 하나가 그때는 끝내 꺼지지 않았다. 그 시절 살아남음과 서른여덟 해 뒤, 지금의 죽음과는 무슨 차이가 있을까. 자식 하나를 후대에 남겼다 함일까. 아니면 그가 장성하여 벌인 아름다운 일을 하나님이 보고 싶어했을까. 이제 너는 현세에서 네 몫을 다했으니 내 곁으로 오라고 하나님이 그를 불러가려 함일까……. 나는 신의 섭리를 알 수 없었고, 어쩌면 냉혹한 현실은 신의 섭리와 무관하게 진행되고 있었다. 나는 식당차로 옮겨앉아 점심밥 대신 맥주 두 병을 비워냈다.

동대구역에 도착하자 오후 여섯시 십분으로 해가 도회 건물 뒤로 기운 저녁 무렵이었다. 나는 택시 편에 서둘러 대학병원으로 향했다. 대학병원 정문은 닫혔고, 정문 옆에는 창문에 철망을 친 전투경찰 수송용 버스 두 대가 대기하고 있었다. 발쭘하게 열린 비상용 쪽문을 전투경찰대원 여럿이 지켰다. 문 앞에 사람들이 줄을 서서 차례를 기다렸다. 전투경찰대원에게 방문 목적을 밝히고 주민등록증을 제시한 뒤 안으로 들어가는 줄이었다. 나도 그 줄 꼬리에 섰다. 병원에 무슨 사고가 났구나 하는 의문보다 직감적으로 현구 탓이겠거니 여겨졌다. 내 차례가 오자, 나는 현구가 입원한 병동과 병실을 밝혔다.

「입원 환자와 어떻게 되는 사입니까?」 내 주민등록증을 보며 전투경찰대원이 물었다.

「현구 형이오. 급히 연락을 받고 서울에서 방금 도착한 참이오.」

「그분, 들여보내.」 수위실 앞에 섰던 자가 전투경찰대원에게 말했다. 그저께 현구 병실에서 보았던 뚱뚱한 수사관이었다.

나는 뛰다시피 걸었다. 본관 모퉁이를 돌자, 현구가 입원한 병동쪽에서 합창으로 부르는 노랫소리가 땀에 찬 얼굴로 훅훅 끼얹어왔다. 노래에 맞추어 치는 손뼉소리도 들렸다.

저 들에 푸르른 솔잎을 보라
돌보는 사람도 하나 없는데
비바람 불고 눈보라쳐도
온누리 끝까지 마음껏 푸르다……

현구가 입원해 있는 병동 앞 넓은 정원에는 볼 만한 광경이 벌어지고 있었다. 완전무장한 전투경찰대원이 겹겹이 에워싼 가운데, 학생과 노동자, 빈민촌 아주머니들이 쉰 명 정도 줄지어 앉아 손뼉을 치며 노래를 부르고 있었다. 창문에 철망을 씌운 지프 옆에는 경찰 간부인 듯 무선전화기를 든 건장한 중년 남자 둘이 지켰는데, 동수엄마가 그들에게 손짓해 가며 무슨 말인가 열심히 떠들고 있었다. 둘은 농성꾼들에게 한눈을 팔 뿐 묵묵부답이었다. 농성중인 사람들 뒤쪽에 머릿수건 쓴 아낙네 둘이 맞잡아 들고 있는 현수막 글자가 얼핏 눈에 들어왔다. 한 아낙네가 상주댁이었다.

'빈자의 등불, 박현구 선생 만세!'

내가 구경꾼으로 그 대치 광경에만 한눈을 팔 때가 아니었다. 나는 농성 패들 속에 섞여 앉아 노래를 따라 부르는 원형섭 목사에게 잠시 눈을 주다, 병동 안으로 들어섰다. 병동 현관을 지키는 전투경찰대원과 병실 앞을 지키고 섰는 전투경찰대원에게 나는 현구 형임을 밝혔다. 나는 병실로 뛰어들었다. 병실 안에 있던 여러 눈길이 내게로 쏠렸다. 나는 아무와도 인사를 나누지 않고 현구와 어머니가 있는 침대 앞으로 다가갔다.

「현구야!」

깊은 잠의 수렁에 빠진 듯 현구는 대답이 없었다. 그의 얼굴은 이미 살아 있는 자의 살색이 아니었다. 녹두색이 땀구멍 숭숭한 얼굴 전체에 번져 있었다. 현구는 악몽이 괴로운지 간헐적으로 미간을 찌푸리며 된숨을 몰아쉬었다. 홑이불 아래 불룩하게 솟은 배는 사흘 전과 확연히 다르게, 만삭의 임산부를 방불케 했다. 요독증이 핏줄을 타고 온몸에 번진 증거였다. 나는 아우 손을 잡았다. 축축한 그의 마른 손이 서늘했다. 내 얼굴에서 땀인지 눈물인지가 침대보에 떨어졌다. 나는 터져나오는 오열을 가까스로 삼켰다.

「실낱 같은 가망도 없나 봐, 오늘 밤이 고비래. 이제 그 어느 누구도 이애를 살릴 수 없다니……. 도무지 믿어지지 않는 의사의 그 말을 이제 믿어야 하다니……. 젊디젊은 너희들 아비를 그렇게 했듯, 하나님이 이애를 천당에서 더 요긴한 데 쓰시려구 데려가려 하시나 봐. 이 불쌍한 늙은 어미를 남겨두고……. 그분이 주장하시는 일은 순종해야겠지만……. 이리도 절통한 사연이 이 세상에 또 어디 있을꼬…….」 젖은 수건으로 현구 얼굴을 닦으며 어머니가 말했다. 흘리는 눈물의 양만큼 그 엉절거림은 말이 아니라 차라리 피눈물로 쏟아내는 통곡이었다.

혼수상태로 들어간 현구를 지켜보는 어머니도 이제는, 막내가 당신 몸 속에서 함께 산다는 억지를 부리지 않았다. 어머니는 현구가 덮은 홑이불을 허리께까지 걷어내렸다. 환자복 단추를 풀더니 그의 가슴을 열었다. 땀에 젖은 앙상한 갈비뼈가 드러났다. 그 가슴은 흙색으로 검누랬다. 어머니가 수건으로 아우 가슴에 찬 땀을 천천히 닦았다.

「애비도 못 보고 태어나, 이제 그렇게도 그리던 제 애비를 보려 가겠다고 이러나. 서른셋에 죽은 네 애비가 젊디젊은 그때 모습으로 거기 천당에 있나…….」

천장에 달린 선풍기가 왱왱 소리를 내며 돌아가는데 땀에 전 현구의 긴 머리카락은 한 올도 움직이지 않았다. 아우는 몸 안의 수분을 다 뱉듯 온몸의 땀구멍마다 식은땀을 쏟아내고 있었다. 잦아져 곧 멈출 것 같던 아우의 숨쉼이 다시 폭발하듯 코 푸는 소리로 다급해졌다. 그럴 때, 아우가 슬며시 눈을 뜨고 예의 그 수줍은 미소를 띠며 천천히 일어나 앉을 것만 같았다. 숨소리는 다시 낮아졌다. 아우의 눈에서 한 줄기 눈물이 눈꼬리를 타고 흘러내렸다.

「혼수상태가 언제부터 계속됐나요?」 내가 어머니에게 물었다.

「벌써 반나절이 넘었다. 그후로는 영 깨어나지 않는구나. 우리 아들을 풀어주지 않으니 기도원 안수도 못 받고……. 내가 달겨들어, 우리 아들 풀어달라고 싸우고 애원했지. 맨발로 금호산 기도원까지 내가 이 자식 등에 업고, 피란 올 때처럼 달려가려 했건만……. 나는 그때서야 이애를 살릴 수 없다고…….」 어머니는 손으로 얼굴을 가리고 머리를 흔들었다. 「오, 하나님, 이애를 보세요. 이 세상 못사는 사람들의 근심과 한숨을 다 맡아 떠나자니 저도 힘이 드는지, 이렇게 고된 숨을 쉬며 울고 있잖아요…….」

나는 현구 침대 옆에서 물러났다. 그제서야 병실 안을 둘러보니 동수를 무릎에 안고 반쯤 틀어앉은 숙영이가 손수건으로 눈을 가려 어깨를 들먹이며 훌쩍이고 있었다. 내가 준 장난감 자동차를 양손에 쥔 동수가 붉게 충혈된 겁먹은 눈으로 나를 흘끗 곁눈질했다. 나이 든 간수 홍과, 수사관인 듯 여름용 점퍼 차림의 중년 사내가 묵묵히 나의 거동을 지켜보았다.

바깥에서 이제 구호가 터지고 있었다.

「양심수 박현구 선생을 즉각 석방하라!」

「즉각 석방하라, 석방하라!」

「양심수 박현구 선생을 우리에게 돌려달라!」

「우리에게 돌려달라, 돌려달라!」

내가 넋 빠진 사람 같게 멍하니 섰자, 창 밖을 내다보던 간수 홍이 손가락질하며 투덜거렸다.

「저, 저 못된 놈들 수작 보더라구, 담을 넘어 들어오다니!」

내가 열린 창 밖에 눈을 주니, 담쟁이 덩굴이 올라간 담을 대학생인지 노동자인지 여럿이 타넘어오고 있었다. 그 작태를 보던 수사관이 더 참을 수 없다는 듯 밖으로 달려나갔다.

바깥은 구호소리와 매미 울음으로 시끄러운데, 후텁지근한 더위와 병실의 무거운 침묵에 나는 숨이 막힐 것 같았다. 어머니가 무슨 말인가 현구를 내려다보며 중언부언 읊는 침대 쪽으로 차마 눈길을 줄 수 없었다. 나는 병실에서 빠져나왔다. 담배를 피워 물고 흐린 눈으로 창 밖 뜰을 내다보았다.

「일곱시 반까지 해산하지 않으면 모두 연행하겠습니다. 앞으로 이십오 분 내로 모두 돌아가십시오!」 지프 쪽에서 중년 경찰 간부가 확성기를 들고 말했다.

농성 패들이 그 말에, 우우 하며 야유를 보냈다. 농성 패들이 다시 노래를 합창하기 시작했다. 손뼉만 치는 게 아니라 이제 둥둥 북소리까지 들렸다.

전투경찰대원이 울을 친 뒤쪽에서 동수엄마가 바삐 걸어왔다. 주위에 젊은이 셋이 그네를 따랐다. 젊은이들을 떨어뜨려놓고 동수엄마만 병동 안으로 들어섰다. 바깥은 이미 그늘이 짙게 내린만큼 복도가 어두컴컴했다. 복도를 질러온 동수엄마가 내 앞에서 걸음을 멈추었다.

「기대를 하지 않았지만, 운명할 때까지 여기에서 한 발짝도 떠날 수 없대요. 주민들은 동수아빠가 운명하시기 전에 집으로 모셔 산동네 빈민장으로 장례를 치르자고 했으나, 그게 안되게 됐어요. 무슨 폭동이라도 일어날까 봐 저들이 어디 그 조그만 우리들 소망이나마 들어주겠어요. 어쩌면 시신조차 내주지 않고 저들이 마음대로 화장해 버릴런지 몰라요.」 동수엄마 말투는, 그네 역시 이제 남편의 소생에 가망이 없음을 인정하고 있었다.

「설마 그럴 리야 있겠어요. 장지 문제는 내가 김 서방하고 의논해 보리다」 하고 말하자, 이제 현구의 죽음을 기정사실로 받아들여 그 뒤치다꺼리를 읊조리는 나 자신이 서글펐다.

생각에 잠겼던 동수엄마가 눈빛을 세웠다.

「아주버니, 그래서 우리는 그 어떤 일이 있더라도 동수아빠를 운명하기 전에 집으로 모셔가려 해요. 오후에 이미 그렇게 하기로 결정을 보았어요.」 그네가 주위를 둘러보며 내게 조그맣게 말했다.

나는 동수엄마 말이 무슨 뜻인지 알 수 없어 멍하니 바라보기만 했다. 동수엄마가 병실로 총총히 걸음을 옮겼다.

어느 사이 농성 패가 육십여 명으로 불어났는데, 돌연 새로운 구호가 터져나왔다.

「운명 직전에 있는 박현구 선생을 당장 석방하라!」

「당장 석방하라, 석방하라!」

「빈민장으로 장례를 치를 수 있는 조치를 허가하라!」

「귀가 조치를 허가하라, 허가하라!」

선창을 외치는 자가 조금 전 동수엄마와 함께 따르던 젊은이였다. 그의 구호는 절규였고, 동수엄마와 그 어떤 묵계가 된 듯 느껴져, 조금 전 그네의 말과 함께 퍼뜩 짚이는 생각이 있었다. 젊은이 구호가 그만큼 자극적인 탓인지, 앉아 있던 농성 패가 모두 일어나 주먹을 내두르며 소리쳤다.

「정말 돌아가시게 됐어?」「이거 어찌된 거야」「병세가 그렇게까지 악화되다니」 하고 농성 패들이 쑤군거리며 당황해 하는 모습이 역력했다.

「당국은 박현구 선생 죽음을 책임지라!」

「죽음을 책임지라, 책임지라!」

구호가 더욱 다급해졌다.

농성 패 앞쪽은 젊은이들이 자리했는데, 그들이 돌연 양팔을 옆 사람 목뒤로 둘러 어깨겯기를 시작했다. 곧이어 농성 패가 모두 어깨를 겯고 거센 파도를 이루어 앞을 막은 전투경찰대원들의 두꺼운 벽을 뚫을 듯 움직였다. 방패막을 앞세운 전투경찰대원들은 콘크리트 벽이듯 꿈쩍을 않았다.

「해산하지 않으면 연행한다!」

확성기가 숨 가쁘게 외칠 때, 뒤쪽에서 지프를 향해 화염병이 날더니, 펑하고 터졌다. 뒤쪽에서 와와, 어샤어샤 하는 함성이 터졌다. 드디어 어깨겯은 농성 패가 전투경찰대의 벽을 뚫겠다고 맹렬한 기세로 전진했다.

「폭력은 안됩니다. 자제해요. 폭력으로 해결될 거라곤 아무것도 없습니다!」

사람 모습은 보이지 않았으나 그 외침은 원 목사 목소리가 분명했다.

펑펑, 화염병이 연달아 터졌다. 여기는 거리가 아니고 병원이라고 외치는 원 목사 목소리도, 군중들 고함소리도 잦아들었다. 인내에 한계가 있다는 듯, 병원이라는 사실에 아랑곳하지 않고 드디어 최루탄도 펵펵 소리를 내며 터졌다.

「모두 연행해!」 확성기를 통해 경찰 간부 명령이 떨어졌다.

벽이듯 움직이지 않던 전투경찰대원들이 한마디 명령에 농성 패 속으로 밀려들더니 무차별 연행을 시작했다. 고함과 비명소리로 넓은 뜰은 한순간에 아수라장을 이루었다. 병실 앞을 지키던 전투경찰대원들도 요란한 발소리를 울리며 복도를 거쳐 밖으로 뛰어나갔다.

내 코에는 최루탄 내음이 스며들었다. 눈물이 돌고 재채기가 쏟아졌다. 나는 화급히 병실 안으로 들어갔다. 그때였다. 뒤쪽 창문으로 복면을 하고 각목을 든 젊은이가 병실 안으로 뛰어들었다. 한 명이 아니고 네댓 명이었다. 그들은 한꺼번에 몰려들어 각목으로 간수 홍을 내리칠 듯 위협했다. 파랗게 질린 홍이 입을 벙긋 벌린 채 항복하듯 손을 들고 떨었다.

「사모님, 갑시다. 어서 나서요! 병원 후문에 봉고를 대기시켜 놓았어요.」 작업복 차림의 젊은이가 동수엄마에게 외쳤다.

「얘들아, 뭐냐? 어, 어디로 가자구?」 다칠세라 현구를 끌어안듯 팔을 벌려 보호하던 어머니가 어마지두해져 말을 더듬었다.

「어머님, 동수아빠를 비산동 우리 방에서 돌아가시게 하고 싶어요. 동수아빠는 죄인도 아니고, 그러기에 여기에 갇혀 감시받는 자리에서 돌아가시게 할 수 없어요!」 동수엄마가 발통 달린 침대를 끌어내며 빠르게 말했다. 단속적으로 여린 숨을 내쉬는 현구를 보는 그네의 눈이 눈물로 빛났다.

「그래, 그래야지. 네 말 맞다. 현구는 죄인이 아냐. 동수야, 우리가 앞장서자. 너와 내가 앞장서야 해!」

며느리 말에 어머니도 정신이 번쩍 드는 모양이었다. 어머니가 숙영이로부터 동수를 빼앗아 덥석 등에 업었다.

「할머니, 아빠 정말 집으로 가는 거예요?」 동수가 또랑한 목소리로 물었다.

「그래, 집으로 가는 거다. 이제는 네가 아빠가 되는 거다. 현구가 못다한 일을 네가 하는 거야. 네가 이제 이 할미의 막내다!」 어머니가 신들린 듯 외쳤다.

어머니는 그해 겨울 현구를 업고 남행길을 재촉했듯, 꼬부장한 좁은 등판에 김장독 같은 동수를 업고 앞으로 나서며 병실 문을 활짝 열었다. 간수 홍은 어느 사이 몸을 피하고 없었다.

「오빠, 이래도 되는 거예요?」 얼떨떨한 표정으로 숙영이가 나를 보고 물었다.

「어쩔 수 없잖아. 상황이 이렇게 된걸. 자, 우리도 나가자.」

숙영의 말에 어리벙벙해졌던 나는 홀연히 정신을 차렸다. 나는 누이 등을 밀었다.

「앞쪽은 안돼요. 뒷문 쪽으로, 어서!」 하더니, 숙영이도 결심을 한 듯 어머니 뒤를 따랐다.

저물한 속에 복도는 벌써 최루탄 내음으로 매캐했다. 바깥 뜰은 매연이 자욱했고 난장판 소요가 계속되고 있었다.

동수엄마가 침대를 앞에서 당기고, 젊은이들은 침대를 옆에서 당기고 뒤에서 밀었다. 복도로 나서니 어둑발이 내리는 속에 현구의 모습은 보이지가 않았다. 나는 초조했다. 언뜻 한 가지 결단이 전류처럼 머리를 때렸다. 이제 현구는 우리 모두의 마음에 자신이 들어앉아 살아 숨쉴 감옥 한 칸을 짓기 시작했다는 깨달음이었다. 나는 비로소 현구를 거주제한구역 안에서 운명하게 해서는 안된다는 결론을 내렸다. 폭행죄와 공무집행방해죄로 구속된 이번 사건의 상징성이 말해주듯, 설령 비산동 사글세방까지 현구를 데려갈 수 없다 하더라도 그가 살아 있는 동안, 숨쉬고 있을 동안만이라도 그를 감시받는 병실이 아닌, 자유로운 구역까지 내보낼 책임이 나에게도 있음을 알았다. 나는 동수엄마와 나란히 침대머리 손잡이를 힘주어 잡았다.

최루탄 내음이 들어찬 복도로, 침대가 좌르르 굴러갔다. 동수를 업은 어머니와 어머니 뒤허리에 팔을 두른 숙영이는 뒷문을 향해 저만큼 앞장서서 종종걸음 치고 있었다. 그때, 뒷문 밖에서 대기하고 있었던지 젊은이 몇이 그 문을 활짝 열어젖혔다. 막혔던 통로가 자유로 향한 출구처럼 훤하게 뚫렸다. 어머니와 함께 우리 오누이 셋이 그해 겨울 그렇게 남행길을 재촉했듯, 우리들은 마치 포연을 뚫고 진군하듯, 최루탄 매연을 헤쳐 침대를 끌고 밭은걸음을 걸었다. 그제서야 사일구 그날, 우리 모두 어깨겯고 경무대를 향해 내닫던 그 벅찬 흥분이 되살아남을 나는 가슴 뿌듯이 느낄 수 있었다.

(1990. 3)

믿음의 충돌

— 하루종일 딸애 방에 칩거하여 돋보기를 끼고 입속말로 성경책만 읽으시던 어머니가, 이튿날 아침밥을 드시고 나자 고향으로 내려갈 뜻을 비쳤다. 상경한 지 열흘 만에 내려가시겠다는 것이다. 속이 좋지 않다며 아내에게 소화제를 사달라고 말씀하셨다지만 그 속앓이는 귀향 이유가 될 수 없었고, 그런 해수(咳嗽)기는 고향에 계실 때도 자주 있던 일이었다. 삼십 년 가까이 청상으로 살아오신 당신 성격을 잘 아는 나로선 옮맨 그 마음을 돌려세울 수 없었다. 여태 내가 보아온 바로, 어머니가 한번 옥마음을 먹으면 누구 말에도 그 뜻을 쉽게 굽히지 않으셨다. 어머니는 그 이유를 늘어놓거나 따지는 법 없이 당신의 뜻을 묵묵히 실천에 옮길 따름이었다. 어머니가 교회에 나가시고부터, 집안 제사나 차례를 모실 때 제상 앞에서 절을 하지 않는 정도가 아니라 숫제 음식 만들기조차 거절하여, 집안에 큰 분란을 일으킨 일화가 그 좋은 예였다. 내가 어릴 적 일이라 기억이 아슴하지만, 관혼상제의 옛스런 규범을 철저히 좇던 집안 어른들 앞에서 어머니의 그 막무가내 태도는 친정으로 내쫓김

을 당할 처지에 몰렸으나, 어머니는 죽어도 시댁 귀신이 되겠다고 순종하면서도, 끝내 그 고집만은 꺾지 않으셨다 한다. 평소에도 말수 적은 어머니의 그런 옹고집은, 당신의 하나님을 향한 경외심과 오랜 수절을 이겨내는 데 큰 의지기둥이 되었을 터였다.

혼자 사는 데 익숙한 정갈한 노친네라 손주딸과 방을 함께 쓰는 불편은 있겠으나, 눈치 빠른 딸애도 할머니가 서울 집에 계실 동안은 몸가짐을 조심하고, 할머니 모시기에 성심으로 성의를 다했다. 어머니도 그런 손주딸을 어여삐 여겼다. 그럼에도, 어머니의 귀향 결단을 나는 말릴 수 없었다. 겨울 날 때까지 계실 줄 알았는데, 이 추운 절기에 갯가로 내려가 오두막집을 홀로 지키며 끼니를 손수 끓여 잡수실 수고로움을 떠올리니 내 마음도 편치 않았다.

「예배당에는 동무도 있지러」 하는 말을 고시랑거리며, 어머니는 비닐가방에 당신 허드레 옷가지며 낡은 성경책을 챙겨 담았다. 내가 보기에도 시어머니에게 그 동안 세심하게 신경써온 아내로선, 내가 당신에게 뭘 섭섭하게 해드렸냐는 듯 멍한 얼굴이었다. 아내는 활대처럼 휜 좁장한 어머니 등판을 내려다보며 우두커니 섰을 뿐, 아무 말이 없었다.

여기까지 쓰고 난 뒤, 나는 볼펜을 놓았다. 손끝에 힘이 빠졌다. 소설 속 노친네는 실제 내 어머니와 달랐다. 그러나 노친네를 통해 어머니 생전 모습을 떠올림도 괴로웠지만, 비슷한 소재는 전에도 쓴 적 있지 않나란 강박감이 자꾸 머릿속에 맴돌아 필을 멈추게 했다. 물론 고부 사이 세대차에 따른 갈등과, 토끼장 같은 아파트의 협소한 공간을 견뎌내지 못해 서둘러 하향하는 농촌 출신 노인 세대 소재를 나는 등단 뒤 초년기에 단편소설로 발표한 바 있었다. 그러나 전에 쓴 그 소설은 배경의 태반이 노친네 아들 집 아파트 공간이었고, 이번 소설은 노친네가 고향에서 죽음을 맞기까지 그 순종적 구원신앙에 따른 마음의 이동을 다룰 목적이었다. 그러므로 지금 쓰는 소설은, 십수 년 전 초기에 발표했던 도시 속 노인 소외 문제를 다룬 소설과 그 내용이 다를 수밖에 없었다. 예전 그 소설을 쓸 땐 어머니가 살아 계셨고, 어머니가 타계하신 지 이제 다섯 해째였다. 소설 속 노친네나 실제 어머니가 열렬한 개신교 신자로서 공통점은 있으나 그 성격과 믿음 자세는 다르게 설정했다. 아니, 나는 어머니와 성격이 다른 여성을 내세웠으나 공통점은 역시 한국 여성의 가히 결사적이라고 할 만한 기독교 신앙관과 죽음에 따른 구원 문제를 그려볼 작정이었다. 두 여성의 성격을 판이하게 설정했다곤 하나 소설을 진행시키다 보면 필경 어머니가 노친네를 통해 모습을 보일 터였다.

내가 몇 해 동안 천착해 왔듯, 이번 소설 역시 한국 기독교 문제가 주제이므로, 나는 줄곧 어머니 생전 모습을 떠올리지 않을 수 없었다. 당신은 이미 이승을 떠났으나 내 생애에 숙명과 같이 따라다닐 대상이요, 내 문학의 뿌리도 따지고 보면 당신에서부터 출발했다 해도 별 틀린 말이 아니기 때문이다. 그러나 나는 여태 어머니를 내 소설 속에 올곧게 재현시켜 본 적 없었다. 당신 생애를 통해 당신이 받은 상처와 환희를 의사가 개복수술하듯 내장을 열어 까발리기엔 아직 내 입장이 그만큼 냉정할 수 없었고, 당신 믿음을 아직은 비판하는 입장에 더 많이 섰지 포용하는 경지에 이르지 못했다. 그러므로 막상 집필을 시작하긴 했지만 당신 생전 모습을 떠올림이 사실 두려웠다.

이번 소설의 노친네는 갯가에서 물질로 평생을 살아온 과수댁이다. 갯가 과수댁의 외로움과 바다를 생업터 삼아온 그 생명력은, 노친네와 어머니에게만 해당되지 않는다. 나 역시 갯가에서 태어나 청소년기를 보냈기에 자라면서 물질로 평생을 살아온 그런 아낙네를 숱해 보아왔다. 그런 여인들의 삶은 특이한 경우가 아닌, 보편

적이라 말해야 옳다. 한겨울, 영하의 추위와 눈비를 무릅쓰고 새벽 예배에 하루도 빠지지 않는 노인들의 가륵한 믿음 또한 그 동안 내가 쓴 다른 소설에서 삽화로 처리한 적이 있었다. 그 역시 우리 주위에서 흔하게 볼 수 있는 현상이므로 반드시 어머니를 연상할 필요는 없었다. 어머니가 별세하신 뒤 나는 어머니 생애의 한 부분, 삼포교회가 불에 탄 그즈음을 소설로 형상화해 보려 여러 차례 시도했던 적이 있었다. 그러나 어머니를 모델로 쓰자니 슬픔과 회한으로 스무 장을 채우지 못해 필을 꺾고 말았다.

이번에 새로 시작한 소설에서 노친네가 귀향을 결심했을 때, 당사자는 이미 하나님의 부름을 예감하고 있었다. 이 지상에서의 핍진한 삶은 천당으로 가기 위한 얼마 동안의 대기장소로 인정했기에 노친네는 하나님의 부르심을 구원의 축복으로 받아들였던 것이다. 노친네가 받은 계시랄까 방언은 소설 화자로 등장하는 자식인 '나'가 '어머니' 부탁이라며 마을 이장으로부터 전화를 받고 부랴부랴 귀향한 뒤, 죽음에 순복(順服)하는 노친네의 침착하고 화기로운 태도를 통해, 당신이 영생으로 부활하게 됨을 얼마나 확신하는가를 보여줄 예정이었다. 물론 나는 노친네의 철저한 구원론 신봉과 기복 신앙이 올바른 믿음의 자세인가, 오늘의 우리나라 기독교 신앙이 왜 그 명제를 지나치게 부각시키며, 특히 중년을 넘긴 여성 신자들이 목회자 설교가 설령 그쪽에 치우친다 해도 믿음의 본질을 오직 그 두 문제에만 집착하여 충직하느냐를 독자에게 질문 형식을 빌려 제시해 볼 심산이었다. 어쩌면 이 소설도 끝을 맺지 못하고 중도에 포기해 버릴는지 몰랐다. 두 어머니의 죽음 과정이 달랐고, 다섯 해 세월이 흘러 생전 어머니 모습도 내게는 많이 퇴색되었다. 그러나 필경 끊임없이 심리적 고문을 가해올 살아생전 어머니 모습을 떨쳐낼 수 없어, 내가 먼저 지쳐버릴 수 있기 때문이었다.

나는 담배를 피워 물었다. 창 밖, 한층 가까이 보이는 불암산 허리는 거뭇한 바위 사이에 박힌 소나무와, 단풍이 들기 시작하는 떨기나무의 색 섞임이 아름다웠다. 어제 내린 비 탓인지 산색은 더욱 뚜렷했고 구름 없는 하늘은 유난히 맑았다. 오후 네시니 아내가 커피와 석간신문을 들여놓을 시간쯤이었다. 나는 일상의 삶도 그렇지만 소설 쓰기야말로 참으로 지겹다고, 오후 이 시간쯤이면 늘 반추하는 우울증에 시달렸다. 저녁밥 때까지 소설은 더 진전될 것 같지가 않았다. 배달된 신문을 뒤적거리고 읽던 책을 들치며 게으름을 피우는 수밖에, 그렇게 해가 질 때까지 시간을 죽이기로 작정했다. 수성볼펜 뚜껑을 닫고 나는 책상에서 떠났다.

아내가 배달된 석간신문과 우편물, 커피 한 잔을 소반에 받쳐 날라왔다. 아내는 그것들을 응접용 탁자에 두고 가며, 시장에 다녀오겠다고 말했다. 이번 호쯤 내 단편소설이 실렸을 계간 문예지와, 만난 적 없는 젊은 지방 작가의 창작집, 기업체 홍보용 책자 따위의 우편물 중 나는 편지봉투 하나를 집어들었다. 보낸 곳은 경남 통영시 욕지면 쑥섬이었고, 보낸 이는 신주엽이었다.

신주엽이 편지를 보내오기는 석 달 만이었다. 그는 일 년에 서너 차례 뜬금 없이 편지질을 하곤 했다. 내가 그의 편지마다 답장을 일일이 내지 않았음에도, 그는 아랑곳 않고 잊을 만하면 무슨 통신문처럼 한두 장 끼적거려 보냈다. 그 역시 내게 달리 용건이 없다 보니 특별한 내용이 담기지 않은, 발표된 내 소설을 용케 구해 읽은 짤막한 소감, 자신의 근황 소개 정도였다. 근황은 자신의 생활보다 종교적 심경의 고백을 주로 담았다. 어떻게 사는 길이 예수 자신과 그의 말씀을 닮는, 그의 실체에 더 가까이 다가가는 길일까에 대한 소망이 편지 내용을 다 채우기도 했다. 그를 보는 사회적 시선과 신분이 그런지라, 신주엽이 저러다 현세에 재림한 예수라는 헛된 망상에 빠지지 않을까 걱정될 정도였으나, 용케 그 함정에는 빠지지 않는 게 다행이었다. 발신지도 욕지도나 쑥섬이었다, 낯선 지방 여관이기도 했다. 여러 지방 여관에서 보낸 편지들은 그 지방 '말씀의 집' 성도를 중심으로 부흥집회를 가지는 참이며, 곧 다른 지방으로 이동한다는 자신의 행적을 썼다. '말씀의 집'은 신주엽의 교단, 교단이란 명칭을 달기에는 무엇한 신주엽 목자를 좇는 집단의 명칭이었다. 그러고 보니 그 동안 주엽이 욕지도와 쑥섬을 발신지로 보낸 편지가 가장 많았고, 그가 남쪽 바다 그 섬에서 부지런히 편지질하기는 여섯 해 전부터였다. 욕지도에서는 그가 복지원을 만들어 장애자들과 함께 생활하는 듯, 그들과 귤밭·차밭을 가꾸고 조개껍질 따위로 장신구 만드는 일화를 지나가는 말처럼 언뜻 비추기도 했다. 쑥섬은 이십여 가구의 섬마을이 하나뿐인 작은 섬이라고 썼다. 그가 그곳에 교회나 기도원을 열고 있다면 그 명칭이라도 있어야 했는데, 주소를 정확하게 밝힌 적 없이 '쑥섬 신주엽 목자'라고만 썼다. 그 섬에는 그의 기도 처소만 있는 모양이었다.

> 대학 시절부터 현실·빈곤·신앙의 문제로 고뇌하며 나는 참으로 많이 떠돌았어. 반도 땅 여기저기, 특히 남해에 흩어진 섬마을로 떠돌던 끝에 내가 기도할 만한 마땅한 장소를 발견한 곳이 쑥섬이었네. 파도가 발 아래 부서지는 바닷가 자연 동굴이 쑥섬에 있다네. 오늘로써 엿새째, 단식과 묵상 끝에 문득 자네가 쓴 중편소설 「욥에게 가는 길」이 생각나 민가로 돌아와 필을 들었어…….

이런 머리글의 편지가 온 게 신주엽이 쑥섬에서 보내온 첫 편지로, 벌써 여섯 해 전이었다. 그는 그 뒤부터 전국을 돌며 부흥집회를 하다 욕지도나 그 쑥섬으로 찾아들어, 양쪽 섬 사이를 오가며 몇 달씩 보내고 있음이 분명했다. 어쩌면 내륙 방방곡곡을 떠돌다 몸과 마음이 지치면 남쪽 바다 그 섬으로 들어가 한동안 정양하며,

아니면 더욱 치열한 수행으로 재충전해서 다시 뭍으로 들어오는지 몰랐다.

이번에 보내온 편지 역시 자신의 근황과 아울러 종교적 명상이나 심경의 고백 정도이겠거니 하며, 나는 편지봉투를 찢었다.

성문규 군.
오랜만일세. 이번 서간은 용건만 간단히 적겠어. 자네가 한번 이곳 쑥섬으로 내려와줬으면 하네. 가을 바다 한려수도 관광도 할 겸, 자네가 찾아준다면 괜찮은 구경거리도 있을 걸세. 그렇지, 자네 고향이 진해 갯가이니 여기가 그곳과 멀지 않지. 통영으로 와서 욕지도로 가는 직행 페리호가 아닌, 연안 여객선을 타면 세 시간 남짓 만에 쑥섬 봉도 뱃머리에 도착할 수 있어. 통영에서 욕지도 배편이 하루 왕복 2회로 통영에서 욕지도 직행 페리호가 1회, 오곡도·연화도·우도·봉도(쑥섬)를 들르는 완행 여객선은 오전 1회뿐이네. 내려올 의향이 있다면 반드시 10월 30일, 늦어도 31일까지는 통영 뱃머리에서 오전 10시 30분에 출항하는 완행 여객선을 타야 하네. 드물게 해상경보라도 있어 배가 뜰 수 없다면 어쩔 수 없겠지만. 직장 없는 소설쟁이라 달리 바쁜 일도 없겠으나 선약이 있다면 무리한 걸음은 말게. 30일과 31일 봉도 뱃머리에 사람이 기다리고 있다가, 자네가 내리면 안내해 줄 걸세. 이만 줄이네. 하느님 가호가 자네와 가족들과 함께하기를.

목자 신주엽.

나와 대학 동기생이요 대학 일학년 때 기독교학생회에서 한 해 남짓 함께 활동했던 신주엽은 편지에서만 아니라 만날 때도 내게 군이나 자네란 호칭을 썼다. 그를 마지막 본 게 삼 년 전 여름이었다. 그때까지만도 나는 서초동 작은 연립주택이지만 내 집을 가지고 살았다. 그가 모처럼 서울에 들렀다 내려가는 길이라며 전화를 주어, 나는 강남 고속버스터미널 부근 찻집에서 삼십 분 정도 그와 말을 나눈 적 있었다. 그는 간편하게 상고머리로 머리털을 짧게 깎았고, 품 넓은 삼베 바지저고리에 검정 고무신을 신고 있었다. 찻집 안 손님들은 그의 여름 조선옷 차림을 보고 웬 도사가 출현했냐는 듯 우리 쪽 자리를 힐끔거렸다. 그의 독특한 풍모도 그러려니와, 그의 옆자리에는 마치 원불교 정녀이듯 더운 여름임에도 검정 모시적삼에 역시 검정색 차림의 주름치마를 입은 여인 둘이 나란히 앉아 있었다. 한 여인은 나이가 쉰 정도 되었고 다른 여인은 나 또래였다. 나이 든 여인은 몸집이 컸고 둥그스름한 얼굴에 눈이 서글한, 부잣집 마님 티가 났다. 나이가 아래인 여인은 이마가 넓고 턱이 뾰족한 얼굴에 낯색이 창백했다. 신주엽 맞은쪽 자리에는 스물 중반의 얼굴이 각지고 눈매가 날카로운 젊은이와, 알머리를 한 서른 중반의 얼떠보이는 사내가 실없이 히죽히죽 웃고 있었다. 삼십 분 동안 그들은 한마디도 입을 떼지 않고 한가로운 우리 둘의 이야기를 다소곳한 자세로 듣고 있었다. 여인 둘은 두 손을 치마 위에 모두어 잡고 앉은 꼿꼿한 품이, 규율 엄한 종교단체에서 훈련깨나 받은 티가 났다. 신주엽이 그들을 내게 소개하지 않았으므로 나 역시 그들 신분을 묻지 않았다. 주엽 목자를 따르는 '말씀의 집' 성도이려니, 그렇게 짐작했을 뿐이다. 나는 아무래도 생활이 힘들어 서초동 연립주택을 처분하고 시 외곽지대로 나앉아야겠다고 그에게 말했다. 「작가는 생활이 곤궁해야 마음에 재물을 쌓지. 그러나 요즘 시대에 생활이 곤궁하다 한들 비 새는 집에 누더기 입고 초근목피로 사는 사람은 없지.」 신주엽은 그렇게 말하곤, 경기도 지방 순례 강습을 마치고 욕지도로 내려가는 길이라 했다. 「휴가철이라 차표 구하기가 얼마나 힘드는지……. 이제 시간이 됐으니 나서 봐야겠네.」 그가 예의 둥근 목소리로 말했다. 기독교학생회 신입회원으로 그와 처음 인사를 한 날 알게 되었지만, 고등학교에 다닐 때 교회 성가대원이었고 더러 독창에도 뽑혔다고 그는 말한 적 있었다. 그날, 나는 터미널 안까지 그를 배웅하지 않았기에, 그 남녀들이 그를 따라 그 먼 남쪽 섬까지 동행하는지 어쩐지 알지 못했다. 「이단이라도 저쯤 되면 보기에는 괜찮군.」 추종자 넷을 거느리고 지하도 계단을 밟는 그의 뒷모습을 보며 나는 중얼거렸다. 열흘쯤 뒤인가, 신주엽이 욕지도에서 편지를 보내왔다. 편지 내용에 따르면 그날 그와 욕지도까지 동행한 사람은 낯색이 창백한 여인을 제외한, 나머지 셋이었다. 오십 줄의 부티나는 여인은 곽 전도사고, 눈매가 날카롭던 젊은이는 민 군이었다. 조금 얼떠보이던 사내는 욕지도의 그가 운영하는 복지원에 입소하게 될 정신박약 장애자였다. 그 뒤 주엽은 편지에 곽 전도사와 민 군에 대한 말을 더러 언급했다. 곽 전도사는 타계한 어느 신학대학 교수 미망인으로 주엽의 부흥회를 통해 그의 성도가 되었고, 자녀 둘이 출가하자 숫제 가산을 정리하여 주엽을 따라 욕지도로 들어가 복지원 일을 맡아 관장하는 모양이었다. 민 군은 신학대학 주엽 후배로, 주엽의 신학적 해석에 감동당해 일반 관례인 교단 목회자 길을 포기하고 '말씀의 집'으로 들어와, 주엽의 설교자료를 취집하여 이론을 보강하고 전국에 흩어진 '말씀의 집' 성도 관장 따위를 담당하는 것 같았다. 그러므로 곽 전도사와 민 군은 신흥 교단 '말씀의 집' 설립자 신주엽을 받치는 두 기둥으로, 그의 손발이 되어 늘 함께 생활하는 모양이었다.

나는 신주엽 편지를 탁자에 놓고 반쯤 남은 커피를 마셨다. 10월 31일이라면 아직 일주일 여유가 있었다. 주엽의 일방적인 약속을 지킬 것인가, 내려가지 못하겠다는 편지를 낼 것인가, 나는 단안을 내리지 못했다. 내려가지 않으면 그뿐, 편지를 낼 필요까진 없었고, 나는 그 결정은 며칠 시간을 두고 생각해 보기로 했다. 그 어느쪽도 마음이 내키지 않았다. 그가 운영하는 욕지도의 복지원 규모가 어떤지, '말씀의 집' 본부가 그곳에 있는 모양인데 그렇다면 왜 쑥섬으로 오라는 것인지, 괜찮은 구경거리가 무엇인지, 궁금한 점이 많았다. 그러나 서울에서 통영까지 거리도 그러려니와, 거기에서 배를 타고 세 시간을 더 가기란 너무 먼 행로였다.

나는 소설을 쓸 때 참고자료로 이용하는 지도책을 책꽂이에서 뽑았다. 쑥섬은 통영에서 한려수도 안, 한산도 앞바다를 빠져나가 창창한 남해바다를 건너 욕지도 못미처에 있는, 3만 5천분의 1 지도상으로는 깨알만한 섬이었다. 면청소재지인 욕지도는 제법 큰 섬으로 무인도까지 합친다면 스무 개가 넘는 섬이 주위에 흩어져 있었는데, 쑥섬은 그중에서 조그마한 유인도였다. 붉은색으로 포물선을 그린 뱃길 표시를 따라가자면, 통영에서 한려해상국립공원에 포함된 오곡도를 거쳐 내해로 빠져나와, 남해바다를 건너 연화도 옆섬이 우도, 그 다음이 쑥섬 봉도선창이었다. 봉도 다음 마지막 기착지가 욕지도 면청소재지 동항으로, 뱃길은 거기까지 이어져 있었다. 머나먼 남쪽, 그 많은 섬 중에 깨알만한 봉도를 주엽이 언제 발견했을까? 문득 그런 의문이 들었다. 대학시절, 그는 좁혀오는 수사망을 피해 남쪽 바다 섬에서 섬으로 떠돌았다 했는데, 그때 이미 쑥섬에 들렀을까? 아마 그랬을는지 몰랐다.

저녁밥을 먹고 난 뒤 아들애와 딸애는 각자 제 방으로 가고, 나는 서재로 건너왔다. 서재래야 책꽂이 하나, 책상과 의자, 차 탁자, 등받이가 뒤로 젖혀져 글을 쓰다 잠시 쉬는 의자 하나로 방이 차버리는 부엌 옆 골방이었다. 요즘 읽고 있던 〈닥터 홀의 조선 회상〉을 펼쳐들었을 때, 아내가 서재로 들어왔다. 낮에 내게 가져온 우편물에서 편지봉투를 보았던 터라 아내가 신주엽 말을 꺼냈다.

「그분 아직 결혼도 않구, 요즘은 어떻게 지낸대요? 쑥섬에서 보낸 편지던데 거기서 또 금식기도하는 모양이지요?」

「그런가 봐. 그 친구, 아마 평생 독신으로 지낼걸. 예수가 그랬듯 말이야. 기독교 교파도 많고 신흥 교단도 많은 나라긴 하지만, 그 예를 찾아보기 힘든 특이한 목회자야.」

신주엽은 스스로를 목사가 아닌 목자(牧者)라 칭했다. 편지 끝에 기명을 할 때도 늘 '목자 신주엽'이라 썼다. 기성 교단에서 제명 처분을 당한 신분이니 목사란 호칭을 쓸 수 없었던지, 목회자 준말인 목자가 어울린다고 그가 말한 적 있었다. 한편, 목자란 목사와 같은 뜻의 다른 말이기도 했는데, 한국 기독교계에선 쓰이지 않는 사장된 용어였다. 한마디 덧붙인다면, 그는 개신교에서 사용하는 용어인 '하나님'을, 가톨릭에서 천주(天主)로 일컫는 '하느님'이라 썼다. 그의 지론에 따르면, '하느님'은 우리나라 재래 종교에서 널리 쓰여 기독교가 그 차별성을 강조하다 보니 하나뿐인 유일신으로 '하나님'이라 부르지만, '하나의 임'이란 사랑하는 여인이나 인칭이 아니더라도 그와 유사한 그 어떤 대상도 하나님이라 부를 수 있으므로, 기독교든 다른 종교든 신(神; God)을 뜻하는 용어로는 '하느님'이란 표현이 합당하다고 했다.

「전 그분을 도무지 이해할 수 없어요.」

아내는 교회에 다니지 않았다. 그렇다고 다른 종교를 믿지도 않았다. 신을 부정하느냐 하면 그렇지도 않은, 어정쩡한 유신론자였다. 이 지상에 살아 있을 그날까지 내세에 들어 부끄럽지 않게 정직하고 성실하게 살아야 한다는 신조에 믿음을 둔 현실론자라 말하면 더 정확한 진단일 수 있었다. 종교문제와는 본질적으로 다르지만, 봉직하던 학교의 동료 교사 넷과 함께 사직서를 낼 때도 그 결단이 정직한 용기란 긍지를 가졌고, 나 역시 아내의 그런 뜻에 동의했다. 아내는 나로부터 숱해 신주엽에 관한 말을 들어왔고 그가 보낸 편지를 읽어왔으나, 그를 만난 적은 한차례도 없었다.

「어때요, 쑥섬에서 무슨 신비체험이라두 했답디까?」

아내가 편지 내용을 궁금해 했다.

「통영에서 쑥섬까지 뱃길로 세 시간 남짓 걸린대. 쑥섬에서 특별한 부흥회를 여는지, 자기가 일방적으로 날짜를 정해놓고, 날보고 거기로 한번 방문해 달라는군.」

나는 아내에게 신주엽 편지를 넘겨주었다. 아내가 편지를 읽었다.

「이렇게 자기 처소로 방문해 달라는 말은 여지껏 없었잖아요?」

「이런 편지는 처음이야.」

「바쁜 글이 없담 머리두 식힐 겸 내려가보시죠. 암시조차 하지 않았지만 제 생각으론 작가에게 꼭 보여주고 싶은 어떤 일이 있을 것 같아요. 가을 바다 보러 내려오라고 말할 싱거운 사람은 아니잖아요? 내려가는 길에 모처럼 고향에 들러 성묘도 하시구요. 아가씨 편지에도, 지난 추석에 내려오지 않았다구 외삼촌께서 무척 섭섭해 하셨다잖아요.」

「글쎄」 하며, 나는 어물쩡 말꼬리를 사렸다.

하나 누이는 삼포에 살고 있지 않았다. 스무 살을 갓 넘기자 부산으로 출가하여, 영도에서 서방과 함께 분식점 가게를 꾸려가고 있었다. 어머니가 별세하신 지 다섯 해째, 나는 그 동안 네 차례 고향을 다녀왔을 뿐이다. 길이 멀고 교통사정이 좋지 않다는 점은 하기 좋은 말로 핑계였다. 사실 고향에 걸음한다는 게 나로서는 수십 근의 모자와 수십 근의 신발을 끌고 나서듯, 마음이 무거웠다. 부모님 기제사는 외동아들인 내가 서울에서 모셨으나, 한식이나 추석 성묘에 차마 고향 쪽으로 걸음이 떼어지지 않았다. 지난 봄 한식 때도 귀향하지 못한 채 넘기자, 기어코 외삼촌의 장거리 전화까지 받았다. 술에 취한 목소리였다. 「문규냐? 니는 일마, 부모도 모르는 후레자슥이로구나. 일마, 니는 애비 에미 읎이 하늘에서 생겨난 종잔가? 서울대학교? 거게 나오모 그래도 갠찮다는 긴가?

고향이 쪼매 멀기로서이 달마다도 아이고 성묘 한분 댕겨가모 다리 몽뎅이가 뿐질라지나? 직장 읎이 집에서 빈둥거린다는 늠이 뭣 때메 고향 걸음 몬해? 고향 사람들한테 빚지고 도망질 갔나? 하는 수 읎이 늙은 내가 한식 날 니 부모님 묘에 벌초했다. 나는 너거들 오누이 커갈 때 한솥밥 묵으미 외삼춘으로 할 데까지 해줬건만 ……. 니 하는 소행 증말로 섭섭하데이. 인자는 문규 니늠 이민 갔다 생각코 안 보고 사는 기 차라리 속 편하데이!」 외삼촌 목소리가 끝내 울음에 잠겨들더니, 전화를 끊었다. 내가 미처 대꾸할 여유도 주지 않았지만 나는 할말이 없기도 했다. 늦게나마 고향에 한차례 다녀와야겠다고 벼르며, 마감 기일을 놓치지 않으려 단편소설을 막 끝낼 즈음, 고향으로 내려갈 일이 자연스럽게 생겼다. 외삼촌 전화를 받은 지 한 달이 채 못되어서였다. 어느 텔레비전 연속기획물로 '작가의 고향'이란 프로가 있었는데, 어떻게 내게까지 할애되어 촬영팀과 함께 2박 3일 일정으로 고향엘 다녀왔다. 내 스스로의 발걸음이 아닌 그런 일로 고향에 내려간다는 게, 고향 사람들이나 외삼촌이 생각한다면 제 실속만 차리는 배운 자의 교만한 이기심으로 비칠 게 분명했기에, 발걸음이 무거울 수밖에 없었고, 부끄러웠다. 그러나 변명이 통하지 않는 어쩔 수 없는 일이었다. 마침 좋은 절기여서 고향 해안의 풍광이 그 어느 때보다 아름다워, 촬영팀 말대로, 화면에 잘 받았다. 고향에서 삼 톤짜리 동력선 한 척을 가지고 연안 어업을 하는 내 유일한 인척인 외삼촌과 외숙모에게 나는 한식 성묘 불참을 사죄했다. 정말 외삼촌 내외야말로 내겐 부모님과 다를 바가 없는 분이셨다.

나는 닷새 동안 원고지 쉰 장을 채우지 못했다. 기업체 대외 홍보용 책자에 수필 한 편을 써주기는 했으나, 소설은 영 풀리지 않았다. 소설이 잘 풀리지 않는 이유는 내 게으름 탓이라기보다 심리적으로 압박해 온 어머니 잔영 탓으로 돌릴 수밖에 없었다.

어머니가 위독하다는 전화를 외삼촌으로부터 받고 내가 화급히 고향으로 내려가니 부산에서 누이는 와 있었으나, 당신은 벌써 세 시간 전에 임종한 뒤였다. 특별한 지병이 없었고 말년까지 그 활달한 행동거지로 교회 사찰일을 보며, 교인들 관혼상제에 자신의 일처럼 팔소매 걷어붙이고 뒤치다꺼리할 만큼 건강이 좋은 편이었다. 「윤 권사 새 고무신은 석 달을 몬 넘기고, 윤 권사 고쟁이는 너무 빨리 닳으이 철 바뀔 적마다 걸레로 쓰겠제」란 말이 났을 정도로, 어머니는 평생 좁은 포구를 집 안마당처럼 도다녔다. 작은 예지만 교인이 병들어 아프면 그 가족과 함께 밤새워 기도와 찬송으로 위로했으니, 교회와 교회 식구와 관계되는 모든 일에는 남의 열 몫을 감당할 정도로 적극적인 분이셨다. 그런 분이 그렇게 갑자기 별세하실 줄은 나로서도 뜻밖이었다. 무엇보다 어머니는 쉰다섯으로, 환갑을 여섯 해 앞둔 창창한 연세였다. 온몸이 불에 탄다며 자꾸 속옷까지 몽땅 벗겠다 해서 임종을 지키던 외삼촌네 식구와 교인들이 애깨나 먹었던 모양인데, 먹은 음식을 죄 토하던 끝에 이틀 만에 덜컥 숨을 멈추었다는 누이의 목멘 말이었다. 나는 그 장례 때, 이틀을 꼬박 뜬눈으로 새우며 생모(生母)가 아닌 망자에게 보인 누이의 곡진한 정성에 감복했다. 어머니는 아버지를 증오했어도 누이만은 친자식같이 거두었기에, 하늘이 산 자와 죽은 자를 비록 갈라놓았으나, 이심전심이란 말뜻을 그때서야 깨우쳤다. 「삼포 사람들은 교회가 불탔던 악몽을 권사님이 죽을 시꺼정 한으로 품어 몸이 뜨겁다며 옷을 벗을라 캤던 모양이라 말들 했지러. 나도 생각은 그랬으나 그 미친갱이 짓이 하도 남사시러버 동생이지마는 어데 방에 들어가 앉았을 수 있어야제. 불에 타는 예배당으로 뛰어들었다가 화상당했을 적, 그때 입었던 속옷이 나이롱이라 화기에 나이롱이 쪼그라들며 살에 붙어 뱃가죽도 흉터가 져서 쭈굴쭈굴하이 변색됐더만. 내사 웃몸을 홀랑 드러낸 그 몸을 죽을 때서야 처음 봤지만 말이다.」 외삼촌 말이었다. 마을 의사는 간단히 심장마비란 사망진단서를 끊었다. 그러나 외삼촌과 봉수아저씨 견해로는, 그 병명을 정확히 집어낼 수 없다는 단서를 달았다. 급성 고열을 동반한 괴질병이 맞다며 말꼬리를 흐렸다. 평생토록 지순했던 믿음에 비해 죽음 과정이 너무 황당하다고 삼포교회 교우들이 쑤군거렸다. 어머니가 하나님의 부르심을 입을 때까지 교회를 지켜야 한다며 한사코 고향을 떠나려 하지 않았으므로, 객지에 살던 아들로서 나는 어머니를 모실 기회가 없었다. 어머니는 손주들을 보러 서울 걸음을 했다간 일주일을 못 넘겨 교인 누구네 집 회갑잔치나 결혼잔치가 있다는 핑계를 대어 환고향하시곤 했던 것이다. 그러했기에 나는 어머니 임종조차 지키지 못한 불효자가 되고 만 셈이었다.

소설 속 노친네 삶의 마지막 과정은 어머니 죽음과 정반대로 고통 없이 편안한, 깨끗한 죽음으로 설정했다. 아들이 지켜보는 가운데 어머니가 정말 그렇게 별세했더라면 싶은 내 간절한 바람인지 몰랐고, 옷을 죄 벗고 싶어했던 어머니의 그 망측스러운 죽음 회상으로부터, 아니면 내가 어머니께 진 빚을 갚지 못한 죄 밑으로부터 도망가고 싶은 잠재의식이 작용했다고 해석할 수 있었다. 나는 교회를 등진 지 벌써 이십 년에 이르렀다. 살아생전 어머니는 나의 그 점을 두고 아비귀신에 씌었다며 원망했고, 교회에 나가지 않으면 핏줄의 인연마저 끊겠다는 막말까지 했다. 한 집안에서 생활했다면 가정의 화평을 위해 아내가 어머니 요구에 순종했을는지 모르나, 어머니는 불신자인 아내를 특히 못마땅하게 여겼다. 어머니는 아마 마지막 숨을 몰아쉴 때까지 아들과 며느리를 하나님 앞으로 인도하지 못한 죄책감에 스스로 가슴에 못질하셨을 터였다. 「문규야, 어젯밤 기도중에 홀여이 하나님을 만냈다. 자슥 인도 몬한 죄인이 천당에서 영생불락할 수 읎다는 예수님 말씀 듣고 내가 눈물로 통성기도하메 밤새았다…….」 어머니로부터 이런 투의 곡진한 편지를 받기도 불신자가 된 뒤 수십 차례는 될 것이다.

— 어머니 간청에 못이겨, 나는 걸음조차 걸을 수 없는 당신을 업고 바다가 내려다보이는 동산 마루턱 마을 교회로 나섰다. 겨울바람이 드세었다. 단애를 치는 파도소리와 부서져내리는 포말이 언덕 위까지 들려왔다.

「니 애비가 저 바다에 살고 있으이…….」 등에 기댄 어머니가 꺼져가는 소리로 말했다.

「네, 뭐라고요?」

내가 물었으나 목소리는 센 바람에 묻혔고, 어머니는 대답이 없었다. 등짝을 통해 어머니 체온과 가녀린 숨결만 느껴졌다.

나는 바다 쪽에 눈을 주었다. 용섬 주위로 파도가 하얗게 부서져 섬 아랫동을 드러내고 있었다. 짙푸른 바다에 파도가 자잘한 비늘로 튀었다. 내가 초등학교에 입학하기 전, 아버지를 앗아간 바다였다. 아버지 시신을 찾을 수 없어 제삿날은 출항한 이튿날로 잡았다. 넋 나간 어머니는 몇날 며칠을 방파제에 나가 살다시피 했다. 난바다를 보고 지아비를 부르며 헛소리를 외쳐댔다. 어머니는 지아비의 육신을 삼킨 바다를 저주하고 그 영혼과 육신을 지상으로부터 거두어들인 해왕신을 원망했다. 어머니는 열흘 만에야 겨우 정신을 수습하더니, 남은 세 자식을 키우며 살길이 거기밖에 없었으므로 구럭을 메고 다시 바다로 나가 물질에 나섰다. 어머니는 한동안은 바닷물에 몸을 담그면 해왕신이 당신 육신을 잡아당기듯 몸이 쉬 떠오르지 않고 소름이 가라앉지 않는다더니, 차츰 그런 말을 하시지 않았다. 그 뒤 내가 고향을 떠날 때까지, 고향을 떠났다 한 해 두세 차례 귀향했을 때도, 어머니는 결코 바다와 아버지를 결부하여 지난날 그 절망의 한때를 내게 말한 적 없었다. 무슨 금기처럼 어머니는 그 말을 입에 담지 않았고, 예사롭게 구럭을 메고 물질에 나갔다. 지아비를 삼킨 바다를 저주했다면, 그 악몽에서 헤어나오지 않았다면, 어머니는 일찍 고향을 등졌을 터였다. 아니, 어머니는 아버지 육신이 죽었어도 영혼은 살아 있다고 믿었기에 바다 밑 심저에서 바다 표면으로 놀러 오신 아버지 영혼을 만나러 물질을 나갔는지 몰랐다. 「오늘은 날 볼라고 마중나왔을란지 모르제.」 어머니가 혼잣말로 그렇게 구시렁거리며 구럭을 챙겨들고 집을 나선 적도 있었다. 나는 어머니의 그 말을 환청으로 듣지 않았나 여겨져, 「어무이, 바다에 아버지가 살고 있다니, 아버지 혼령이 바다에 살아 계시다고 아직 믿으십니꺼?」 하고 물었으나, 당신은 아무 말이 없었다.

아버지를 바다에 잃은 그해, 어머니는 아버지 대신 예수를 받아들였다. 새로 부임한 목사가 어머니의 난파된 마음을 잘 다스린 탓인지, 어머니는 주일마다 교회로 걸음을 옮겼고, 그쪽에 삶의 돛을 올렸다. 성경과 찬송가는 읽을 줄 알아야 되겠다며, 어머니가 한글 공부를 시작하기는 내가 초등학교에 입학하던 해였다. 어머니는 호롱불 심지를 돋우고 나와 함께 국어책을 익히고 연필심에 침칠해 가며 공책에 글자를 썼다. 어머니와 머리를 맞대고 그렇게 공부할 때, 어머니 몸에선 짠내 밴 향긋한 해초 내음이 났다.

내가 고향에서 초등학교를 졸업할 동안, 어머니와 함께 주일마다 다녔던 교회는 목조에서 석조로 개축되었으나 예전만 못했다. 콜타르 먹인 깜조록한 목조건물이 시멘트블록으로 개조되었으니, 그전의 정겨움이 남아 있지 않았다. 예배 날이 아니라 교당은 썰렁하게 비어 있었다. 불을 피우지 않아 냉기가 코끝에 묻었으나, 어머니는 한사코 자신을 강대상 앞자리에 내려달라고 어린아이마냥 조그만 소리로 졸랐다. 십자가 성상을 가까이에서 보려 함일까. 어쨌든 여기까지 왔으니 어머니 원을 들어드리지 않을 수 없었다. 어머니는 내 등에서 내리자 맨 앞줄 의자 앞 찬 마룻바닥에 무릎을 꿇었다.

허리 힘이 없기도 하겠지만 어머니는 꼬꾸라지듯 이마를 마룻바닥에 기울였다. 모아잡아 편 당신 두 손바닥이 그 이마를 받았다.

「하나님의 독생자로 이 세상에 오셔서…… 우리 죄를 모두 지시고 십자가에 못박혀 죽으신…… 주님!」

어머니 입에서 기도가 시작되었다. 그 뒤엣말은 내 귀에 들리지 않았다. 교회에 다니지 않는 나로선 기도할 말이 없었다. 귀향을 서둘러 펄펄 살아 혼자 고향까지 내려온 분이 불과 보름 사이에 어떻게 이토록 힘을 못쓰게 되었는지 알 수 없었다. 속앓이를 금식으로 치유하겠다며 보름 내내 물만 자시고 굶은 탓도 원인일 수 있었다. 어머니를 내려다보며 나는 한가롭게 그런 생각만 했다. 스웨터 좁은 등심이 가늘게 떨림을 보고, 나는 어머니가 흐느끼고 있음을 알았다. 애타게 주님을 찾으며, 아니 주님에게 매달려 당신의 맺힌 원을 하소연하리라. 그 원 중에 가장 큰 소원인, 혈육을 주님 앞에 인도하지 못한 죄를 용서해 달라며 속울음을 울고 있을 것이다. 타종교는 그렇게까지 심하지 않은데 기독교는 왜 가족 중에 불신자를 교회로 인도하지 못할 때 하나님에 대한 충성이 부족하다며 스스로 죄책감을 느낄까? 나 이외 다른 신을 네게 있지 말게 하라고 십계명의 첫계명으로 가르쳤다. 그러나 십계명 어느 계명에도 전도에 앞장서라는 말씀은 기록되어 있지 않다. 다른 종교보다 유난히 전도를 강조함은 우리나라 개신교만이 갖는 특이한 현상이 아닐까 싶기도 했다. 물론 그 전도열로 오늘의 개신교가 전인구의 사분의 일인 1천만 명을 넘어선 폭발적 성장을 가져왔지만. 속죄의식 없이 나는 그런 생각을 엮었다. 발가락이 아려오고 무릎이 시렸다. 어머니 기도는 언제 끝나려는지 알 수 없었다.

여기까지 쓴 뒤, 나는 파지만 대여섯 장 내다 볼펜을 놓고 말았다. 그 동안 쓴 내용을 읽어보니 우유부단한 역할일 수밖에 없긴 하지만 화자인 '나'의 생각과 행위가 마음에 들지 않았다. 내 소설의 약점으로 지적되는 느린 운행, 사유만 하는 주인공의 소극성, 유머 감각이 없는 무거움 따위의 결점은 여전했다. 일인칭 시점이라 그런지, 무엇보다 객관적 냉정성이 결여된 감상적 어투가 거슬렸다. 정감 있는 잔잔한 분위기와 감상적인 것과의 차이는? 멍한 마음으로 내게 질문을 던지자, 머리가 쑤셔와 나는 의자에서 일어섰다. 아무래도 처음부터 다시 고쳐 써야 그나마 뒤를 이을 수 있을 것 같았다. 새벽에 일어나야 하는데 시간은 벌써 밤 열두시를 넘어서고 있었다. 나는 쑥섬으로 내려가기로 결정했던 것이다. 신주엽이 나를 무슨 일로 그 먼데까지 불러내는지 용건은 알 수 없었으나, 그가 말한 구경거리가 지금 내가 쓰는 소설에 도움을 주려니, 막연하지만 그런 예감이 들기도 했다.

30일, 아내가 서둘러 마련해 준 새벽밥을 먹고 나자, 나는 나흘 정도 일정을 잡아 집을 나섰다. 퇴계원 네거리로 나와 버스를 탈까 하다, 마침 기차시간에 맞춤한 때라 퇴계원역으로 나갔다. 서울 시내로 들어가 출근대와 마주친다면 버스는 한정 없이 느림보 노릇을 할 터였다. 새벽 이른 시간이라 교외선은 빈자리가 있었다. 창가에 앉아 기차가 떠날 동안, 나는 불암산을 보았다. 미명 속에 산의 모습이 어렴풋하게 실체를 드러냈다. 산 어느쪽이 앞이고 뒤인지 알 수 없었으나 특별시 사람들 기준으로 따진다면 퇴계원 쪽에서 보는 불암산은 뒤쪽에 해당될 것이다. 이태 반 전, 낯선 이곳에 이삿짐을 풀 때 나는 저 불암산을 보며, 언제쯤 저 앞쪽에서 다시 산을 보게 될까를 생각했다. 아내가 복직된다면 어차피 학교 가까운 동네로 옮겨가야 할 것이다. 벌이가 시원찮은 가장으로서의 체면도 망각한 채 그런 상념에 젖어 있었는데, 이제 노조 해체 조건으로 아내 복직이 가능하게 되었으니 아내가 학교 배정을 받는 대로 우리 식구는 다시 학교 가까운 서울 시내로 이사를 가게 될 터였다.

아내가 전국교원노조에 가입함으로써 중학교를 퇴직한 뒤, 우리 가족은 여축했던 돈을 곶감 뽑아먹듯 털어 썼다. 달마다 붓는 주택 부금이 힘에 겨워 아내와 나는 어렵사리 마련한 연립주택 스무 평을 팔기로 했다. 공기 좋은 조용한 곳에서 글이나 쓰겠다는 핑계를 대어, 서울 쪽과는 그런대로 교통이 편리한 퇴계원으로 이사를 왔다. 서울 사람이 여벌로 사둔, 마루와 부엌 달린 방 네 칸 스물두 평 단독주택을 전세로 얻었다. 이사 올 당시 아들은 초등학교 사학년이었고 딸애는 초등학교 이학년이었다. 다른 부모는 자식들 공부를 위해 너나없이 서울로 몰려드는데 우리는 서울에서도 노른자위 팔학군 요지를 자청하여 떠났으나, 어린 자식들은 아버지 집필 여건 핑계를 막연하게 이해하는 눈치였다. 「조금만 더 견뎌봐. 도심지 아파트에서 자란 아이들보다 너희들은 자연과 함께 살았던 소년기의 좋은 추억감을 가지게 될 게다.」 낯선 학교생활과 주위 환경에 쉬 적응하지 못하는 애들에게 아내는 이런 말로 위로했다. 퇴계원으로 이사 오자, 생활비는 사 할 가까이 절약되었다. 서른 평 정도 마당이 있어 아내와 나는 늦봄부터 가을철까지 채소를 가꾸어 찬값을 절약했다. 그런 가계 이득보다 서울로 들어갈 처지가 못되는 사람들이 도란도란 어깨 겯고 사는 근교 읍내는, 주식과 부식값 이외 별로 돈 쓸 데가 없었다. 나 역시 시내로 외출할 일이 뜸해져 버렸고 술을 즐기는 편이 아니니 용돈이라곤 담뱃값밖에 들지 않았다.

강남 고속버스터미널까지 오니 그럭저럭 오전 여덟시를 넘어서고 있었다. 나는 창원행 버스표를 끊었다.

버스는 시내를 벗어나자 다사로운 아침 볕을 받으며, 줄곧 가을 경치를 창 밖에 담고 달렸다. 야산은 단풍이 고왔고 볏단을 베어 눕힌 들은 풍요롭고 황량했다.

72학번으로 불리는 우리 세대는 대학에 입학한 그해 10월에 유신헌법이 제정됨으로써, 줄곧 유신 치하에서 대학을 다녔다. 불행한 시대에 대학생활을 마친 우리 세대를 두고 세간에선 '유신 세대' 또는 '민청학련 세대'라 일컬었다.

신주엽과 나는 대학에 입학하자마자 기독교학생회에서 처음 만났다. 저 남도 갯가 출신인 나로서는 서울생활에 얼떨떨한 촌뜨기였고, 주엽 역시 서울에서 밀려난 사람들이 모여 사는 변두리 출신이었다. 가정형편이 나보다 더 열악한 환경에서 성장했던 그는 고등학교 삼학년 때 '광주단지사건'이란 기층민 생존권투쟁을 직접 목격한, 지금 성남시에서 통학했다. 나는 언어학과였고, 주엽은 서양사학과였다. 기독교학생회에서의 첫학기는 선배와 동기생들의 낯익히기 정도로 끝났다. 이학기부터 신입생들은 선배 알선으로 달동네라 불리는 난민촌 작은 교회로 흩어져 야학운동에 참여하게 되었다. 주엽과 나는 활동 지역이 달랐으나, 어머니의 헌신적인 믿음과 닦달 덕분에 일찍부터 교회 문을 들랑거렸다는 공통점을 갖고 있어 자연스럽게 가까워졌다. 다른 점이 있다면 그의 부모는 육이오 전쟁 때 가족이 평안북도에서 월남한 실향민이었고, 나는 그 반대쪽 갯가 출신이라는 판이한 원적이었다. 나는 대학 입학 때까지만도 아버지가 있었고, 막노동판을 전전하던 그의 아버지는 1960년대 초 군사정권이 들어설 무렵에 병사했다는 점이 달랐다. 부모 대를 두고 말하자면 공통점도 있었으니, 나의 아버지 역시 이북 출신이었다. 우리가 이학년으로 진급하자, 서슬 푸른 유신헌법 아래 학생운동은 지하로 잠적할 수밖에 없었다. 야학운동조차 당국의 감시를 받았다. 주엽은 그즈음부터 기독교학생연맹에 관여하여 해방신학 쪽으로 경도되더니, 종교의 현실 참여를 지지하며 지하 학생운동 결사에 몸을 담았다. 이학기로 올라가자, 나는 시간제 가정교사에서 입주하는 전담제 가정교사 자리를 구해 자취생활을 청산했다. 입주 가정교사라 교회 야학교사마저 그만둘 수밖에 없었고, 그즈음부터 신앙에 회의가 싹터 다니던 교회와 차츰 발길이 멀어졌다. 구체적으로 말한다면 신앙에 회의했다기보다 교회란 신앙공동체의 무기력함에 회의했다. 교회는 절망적인 현실에 눈감았고 타 종교의 향수권을 철저히 배격하며 오직 예수, 아니 교회를 통한 개인의 기복과 하나님 나라만 읊었다. 공동체 삶을 외면하고 사랑의 실천에도 소극적인, 종교집단 이기주의에 나는 정나미가 떨어졌다. 그 점에 있어 주엽과 내 견해는 일치되었다. 내밀하게 숨긴 부분을 털어놓는다면, 사실 나는 그제서야 어머니 영향권에서 벗어났다. 그러나 내가 교회에 나가지 않는다는 말은, 귀향했을 때 당신에게만은 감출 수밖에 없었다. 어머니는 다른 어떤 점보다 그 점만은 결단코 용서하지 않을 분이었다. 그렇다고 주엽처럼 「그 나라의 의(義)와 자유를 구하라」는 성경 말씀을 좇아 군사 독재정권을 상대한 투쟁에 적극적으로 나서기엔, 그럴 만한 정의감과 열정이 끓어오르지 않았다. 단호한 의분심과 치열한 공격성이 결여된 내 성격적 성향 탓으로 돌릴 수밖에 없었으니, 현실이 극악할수록 나는 내면화되어 심해어처럼 수면 아래로 깊이 침잠했다. 소설쓰기에 매달리기 시작하기가 그즈음부터였다. 현실과 신앙 사이에서 끊임없이 회의하며 질문하는 희망 잃은 젊은이의 고뇌가 내 소설 주제로 자리잡아갔다.

일반적으로 '민청학련사건'으로 알려진 '인민혁명당 재건위원회 및 전국민주청년학생총연맹사건'이 터진 것이 1974년 4월이었다. 당시 중앙정보부 첫 발표에 따르면, 수사를 받고 있는 사람이 모두 240여 명이란 엄청난 공안사건이었다. 구속 인원은 그 뒤로 계속 불어났다. '공산 계열 노선에 따라 학원가에 침투해 온 불순세력'의 주동자 중에는 대학생이 다수 포함되어 있었다. 군사 독재정권을 계속 유지하기 위한 방편으로 날조된 이 사건에 관련되어 신주엽도 수배를 당하는 몸이 되었다. 당시 구로공단 완구공장에서 일하던 그의 누나와 신촌 레스토랑에서 일한다는 누이는 주엽의 행방을 좇던 수사관에 연행당했고, 내가 가정교사로 입주해 있던 집까지 형사가 찾아와 임의동행당하기도 했다. 나는 이틀 밤을 대공분실 모처에서 눈 한번 붙여보지 못한 채, 주엽의 소재를 밝히라는 수사관의 집요한 신문 끝에 물고문까지 당하고 겨우 풀려났다. 당시, 나는 사실 신주엽 소재를 알지 못했다. 총 관련 혐의자 1,024명 중 253명이 긴급조치 4호 위반으로 구속 송치되고 180여 명이 기소된 그 사건은, 그해 9월 7일 비상고등군법회의 일심에서 사형 9명, 무기 17명, 12년 이상 33명의 중형 선고가 떨어졌다. 그중 대학생이 114명이었다. 어디론가 감쪽같이 잠적한 신주엽은 거기에 끼이지 않았다. 그가 나를 찾아오기는 그해 가을이 깊어서였다. 허름한 점퍼 차림에 까치머리로 이슥한 밤에 나를 찾아왔을 때, 그는 이미 제적당한 몸으로 그때까지 쫓기고 있었다. 그는 그 동안 저 남쪽 바다 섬으로 떠돌아다녔다고 말했다. 「용케 동지와 소식이 닿아 어머님이 위독하다 해서 잠시 올라왔지. 내일 누이 만나보구 또 내려갈 참이야.」 준수했던 그의 용모는 간곳없고, 까맣게 탄 초췌한 얼굴로 그가 말했다. 그는 하룻밤을 내 방에서 자고 이튿날 아침에 떠났다. 그렇게 쫓기면서부터 그는 자신의 진로를 신학 쪽으로 바꾸지 않았나 생각된다. 하룻밤을 자며 그는 내게, 수배가 해제되면 신학대학으로 옮기겠다고 말했던 것이다. 그러나 그는 그해 끝 무렵 욕지도에서 끝내 체포되어 서울로 압송되었다. 이듬해 2월 15일, 특별 사면을 받은 148명에 섞여 그도 석방되어 출감했다. 특별 사면을 받은 학생들 중에 과 동무도 있었기에 나는 안양교도소로 마중을 나갔다. 나는 그때 주엽 가족 중에 그의 누이동생을 처음 보았다. 입술과 속눈썹의 화장이 짙고 검정 코트에 진자주색 목도리를 한 세련된 용모였다. 그제서야 나는 언제인가 주엽의, 집안 가난을 견디다 못해 고등학교 때 가출해 직업전선에 나선 누이가 어머니 속을 썩인다는 말이 생각났다. 밤에는 술을 파는 카페 호스티스가 됐다는 주희가 바로 그녀였다. 알머리의 주엽은 엄청 말라 있었다. 취조 과정에서 얼마나 고문을 당했던지, 그는 그 악몽을 떨쳐내기라도 하듯, 폭력 없는 사회를 만드는 데 헌신하겠다고 앞으로의 포부를 내게 말했다. 그리스도의 적(敵), 이는 인권 탄압의 마지막 현장인 고문실이라 했다. 그 다음해 3월, 그는 입시를 거쳐 장로교 교단 신학대학 일학년에 다시 입학했다.

나는 졸업하던 해, 암울한 현실에 등을 돌린 신을 찾아 방황하는 젊은이를 주인공으로 한 단편소설로 문단에 발을 내디뎠다. 그 소설은 유신시대를 침묵한 나 자신의 변명이기도 했다. 졸업과 더불어 군 입대와 제대를 거쳐 나는 모 여론조사기관에 취직되었다. 어느 국책기관이 거액을 협조한 대가로 통계 조작을 목격하고 그 직장을 그만둘 때까지, 나는 이태 동안 신주엽을 이따금 만났다. 광주단지 모란시장 길바닥에 속옷과 양말 따위를 팔던 주엽 모친이 별세하기는, 그가 신학대학 삼학년 때였다. 연락이 없어 나는 조문하지 못했다. 「미군 공습을 피해 오십년 십이월 그 엄동에 가족을 잃고 남으로 내려오셔 동향 출신의 아버지를 만나 결혼하셨는데, 고생만 하시다 돌아가셨지.」 모친이 별세한 일 년쯤 뒤, 그가 내게 들려준 말이었다. 끝내 미아리고개 너머 창가(娼街)로 전락한 끝에 그의 누이 주희가 자살로써 생을 마감했다는 말을 듣기도 그때였다. 어머니 별세보다 누이 자살이 그에겐 충격이 더 컸던 모양으로, 그날 나는 주엽의 우는 모습을 처음 보았다. 삶의 운명론을 받아들이는 순간 같아 그의 모습이 다른 어느 때보다 쓸쓸했다. 그는 자신의 신학적 견해를 밝히진 않았으나, 내가 보기에 대학시절과 달리 착실한 복음주의자로 돌아간 듯 보였다. 그는 신학대학에 다니며 광주단지 난민촌 개척교회 청년회에서 봉사활동을 했다. 그는 내게도 교회로 다시 나가기를 권유했다. 나는 그의 말에 긍정도 부

정도 하지 않았다. 「네 소설을 보면 넌 운명적으로 하느님으로부터 떠날 수 없어.」 그의 말이 그랬듯, 내 소설은 인간과 믿음의 관계에 매달려 있었고, 마치 이교도가 비판 구실을 찾아내듯, 소설이란 틀에 성경 말씀의 비유를 꼼꼼하게 읽고 이를 후기자본주의 시대의 현실 관계망으로 얽어 담아냈다. 그 작업은 뻔히 질 줄 아는 싸움이었고, 그렇게 암중모색하긴 지금도 마찬가지이다.

창원 고속버스터미널에 내리자 이미 오후 세시가 가까웠다. 마산과 붙은 창원에 공단이 들어선 뒤 군항과 벚꽃으로 알려진 진해시는 거대한 공업도시권의 외곽을 형성하여 시내버스가 사통팔달 휑하니 달렸다. 내 고향은 진해에서 해안을 따라 동으로 늘어진 이십 리 길 갯마을이었다. 선배 작가 소설로 〈삼포 가는 길〉이 있다. 그러나 작가가 내 고향을 두고 그런 지명을 붙이진 않았을 것이다. 그 소설이 발표될 당시는 창원공단이 생기지 않았고, 삼포와 이웃 갯마을 함포는 지금도 청소년기 내가 살았던 그 모습에서 별로 변하지 않은 작은 어촌으로 머물러 있었기 때문이다. 소설 속의 삼포는 땅 끝이 아니라 땅 끝에서 다시 배를 타야 하는 섬이었다.

나는 시외버스 주차장으로 가서 삼십 분 남짓 기다린 끝에 삼포로 직접 가는 완행버스를 탔다. 낙동강 하구 둑 완성으로 마산과 부산을 잇는 해안국도가 완성된 지도 오래였다. 그러나 삼포는 국도변에 있는 죽곡동에서 바다 쪽 지방도로를 따라 다시 삼 킬로를 내려가야 했고, 삼포는 더 나갈 데 없는 땅 끝이었다.

삼포행 완행버스에 몸을 싣고 가며, 나는 내가 걸어다녔던 낯익은 산과 강을 보았다. 그 동안 숱한 세월이 흘렀고, 재래의 농경사회에서 도시 중심의 공업국으로 탈바꿈한 뒤, 내 고향 주변이야말로 창원공단이 들어서서 천지개벽을 거친 시간대도 제법 지났건만, 변하지 않는 것은 오직 자연뿐이란 느낌이었다.

고향에서 초등학교를 졸업하자, 나는 진해의 중학교에 입학해 삼

년 동안 구 킬로 길을 걸어다녔다. 새벽밥 먹고 도시락을 책보에 챙겨 담아 집을 나설 땐 걸음이 그렇게 가벼울 수 없었다. 해질 무렵 삼포에 도착하면 집으로 들어가는 걸음이 발뒷굽에 닻이라도 단 듯 무거웠다. 고주망태 된 아버지는 방안에 아무렇게나 쓰러져 잠들어 있기 예사였고 어머니 악패는 소리가 그치지 않았기 때문이었다. 「하나님이 와 저 악귀를 지옥불에 처넣지 않노. 원수를 사랑하라 캤지마는 저 원수야말로 차라리 안 보는 기 낫다이. 안 보모 인생이 불쌍해서 자선할 맘이 생길란지 모르제. 외인들은 하나님께서 심판하이 악한 자는 너거나 내 쫓아라 캤으이께, 사탄아 물러가라, 썩 물러가라!」 숙취로 곯아떨어진 아버지가 듣지 못할 텐데 어머니는 성경 말씀을 빌려 아버지에게 저주를 퍼부었다. 그 사설에도 지치면 무슨 계시라도 받은 듯 손뼉을 치며 큰소리로 찬송가를 불렀다. 그래도 가슴에서 치미는 미움의 감정이 쉬 가라앉지 않는지, 철야기도를 하겠다며 휑하니 교회로 달려갔다. 예수와 천당이란 성체의 미혹에 빠진 그런 어머니를 두고 삼포 불신자들은 광신자라 쑤군거렸고, 반대로 신자들은 타고난 주의 종이라며 어머니의 열렬한 신앙심을 기렸다. 나와는 열 살이나 터울진 이복누이는 방구석에 토구려앉아 서럽게 울기만 했다. 내가 중학교에 다닐 그즈음, 부모님은 한 지붕 아래 살고 있을 뿐 남남 관계였다. 내성적이던 나는 흉살(凶煞)로 들어찬 집안 분위기에 납작 눌린 채 숨소리조차 낮추어, 오로지 공부에만 매달렸다. 공부는 울증과 잡념을 잊게 해주었고, 좋은 결과로 나타나는 성적표는 소년기 특유의 억압된 감정·울분·외로움·슬픔에 위로가 되었다.

내가 진해 명문 고등학교 시험에 합격하자, 외삼촌은 삼포에도 수재가 났다고 기뻐하며 중고품 자전거 한 대를 사주었다. 자전거를 사준 고마움 정도는 사실 외삼촌으로선 작은 선심에 불과했다. 외삼촌은 생활력을 잃은 아버지를 대신하여 우리집 살림을 떠맡다시피 했고 나와 누이 학자금도 당신 주머니에서 나왔다. 교회일을 보지 않을 때면 어머니는 덕장으로 나가 장두칼로 쥐치 배를 째고 조개류를 땄으나, 그 벌이는 우리 식구 끼니 잇기도 빠듯했다. 그런 우리 식구에게 봉수아저씨가 늘 쌀말값을 보태주기도 했다. 어머니는 성령의 은사만으로도 능히 육신을 지탱할 수 있다는 확신에 차 있었고, 무엇을 먹을까 입을까……, 또는 오늘 걱정은 오늘로 족하다는 성경 말씀대로 자기 자식 끼니마저 챙겨주지 않는 분이셨다. 어머니는 이 지상의 누더기 같은 삶에 지쳤음인지 천당 환상만 좇았기에, 우리 오누이는 한 집안에 산다는 핑계로 외삼촌네 밥상에 숟가락을 얹고 지낸 형편이었다. 어머니 지청구 탓인지, 당신 성향으로 봐서 그렇게 될 수밖에 없었던지, 아버지의 본격적인 가출이 시작되기는 내가 고등학교에 입학한 뒤부터였다. 내가 초등학교에 입학하자, 아버지는 봉수아저씨와 함께 일 년 남짓 울산으로 가서 객지살이를 하기도 했다. 그때는 가출이 아니었다. 아버지는 훌쩍 집을 나가버리면 열흘이나 보름 동안 소식이 없었다. 객지를 무위도식으로 떠돌 동안 남루한 행색과 함경도 말투가 책잡혀 간첩으로 오인당하기도 했는지 삼포지서에서 아버지 가출 사유와 행적을 물으러 순경이 집으로 찾아온 적도 있었다. 아버지가 거지와 다를 바 없는 초라한 행색으로 귀가하면, 그 동안 어디서 무엇을 하고 다녔는지 아무에게도 말하지 않았다. 「그냥 객지에서 죽어뿔지 와 집구석에 기어들어와! 차라리 이북에라도 넘어가뿌리지 뭣 때메 삼포를 찾노. 문규·문옥이가 보고 싶다모 자슥들한테 애비 노릇을 해야지러. 애비 노릇도 몬하민서 자슥 낯짝 볼 맘이 생겨? 거리귀신들린 임자 꼴보기 싫어서라도 내사 인자 아예 예배당에서 살 끼다.」 어머니는 아버지를 마치 악귀나 이방인 대하듯, 하나님의 저주받은 그 어떤 대상으로 몰아붙였다. 아버지는 어머니의 그런 모욕을 고스란히 받으며, 외삼촌 권유로 마지못해 배를 탔다. 당시 거룻배 한 척으로 연안 어업을 하던 외삼촌을 도와 그물질하기를 한 달쯤이면, 늘 술에 젖어 지내던 아버지가 어느 날 돌연 삼포에서 사라졌다. 아버지의 그런 가출을 두고 외삼촌은 어떤 의원도 고칠 수 없는 병인 삼팔따라지 역마살로 치부했다. 국군 포로가 될 적부터 아버지는 팔자를 그렇게 타고났다는 것이다. 나는 외삼촌이 사준 자전거를 타고 삼 년 동안 진해로 통학했다. 내가 고등학교 이학년 때서야 삼포에서 진해까지 하루 두 차례씩 다니는 버스 노선이 생겨, 비가 오는 날이면 버스를 이용할 수 있었다. 그러므로 어디쯤 가면 무슨 야산 모퉁이를 돌아 삼포 쪽 바다가 보이고, 어느 마을에 진해여고에 다니는 이마 맑은 소녀가 살고, 어느 마을 앞 홰나무 옆에 마른 목을 축이던 공동 우물이 있음을 잘 알고 있었다. 늘 우울했고 허기졌던 그 시절의 통학길은 서울생활에 길든 뒤, 귀향 때마다 내게 연민을 자아냈다. 고등학교 시절만 해도 집에 들어가기가 늘 죽기만큼 싫었지만, 내향적 성향의 사춘기가 그렇듯 이상만은 갈매기가 창공을 차는 높이만큼 높았다. 현실이 싫었으므로 나는 그 보상심리로 삼포를 벗어날 궁리에만 골몰했는지 몰랐다. 삼포 어른들도 모범생인 내게 큰 기대를 걸어, 서울로 올라가 서울대학교에만 합격하면 어촌계를 헐어서라도 등록금을 대겠다고 부추겼다. 운이 좋았다고나 할까, 아니면 학과 선택이 이 사회에서 크게 활용되지 않는 전문성 탓이랄까, 나는 고향 사람들 성원대로 좋은 대학에 합격했다. 그러나 고향 사람의 기대를 실현할 수 없었으므로, 나는 판검사나 중앙관서 관리가 되지 못했다. 삼포 사람들 말론, 문규가 하다못해 경남 도청 내무국장 자리나 이 지방 군수라도 되었다면 향토 발전에 크게 이바지했을 거라고 안타까워했다. 고향에서는 소설가를 '글로 쓰는 이야기꾼' 정도로 알았지, 내 소설을 읽어본 사람이 없었다. 직장 없이 소설이란 걸 써서 삼시 세 끼니 밥 먹을 수 있느냐는 걱정까지 했다. 심지어 외삼촌마저 내 유일한 장편소설인 〈믿음에 관한 질문〉을 두고, 「내사 책도 안 보지마는 재미가 있어야 억지로라도 읽어보제」 하며, 자식들 책꽂이에 꽂아두었다. 「문규 처가 문규 나온 대학 후배라 서울 시내에서 선생질함더」 하는 자랑마저 이제 네 해째 쑥 들어가고 말았다.

버스가 작은 동산 허리를 돌아가자, 고향 포구가 눈앞에 드러났다. 바람이 센지 파도가 겹을 이루어 밀려왔다. 갈매기도 어디에 숨었는지 보이지 않았다. 새마을사업 전만 해도 초가들이 좁장한 갯가에서 언덕바지로 타고 올라 올망졸망 맞대어 있었다. 초가지붕이 기와나 함석으로 바뀌었을 뿐 삼포는 예전 모습 그대로였다. 버스 정류장에 내리자, 해가 아직 서산 위에 걸려 있었다. 고향 사람 어느 누구와 만나고 싶지 않은 쑥스러운 내 마음을 읽기라도 하듯 날선 바닷바람이 코트 자락을 말아올렸다. 고향 땅만 밟으면 늘 그렇듯, 나는 참담한 마음으로 잠시 발치를 내려다보고 서 있었다. 살아생전 아버지와 어머니 환영이 내 마음을 더욱 위축되게 했다. 먼 세월이 지나고 내 허리 굽고 지팡이에 무력한 다리 의지했을 땐 어떨는지 모르지만, 나는 아직도 고향을 사랑할 수 없음을 깨달았다. 고향이 나를 버리지 않았으나 아무리 마음을 돌리려 해도 내 마음속에 고향이 고향으로 정답게 닿아오지 않았다. 외로움, 황량함, 덧없음, 불효자로서의 귀향, 배교도(背教徒)로서의 낙심만이 휘휘한 마음을 가득 채웠다.

몇 년 전부터 포구 쪽으론 산뜻한 이층 건물들이 들어서서 창원공단 사람을 받는 대형 횟집도 여러 채 생겼다. 나는 그쪽을 둘러볼 마음이 없었다. 언덕 쪽으로 오르는 길을 잡아 공터를 빠져나갔다. 잡화점·음식점·맥줏집·차 수리점·약국·전자제품 대리점 따위가 널린 공터 주변 풍경은 예전 그대로였다. 지난 봄까지만도 대식이네 신발점이던 점방은 새로 치장하여 노래방 간판이 붙어 있었다. 노래방이 벌써 삼포에까지 들어왔으니 세속의 변화가 그만큼 빨랐다. 대식이는 초등학교 동창생으로 지난 봄까지 신발가게를 우두커니 지켰다. 순박한 촌사람인 그가 가업으로 물려받은 점방 문을 닫고 노래방을 차릴 위인이 못되었기에, 그 역시 식솔을 데리고 농어촌 젊은이들이 대처로 떠나듯 고향을 등졌겠거니 여겨졌다.

나는 푸줏간에서 한우로 쇠고기 세 근을 살까 하다, 두 근만 샀다. 아내가 쇠고깃국을 끓여 밥상에 올린 지 두 달은 좋게 된 듯했다. 우리집은 육류가 일주일에 한차례쯤, 돼지고기나 닭고기가 주로 밥상에 올랐다. 한창 자라는 아이들에게 그 정도 칼로리는 섭취시켜야 한다는 게 아내 주장이라, 모처럼 식탁에 오른 그 육류마저 나는 젓가락을 그쪽으로 쉽게 옮길 수 없었다. 비닐에 고깃덩이를 뭉쳐 싸는 푸줏간 주인은 낯선 얼굴이었다.

외삼촌네가 사는 집은 손바닥만한 갯가 평지에서 골목길을 외뚤비뚤 오르는 언덕바지에 있었다. 외할아버님 사십대 중반, 대목을 데려다 함께 지었다는 위채 세 칸, 아래채 두 칸짜리 그 집은 내 생가이기도 했다. 1953년 6월에 함께 석방된 봉수아저씨와 낯선 땅 삼포에 정착한 아버지는 1977년 마흔일곱으로 타계할 때까지 처가살이를 했던 셈이다. 나는 바닷바람에 떠밀리다시피 허적허적 언덕길을 올랐다. 「이 바다르 뺑 둘러서 가믄 내 고향 포구에두 닿겠지르. 여게느 정이 안 붙어. 문규야, 내 타관서 이렇게 살다 그냥 죽느 게지. 너한테만 하느 말인데 사실 나 말이야, 포로 교환 때 이남 땅이 아니구 제삼국을 선택할까 했지러. 그랬다믄 너들 남매르 못 두구 말았잖겠어. 지금두 더러 그 생각이 들구느 하지. 만약 그렇게 되었다믄 조국 땅은 영영 밟기가 힘들었겠지. 그래 맞아. 너들 남매 낳구 살았다느 증거나 남기구서 함경도 아즈바이 경상도 포구에서 숨거두느 게야.」 아버지의 술 취한 헉헉대는 소리가 바람에 섞여 귓전을 때렸다. 아버지는 거제도 포로수용소에서 반공포로로 석방되자 봉수아저씨와 함께 똑딱배 편에 거제도에서 정북향 뭍으로 건너와, 삼포에 주저앉았다. 동갑내기인 외삼촌이 아버지가 삼포에서 사귄 첫 동무였고, 당신은 외갓집 식객으로 외할아버지와 외삼촌과 한 조를 이루어 서투른 어부생활을 시작했다. 외할아버지는 아래채 헛간을 방으로 만들어 아버지를 한 식구로 삼았다. 그해 가을, 아버지와 어머니는 삼포교회 목사 주례로 교회에서 결혼식을 올렸다. 두 분이 그렇게 맺어지기는 아무래도 한 집에 살게 되어 아침저녁으로 얼굴을 보는 인연 탓이었을 것이다. 아버지가 삼포에 정착한 뒤, 바다로 일 나가지 않는 주일 날이면 무료함을 달랠 심산인지 교회를 기웃거렸다는 말도 들었다. 아버지가 몇 달 동안 교회에 나갔는지 모르지만, 예배시간에 교당 뒷자리에 우두커니 앉았다 목사 축도가 있을 마지막 순서쯤, 예배 끝나고 교당을 나서는 교인들과 인사하기가 쑥스러워서인지 홀로 먼저 빠져나오곤 했다는 것이다. 해방 후 공산당이 북조선을 차지하자 교회를 모두 폐쇄했기에 아버지는 남한 교회의식을 구경 삼아 나갔는지 몰랐다. 아버지 집안은 대대로 종교라기엔 무엇한 유교의식을 가례(家禮)로 삼았다 했는데, 해방 후 들어선 사회주의 국가가 종교를 인정하지 않았기에, 남한 교회 예배의식이 영 낯설다고 아버지는 외삼촌에게 말했다고 한다. 어쨌든 아버지의 그 발걸음이 당시 초신자로서 열성적이던 어머니 마음에 들었을 수도 있었다. 남한에 외돌토리로 떨어진 외로움에 찌든 남자 하나를 내가 구원해 주님 품에 인도하자는 자비심에서, 어머니는 부모와 오라버니의 적극 권유를 받아들였으리란 추측이 가능했다. 아버지는 어머니와 혼례를 올리자 골방을 증축하여 신방을 꾸미고, 식객이 아닌 공식적인 처가살이를 시작했다. 그러나 어머니는 신랑은 안중에 없고 교회일에 더 열성이라, 문턱이 닳도록 교회 출입이 잦고 집 안에서는 찬송가 소리가 끊이지 않았다. 어머니가 그렇게 열성을 떠자, 아버지는 교회와 발을 끊고 말았다. 어머니가 권유하면 할수록, 나 같은 삼팔따라지는 무신론자가 제격이라며 교회와 철저히 등을 돌렸다. 그로부터 삼포에서의 스물네 해 동안 아버지는 차츰 술에 빠져들었으니, 한마디로 남한 사회에 끝내 적응하지 못한 채 허무히 세상을 떠난 셈이었다.

작은 갯마을은 어느 집이나 그렇듯, 아직도 대문을 열어두고 살았다. 나는 외삼촌 집 안마당으로 들어섰다.

「문규오빠 아입니꺼.」

진해에서 여고를 졸업하고 집안일을 돌보는 외삼촌 막내딸 경희가 대문께 인기척에 부엌에서 나오며, 나를 반겼다.

「잘 있었니. 외삼촌과 숙모님은?」

「어장에 나갔어예. 인자 들어오실 때 됐심더.」

아무래도 내일 새벽 일찍 나서야 했기에, 나는 성묘부터 다녀오기로 했다. 뒤언덕길로 조금 더 오르면 마을이 끝나는 언덕 위에 교회가 있고, 부모님 무덤은 거기에서 산허리를 돌아 공동묘지에 있었다. 십 분 남짓이면 도착할 수 있는 가까운 거리였다. 경희에게 쇠고기 두 근을 넘겨주고, 나는 성묘부터 하고 오겠다며 집을 나섰다. 언덕길을 오르다 빈 양동이를 들고 맞은쪽에서 내려오는 병도형을 만났다.

「자네 문규 아인가. 텔레비에서 자네 봤지러. 삼포가 텔레비에 다 나오이 자네 덕분일세. 오래간만에 고향 걸음했군 그래?」

나는 목례하며, 집안 두루 무고하냐고 안부를 물은 뒤 헤어졌다.

단층 교회는 시멘트 담장 안에 붉은 벽돌로 지어져 있었다. 앞쪽 현관은 서양 중세시대 성루를 흉내낸 듯 요철형으로 상단을 장식한 삼층 옥탑이 있고 종루는 그 위에 철골로 삐죽이 따로 세워, 그 모양새가 한갓진 어촌에 어울리지 않고 소담스런 맛이 없었다. 교회 안에는 큰 나무라도 심었으면 좋았으련만, 담장 따라 개나리와 철

쭉 따위가 고작이었다. 교회가 불에 전소된 1971년 당시 박 목사가 권위주의적이란 말이 돌았듯, 그분 인품을 짐작케 하는 그때 새로 세운 교회 건물이 나는 영 마음에 들지 않았다. 불에 전소되기 전 교회는 탱자나무 울타리에 콜타르 먹인 목조건물이었다. 함석에 검정칠한 뾰족한 종탑이 있었고, 교회 주위로 해송과 플라타너스가 어른 키보다 높이 자라 경치가 좋았다. 시골 교회당다운 분위기였고, 그곳은 어린 시절 나와 누이의 놀이터이기도 했다. 그 소중한 추억의 그림이 자취도 없어지기는 아버지 탓이었으니, 내 마음이 더욱 착잡했다.

열려 있는 교회 정문 앞에서 나는 한차례 몸을 떨었다. 세찬 바람 탓만 아니었다. 어머니와 말다툼 끝에 만취된 아버지가 교회당으로 올라가 불을 질러버린 사건은 내가 고등학교 삼학년으로 대학 입시공부에 한창 매달렸던 이맘때쯤 밤이었다. 결혼한 뒤 신앙문제로 두 분 다툼은 줄곧 그치지 않았는데, 늘 그 시작은 어머니의 타박이었고, 교회로 나가자는 어머니 강요에 아버지는 등을 돌리고 묵비권을 행사했다. 아버지가 유물론에 입각한 종교 부정론자는 아니었으나, 당신 눈에 광신도로 비칠 법한 어머니의 신앙 자세만은 결단코 받아들이지 않았다. 아버지는 남한에 홀로 떨어진 고아의식으로 괴로워했기에 당신 마음을 모성으로, 또는 누이같이 따뜻하게 품어줄 아내를 기대했는지 몰랐다. 사실 아버지는 영육으로 고독과 불안에 찌들어 있었으나 어머니의 종교가 결코 위안이 될 수 없었음은 틀림없었다. 세례를 받고 교회에 열심히 다녀야 천당에서라도 이북 식구를 만날 수 있다는 어머니 말은 오히려 아버지로 하여금 종교의 증오심만 심어준 역할밖에 하지 못했던 것이다. 그러나 어머니의 그런 애원과 힐책도 아버지가 울산에서 누이를 데려온 뒤부턴 그치고 말았다. 그때부터 아버지는 어머니의 원수가 되어버렸다. 어머니는 자주 성경 마태복음 말씀을 인용하며 아버지를 능멸

했다. 「내가 온 것은 사람이 그의 아비와, 딸이 어미와, 며느리가 시어머니와 불화하게 하려 함이니 사람의 원수가 자기 집안 식구이라 아비나 어미를 나보다 더 사랑하는 자는 내게 합당치 아니하고…….」 그 구절을 곧이곧대로 해석한 듯, 어머니는 더욱 예수와 교회만을 사랑했다. 식구 중에 원수가 하나 있다는 말로 악퍼질렀으니, 이는 누가 들어도 아버지를 지칭하는 말이었다. 아버지가 끝내 사건을 저지른 그날 밤, 세찬 해풍에 목조건물은 걷잡을 수 없는 불길에 휩싸였고 교회당을 에두른 큰 나무에까지 불길이 옮아붙었다. 어두운 하늘에 갈기를 이룬 불길과 딱총소리를 내며 터지던 불티는 무서웠다. 언덕바지에 살던 마을 사람들이 양동이로 물을 나르고……. 성상을 꺼내온다며 불길 속으로 뛰어든 어머니는 온몸에 화상을 입은 채 외삼촌에 의해 구출되었다. 어머니가 기절해 버린 그 현장에 아버지는 없었다. 아버지는 불을 지른 그길로 선창에 내려가 다시 술을 마셨다 했다. 앞으로 얼마를 더 살며 어떤 일을 당할는지 모르겠으나 내가 살아온 사십 년 세월 중에, 교회가 전소되었던 그날 밤은 너무나 전율적이었고, 참으로 떠올리고 싶지 않은 기억이었다.

앞마당에서 어린이 몇이 노는 교회 안으로 들어가볼까 하다, 나는 시멘트 담장을 따라 곧장 공동묘지로 향했다. 해는 이미 서쪽 산을 넘어버렸고, 솔수펑을 흔드는 바람소리가 세찼다. 검푸른 색깔로 변한 바다에 떠 있는 작은 섬들은 아직 저녁 잔광을 받고 있었다. 어릴 적부터 본 눈에 익은, 변함없는 풍광을 이루는 응달섬·소섬·소쿠리섬이었다. 그 뒤쪽 거제섬은 굵은 띠를 이루어 어렴풋한 윤곽만이 잡혔다. 살아생전 아버지는 곧잘 소주병을 들고 올라와 이 언덕바지에 홀로 앉아 술을 찔금찔금 마시며 침침한 눈길로 바다 건너 거제섬을 바라보곤 했다. 좌우익으로 편이 갈려 살육으로 지새운 수용소생활의 악몽을 떠올리며 그렇게 강소주를 마셨다. 어릴 적 나는 그런 아버지를 이해하지 못했다. 내게는 중학 시절까지, 아버지가 가장임에도 벌이를 않는 주정뱅이로 보였을 뿐이었다.

공동묘지 주변은 억새풀이 우거져 있었다. 나는 아버지 무덤에 먼저 절을 올렸다. 교도소에서 출감한 뒤 돌아가실 때까지 아버지는 철저히 말을 잃었다. 잠을 자지 않는 시간 동안은 몽혼상태에서 술만 마셨다. 하고 다니는 꼴이 타지사람이 보면 완연한 거지였다. 머리카락은 헝클어졌고 세수를 하지 않은 깜조록한 얼굴에 옷은 늘 찌들어 있었다. 여름철이면 길거리나 갯벌에 아무렇게 쓰러져 자는 아버지를 외삼촌과 내가 업고 오기도 여러 차례였다. 어머니는 아버지의 주정뱅이질을 철저히 방관했다. 삼포 사람들은 아버지가 실성기에 들었다 말했고, 어머니는 사탄의 피를 저렇게 마시니 하나님 저주가 붙었다고 악담했다. 전방부대에 복무중이라 나는 아버지 임종을 지키지 못했다. 외숙모 말에 따르면 당신은 혼수상태에 들기 직전까지도 꺼져가는 목소리로 술을 찾았다 했다. 당신은 외숙모가 숟가락으로 넘겨주는 소주를 달게 음미하며 의식을 놓았고, 몇 시간 뒤 숨을 거두었다는 것이다. 내가 임종을 지키지 못했지만 숨을 거두기 직전 그럴 형상이었을, 앙상하게 마른 당신의 저승꽃 핀 깜조록한 얼굴이 암암하게 떠올랐다. 아버지 병명은 오랜 폭주로 인한 영양실조와 간경화증이었다.

아버지가 삼포에 정착하고 외할아버지를 도와 뱃일을 열심히 하기는 외할아버지 별세할 때까지였으니, 여섯 해 정도라 했다. 「니 아부지는 마음이 여리고 심성이 고분 사람이라. 그래서 내가 필녀를 짝지아주는 데 적극 나서지 않았겠나. 다행히 필녀도 싫어하는 눈치가 아니었고. 같이 삼포로 들어왔지마는 봉수 그 사람은 술을 마시도 늘 정도껏 마시는기라. 그런데 니 아부지는 끝이 없어. 술이 자꾸 늘어가이께 몇 년 지나자, 다음날 일 나가기가 부칠 정도로 작취미상이라. 어차피 이북으로 안 가고 이남 땅에 남기로 했으이께, 봉수는 여게서 장개들고 처자슥 잘 다독거리며 정착했는데, 니 아부지는 대여섯 해를 지내자 술주정뱅이가 돼서 뱃일을 거으 놓다시피 했지러. 심성이 여려 술만 취하모 어대진인가 하는 저 함경도 고향 포구 부모 성제 말만 횡설수설 주절거리고…….」 내가 철이 들었을 무렵, 외삼촌이 내게 들려준 말이었다. 뱃사람은 술힘으로 바다에서 산다는 말이 있다. 거대한 자연과 맞설 때 느끼는 인간의 왜소함을 잊기 위해서일까, 뭍과 떨어져 바다에서 생활할 동안 무료함을 달래기 위함일까, 안주감으로 활어가 제격이니 자연스럽게 술과 벗해짐일까, 어부와 술의 상관성이 그런 모든 이유를 함축한다고 여겨진다. 알코올의 습관성은 그 어떤 기호식품보다 빠르게 중독 증세로 이어졌으리라. 그러나 아버지 경우는 그 점보다 남한에 홀로 떨어졌다는 실향민으로서 외로움, 어머니와 성격적·종교적 갈등이 술을 벗하게 된 더 큰 요인이었을 것이다. 아니 나와 봉수아저씨만이 알고 있는 아버지의 비밀, 그 괴로움을 잊기 위한 방편도 당신이 술을 가까이 하게 된 원인 중 하나란 짐작도 가능하다. 내가 전방 근무중 '부친 별세 급래'란 관보를 받고 귀향해 아버지 시신을 공동묘지에 묻고 났을 때, 봉수아저씨가 나를 호젓한 솔밭으로 따로 부르더니 그런 말을 들려주었다. 「내사 양친 부모가 일찍 죽구 사고무친으루 추가령 일대 산판을 떠돌던 몸이라 이북에 가봐야 낙볼 일이 없지만서두, 네 아버지는 일정 때 보통학교두 나왔구 군에 나오기 전엔 군(郡) 운송조합 지도원을 했다더라. 고향에 부모 형제간두 있구. 그런데 네 아버지가 왜 북조선으루 가지 않구 남한 사회에 남은 거를 아는가?」 삼포에 정착한 뒤 처음으로 내게만 발설하는 말이라며, 봉수아저씨가 그 사연을 들려주었다. 이제 장본인이 이승을 떠났고 자식도 장성하여 제 아비를 이해할 나이가 되었으니 털어놓는 말이라 했다. 한창때는 17만 명의 인민군 포로를 수용했던 거제도 포로수용소 중에 제76·77·78 수용소와 제60장교수용소는 극렬 공산주의자들이 장악하여 저들의 해방구가 되었고, 제76수용소에서는 거제도 포로수용소장 도드 준장을 면담하겠다는 핑계를 대어 납치까지 했다는 것이다. 수용소 안은 친공포로와 반공포로의 충돌이 심각해, 친공 테러로 회유·협박·고문·살해가 대낮에도 횡행할 때였다. 까막눈이 태반인 포로병들 중 아버지는 일어에 달통한 데다 쉽게 익힌 영어도 기본적 의사소통이 가능했으므로, 제60장교수용소에서 서무보좌일을 보았다고 했다. 수용소 안 정보를 빼내기에 혈안이 되었던 미군측에, 포로장교 중 적극 친공에 나서는 자의 동태를 아버지가 더러 일러주었던 모양인데, 그 사실이 알려지자 친공포로들로부터 프락치로 몰렸다. 아버지가 그들 인민재판에 회부된 끝에 린치로 사경을 헤맬 때, 미군 공정대 순찰조에 발견되어 공포까지 쏘아 겨우 구출되었다는 것이다. 「너 아버지는 말두 잘하구 똑똑한 인물이었지. 그런데 얼마나 몰매를 맞았던지 그후부터 반벙어리가 되구 말았잖았는가. 뇌를 다쳤는지 어쨌는지, 입이 천금같이 무거워졌구 남의 눈치만 살피는 겁 많은 사람으루 변했어. 포로 교환이 시작되자 너 아버지는 이북으로 가구 싶어두 갈 수 없는 처지가 되어버렸지. 반동으루 찍혔으니 북으로 돌아간들 저쪽 보복이 두려울 수밖에. 석방전 한동안 남도 북도 아닌 제삼국 행두 궁리했던가 봐. 그러나 언젠가 통일되면 북쪽 식구를 만나려니 하구 차선책으루 남한을 택한 게지. 남한 사회가 꼭 좋았다기보다, 그런 것 있잖는가. 그럴 수밖에 없는 사정으루 남한에 남게는 됐지만 찜찜한 그 무엇이 켕기는 경우 말이야. 그러니 남한에 떨어지긴 했어두 평생 마음을 못 잡은 게야. 네 엄마와 사이두 그렇구……. 네 아버진 공산 세상에서두 민청이나 내무서 지도원감은 착실히 할 사람인데, 사실 뱃놈 기질두 맞지가 않았어.」 봉수아저씨로부터 그런 말을 듣자 아버지가 남한을 선택한 이유에 수긍이 갔다. 그러나 아버지가 술에 탐닉되기는 그 무엇보다 원만치 못한 부부관계가 가장 큰 그 원인이었을 것이다. 믿음에 너무 몰두한 어머니에 대한 반발과 소외감・열등의식이 함께 작용하여 쌓인 억하심정을 술로써 해소하고, 현실로부터 잠적하는 방법을 선택했으리라. 남한 생활과 가정에 정을 붙이지 못했던 그런 아버지와 달리 봉수아저씨는 삼포에 정착하자 어물장사를 하던 가난한 과수댁 야무진 딸을 얻어 장가를 들었고, 생활력 강한 이북 사람의 전형을 보듯 성실과 근검으로 이제 스무 톤급 어선을 세 척이나 가진 '어장애비'로 삼포 유지가 되었다. 봉수아저씨 역시 어머니의 필사적인 권고가 있었으나 교회에는 나가지 않았다. 「봉수 저 사람만 전도했으모 니 애비도 교회에 나갔을 텐데」 하던 어머니 말을 어릴 적에 들은 적이 있었다. 봉수아저씨와 달리 자의로서 선택이 아닌 아버지의 남한 정착은 당신 살아생전 말 그대로, 실패한 인생이었다. 마흔일곱으로 생을 마감한 아버지의 죽음은 너무 빨랐다. 방화과실치상으로 감옥에서 보낸 1년 6개월이 아버지의 죽음을 재촉한 원인일 수 있었다.

나는 어머니 무덤에도 절을 올렸다. 절을 하며, 분묘나마 자주 찾아와 뵙지 못하는 허물을 용서해 달라고 읊조렸다. 외삼촌이 가까이에 살며 묘소를 돌보다 보니 두 분 묘는 뗏장이 잘 가꾸어져 있었다. 어머님은 당신 소원대로 천당에 계실까. 열렬히 하나님을 섬겼고, 많은 불신자를 전도했고, 아버지가 타계하신 뒤 과수댁이 되어 십수 년을 교회 사찰로 헌신했으니, 당신이 늘 소망하던 대로, 어머님이야말로 천당에 계시리라. 어머님은 이제 아버지의 슬픔과 고독을 이해하고 그 허물을 용서하셔 자신이 받은 탤런트로 아버지를 천당으로 모셔가 함께 살고 있으리라. 비판의 꼬투리를 찾지 않고 그렇게 생각하니 내 마음이 편했다. 화상으로 왼쪽 뺨이 흉하게 뒤틀린 어머니 얼굴이 짙어오는 어둠 속에 우련하게 떠올랐다.

삼포에 처음 교회가 세워지긴 해방 직후였다. 마산에서 신학교를 졸업한 젊은 목사가 부임하여, 천막을 치고 개척교회를 시작했다고 했다. 전도에 어려움이 많을 수밖에 없었다. 갯가 사람들은 대체로 종교를 가지고 있지 않았다. 그들은 사철 바다를 바라보고 바다에서 생활하므로, 바다와 관련된 토속신앙에 의지했다. 바다가 노하지 말아야 했고, 흉어기가 들지 않아야 했으므로 해신(海神)을 위해 굿을 하고 해신에게 기원드렸다. 교회에 신자가 붙기는 육이오 전쟁이 터진 뒤였다. 전쟁 때, 삼포까지 인민군이 들어오진 않았으나 피란민이 많이 몰려들었다. 피란민들 중에 기독교 신자가 더러 있었으나, 신자수가 늘게 된 결정적인 원인은 해외 구호품이 교회를 통해 풀려지고부터였다. 논밭이 귀한 삼포는 수산물을 진해나 마산에 내다팔아 양식을 사다 먹었다. 전쟁 불경기는 삼포도 예외가 아니어서 굶주리는 집이 많았다. 그때, 교회에서 나누어주던 밀가루나 탈지분유는 대단한 선심이었다. 교회에서 그런 양식감과 헌옷을 나누어주자 삼포 사람 절반이 주일이면 교회로 몰려갔다. 어머니도 그때부터 교회로 나가기 시작하여, 세례를 받았다. 삼포에는 초등학교가 없었고 죽곡에 학교가 있었다. 일제시대 삼포에서 죽곡보통학교에 딸애를 입학시킬 만큼 깨친 어른이나 가세가 튼튼한 집은 없었다. 어머니는 까막눈이었고 교회를 통해 한글을 익혔다. 어머니는 곧 열성적인 신자가 되었다. 「밀가루며 탈지분유 타는 재미로 니 어미가 예배당에 나댕기더마는 두 달쭘 지나고부텀 아주 미쳐뿌렸어. 정지에서, 밤중에도 손뼉을 치며 찬송가를 부르고 새북기도를 나가고……. 사람이 우째 그래 달라져버리던지.」 외삼촌 말이 그랬으나, 나는 지금도 교회의 어떤 점이 어머니 영혼을 한순간에 잡아끌었는지 이해하지 못한다. 그물로 고기를 잡듯 예수는 한순간에 자기 영적 세계로 선택한 인간을 잡아들인다고 해석하면 그만이다. 그러나 누구나 베드로가 될 수 없고, 인간은 고기가 아니므로 그렇게 잡아들인 뒤에도 그 그물을 찢고 나와 제 발로 떠나버리기도 할 터이다. 나 역시 그런 자 중에 하나이고, 교회 문턱이 닳도록 들랑거린 자들 중에도 예수의 참정신을 알거나 깨우치지 못한 신자가 많다. 그러나 어머니는 쉰다섯으로 소천하실 때까지 처음 그 믿음에 변함이 없었다. 어머니는 많은 삼포 사람을 교회로 인도했다. 전쟁이 끝날 즈음 교회 구호품이 그치니 신자가 갑자기 떨어져 나가자, 어머니는 목사보다 더 열성적으로 그들의 식어버린 신심을 돌려세웠다. 「이 핑계 저 이유를 대며 주일을 빠지는 여자들을 억지로 끌어냈으이께. 밤마다 집집으로 찾아댕기며 가정예배도 봤지러. 지성이모 감천이라고 문규엄마 열성에 내가 졌다 카미 예배당으로 다시 나가는 사람이 많았어. 그래도 니 아부지는 끝내 전도를 몬했지러.」

외삼촌의 그런 말씀이 아니더라도, 나는 어머니와 아버지의 부부로서 정이 어떻게 식어버렸느냐를 짐작할 수 있었다. 서로 다른 믿음이나, 한쪽이 지나치게 종교에 몰입할 때 파산되는 가정이 우리 사회에선 흔하기 때문이다. 그러나 어머니가 아버지를 지옥불에 떨어질 증오의 대상으로, 입에 담기 거북한 말로써 욕질하게 되기는 아버지가 핏덩이와 다를 바 없는 누이를 포대기에 싸안고 집으로 들어온 뒤부터였다.

박정희 군사정권이 들어선 1960년대 초, 삼포는 내리 이태째 흉어기를 맞고 있었다. 삼포 남정네들은 일손을 놓고 놀 수밖에 없어 비수기면 타지로 나가 몇 달 동안 막일로 품을 팔아 양식을 지고 오기도 했다. 박 정권이 제일차 경제개발계획을 발표한 1962년, 시로 승격된 울산은 무역항으로 발돋움하려 축항공사가 한창이었다. 봉수아저씨는 아버지를 설득하여, 두 분이 함께 그쪽으로 돈을 벌러 떠났다. 철이 바뀔 때쯤이면 사나흘 틈을 내어 삼포에 왔다가기도 했으나, 아버지가 울산부두 축항공사 막노동일로 보낸 기간은 일 년 남짓했다. 「부두거리 주막 작부였지. 시골 출신으루 어떻게 거기까지 흘러들어왔으나 어린 나이에 순진뜨기루 심성이 무척 착했어. 문규아바이가 홀딱 빠졌지. 살림까지 차렸다구 말할 순 없으나 어쨌든 몇 달 문규아바이는 나와 떨어져 그 계집애와 함께 살았구, 거기서 생긴 딸애가 문옥이야. 문옥이 어미가 문옥일 낳구 달포가 지난 후 고향을 다녀오겠다더니, 영영 소식이 없지 않았겠어. 알구 보니 부산 다른 술집으루 팔려간 게야. 문규아바이가 젖도 안 뗀 그애를 맡을 수밖에. 내가 고아원에라두 넘겨버리자 했으나 혈육의 정에 포원이 진 탓인지 아이를 끔찍이두 보듬어, 일 나갈 때는 옆집 할머니한테 우유값두 주구 아이 거두는 삯두 주구……」 봉수아저씨가 외삼촌에게 들려준 말을 내가 곁귀로 듣기가 초등학교 사학년 때였다. 울산이 1963년 개장항으로 공시될 무렵, 아버지는 문옥이를 포대기에 싸안고 삼포로 돌아왔다. 그날, 학교에서 돌아온 나는, 어머니가 음행의 죄를 범한 아버지 멱살을 잡고 흔들며 악퍼지르는 소리를 들었다. 아버지는 말이 없었고, 어머니 고함과 넋두리는 밤내 계속되었다. 어머니가 분에 겨운 통곡을 쏟다 끝내 자실하자, 아버지는 문옥이를 외숙모께 안기고 어판장으로 내려가 조합 사무실에서 잠을 잤다. 문옥이를 데리고 오며 아버지가 속죄라도 하듯 어머니에게 울산에서 일 년 남짓 저축해 모은 돈을 내어놓은 모양인데, 어머니는 이튿날로 그 부정한 돈을 가용으로 쓸 수 없다며 몽땅 삼포교회에 헌금으로 바쳐버렸다. 어머니의 그 행위에 분기한 아버지가 삼포교회 목사를 찾아가, 피땀 흘려 번 내 돈을 내놓으라고 대들었고, 어머니는 자신에게 넘어온 돈을 바쳤으므로 그 돈을 돌려주기를 한사코 반대했다. 그 돈은 삼포의 병든 자를 둔 극빈가정을 도우는 데와 교회 어린이놀이터 만드는 데 사용됨으로써, 아버지는 어머니와의 싸움에 졌다. 아버지는 삼포에 머물러 있었으나 한 달 넘이 집으로 돌아오지 않았다. 술에 취해 살았고, 어업조합 사무실이나 향토예비군 숙소에서 잠을 잤다. 외삼촌과 봉수아저씨 설득으로 아버지가 겨우 집으로 들어오긴 했으나, 그때부터 부부는 한집생활을 했을망정 별거상태와 다를 바 없었다. 하나님이 맺어준 혼인서약을 인간이 마음대로 파기할 수 없다는 성경 말씀에 발목이 잡힌 어머니는 아버지에게 온갖 험구를 늘어놓아도 이혼이란 말은 한차례도 꺼낸 적 없었다. 그러나 아버지를 영육으로 받아들이지 않겠다는 당신의 고집만은 그 뒤로도 일관되게 지켜졌다. 그럼에도 어머니에게는 또다른 일면이 있었으니, 술에 젖어 사는 아버지를 허구한 날 욕질하면서도 문옥이에게만은 길 잃은 어린 양을 대하듯 그 목숨을 가엾게 여겨 타박하지 않았다. 문옥이는 철이 들어 자신의 출생 연유를 알 때까지 어머니 손에서보다 외숙모 손을 타고 자랐다.

낮이 짧은 절기라 금세 사방이 어둑해 왔다. 나는 공동묘지를 등지고 오솔길로 되돌아왔다. 집으로 돌아오니 외삼촌과 외숙모가 막 도착한 참이었다.

「문규로구나.」 시무룩한 표정에 억양 없는 외삼촌 말이었다. 처음은 누구에게나 감정을 밖으로 드러내지 않는 외삼촌의 버릇이었다.

어머니 전도로 교회에 나가기 시작한 외숙모는 교회에 오랜 충성 끝에 권사가 되었다. 외숙모는 나를 반겨 두 손을 맞잡고 서울 식구들 안부를 물었다. 저녁 밥상을 물린 뒤에야 외삼촌 표정이 풀어졌고 나를 대하는 태도도 한결 누그러져, 입을 떼었다.

「퇴계원이 어데고? 거게 시골 맞제? 그래도 배울 만큼 배았다는 젊은 내외가 촌구석에 들어앉아 우째 사노? 니 처는 안죽 그냥 놀고 있나?」

나는 그렇다고 대답했다.

「신문 보이께 학교 팽개쳤던 선생들이 다시 학교로 모두 들어간 다 카데?」

「그런 모양입디다.」

「너그 식구 생각하모 맑던 하늘도 금방 찌푸려지는 기분이다. 니 서울서 대학 댕길 때 삼포서는 수재 났다고 기대가 컸는데…….」

담배를 태워 문 외삼촌이 소설가란 말을 입에 담지 않았으나 한숨 을 내쉬었다. 외삼촌은 내가 스스로에게 느끼는 연민만큼이나 직장 없는 조카 처지를 측은하게 생각했다. 외삼촌은 올해 예순셋 나이였다. 짧은 머리칼이 하얗게 세었고, 단 햇살과 바닷바람에 달구어진 오지 같은 살색도 깊은 주름이 골을 팠다.

「지금까지 그냥저냥 살아왔지요. 제 원고료 수입이 일정하진 않으나……, 식구들 건사할 만큼은 됩니다.」

구차한 변명이었다. 소설가가 되고 그 동안 나는 소설책 세 권을 출판했다. 중단편집 두 권과 장편소설 한 권이었다. 중단편집은 초판 1쇄 삼천 부만 찍은 채 2쇄를 찍지 못했다. 오늘의 출판 풍토에 재미없는 단편집이 팔릴 리 없었고, 나 정도 소설가에겐 인세 주는 출판을 맡아줌만도 고마웠다. 장편소설 〈믿음에 관한 질문〉은 기독교 잡지에 일 년 동안 연재했던 소설을 작년에 단행본으로 출판했다. 장기수 흉악범이 감옥생활 중 예수를 영접한 뒤, 진실한 신앙인이 되어 많은 재소자를 교화하고 주의 제단으로 인도한다. 그는 감형 혜택을 받아 십이 년 만에 출옥하자, 빈민촌에 전도관을 세우고 복음 전파에 앞장선다. 빈민촌에서 밑바닥생활을 하며 복음을 전파하기란 갖가지 어려움에 봉착하게 마련이다. 소설 마지막은, 선천성 심장병에 걸려 사경을 헤매는 가난한 교우가 어린 자식을 업고 병원으로 가다 뜻밖의 교통사고를 당해 뇌 파손으로 기억상실증 환자가 되어 천진하고 순박한 어린아이의 지능지수로 돌아간다는 줄거리였다. 이 소설은 3쇄를 찍어 칠천 부가 팔렸다. 그로써 인세 수입이 끊어졌다. 내 원고료 수입은 한 달 평균 오십만 원꼴이었다. 오히려 아내가 시간제로 고교 입시생 동네 애들 몇을 모아 개인지도를 하고 있어 가장 수입 정도의 돈을 보태었다. 그러나 외삼촌에게 그 말까지 할 필요는 없었다. 분명한 점은, 저축할 여유는 없으나 빚내지 않고 살림을 꾸려간다는 자부심이었다. 애들이 아직 초등학교와 중학교 학생이었고 식구들이 용케 병치레를 않으니 생활비의 육 할이 먹거리에 쓰였다. 퇴계원으로 이사 오고 우리 가족은 외식 한차례 해본 적 없었고, 여름 휴가에 나서본 적도 없었다. 아닌 말로 먹고 입고 공부시키는 데 바쳐온 몇 년 동안 생활이었다. 마음속으론 어떨는지 모르나, 내 앞에서만은 아내와 자식들이 내놓고 불만을 투덜거리지 않았다. 나 역시 소설가란 이유를 붙여 가난을 당연하게 받아들이진 않았다. 그러나 다른 어느 직종이 아닌, 소설가이기 때문에 누구보다도 가난을 이해하고 견뎌낼 수 있다고 생각했다. 오락물로서 읽을거리를 생산하는 소설가라면 지금의 가난이 억울하게 여겨질 수 있었다. 그러나 나는 내가 선택한 소설과 그 내용을 숙명의 멍에로 생각했기에, 이를 꼭 노동의 대가로 따질 성질은 아니었다. 한편, 이웃을 둘러보면 우리 식구만이 그렇게 살지 않았으니, 채소·과일장수, 건축현장 노동자들, 하급 공무원, 비닐하우스로 재배하는 소채류나 화원 주인, 고만고만한 가게나 대리점 경영자, 내 이웃의 생활 수준이 대체로 키를 맞춘 듯 비슷했다. 그들 역시 근면하게 생활했고, 우리처럼 형편이 조금 나아지면 서울특별시 시민이 되겠다는 꿈을 안고 살았다.

「문규 니도 텔레비 연속극 같은 거 써보지 그래. 학벌 좋겠다, 그런 거 몬 쓸 거 머 있노. 그거 쓰모 돈도 잘 번다 카데.」

외숙모 말에 나는 대답을 못한 채 민망한 미소만 띠자, 경희가 나섰다.

「엄마는 목사님 말씀도 몬 들었어예. 오빠 소설이 훌륭하다고예.

오빠가 서울 어느 교회 나가시냐고 묻기에 요새는 나가지 않는 것 같다고 대답했지만…….」

「그래도 목사 그 양반은 문규 소설을 읽는 모양이군.」 외삼촌이 시퉁하게 받았다.

「오빠가 보내준 책을 제가 목사님께 빌려줬어예.」

「문규야, 교회 꼭 나가거라. 외삼촌이 담배 몬 끊고 술은 마셔도 주일이모 교회 출석은 안 빼묵는다. 성필이·성호 가족도 모두 교회에 잘 나가고. 성님 평생 소원이 그거 하나였는데 자식 된 도리로 그 소원은 풀어줘야제. 지난 추석절에 성묘하러 문옥이가 댕겨가미, 기도할 적마다 서울 오빠 교회로 인도해 달라고 주님께 소원한다는 말 들었데이.」 외숙모의 간절한 말이었다.

성필이·성호는 외사촌으로, 젊은이들이 죄 농어촌을 떠나듯 그들도 마산과 부산으로 나가 산업역군이 되었다.

「쟈도 표나게 교회당에 나가지사 않지만 늘 하나님 말씀 안에 살고 있는기라. 지난 봄 문규가 텔레비에 나올 때 진행하는 사람이 그런 말 안하더나. 쟈가 쓰는 소설이 주로 사람과 하나님 관계를 파고드는 기라고.」 외삼촌이 알은체 나를 편들고 나섰다.

그런 화제가 가라앉자 나는 내일 통영 출발을 두고 외삼촌에게 물었다.

「통영에서 열시 반 배라. 그라모 넉넉잡아 세 시간 전에는 나서야겠구나. 새북에 마산으로 괴기 넘기로 가는 배가 있을 끼다. 그거 타고 마산에 나가모 마산서 통영까지사 한 시간밖에 안 걸린다. 요새 질 하나는 어데로 가나 훤히 뚫어 포장해 놓았잖나.」

「새벽에 죽곡까지만 택시를 타고 나가겠습니다. 죽곡서 버스 타고 마산으로 들어가지요.」

배를 얻어타게 된다면 어차피 고향분 신세를 지게 되는 게 나는 싫었다.

나는 경희가 잠자리를 보아둔 아래채로 건너왔다. 경희가, 오빠 잘 방에 연탄불을 피웠으니 금세 따뜻해질 거라고 말했다. 방안은 썰렁했다. 예전 우리 가족은 아래채 이 방과 옆방, 두 개를 썼다. 어머니와 누이가 이쪽 방을 썼고, 아버지와 내가 지금은 어구(漁具)와 허드레 물건을 넣어두는 옆방을 썼다. 경희가 지방 석간신문을 내 방에 들여놓을 때, 바깥에선 「나 그럼 나갔다 올게」 하는 외삼촌 말이 들렸다. 내일 새벽에 출발해야 했기에 나는 일찍 이불 속으로 들었다. 신문을 펼쳐들었으나 글자가 눈에 잘 들어오지 않았다. 라디오 테이프에서 쏟아지는 목사 설교와 찬송가소리가 환청으로 들렸다.

어머니의 말년, 내가 일 년에 두세 차례 귀향을 했을 때, 어머니는 라디오 종교방송에 주파수를 고정시켜 놓거나 이름이 알려진 목사의 설교 테이프나 찬송가 테이프를 넣어 소리를 한껏 크게 틀어놓았다. 새벽에 눈뜰 때부터 잠들 밤중까지 그 소리가 그치지 않았다. 어머니는 찬송가를 틀어놓고 박수를 치며 삼매경에 들어 따라 불렀다. 어찌나 큰소리로 따라 부르시는지, 그랬다간 쉬 목이 쉬겠다고 내가 말하자 어머니는, 이렇게 불러야 막힌 가슴이 확 트인다고 대답했다.

그 환청이 가라앉자, 바깥의 바람소리가 들렸다. 그 바닷바람소리야말로 귀에 익은 고향소리였다. 바람을 타고 뒤란 대숲 서걱이는 소리가 고향집과 얽힌 여러 추억을 불러일으켰다. 오한이 느껴지는 가년스런 기억들이었다. 토마스 울프의 소설 〈그대 다시는 고향에 못가리〉가 문득 생각났다. 센바람을 타는 대나무처럼, 장년의 나이에 들어서도 고향 바람은 내게 마음의 추위로 엄습해 왔다. 푸른 잎을 떨구지 않고 겨울 추위마저 버티어낸 끝에 내년 따뜻한 철이 돌아오면 새 죽순과 새 잎을 피워낼 대나무에 비해, 나는 객지살이마저 늘 추위에 옴츠려 떠돌 것만 같았다. 그렇다고 고향으로 돌아올 마음은 없었다. 고향이 그립지도, 돌아와 살고 싶지도 않았다. 이렇게 잠시 고향에 들러도 사람들의 눈을 피해 자꾸만 숨고 싶고, 어서 떠나고 싶은 마음은 먼 훗날까지 변하지 않을 것 같았다.

청년기를 넘기기까지 나는 부모님의 성격 차이와 그 갈등을 이해하려 하지 않았고 어느쪽이나 다 결점이 두드러진, 존경스럽기는커녕 도무지 애정을 느낄 수 없는 부모로 인식했다. 가정이란 부부 당사자만 아니라, 그들 사이에서 태어난 자녀도 동등한 인격체로서 함께 산다는 사실을 두 분은 망각하고 살았다. 두 분은 우리 오누이를 박토의 음지식물이나 저 툰드라 지방에서 자라는 이끼류 식물 정도로 내동댕이쳐버렸다. 그러나 내 청년기에 들어 소설 습작에 몰두할 즈음, 작가가 소설 속 악인조차 이해하고 사랑하려는 노력처럼, 먼저 나는 실향민으로서 아버지의 황폐한 마음을 이해하려 노력했다. 당신이 늘 뱉던 푸념인 '내 인생은 잘못되어진 실패작'이란 그 말뜻이 그제서야 마음에 닿았다. 당신이 비록 자식에겐 상처를 준 실패한 인생이었을망정, 아니 윗대의 실패한 인생을 위무해 줄 책임이 자식에게 있음을 깨달았다. 그러나 그 깨달음이 너무 늦어버렸으니, 그때 이미 당신은 이 지상에 살아 있지 않았다. 어머니 경우도 그랬다. 당신 버릇말처럼 '너들 애비와는 주님의 뜻에 합당치 않은 잘못 맺어진 부부'라는 선택의 실수 탓으로, 어머니는 이 땅에서의 행복을 포기한 대신 천당의 구원만을 좇았다. 어머니는 한 가정의 주부로서 그 가정을 행복한 요람으로 가꾸는 데 무능했던 분이었다. 당신은 집보다 교회와 관계된 일로 보내는 시간이 더 많았다. 자신의 탯줄을 끊고 나온 하나 자식마저 고통 많은 이 세상에 태어난 가련한 목숨으로 인식했고, 죽어 구원받으려면 예수를 통해 죄씻음을 해야 한다고 생각했다. 세계에서 기독교 강국으로 자처하게 된 오늘의 한국 교회 성장사를 나름대로 공부할 때, 나는 어머니와 닮은 전력투구형의 열렬한 복음주의자를 많이 접할 수 있었다. 그런 목회자들은 신과 교회의 일치를 주장하며 교회에의 충성이 곧 하나님에게의 충성임을 신자들에게 주입시켰다. 틀린 말은 아니지만 선후 차례를 따질 때 그 강조가 지나쳤다. 목회자만이 아니라 평신도도 교회를 천당행 특급열차쯤으로 우러러 그 차를 놓치면 곧 지옥불에라도 떨어질세라, 성경 말씀의 참뜻은 뒷전이고 오로지 교회 충성만이 제일이란 세뇌에 빠져 물질과 몸을 열성으로 바치는 자가 수두룩했다. 공동체사회 속에서의 교회가 아니라 교회를 통하지 않는 모든 사회 현상은 하나님의 권능에 부정한 그 무엇으로 치부했다. 일 년 내내 새벽기도, 주일 낮 예배와 밤 예배, 구역 예배와 구역 교인 심방, 계절마다 열리는 며칠 동안의 철야기도회와 부흥회, 신자들의 병문안, 신자들의 길흉사 참례 따위로 교회는 어머니같이 신심 돈독한 신자를 교회 행사에 거의 묶어두다시피 했다. 사회구조와 생활환경이 단순했던 초대교회 시절부터 근대 이전까지는 교회일이 곧 생활의 한 부분일 수 있으나 오늘의 시대는 교회일이 직업인 신분과 사회에서 직업을 가진 평신도를 구별해야 한다. 그러나 오늘의 한국 교회는 평신도에게 장로·권사·집사 직분을 덤터기 씌워 주일이 아닌 날도 계속 교회로 불러들였다. 그 부름에 응하지 않으면 신심을 의심받게 되므로 바쁜 세상일은 뒤로 물려야 한다. 세상일에 몰두함 역시 주님의 뜻에 어긋난다니, 그 청을 당연하게 여겨 적극 나서야 한다. 어머니가 그런 예의 대표적인 '교회의 종'이었다. 어머니는 교회의 그 모든 행사에 하루도 빠지지 않았고, 더 적극적이었다. 알라신을 믿는 이슬람교 국가들이 나라의 경영에서부터 개인의 일상까지 종교가 중심에서 간섭하듯, 한국의 열성적인 기독교인들도 교회만을 절대적인 생활의 보금자리로 인식했다. 나는 그런 어머니를 한동안 이해하지 못했으나, 나도 자식을 두게 되자 어머니를 이해하려 노력했다. 내 청소년기의 가정이 비록 화목하지 못했으나 신심이 유달랐던 어머니로선 어쩔 수 없는 선택이라 여겨, 그 지순한 신앙심을 수긍했다. 청소년기에 한동안 어머니를 원망했던 자신을 두고 뒤늦게 해량을 바라는 마음이었다.

한시절 어머니 체취를 맡으며 설핏 잠이 들었는데, 바깥의 두런거리는 말소리에 나는 눈을 떴다.

「들고 가기 귀찮아하던데……. 바로 서울 가는 길도 아이잖소.」 외숙모 목소리였다.

「냄새 나는 메루치젓도 가주고 갔는데 이기사 어때서 그래.」

외삼촌 말을 듣자, 지난 봄에 귀향했을 때 약술 담그는 큰 유리병에 새로 담근 멸치액젓을 외삼촌이 보자기에 싸준 일이 생각났다. 무겁고 귀찮았으나 집에 가져가니 아내가 무척 반겼다. 김치를 담글 때 아내가 그 액젓을 쓰자 나는 오랜만에 고향집 김치맛을 떠올렸고, 사양하다 못해 들고 오기를 잘한 일로 여겼다.

「여물게 묶어 싸거라.」 외삼촌이 그 말에 달아 말했다. 「문규 친가래야 하다몬해 사촌이라도 있나, 혈육이라곤 부산 문옥이밖에 읎으이……. 우리 양주 눈깜을 때꺼정은 그래도 쟈들 남매만은 늘 신경써 줘야 해.」

잠시 뒤, 위채 안방 문 닫히는 소리가 들렸다. 나는 콧마루가 찡했다. 외삼촌의 그 넉넉한 마음 씀씀이가 화톳불처럼 따뜻하게 내 마음을 적셨다. 정말 당신 내외는 어릴 적부터 우리 남매를 친자식같이 거두었기에 내 살아생전 그 은공을 잊는다면 개자식과 다를 바 없었다. 그러나 마음만 그럴 뿐 내가 그분들에게 해준 일은 아무것도 없었다. 2년 전, 외삼촌이 회갑을 맞았을 때 삼십만 원 들고 환고향했던 정도가 고작이었다.

빈속으로 그냥 보낼 수 없다며 외숙모가 새벽밥을 지어 밥상을 아래채 방으로 들이밀었다. 늦은 아침 밥상에 길들여진 나는 몇 숟가락을 뜨다 말고 밥상을 물렸다. 떠날 채비로 코트를 걸치고 밖으로 나오니, 동쪽 하늘이 뿌옇게 트여왔다. 저 아래쪽, 밤내 파도를 일으키며 어둠 속에 뒤척이던 바다가 맑게 살아나고 있었다. 파도 없는 잔잔한 가을 바다였다. 외삼촌도 점퍼를 입고 나섰다.

「문규야, 짐이 되더라도 이거 가주고 가거라.」

외숙모가 멸치 한포와 보자기에 싼 납작한 꾸러미를 내놓았다.

「이거는 니 좋아하는 대구 아가미젓이다. 비니루로 여러 분 쌌으이께 냄새는 안 날 끼다.」

나는 쭈뼛거리며 무슨 말인가 하려다 어젯밤 외삼촌 내외의 바깥 말소리가 생각나, 고맙게 먹겠다며 그 물건을 받았다.

「어서 가자. 충무서 배 안 놓칠라 카모 서둘러야겠다.」 외삼촌이 말했다.

「따라 나오지 마시이소. 봉수아저씨 댁에 잠시 들러 인사드리고 택시 잡아 떠나겠습니다.」

「곽 서방 내외는 포항 사는 아들네 집에 갔다. 경주서 단풍놀이 하고 온다 캤으이 내일쯤 도착할란강 모리겠다. 니 안부는 내가 전하꾸마.」

나는 봉수아저씨 둘째아들이 포항제철에 근무한다는 말을 들은 적 있었다. 이제 내외분은 노년을 타지로 떠난 자식네 집으로 나들이 다니며 한유하고 살았다. 힘있을 때 열심히 벌어 여축한 재물이 넉넉하니 타지에 사는 자식들 집 구입하는 데도 돈을 보태주어, 자식집 나들이를 다녀도 귀찮은 노친네로 하대받지 않는다 했다. 「문규야, 너그 성제간 어릴 적부터 곽 서방이 너그 집 많이 도와준 거 니도 알제? 사람이 자기 에려불 때 도와준 은공을 잊아뿔모 짐승 한가진기라. 고향에 오거던 다른 사람은 몰라도 곽 서방한테는 부모 보드키 꼭 인사채리야 한다.」 외삼촌이 언제인가 말했다. 외삼촌의 그런 당부가 아니더라도, 나는 봉수아저씨 은혜 역시 잊을 수 없었다.

마루로 나선 경희가 하품을 끄며, 「오빠 잘 가이소. 언니한테도 안부 전해주고예」 했다.

외숙모는 새벽 예배에 참석할 참인지 성경책을 들고 나섰다. 외삼촌은 내 만류에도 앞서서 아랫길로 내려갔고, 외숙모는 교회가 있는 윗길로 올라갔다.

삼포에는 택시가 세 대 있다고 외삼촌이 말했다. 택시가 새벽부터 운행하지 않기에, 외삼촌은 정류장으로 내려가는 길에 한 집에 들러 젊은 택시기사를 데리고 나섰다.

「니 정수 알제? 야가 갸 동생이다.」

외삼촌이 젊은 기사를 내게 소개했다. 나는 앞서 걸었고 외삼촌은 정수 동생과 무슨 말인가 나누며 뒤처져 따라왔다.

「문규야, 이거 얼마 안되지만 올라갈 때 아아들 과자라도 사다주거라.」

기사가 시동을 걸자, 외삼촌이 접은 만 원권 몇 장을 차창 안으로 내밀었다. 멸치와 젓갈은 몰라도 외삼촌에게 그런 돈까지 받을 수 없었다. 내가 한사코 사양하자, 「마 넣어가라 캐도」 하며 외삼촌이 돈을 돌려받지 않고 내 무릎에 떨어뜨렸다. 나는 택시에서 내렸다.

「이러시지 마세요. 우리 애들 과자는 제가 사겠습니다. 가용에 보태십시오.」

외삼촌이 돈을 되받아 잠시 생각하는 눈치더니, 아무래도 안되겠다는 듯 내 허리를 잡고 코트 주머니에 돈을 쑤셔넣었다.

「니를 그냥 보내모 내 마음이 펜치 않다카이. 많은 돈도 아이고 아아들 과자값인데 멀 그카노.」

말을 마친 외삼촌은 뒤돌아보지 않고 정류장 공터를 떠났다.

나를 태운 택시가 출발했다. 신새벽에 고향 사람 몰래 떠나는 내 꼴이 마치 빚꾸러기 같았다. 그 언제인가 기쁜 마음으로 돌아와, 고향 사람들의 아쉬워하는 전송을 받으며 기쁜 마음으로 떠나가리라. 마음은 그랬어도 그날이 언제일는지 몰랐고, 그런 날이 결코 내 생애에 올 것 같지 않으나, 고향 앞바다를 보며 하염없이 중얼거렸다.

택시는 삼 킬로 정도인 삼거리목 죽곡동까지 삼 분도 채 안되는 시간에 도착했으나, 좌회전하자 내처 진해 쪽으로 내달았다. 정수 동생 말로는, 어르신께서 형님을 진해 시외버스터미널까지 모셔주라는 부탁을 받았다고 말했다. 이른 아침이라 차량 통행이 뜸한 널찍한 준고속도로를 택시는 단숨에 달려, 나를 진해 시외버스터미널에 내려주었다. 정수 동생은 어르신께서 찻삯을 내기로 했다며, 내가 건네주는 돈을 한사코 받지 않았다. 돈을 받았다간 자기 입장이 난처하다는 것이다. 택시는 빈 차로 돌아갔다. 나는 멸치포와 작은 보퉁이를 들고, 통영으로 가는 시외버스를 찾았다. 통영행은 시간이 맞지 않아 곧 출발할 마산행 버스를 탔다.

진해에서 마산으로, 마산에서 다시 통영으로, 시외버스는 쉽게 연결되었다. 내가 통영 연안 여객선 부두에 도착하기는 아침 10시 남짓, 알맞은 시간이었다. 욕지도로 가는 완행 여객선은 40톤 급의 제법 큰 배였다. 여객선은 수족관을 적재한 소형 트럭 두 대까지 이물 쪽 갑판에 실었다. 아래층 객실은 마룻바닥에 비닐장판을 깔았는데 이십 평이 넘었고 위층 객실은 열 평 정도였다. 객실에는 난로를 피워두고 있었다. 낚시꾼에, 가을 행락에 나선 배낭족 젊은이들까지 합쳐 승선 인원이 쉰 명에 이르렀다. 비닐장판 방에 자리를 잡자 부두에서 사온 술과 안주로 술판부터 벌이는 남정네들도 있었다. 배멀미를 염려해서 일찌감치 구석자리 차지하여 눕는 사람들도 있었다. 여객선은 정시에서 오 분 뒤 뱃고동소리를 울리며 천천히 부두를 빠져나갔다.

나는 아래위 층으로 돌며, 나처럼 신주엽으로부터 연락을 받고 쑥섬으로 들어가는 사람이 없나를 살폈다. 그들이 평상복을 입었다 해도 어느 점에서든 남다른 그 어떤 분위기를 풍길 것 같았다. 성경책을 꺼내 읽는다든가, 조용히 묵상하는 태도를 취하고 있다거나, 어쨌든 종교적인 체취를 풍기는 사람이 있으리라 짐작되었다. 삼 년 전 여름, 고속버스터미널 부근 찻집에서 보았던 검정 치마저고리 입은 여인을 연상하자, 그런 차림의 여인이 배에 탔다면 틀림없이 신주엽을 따르는 '말씀의 집' 성도일 터였다. 승선자들이 모두 코트나 사파리 점퍼 따위의 겉옷을 껴입어 검정 치마저고리를 입은 여인을 쉽게 발견할 수 없었다. 또한 입성이 도시 사람, 갯가 사람을 구별할 수 없을 정도로 보편화되었으므로 낚시꾼이나 배낭족은 쉽게 판별할 수 있을까 나머지 승선자들은 특징이 없는 서민들이었다. 끼리끼리 모여 도란도란 이야기를 나누는 아낙네들이 네댓 패 있었는데, 그중 뇌성마비 장애자 둘이 섞여 있는 패가, 내 소설가적 직감으로는 '말씀의 집' 식구 같았다. 욕지도에 있는 신주엽 운영의 복지원이 떠올랐기 때문이었다.

나는 멸치포와 젓갈꾸러미를 아래층 객실 구석자리에 두고 갑판으로 나왔다. 갑판에는 한려해상국립공원의 가을 경치를 구경하려는 승객들로 난간이 비좁았다. 나는 담배를 피워 물었다. 여객선은 수면 잔잔한 통영 앞바다를 빠져나가는 참이었다. 연안은 소나무숲과 단풍 든 떨기나무숲이 어우러져, 한 폭의 그림 같은 아름다운 풍경을 이루고 있었다. 이제 조금 뒤면 이순신 장군 승전 유적지인 한산도 제승당 앞바다를 빠져나갈 터였다. 점점이 널린 섬으로 절경을 이룬 연안 풍경을 조망하며, 나는 쑥섬에서 기다릴 신주엽을 생각했다. 그를 찾아 이 먼 곳까지 나섰다는 게 마치 무엇에 홀린 듯한 느낌마저 들었다. 기독교의 사분오열된 그 많은 기성 교단 중에 그를 목사로 인정하는 교단은 없었다. 그러므로 그는 사실 목사 자격이 없었고, 그가 소속된 교단으로부터 목사직을 박탈당한 지도 햇수로 벌써 십 년이 넘었다. 교계가 한결같이 이단·신흥 교단·사교(邪敎)·사이비 교주란 비방과 질타 속에서도 그는 '하느님'의 사역꾼임을 포기한 적 없었다. 그는 목사직을 박탈당했으므로 스스로 목자라 칭했고, 그를 목자님이라 부르며 따르는 일단의 무리가 있었다. '말씀의 집' 성도가 전국적으로 얼마인지 모르나 그들은 신주엽을 결코 이단으로 믿지 않았다. 사회적 물의를 일으키는 사교 역시 그 신자들은 교주를 이단으로 믿지 않을 터였다.

벌써 오래 전 일이다. 신주엽이 소속 교단으로부터 제명처분당하고 그의 제명 사유가 신문 종교란에까지 실렸을 즈음, 나는 그로부터 편지 한 통을 받았다. 봉투 속에 그의 사신이 없었고, '신주엽 목자 부흥집회' 전단 한 장이 접혀 들어 있었다. 전단에는 그의 사진이 인쇄되어 있었다. 마른 얼굴에 콧대가 뾰족했고 무엇인가 쏘아보는 퀭한 눈은 성직자 직분보다 라스콜리니코프 역할을 맡는 무대배우가 어울릴, 그즈음 교계로부터 몰매를 맞던 자신의 고뇌를 담뿍 담고 있는 모습이었다. '8백만 개신교도의 잠든 신앙에 폭풍을 몰고 온 청년 부흥사 신주엽 목자 대집회'란 선전 문구 아래, 그의 부흥집회 장소는 안양시 비산동에 있는 염곡극장이었다. 부흥집회 기간은 이틀이었는데, 주엽의 설교는 오전·오후·밤, 이렇게 세 차례씩 모두 여섯 번이었다. 주엽이 따로 사신을 넣지 않고 전단만 보낸 이유는, 문규 자네가 설교를 직접 듣고 내가 과연 이단인지 어떤지 판단해 달라는 암시로 읽혀졌다.

신주엽은 목회학을 전공한 신학대학 졸업자가 수련기간으로 거치게 마련인 교회 전도사 과정을 생략한 채 총회의 출판 홍보부문에 봉직하다, 몇 차례 부흥집회의 찬조 설교자로 나선 것이 계기가 되어, 여러 특별기도회나 부흥집회에 초청받기 시작했다. 그가 강단에 서기 시작한 초기에 나는 그의 설교를 두 차례 들은 적이 있었다. 그의 목소리에는 깊고 그윽한 울림이 있었다. 설교는 평이했으나 비판의 대목만은 날카로워, 듣는 이의 폐부를 찔렀다. 그래서 그가 참가하는 집회에는 신자와 비신자를 합쳐 사람들이 몰렸다. 구름같이 몰렸다는 직유가 어울릴 만큼 그의 인기가 날로 높아갔다. 그가 목사 안수를 받고 전문적인 부흥목사로 나서고 난 뒤부터, 그의 설교 내용을 두고 여기저기서 비판의 소리가 터져나오기 시작했다. 그즈음 주엽 소식은 아내의 직장 동료 여교사가 그의 부흥집회에 참석했다 전한 말을 통해 짐작했고, 그도 내게 편지질로 자신의 근황과 신앙적 고뇌를 알려오기도 했다. 그의 대중적인 인기와 교단 본부의 반응이 이따금 신문 종교란에까지 실리기도 했다. 신문에서 읽은 짧은 기사로는, 신주엽 부흥목사가 어느 집회의 설교 자리에서, 하나밖에 모르는 자는 아무것도 모르는 자와 같다며 불교·이슬람교·힌두교·유대교, 심지어 도교까지, 종교는 상대적 가치관을 지닌다는, 기독교와 동격론을 폈다는 것이다. 종교는 지역과 민족에 의해 나누어지나 어느 믿음이든 본질은 같다는 논조의 종교 다원주의 설파는 기성 교단을 분노케 했다. 어느 집회에서는 공자의 인, 불교의 자비, 기독교의 사랑을 상호보완 관계로 설파하며 그 역시 동격에 놓음으로써 성경 말씀을 모독했다는 비판도 받았다. 교단에서는 여러 차례 신주엽 목사에게 경위서와 반성문을 제출케 했으나 본인이 이를 거부했으므로 교단이 제명처분 결정을 내렸다는 요지였다. 요즘도 아닌 십 년도 넘는 세월, 당시 보수 교단의 그 제명처분은 유일신을 주장하는 열정적인 평신도들이 수긍할 만한 합당한 결정이었고, 이의를 제기하는 측이 있을 수 없었다.

신주엽의 부흥집회 전단을 본 아내는 동료 교사의 권유까지 있던 터라 호기심이 동했던지, 저녁 예배에 나와 동행하고 싶어하는 눈치였다. 그러나 그때 아내는 둘째애를 배고 있는 데다 두 살바기 큰애까지 데리고 나서기엔 무리였다. 나는 신주엽이 안양에서 부흥집회를 시작한 첫날에는 가지 못했고, 이튿날 점심밥을 손수 차려 먹자 퇴근하고 돌아올 아내에게 편지쪽지를 남겨두고 아들놈을 데리고 집을 나섰다. 비산동은 안양시에서도 변두리였다. 버스에서 내리니 길가 벽이나 전선주 곳곳에 신주엽 목자의 부흥집회를 알리는 광고물이 붙어 있었다. 염곡극장에 도착하고 나서야, 어느 교회도 그에게 장소를 제공하지 않았으므로 변두리 극장을 세낼 수밖에 없는 그의 고충을 이해할 수 있었다.

한국은 개신교 전도에 기적을 이룬 땅이란 말이 있듯, 신주엽은 이미 기성 교단으로부터 파문당했음에도, 어디에서 그렇게 모여들었는지 극장 안은 초만원이었다. 통로에까지 사람들이 빼곡히 앉아 있었다. 초가을의 서늘한 날씨인데도 극장 안은 사람들 훈기로 후텁지근했다. 부흥집회가 그렇듯 후줄그레한 차림의 아녀자와 늙은이로 채워졌을 법한데, 의외로 젊은 층의 남녀도 많이 눈에 띄었다. 젊은이 하나가 단상에서 집회를 이끌고 있었다. 그는 두 손으로 강대상을 박자 맞추어 치며, 마이크에 대고 찬송가를 불렀다. 청중이 박수를 치며 열심히 따라 불렀다. 찬송가는 일반 교회에서 널리 쓰는 합동찬송가였다. 열띤 분위기가 장내 공기를 상승시켜 나는 손수건으로 목덜미에 괴는 땀을 닦았다. 누구인가 나를 유심히 볼까 부끄러워 나는 아들을 목마 태운 채 일층 뒷자리에 서서, 무의식 최면에 걸린 듯한 집단의 흥분을 숨죽여 지켜보았다. 법석을 떠는 분위기를 싫어하는 내 체질과는 정반대의 현상에 주눅이 들어, 나는 신주엽 설교 강연을 듣기도 전에, 언제쯤 여기에서 빠져나갈까에 조바심을 쳤다. 이윽고 신주엽이 단상에 나타났다. 검은 양복에 검은 티셔츠 차림이라 신부 복장을 연상케 했고, 손가락으로 아무렇게나 빗어넘긴 머리카락이 헝클어져 있어 정장 차림으로 단정함을 애써 가꾸는 여느 목사들과 달라보였다. 주엽은 스스로 성경 구절부터 읽었다. 당시 갓 번역된 공동번역 성서였다. 마태복음 18장 1절부터 5절까지였다.

> 그때에 제자들이 예수께 와서 「하늘나라에서는 누가 가장 위대합니까?」 하고 물었다. 예수께서 어린이 하나를 불러 그들 가운데 세우시고 「나는 분명히 말한다. 너희가 생각을 바꾸어 어린이와 같이 되지 않으면 결코 하늘나라에 들어가지 못할 것이다. 그리고 하늘나라에서 가장 위대한 사람은 자신을 낮추어 이 어린이와 같이 되는 사람이다. 또 누구든지 나를 받아들이듯이 이런 어린이 하나를 받아들이는 사람은 곧 나를 받아들이는 사람이다」 하고 대답하셨다.

신약 여러 곳에 보이는 이 말씀이야말로 색다른 주석이 필요 없는, 가장 알기 쉬운 간단한 내용이었다. 인용된 성경 구절은 문장서너 토막에 불과했으나, 여러 예증을 풍부히 인용한 그의 설교가 삼십 분 정도 이어졌다. 은근하고 부드러운 목소리였고, 쉬운 비유로 그 말씀의 뜻을 풀이했다. 내가 듣기에 그의 온화한 어조만큼이나 평이한 주석에는 문제될 만한 아무런 혐의점이 없었다. 어떤 면에서는 그의 나이가 이제 서른에 이른 만큼, 초보적이고 보편적인 설교였다.

「……예수님이 제자들 앞에 불러세운 어린이란 누구입니까. 미처 자라지 않아 몸집이 작고, 아직 교육을 받지 않아 지식이 없고, 대인 관계가 넓지 못하므로 세상살이에 경험이 없습니다. 어린이는 폭력을 싫어합니다. 힘이 없으므로 누구를 이길 수 없습니다. 그래서 세상 사람들은 조금 모자라는 어른을 두고, 천지를 모르는 바보 같은 사람, 또는 순진하기가 어린애 같은 사람이라고도 말합니다. 요컨대, 세상때가 묻지 않은 천진스럽고 순결한 마음을 가진 시기가 바로 어린 시절입니다. 순결한 마음이라 함은 이 세상에 보이는 것, 보이지 않는 것까지 포함하여 그 모든 것에 대한 욕심이 없는 깨끗한 마음입니다. 재산에 대한 욕심, 출세에 대한 욕심은 성인에 이르지 않았으므로 관심이 없습니다. 어린이는 남을 이기려는 마음, 거짓말로 속이겠다는 마음, 남의 것을 빼앗겠다는 마음, 남을 투기하는 마음도 없습니다. 그런 어린이 마음을 가진 어른을 보면 사람들은 좀 모자라거나 천치나 바보라고 돌아서서 흉을 봅니다. 많은 재산과 높은 지위와 온갖 명예를 내팽개치고 순진무구한 어린이 마음으로 돌아가려는 사람이 만약 있다면, 여러분들도 그가 미쳤거나 바보라 비웃겠지요? 그런데 예수님은, 우리에게 바로 그런, 너무 선량한 바보가 되라고 말씀하셨습니다. 어린이와 같이 순결한 마음을 가진 자가 하늘나라에 들어간다고 말씀하셨습니다. 그런 아이 하나를 받아들이는 사람이 예수 당신을 받아들이는 사람이라고 분명히 이르셨습니다. 그럼 우리는 어떻게 해야만 그런 천진난만한 바보가 될 수 있을까요? 여기에서 먼저 생각할 점이, 주님은 어린이와 같이 자기를 낮추라 했습니다. 주님 말씀대로 먼저 자기를 낮추어야 합니다. 재물을 가졌다면 재물을, 권세를 가졌다면 권세를, 명예를 가졌다면 명예를 낮추어야 합니다. 낮춘다는 것은 겸손을 뜻합니다. 겸손은 뽐내지 않는 것입니다. 겸손은 자랑치 않는 것입니다. 겸손은 나보다 못한 사람을 도와주는 데 있습니다. 누가복음 십사 장 칠 절에 아무때라도 원하는 대로 나보다 못한 사람을 도와주고 나누어주라고 말했습니다. 마가복음 구 장 삼십삼 절에도 누구든지 첫째가 되지 말고 꼴찌가 되어 모든 사람을 섬기는 자가 되라고 예수님께서 말씀하셨습니다. 높은 자리에 앉았다가 그 자리를 내놓으라면 부끄러워질 테니 낮은 자리에 앉으라는 말씀 역시 겸손의 가르침입니다. 그러나 보십시오. 오늘의 이 세상이 어디 그러합니까? 재물을 가진 자는 더 치부하고, 권세를 가진 자는 그 권세로 낮은 자를 억압하고, 명예를 가진 자는 그 명예를 높여 세속적인 황금 면류관을 씁니다…….」

신주엽 말이 점점 빨라지고 목소리도 높아갔다. 청중 중에서 '아멘'과 '주여'를 외치는 소리도 들렸다. 생활고로 삶에 지친 가난한 사람, 육신이 병들어 비관하는 사람, 자신이 무능한 바보이므로 생존경쟁의 세상살이에서 탈락되었다고 낙담하는 사람들이야말로 주엽의 설교는 가슴에 닿을 만했다. 성경의 말씀을 빌려 그는 그런 사람들의 고통을 위로하고, 그들이 선망의 눈으로 쳐다볼 수밖에 없는 세속적인 영광을 입은 많이 가진 자, 높이 된 자는 어린이의 마음이 되어 겸손으로 자신을 낮추지 않는다면 천국에 들어가기가 심히 어렵다고 규탄했다. 그는 부흥집회에서 곧잘 볼 수 있는 안수기도로 병 고침을 받는다는 따위를 언급하지 않았고, 하느님께 바치는 돈, 또는 하늘에 쌓는 재물이라 비유하는 헌금에 대해서도 일절 언급하지 않았다. 내가 보기에 기성 교단의 비난을 면치 못할, 그다운 설교 요지가 가장 잘 드러난 대목은 역시 뒷부분이었다.

「……이 세상을 살아갈 동안, 어린이 생활을 마감하고 어른이 된 후 죽을 그날까지 성경 말씀에서, 예수님께서 해서는 안된다고 선포한 죄를 짓지 않고 사는 사람은 없습니다. 반드시 행하라고 말씀하신 선을 그대로 실천하기도 어려움이 많습니다. 보십시오. 기독교인은 물론 다른 교를 믿는 사람이나, 무종교인이나, 말씀대로 행하고 지켜야 할 일, 하지 않아야 할 일을 올곧게 실천하지 못함은 모두 마찬가지입니다. 사실, 성경에 기록한 말씀대로 공동체사회 안에서 한 점 티끌 없이 예수님처럼 살기는 힘듭니다. 그렇게 살자면 불편한 점도 많고 괴로운 점도 많습니다. 공동체생활이다 보니 자기자신과 가족 이익을 지키려 본의 아니게 남에게 어려움과 괴로움을 주게 되는 경우가 있습니다. 어린이가 되려는 마음을 실천하려 해도 당장 남의 웃음거리가 됩니다. 저 역시 어린아이 마음을 오래 전에 잃어버렸으므로, 여러분에게 모범을 보인 스승으로 성경 말씀의 이 말씀을 이야기할 자격이 없습니다. 저 역시 날마다 알게 모르게 죄를 짓고 있으며, 늘 회개해야 할 죄인이기 때문입니다. 그러므로 목회자라 하여 여러분보다 높임을 받아야 할 이유가 없습니다. 목회자라고 천국행을 남 먼저 보장받는 것도 아닙니다. 성경 말씀 속에 살려고 실천하려는 마음과 그 실천이 어려워 회개하는 마음은 누구에게나 마찬가지입니다. 그러므로 간절한 회개를 통해 주님의 도움을 구하는 겁니다. 주님 응답이 있기를 바라는 것입니다. 그 응답을 성경 말씀을 통해 은혜 입게 되는 것입니다. 주님은 회개하는 마음, 진정으로 회개를 통한 뜨거운 참회를 어여삐 여기십니다. 그 고민을 사랑하십니다. 또한 회개의 반성 속에 참다운 믿음이 싹틉니다. 제가 주님 목소리를 말씀을 통해 만날 때 기쁨이 샘솟듯, 여러분도 회개 과정에서 그런 체험을 했기에 여기에 모였습니다. 제가 죄를 회개하며 주님의 용서를 간절히 바랄 때 마음에 평화가 찾아들듯, 여러분도 주님에게 눈물로 호소하면 주님이 그 마음의 순결을 알고 이루어주시며 용서해 주실 것을 믿기 때문에 회개의 기도합니다. 그 시간은 영(靈)의 주님을 만나는 시간입니다. 그 만남의 시간은 교회가 아니어도 상관없고, 목회자 앞이 아니어도 상관없고, 이렇게 여럿이 함께 모인 자리가 아니어도 됩니다. 예수님은 골방에서 홀로 간구함이 더 귀하다 말씀하셨습니다. 여러 성도님들, 예수님께 죄 사함을 간구하고 말씀대로 살겠다는 고백의 기도를 하고 나면 마음이 후련하지요? 이는 마음이 평안을 느낀 때문이며, 더 열렬히 주님께 간구하고픈 소망이 싹튼다는 증거입니다. 그런데 왜 나만이 그 소중한 말씀

뜻을 깨우치며 그 말씀을 통해 평안과 소망의 기쁨을 가져야 하나 하고 안타까울 때, 주님을 모르고 사는 사람들에게 주님을 만나는 참기쁨을 알게 해주려는, 전도하고 싶은 마음이 생깁니다. 주님이 십자가에 못박혀 이 땅을 떠나신 후에야 따르던 제자들이 주님의 살아생전 믿음의 확신을 가지지 못했던 자신의 소행을 회상하며, 부끄러워했습니다. 제자들은 주님이 승천한 후에야 그분이 위대했음을, 자신들이 그분의 위대함을 미처 몰랐음을 두고 후회했습니다. 그 회개가 제자들 마음에 평안과 소망의 기쁨을 주었습니다. 제자들은 주님의 말씀을 통한 평안과 소망의 기쁨을 전도하기로 마음먹었습니다. 제자들이 갖은 박해를 견디며 순교할 수 있었던 것은, 그 말씀을 전하는 데 기쁨이 있었기 때문입니다. 그 기쁨을 주님이 주신 것입니다. 우리나라 천주교 전래 과정에서 기해박해・병인박해를 겪으며 많은 순교자를 낼 수 있었음도 주님의 말씀이 얼마나 위대한지를 깨닫고 그 말씀대로 믿고 순복하며, 이를 전도하는 사명이 목숨보다 더 큰 영광임을 알았던 것입니다. 그렇기에 말씀을 모르고 일백 년을 살기보다 말씀 속에 하루를 사는 기쁨이 있으므로 전도의 보람이 있는 것입니다. 저와 여러분의 이런 만남 또한 말씀의 기쁨을 함께 나누기 위해서입니다. 그러므로 예수님의 말씀을 이 땅 끝까지 전하는 일에는 목회자와 평신도의 구별이 없습니다. 말씀을 복음 그대로 정확하게 전달하느냐 그렇지 않느냐의 문제만이 있을 뿐입니다. 성경에 기록된 말을 자기 식대로 해석하거나, 전체를 보지 않고 부분의 말씀만으로 해석해선 아니됩니다. 여러분, 역사를 보십시오. 콜럼버스가 서양인으로서는 처음으로 미국대륙을 발견하고, 서양인들이 남북 아메리카 땅을 정복했습니다. 그들은 땅 끝까지 예수님의 복음을 전도해야 한다는 사명감만 너무 앞세우고, 내 앞에 다른 신을 두지 말라는 말씀에만 너무 집착한 나머지,

그 대륙에 살던 인디언들을 이교도라는 명목으로 수천만 명을 학살했습니다. 마태복음 이십이 장 삼십칠 절에서 주님이 뭐라고 말씀하셨습니까. 율법교사가 예수를 시험하려 물었을 때 주님은, 네 마음과 목숨을 다하여 하느님을 사랑함이 가장 큰 으뜸 계명이요, 두 번째가 네 이웃을 네 몸같이 사랑하라고 말씀하셨습니다. 그런데 그들은 살육을 저질렀습니다. 어린이같이 되라는 말씀을 잊어버렸기 때문입니다. 어린이야말로 재물의 넉넉함이 주는 안락과 육신의 쾌락이 무엇인지 알지 못합니다. 어린이에게 인간이 인간을 죽이는 살인이란 상상도 할 수 없는 어른들의 세계요 악행입니다. 또한, 주님은 우리들에게 물질의 축복을 주시려 이 땅에 오시지 않았습니다. 주님은 여러분 자식의 입시 합격이나 남편의 승진, 건강과 재물의 축복을 주려 이 세상에 종으로 오셔서 말씀을 펴지 않았습니다. 물질로써, 육신으로써 더럽혀진 영혼을 구원하기 위해 이 땅에 오셨습니다. 마음과 영혼의 구원에 대해서 말씀하셨지, 썩어 없어질 육신에 대하여, 입으로 들어가는 탐욕과 물질에 대하여, 풍족한 자에게 더 많은 풍족을 주시기 위해 이 땅에 오시지 않았습니다. 마음과 몸이 이 세상의 학대에 견뎌내기 심히 어려운 자의 고통을 마음으로 덜어주기 위해 주님은 상전의 지배자가 아닌, 종의 신분으로 이 세상에 오셨습니다. 감히 제가 말합니다. 영혼의 갈증을 느끼는 자, 그 마음이 너무 가난하고 육신의 삶이 너무 고달파 주님께 매달려 간절한 구원을 바라는 자만 남고 나머지는 이 자리에서 나가십시오. 물질의 축복을 받기 위해 오신 자들은 그가 지금 굶고 있더라도, 주님은 당장 축복을 내리지 않습니다. 육신이 병들어 곧 죽게 된 자 역시 주님이 그 병부터 고쳐주시지는 않습니다. 그가 진정으로 자신의 죄를 참회하여 하느님을 구세주로 받아들이기를 맹세하고 어린이의 마음으로 돌아가 그 마음이 깨끗하게 되었을 때, 주님은 비로소 그의 몸에 치유의 능력을 보이십니다. 그러므로 먼저 어린이같이 정결한 마음과 예수님의 말씀을 통해 영혼의 가난부터 말씀으로 채우겠다는 분만 남아서, 저와 함께 주님께 간구합시다. 미움이 없이 우리가 서로 사랑하자고. 물질이 풍요하고 육신이 건강한 자보다 말씀대로 행하는, 마음이 깨끗한 자가 되자고. 나보다 낮은 자에게 베푸는 선을 행하자고. 그런데 그런 복음 전파에 종이 되어야 할 사명을 띤 오늘의 교회가, 그 교회를 관장하는 목회자들 중에, 주님의 말씀을 자기 뜻대로 해석하는 많은 분들이 있습니다. 주님이 어린이와 같이 되라고 말씀하신 그 낮춤의 참뜻을 오히려 묵살하며, 보란 듯 성전에 재물과 권세와 명예를 높이 세우고 이를 보란 듯 하느님이 내리신 물질의 축복이라 말합니다. 교회로 나와 열심히 믿고 헌금만 하면 여러분에게도 주님이 그 배로 물질과 명예의 축복을 주며 하늘나라를 보장해 준다고 말합니다. 믿음이 너희를 부유케 해준다는 말씀은 마음의 넉넉함이 먼저이고 물질의 축복은 …….」

그때, 뒤쪽에서 돌연 여러 고함이 터져나왔다.

「목사도 아닌 놈이 목사님을 비방하다니!」「이단은 물러가라!」「사이비 신가 놈을 강단에서 끌어내려라!」

나는 청중들이 빽빽이 서 있는 출입구 쪽을 보았다. 중년 사내 여럿이 극장 무대에 대고 주먹을 내두르며 성토했다. 그곳에서 수십 장의 삐라가 공중으로 뿌려졌다. 계획적인 집회 훼방꾼들이었다.

「잡아내라. 저놈들을 모조리 극장 밖으로 끌어내!」네놈들이 왜 들어왔어. 듣기 싫으면 안 들으면 될 것 아냐!」

신주엽을 옹호하는 쪽도 만만치 않았다.

삐라는 계속 뿌려졌다. 뒤쪽은 온통 수라장이었다. 내 어깨에 목마 탄 아들이 그쪽을 보다 놀라 울음을 터뜨렸다. 나는 마치 내가 봉변당하듯 느껴져, 그 자리에 더 있을 수 없었다. 떠날 기회가 드디어 왔음을 알고 나는 서둘러 극장을 빠져나왔다.

「……여러분, 주님은 어린이와 같이 자기를 낮추는 사람이 하늘나라에서 위대한 사람이라고 말씀하셨습니다. 겸손한 자는 여러 성도들이 간구할 때 주님의 응답이 당장 없더라도 믿음의 소망을 갖고 기다리며 참고 견디는 자입니다…….」

극장 안의 소란에 아랑곳없이 신주엽의 설교는 계속되었다.

신주엽을 편드는 사람들에 의해, 삐라를 뿌리며 성토하던 열 명 남짓한 훼방꾼은 극장 밖으로 밀려났다. 그들은 극장 밖에서도 삐라를 뿌리며 계속, 신주엽은 이단이라고 외쳐댔다. 나는 그들이 뿌린 삐라 한 장을 주웠다. 먼저 눈에 띄는 큰 글자가, 「신주엽은 여성 신도 여러 명과 간음했다」「신주엽은 신도들의 술·담배를 인정한 사탄이다」였다. 정말 그럴까? 그때 나는 그런 의문을 가졌다. 물론 나는 그날 그를 만나지 않았다.

나는 여지껏 편지에서나마도 안양 부흥집회에 참석했던 일을 그에게 밝히지 않았다. 그로부터 일 년 뒤, 그에 대한 비방이 매스컴으로부터 사라졌다. 그가 회개하고 기성 교단에 복귀한 것이 아니라, 그 자신이 세상의 이목에서 잠적해 버렸다.

예수 이후, 어느 선지자나 신학자나 목회자도 이 세상 모든 사람을 그분의 말씀대로 인도할 수 없었다. 그 말씀이 위대한 만큼, 그 위대함에는 인간의 마음으로서는 감히 이르기 힘든 최고의 선(善)을 지향했기에 그 말씀의 적도 많았다. 예수 정신 안에 이 세계는 통일되지 않았고, 인간은 이기적 욕망을 키워왔기에 불화는 계속되었다. 서구는 기독교의 전성시대인 중세에도 인간들은 나름대로 예수를 인간의 잣대로 해석했기 때문

> 이다. 그 뒤로도 이 세계의 현상과 공동체 삶의 관계망은 예수의 본질인 그 말씀에서 차츰 멀어져 갔다. ……나는 이제 세속을 떠나 당분간 숨기로 했다. 얼마 안되는 식구를 데리고, 우리만의 말씀의 작은 집을 세워 예수의 말씀대로 실천하는 삶을 살기로 했다…….

이런 내용의 신주엽 편지를 받기가 그즈음이었다.

뱃고동소리가 연달아 울리고 발동기 꺼지는 소리가 들렸다. 배가 천천히 회전을 시작했다. 난간에 팔을 짚고 섰던 내 왼쪽으로 갑자기 섬이 다가왔다. 통영 앞바다의 다도해를 빠져나가기 전 마지막 섬인 오곡도였다. 하얀 등대가 보였고 해안으로 완만한 언덕을 타고 오른 갯마을이 나섰다. 마을 뒤로 솔밭 울울한 산이 어깨를 세우고 있었다. 포구에는 거룻배·주벅배·너벅선·야거리들이 버릿줄에 매인 채 닻줄을 내리고 정박해 있었다. 여객선이 천천히 몸을 틀어 꼬리를 선창에 붙였다. 하선객은 뭍에서 생필품을 사다 나른 어촌 주민 예닐곱과 낚시꾼 승객 대여섯이었다. 쌀가마·석유 드럼통 따위의 하물도 내려졌고, 수족관을 적재한 트럭 두 대도 배에서 빠져나갔다. 배에 오르는 승객은 아낙네 둘이었다. 여객선은 십오 분 정도 정박했다 선창을 떠났다.

여객선은 이제 한려해상국립공원을 빠져나가 망망대해로 들어섰다. 가까이로 섬이 보이지 않았다. 날씨가 쾌청하고 파도가 잔잔하여, 가을 바다의 물빛이 더욱 짙푸르다. 난간에 기대 섰던 승객도 찬바람 탓에 얼추 떨어져 나가버렸다. 고물 쪽을 바라보던 나는 저만큼 앞쪽 난간에 팔을 걸치고 바다를 바라보는 한 여인에게 눈길이 머물렀다. 뒷머리를 타래한 그 여인은 분명 낯이 익은 얼굴이었다. 그랬다. 삼 년 전 여름, 강남 고속버스터미널 부근 찻집에서 보았던 이마 넓고 낯색 창백한 나 또래의 그 여인이었다. 저 여인이야말로 나처럼 날짜에 맞춰 쑥섬으로 가는 '말씀의 집' 성도였다. 나는 여인에게 다가갔다.

「아주머니, 저를 알아보시겠습니까. 삼 년 전 여름 고속버스터미널 앞 찻집에서 신 목자와 함께 뵈온 적이 있지요.」

「네, 그랬었지요.」

여인이 알은체 목례를 했다.

「신 목자로부터 쑥섬에 한번 다녀가라는 편지를 받고 나선 길입니다. 그런데, 그곳에서 무슨 특별한 성회라도 있습니까?」

「사실은 저두 자세헌 내용은 모른 채 전도관장님 부름을 받구 나선 길입니다. 오늘 신 목자님께서 사십 일 금식기도가 끝나는 날인 줄은 압니다만…….」

「전도관장은 그때 뵌 나이 든 곽이란 여자분입니까, 아니면 민 군입니까? 그때 찻집에서 함께 뵈었지요.」

「여자분이십니다.」

「전도관은 욕지도에 있습니까?」

「네, 성도들 헌금으루 작년에 전도관을 복지원 옆에 완성했지요. 목자님은 순회 말씀회루 각 지역을 순방하시지 않을 땐 그곳에 계신답니다.」

「그렇다면……, 아주머니께선 '말씀의 집' 어느 지역에 살고 있습니까?」

「경기도 수원입니다.」

「수원에도 '말씀의 집' 전도관이나 회당이 있습니까?」

「'말씀의 집'은 욕지도 전도관말구 전국 어디에두 회당을 가지구 있지 않습니다. 회당이나 교회가 무엇 때문에 필요합니까.」 여인의 목소리가 냉랭했다. 신 목자 오랜 친구란 분이 그것도 모르느냐는 힐책이 다분히 섞여 있었다.

「주일은 지켜야 할 텐데, 그렇다면 수원에 사는 '말씀의 집' 성도들은 어디서 예배를 봅니까?」

「구역 성도들끼리 주일마다 각 가정을 돌며 예배 보지요. 전도관에서 일주일마다 우송되는 테이프에 그 주일 예배 순서와 목자님 육성 설교가 녹음되어 있습니다.」

여인의 말을 듣자, 나는 그 동안 '말씀의 집'에 관해 너무 무지했음을 깨달았다. 신주엽은 편지에 욕지도에 전도관을 완공했다느니, 전국 각 지역 주일 예배를 직접 관장할 수 없으므로 테이프를 통한 통신 예배 본다느니, 하는 내용을 일절 밝힌 적 없었다. 나 역시 편지에 '말씀의 집' 운영방법을 질문한 적 없었다. 내가 '말씀의 집' 성도가 아니므로 우리 둘 사이에 그런 사무적 보고와 질문이 필요 없기도 했다. 신주엽이 기성 교단에서 목사 직분을 제명당한 뒤 우치무라(內村鑑三)의 영향을 받아 김교신·함석헌 등이 조직한 '성서연구회'처럼 무교회주의를 지향하고 있지 않냐는 정도는, 그가 보낸 편지 내용의 암시로 대충 짐작하고 있었다. '말씀의 집'이란 간판을 욕지도 복지원에 걸어놓고, 주기적으로 십 년 전 안양에서처럼 극장·예식장·군민회관을 빌려 전국 각처에 부흥회를 열며 다닌다고 생각했을 따름이었다.

「수원 지역에 '말씀의 집' 성도가 얼마인지 모르나 교회란 구심점이 없다면 아무래도 개인의 신앙심이 해이해질 테고, 성도들의 결속력이나 전도에 지장이 많을 텐데요?」 신주엽의 통신 예배 형식을 대충 이해할 수 있었으나 나는 모른체, 질문을 밀어붙였다.

「오직 말씀의 실천에만 충실허는 우리 교단은, 우리 믿음의 뜻을 이해허구 찾아오는 성도를 받아들일 뿐입니다. '작은 예수님의 집'을 목표루 허지요. 회당은 물론 회당에 달린 각종 사무부처가 없기에 애써 헌금을 거두지두 않구요. 신 목자님 친구시니 잘 아시잖습니까. 목자님을 두고 신흥교단 교주라 비방허는 말두 있으나 목자님께선 말세에 재림한 예수님으로 자처하시지두 않구 성경 말씀을 왜곡되게 해석하시지두 않을 뿐더러 오히려 당신을 종의 종이라 낮추시며 오직 말씀대루 살며 순복과 회개를 되풀이 하십니다. 기성 교단이든 신흥 교단이든 툭허면 현세를 사탄이 지배하는 연옥이라 허구 천당을 예수님이 계시는 복락원이라 설교허지요. 목자님께서는 그런 천당행을 면죄부루 파시지 않구, 예수님으루부터 신유의 은사를 혼자 받은 듯 뽐내며 병자를 불러 모으지두 않습니다. 진실한 믿음과 그 소망의 힘이 육신고(肉身苦)의 치유에 도움이 된다는 말씀은 허셔두, 주님의 권능을 갖지 않았기에 안수기도루 병자를 낫게 헌다구 말씀허진 않으십니다.」

「실례지만 '말씀의 집' 수원 지방 성자수는 얼마쯤 됩니까?」

「성도의 많구 적음이 중요허지 않지요. 주님 말씀을 깨닫고 이를 만분의 일이라두 올곧게 실천하는 믿음의 자세가 중요허지요. 쭉정이 곡식보다 한 알의 확실한 알곡을 주님은 원하십니다.」 여인의 대답이 옹골찼다.

「주일마다 찻집에서 모여 성경공부를 겸한 예배와 토론회를 가지는 모임이 있단 말은 들었어도, 평신도를 상대로 한 무교회주의가 전국적인 조직망을 가진다는 건 한국 현실에 비추어볼 때 아무래도……. 정보·전산·통신시대다 보니 통신을 통한 예배는 종교방송국이 그 일을 하고 있지 않습니까?」

「방송국이 신 목자님에게 설교시간을 할애해 줍니까. 우린 방송국을 세울 능력두 없구, 그걸 원치두 않습니다. 교회조차 원치 않는 작은 공동체 모임이니깐요. 믿음이란 나 개인과 주님의 말씀이 만나는데, 교회에 떼지어 모여야 주님을 만납니까. 이제 한국 교회는 기업형태를 띤 사업첸니다. 오늘의 자본주의 사회구조를 본따 자기들 편리에 따라 종교 중소기업과 대기업을 만들어냈지요. 사회구조가 너무 복잡해졌구 빨리 변허기두 합니다만, 오늘의 교회는 진정한 주님의 공동체 모임 역할을 허구 있지 못합니다.」

「비약이 너무 지나치십니다. 저 역시 교회의 대형화에는 비판하는 쪽이지만, 신교 전래 이후 이 나라에서 기독교의 공적을 무시할 수 없습니다. 한국의 기독교인이 이 나라 발전에 많은 공헌을 했고, 오늘의 무너지는 도덕과 윤리면에서도 이 정도로 사회를 정화시키고 지탱해 주는 힘은 기독교인, 아니 종교인의 역할이 크다고 봅니다.」

내 속뜻과는 조금 다른 논조지만, 여인의 말을 끌어내려 반박했다. 말하는 투로 보아 여인의 교양 정도에 짐작이 갔고, '말씀의 집' 수원 지방 책임자 정도의 신분임을 짐작할 수 있었다.

「목자님께선 욕지도 전도관마저 필요 없다구 말씀허셨으나 우리 전국 성도들도 일 년에 한두 번씩 함께 모여 말씀을 직접 듣고 합동하여 기도헐 처소가 있어야 했기에 성도회 발기루 이태 동안 한 끼 덜 먹고 옷 한 벌 안 사기 운동을 벌여 모금한 돈으루 눈비와 바람 피헐 만헌 전도관을 지었지요. 초라헌 전도관이라 돈두 그렇게 들지 않았습니다. 복지원 식구들의 기도 처소루두 활용하려구요.」 여인이 난바다를 바라보며 처연하게 말하더니 잠시 침묵 뒤 뒷말을 달았다. 「목자님이 화려한 성전을 결단코 반대허시는 분이시라……. 우리에겐 천년을 지탱헐 견고헌 성전이 필요헌 게 아니라 천년이 다시 지나두 불변헐 말씀을 마음으루 닦는 수행이 더 중요허지요.」

멀리로 두 개 섬이 물이랑 너머에 떠 있었다. 배의 요동에 따라 그 섬이 물 속으로 잠겼다 떠올랐다 자맥질했다. 갈매기 한 마리가 뱃전을 빠르게 지나쳤다.

「복지원 식구는 몇입니까?」

「이제 일흔 명에 가까울 걸요. 이 배에두 새루 입소할 두 분이 탔더군요. 우리 전국 성도회에선 일반 교회가 헌금을 거두듯, 교회 운영에 대부분이 쓰이는 그런 헌금 대신, 이 세상에서 버림받은 그들을 위해 복지원으루 적은 금액이나마 송금헙니다.」

「이런 질문이 어떨는지 모르지만……, 만약 신 목자가 하느님 부름을 받고 타계한다면 '말씀의 집'은 해체되겠군요?」

그제서야 여인이 바다에서 얼굴을 돌려 나를 말끄러미 바라보았다. 그 질문의 대답을 예비해 둔 듯 여인이 서슴없이 말했다.

「그 점에 대해서 전도관장님은 이런 말씀을 허셨습니다. 어느 시대에 주님 말씀을 온몸으루 실천헌 주님 종이 있었고, 그분과 뜻을 함께한 한 무리의 성도가 있었다. 주님 종이 소천할 동안 그 성도들은 하느님의 영광을 입구 짧은 이 세상을 살 동안 행복한 믿음의식으루 함께 살다 하늘나라루 갔다.」

「듣자 하니 지금 하신 그 말씀, 장엄한 시구(詩句)나 설화적 동화 같군요.」

「저는 물론, 성도들이 모두 외구 있으니깐요. 우리 '말씀의 집'은 목자님의 후계자가 없습니다.」

「그렇담 신주엽 목자야말로 살아 있는 유일한 예수의 제자란 뜻 아닙니까? 전에는 있었는지 모르지만 그가 죽고 난 뒤에는 아무도 없다는……. 그런 독단은…….」

「바람이 차갑군요. 그럼 이만 실례허겠습니다.」 내 반론이 말 같지 않은 소리란 듯, 갑자기 여인이 정색하여 냉랭하게 말했다.

여인은 내게 목례하곤 아래층 내실로 들어가버렸다. 배멀미 탓인지 속이 불편하여 나는 다시 담배를 불 댕겨 물고, 여인의 이력을 나름대로 상상해 보았다. 여인은 서울 변방 내가 사는 동네에서 흔히 만날 수 있는 평범한 주부 외양을 하고 있었다. 대학, 또는 여고를 졸업하고 한 남자를 만나 시집갔을 것이다. 남편은 선생·공무원·사업가·자영업자·비닐하우스로 꽃이나 소채를 재배하는 독농가래도 좋았다. 여인은 초등학교나 중학교에 다닐 자녀를 두셋쯤 두고 있으리라. 동네 교회를 열심히 나가던 중 수원에서 부흥회를 연 신주엽 설교를 듣고 귀가 크게 열려, 그의 집회를 쫓아다니다 추종자가 되었을 것이다. '말씀의 집'의 열성적인 신자가 되자 수원 지방 지역책을 맡아 오늘에 이르렀으리라. 그런데 전도관의 부름을 받고 이렇게 남해 쑥섬까지 내려오자면, 짧게 잡아도 네댓새 집을 비우게 될 터였다. 그 동안 집안 식구 끼니는 남편과 자녀가 협동해서 해결할 것이다. 아니면, 시어머니가 맡든 친정어머니를 모셔둘 수 있었다. 어쨌든, 여인의 남편이 '말씀의 집' 성도가 아니라면 아내가 이상한 기독교에 빠졌다며 평소에 말다툼이 잦았을 게 뻔했다. 이번 경우도 여인은 남편과 한바탕 티격태격하고 가출하듯 집을 나섰을 수 있었다. 주부가 이삼 일, 일주일 정도 가정을 비울 경우는 비단 '말씀의 집' 집회에만 해당되지 않는다. 한국 대형 교회는 신자의 막대한 헌금에 힘입어 선교사 해외 파송 지원, 교회 가족을 위한 공동묘지 매입은 물론, 깊은 산처에 별도의 기도원이나 수양관을 가지고 있다. 그런 기도원은 연중 무휴로 운영되며, 특별 부흥집회와 금식기도 주간을 수시로 개최한다. 그외에도 이 땅 산협에는 신라와 고려시대 사찰이 들어서듯, 크고 작은 많은 기도원이나 수양관이 산재해 있다. 그 기도원과 수양관 중 '말씀의 집'처럼 기독교 어느 교단도 인정하지 않은, 이단이나 신흥종교로 지목받는 유아독존의 교주도 있다. 그런 기도원에 가보면 신령한 목사의 안수기도가 불치의 병을 고친다는 소문에 따라, 목사의 말씀 능력이 신통력을 가졌다는 선전에 혹하여, 단식의 특별한 효험, 또는 아닌말로 그곳 지하수가 성수(聖水)라 효력이 있다는 권유를 받고 몰려든, 영육의 병을 앓는 무리를 만날 수 있다. 자식 입시 합격이나 남편 승진, 질병을 신탁에 의지해 보려는 아녀자, 며칠 동안 세속 잡사로 난마가 된 머리도 식힐 겸 성령 은사를 받으러 찾아온 아녀자를 만날 수 있다. 어쨌든 그런 처소의 이용자는 여성이나 병자가 대부분이다.

나는 여기까지 추리하다, 부군이 '말씀의 집' 신자냐고 여인에게 묻지 않은 게 후회되었다. 그런 의미에서 내 소설적 추리도 한계가 있었으니, 나는 무의식중에 그 여인을 통해 어머니 생전 믿음의 자세를 연상했기 때문이었다. 어머니와 그 여인은 열정적으로 믿음을 좇는다는 점에서 닮은 데가 있었다. 그런 어머니를 두고 불신자가 어떻게 평가하든, 정직·성결했다는 데 흠집을 낼 자는 없을 것이다. 내 성장기가 부모로 하여 불우했다는 단정 아래 내가 어머니를 정죄할 수 없듯, 조금 전 여인의 쑥섬행 역시 그 여인의 신심을 두고 이러니저러니 간섭이나 충고할 자격을 가진 자 역시 아무도 없을 터였다.

나는 난바다를 바라보며, 신주엽이 세운 '말씀의 집'과 쑥섬에서 그가 보여줄 '괜찮은 구경거리'의 궁금증을 두고 한동안 생각했다. 그가 세운 교단에 대해선 이해할 수 있는 부분과 이해할 수 없는 부분이 나누어졌으나, 쑥섬으로 나까지 불러들인 이유만은 의문이 풀리지 않았다. 설령 사십 일 금식기도가 끝나는 날을 기념한다 해도, 나까지 초청할 그가 아니었다.

난바다에는 배 한 척이 떠 있었다. 내가 탄 여객선은 포말을 일으키며 힘차게 나아가는데, 멀리 떠 있는 배는 바다 가운데 멈춰 있듯 보였다. 배 가까이 섬과 같은 고정된 물체가 있다면 배의 진로 방향과 속도를 짐작할 수 있을 터였다. 거리가 멀어 배 크기나 종류를 알 수 없었다. 신주엽이란 존재 역시 내게는 난바다의 먼 배와 같았다. 내가 그에 대해 여지껏 알고 있는 지식은 그야말로 껍데기였고, 그 수박 겉핥기식 인식이야말로 그에 대해 아무것도 모르고 있음과 다름아니었다. 소속 교단으로부터 배척받아 이단, 신흥종교로 내몰린 끝에 무교회주의자로 입신한 단독자로서 그의 외로움과 고뇌, 전도를 전혀 고려치 않은 듯 복지원과 전도관을 묻으로부터 뱃길 세 시간 넘는 남해 섬에 설립한 동기를, 내 상상력으로선 따라잡을 수 없었다.

갑자기 객실 안에서 노랫소리가 들렸다. 합창으로 부르는 찬송가였다. 바닷바람을 한껏 마신 터라 나는 아래층 객실 안으로 들어갔다. 이물 쪽 귀퉁이에 열두세 명이 동그랗게 원을 그려 둘러앉아 찬송가책을 펴놓고 찬송가를 부르고 있었다. 그들 중에는 나와 대화를 나누었던 여인은 물론, 뇌성마비 장애자 둘도 섞여 있었다. 장애자는 삐딱하게 돌아간 턱을 흔들며 어둔한 발음으로 찬송가를 열심히 따라 불렀다. '말씀의 집' 각 지역 책임자로 짐작되는 일행 중에 남자는 장애자 둘을 합쳐 모두 넷이었고 나머지는 여자들이었다. 처녀 티 나는 여자도 있었으나 대체로 중년 아낙네들이었다. 그들의 차림은 동대문시장에서 흔하게 만날 수 있는 서민풍이었다. 맵시를 낸 옷에 화장기 있는 착색에 귀고리 따위를 단 여성은 없었다. 서른 초반의 넥타이를 맨 젊은이가 있었으나 시골 면서기나 벽지학교 선생 티가 났으니 와이셔츠는 꾀죄죄했고 넥타이는 유행이 지난 폭 넓고 칙칙한 색상이었다. 찬송가 한 곡이 끝나자 점퍼 차림의 중년 남자가 '이백오십육 장' 하고, 다른 찬송가 번호를 대어 노래를 선도했다.

> 눈을 들어 하늘 보라 어지러운 세상 중에
> 곳곳마다 상한 영의 탄식소리 들려온다
> 빛을 잃은 많은 사람 길을 잃고 헤매며
> 탕자처럼 기진하니 믿는 자여 어이할꼬……

나도 그 곡을 잘 아는, '눈을 들어 하늘 보라'는 2절로 이어졌다. 그 찬송가는 육이오 전쟁중 부산 피란 시절, 당시 고난스러운 시대를 배경으로 석진영이 작사하고 박재훈 목사가 곡을 붙인 노래였다. 척박한 현실에 소망을 잃은 세상 사람을 향해 믿는 자의 복음 증거를 외친 가사와, 쉽고 애절한 곡조로 전후에 널리 애창된 찬송가였다. 내가 중·고등학교에 다닐 때 삼포교회에서도 그 찬송가가 많이 불려졌다. 주일 날이면 언덕길을 오르며 열심히 교회에 나갔던 스무 몇 해 전, 그 시절이 아련하게 떠올랐다. 믿음에 대한 회의가 없던, 믿음을 개인 이기주의로 받아들였던 시절이었다. 나는 고향 탈출을 늘 꿈꾸었고, 그 방법은 오직 서울 명문대학에 합격하는 길밖에 없었다. 목수 아들로 구유에서 태어난 예수는 가난한 갯가 젊은이의 소망을 실현시켜 주리라 굳게 믿었다. 어린아이같이 약하고 선량해 보이지만 감히 범접 못할 굳셈이 눈빛에 살아 있는 당신의 모습을 보면 애젊은 한 영혼의 간절한 기원을 반드시 이루어줄 것만 같았다. 주일이면 어머니가 어린 누이 손을 잡고 언덕길을 오르고, 내가 그 뒤를 따랐다. 어머니에겐 아버지를 포기한 대신 자신 소생은 아니지만 누이를 주님 앞으로 인도했다는 긍지가 엿보였다. 「예수를 믿어도 저쯤 돼야 한다.」 삼포 불신자들마저 그렇게 말했을 정도로, 어머니는 아버지를 미워했어도 아버지가 안고 들어온 누이를 구박하지 않았다. 어머니 성질대로라면 음행한 죄의 씨앗인 누이를 볼 때마다 모멸감과 투기심으로 울화가 들끓었을 텐데, 「불쌍한 자슥, 우리 주님은 버려진 니 겉은 아이를 사랑하며 안아주셨을 끼다」 하며, 늘 측은하게 여겼고, 당신은 금식한다며 굶으면서도 심방 갔다 얻어오는 떡·감자·고구마·전붙이 따위의 주전부리감을 챙겨 누이에게 주었다.

찬송가 합창이 점점 열을 띠어가자, 손뼉으로 박자를 맞추는 아녀자도 있었다. 나는 그들 속에 어머니가 섞여 앉았으면 꼭 어울리겠다 싶었다. 찬송가를 부를 때면 늘 신명이 오르던 어머니였다. 나는 문득 내가 쓰는 소설 속 어머니를 떠올렸다. 그 노친네 역시 믿음은 반석같이 굳건하나 여럿이 모인 자리에 손뼉을 치며 찬송가를 부르는 모습만은 어울리지 않을 것 같았다. 나는 주인공 노친네를 어머니 반대편에 세우기로 했기에, 오른손이 하는 일 왼손이 모르듯 골방에 홀로 성경책을 읽고, 기도하고, 찬송하는 모습이 더 어울릴 터였다. 나는 왜 소설 속 노친네를 어머니 반대편에 세우려 할까. 당신 유형의 독실한 믿음이 가정 불화의 빌미를 제공했고 내 성장기에 고통을 준 탓일까. 아니면, 당신을 묘사할 때 내가 받을 회한과 슬픔을 두려워해서일까. 생각이 여기에 이르자, 나는 아직도 어머니를 전폭적으로 이해하고 사랑하기에는 많은 걸림돌이 앞을 가로막고 있음을 알았다.

「여기가 예배당이 아니잖소. 남도 좀 생각할 줄 알아야제. 참는 데도 한계가 있구먼.」 가운데쯤에 신문지를 깔고 판을 벌여 술을 마시던 남정네 중에 나이 지긋한 사내가 시큰둥 말했다.

마침 찬송가 4절이 끝났다. 성도들은 어차피 침묵할 수밖에 없었다. 대중사회에 노출을 꺼리는 특별한 종교집단의 폐쇄적인 태도랄까, 술주정꾼 간섭이라 여겼던지, 아무도 그쪽을 바라보지 않았고 대꾸하는 성도가 없었다.

「구주가 심판하는 날 곧 가까이 임했다? 그렇다모 우리 같은 술꾼이 젤로 먼첨 심판받겠구먼. 심판받아 지옥불에 떨어지모 한 배 탔던 정을 생각해서 밧줄이라도 내라주소.」 찬송가 구절을 새겨들었던지 텁석부리 젊은이가 말했다. 그는 소주잔째 털어넣듯 술을 마시곤 금박지에 싸온 물오징어 다리를 집어 초장에 찍어 먹었다.

「모두 묵도합시다.」

찬송가를 선도했던 사내의 말에, 성도들이 머리를 숙였다. 중언부언 읊던 각자의 기도소리가 차츰 높아갔다. 그중 뇌성마비 장애자의 알아듣기 힘든 발음은 괴성이요 고함에 가까웠다. 「주여, 오, 주님이시여……」 하고 외치는 남자 말에 섞여, 「목자님이 어려운 일에 당하셨다면 그분을 도우소서」「신 목자님 믿음을 우리가 본받게 하옵소서……」 하는 아녀자들의 간절한 기원도 섞였다. 묵도가 이 분 넘이 이어지다 선도하던 사내가 '아멘'으로 묵도를 끝내자, 나머지 성도의 중얼거림이 잦아들었다.

여객선이 연화도 연화선착장 방파제에 닿기는 해가 중천에서 설핏 기울었을 때였다. 선착장은 갈매기 떼의 우짖는 소리로 시끄러웠다. 배에서 내리는 사람, 배에 오르는 사람이 오곡도보다 늘었고 부려지는 하물이 많았다. 두 시간 가까이 먼 바다를 건너왔으니 이제 빤히 건너다보이는 우도를 거쳐, 우도에서 뱃길 십 리가 채 못 된다는 쑥섬이 서쪽 물이랑 너머로 눈에 잡혔다.

우도는 연화도 반밖에 되지 않는 작은 섬이었다. 선착장 주위의 갯마을도 어림잡아 서른여 호 정도 되어보였다. 배에서 내리고 타는 사람이 열 명 안쪽이었으니, 오곡도와 연화도를 들렀다 올 동안 통영에서 탔던 승객이 얼추 빠져나간 셈이었다. 젊은 배낭족과 낚시꾼들도 어느 사이 자취를 감추었고 술 마시던 패도 연화도에서 내려버린 뒤였다. 남은 승선객은 아래위 층 합쳐 스무 명 정도여서 쑥섬에서 내릴 신자를 빼면 나머지 일반 승객은 몇 되지 않았다. 이 여객선 종착점이 욕지도 동항이지만, 통영에서 면청소재지 욕지도 배편은 페리보트 직행이 따로 있기에 욕지도로 갈 사람은 그 배를 이용할 터였다.

뱃고동소리가 울리고 덕판이 거두어질 즈음, 선창에서 흰 위생복 입은 남녀가 승선하러 바쁘게 쫓아왔다. 왕진가방을 든 젊은 의사와 붉은 십자표가 그려진 약품상자를 든 간호사였다. 욕지도 주위에 흩어진 작은 유인도마다 보건소를 따로 둘 형편이 못되므로 욕지면 보건소에서 부근 섬마을로 순회를 도는 공의(公醫)이리라 짐작이 갔다. 그들은 쑥섬에서 내릴는지, 욕지도로 바로 들어가려는지 알 수 없었다.

쑥섬은 행정 명칭이 봉도였다. 연화도의 사분의 일, 오곡도 절반밖에 되지 않는 작은 섬이었다. 쑥섬은 어미에 달린 자식처럼 더 작은 두 섬을 거느렸으니, 북쪽 바로 머리맡에 돌팍산 무인도가 있었고, 동쪽으로 파도막이 삼아 귓바퀴 모양의 척도가 있었다. 척도에는 샘이 있어 십여 가구 어민이 살았다. 여객선은 척도를 돌아 쑥섬머리에 있는 봉도선착장으로 뱃고동소리를 울리며 닿아갔다. 바위와 소나무가 야트막한 언덕을 감싼 쑥섬은 단풍 든 떨기나무까지 섞여 한 폭의 그림 같은 경치를 이루어, 운치 있는 수석을 바다 위에 옮겨놓은 듯했다. 모래사장 건너로 스무여 채 집들이 올망졸망 늘어앉아 있었다.

갑판에 섰던 나는 선착장에 마중 나와 도열해 있는 사람부터 살폈다. 열 명 남짓했는데 아이들 두셋을 빼곤 대체로 아녀자였다. 아녀자 중에 검정 치마저고리를 입은 아낙네가 셋이어서, 그들이야말로 '말씀의 집' 성도임을 한눈에 짐작할 수 있었다. 샅샅이 살펴도 그들 속에 신주엽 모습은 보이지 않았다.

배 안에서 둘러앉아 찬송가를 불렀던 성도들이 먼저 나무덕판을 밟고 우르르 건너갔다. 뇌성마비 장애자 둘은 신자들 부축을 받고 조심스레 덕판을 건넜다. 보퉁이를 이고 진 봉도 주민 셋과 의사와 간호사를 앞세워, 나는 끝으로 선착장에 내려섰다.

「성문규 선생님, 안녕하십니까.」

흰 두루마기 자락을 펄럭이며 상고머리한 젊은이가 내게로 다가왔다. 삼 년 전, 고속버스터미널 부근 찻집에서 보았던 눈매가 날카롭고 왜소한 민 군이란 젊은이였다.

「신 목자는 어디 있습니까?」

「오늘로 금식 사십 일째, 마지막 날입니다.」

이제 군으로 불리기에는 무엇한, 서른 살을 넘겼을 민 군은 내가 들고 있는 멸치포와 납작한 꾸러미를 보았다.

「주십시오. 제가 들고 가겠습니다.」

내가 사양했으나 그는 빼앗다시피 내 짐을 맡았고, 나는 신주엽에게 줄 선물이라도 가져온 듯 쑥스러웠다. 민 군과 나는 모랫벌을 따라 앞서 몰려가는, 여객선에서 내린 성도들과, 검정 조선옷 입은 세 여인과, 그들에 둘러싸여 걷는 의사와 간호사를 예닐곱 발 거리를 두고 뒤따랐다. 여객선이 뱃고동소리를 울리더니 발동기소리도 요란하게 선착장에서 물러났다.

「신 목자가 금식을 끝내고 뭘 합니까?」

아무래도 무슨 일이 있긴 있는 모양이구나 하고 생각하며, 신주엽이 나를 쑥섬까지 끌어들인 이유를 물을 때가 되었다고 판단했다. 신주엽 측근인 민 군은 그 내막을 알 터인데 말이 없었다.

「신 목자가 보여줄 게 있다는 게…….」

「뱃길이 멀지요? 멀미하시지 않았습니까?」 민 군이 내 말을 꺾고 딴전을 폈다.

「배가 크고 파도가 잔잔해서, 그런데…….」

내가 다시 그 질문을 꺼내려 했을 때, 앞서가는 무리 중 하나가 조금 높은 소리로 반문하는 말이 바람소리와 파도소리에 섞여 설핏 내 귓가를 스쳤다. 아녀자 목소리였다.

「할례(割禮), 할례라니요? 그렇다면…….」

그 반문이 마치 바늘처럼 내 정수리에 박혔다. 할례와 신주엽과 무슨 관계가 있는지, 후딱 짚이는 게 없는데도 그 말은 예리하게 따끔한 통증을 전달했다. 유대교 가정은 사내아이가 태어나면 여드레째 되는 날 반드시 종교적 의례로 할례를 받는다. 아브라함이 그랬다고 구약에 기록되어 있다. 나는 군대 시절에 포경수술을 받았다. 피로가 누적될 때면 귀두를 싼 껍질 안쪽에 이똥 같은 찌꺼기가 끼여 냄새를 풍겼고, 오줌을 눈 뒤 바지섶 지퍼를 급히 올리다 보면 어쩌다 귀두를 싼 껍질이 지퍼에 끼여 쩔쩔맨 적이 많아, 제대 말년에 내 발로 의무대를 찾아가 포경수술을 자청했던 것이다.

「신 목자가 할례를 받습니까? 지금 나이가 몇인데 할례라니, 그게 무슨 뜻입니까?」

나는 신자들 무리에 묻혀 가는 의사와 간호사의 펄럭이는 위생복 자락을 보았다. 메스·의료용 가위·피·실이 달린 봉합용 바늘이 두서 없이 떠올랐다. 사십 일 금식 끝에 할례를 받는 일이 무슨 이적(異蹟)이나 되듯, 성도를 불러모으고 나까지 초대한 신주엽의 의도를 나는 이해할 수 없었다.

「그런 할례가 아니라, 곧, 목자님의 남성을…… 제거하는 의식이 있습니다.」 민 군이 말하기가 거북한 듯 말을 쉬어가며, 그러나 확신에 찬 어조로 말했다.

「남성을 제거하다니! 성기를 절단한단 말입니까? 도대체 그럴 수가……. 그 일을 신 목자가 자청했습니까? 왜, 무엇 때문에 꼭 그래야만 합니까?」

나는 가빠지는 숨길을 가누며 걸음을 멈추었다. 한마디로, 민 군의 말은 충격적이었다. 신주엽과 나는 동갑내기로 올해 만 사십이었다. 그는 결혼을 하지 않았으므로 자식이 없었다. 십 년 전 안양에서의 부흥회 때 뿌려진 그에 대한 비방 전단에는 여신자와 간음이란 음해가 쓰여 있었다. 그 뒤로도 그는 자신을 따르는 주위 여신자와 내연의 관계라도 맺어왔단 말인가. 그런 부정에 대한 죄 씻음으로 이제 와서 할례가 아닌, 성기 자체의 제거가 무엇을 뜻함일까. 성경에는 어느 구절에도 제사장·사제·목사의 남성 제거는 언급되어 있지 않았다. 나는 도무지 민 군 말을, 그 말을 실천하는 신주엽의 마음을 이해할 수 없었다.

「육신의 고(苦)를 제어하겠다는 목자님의 거룩한 뜻입니다. 말하자면 육신의 거듭나기지요.」 앞서서 걸음을 옮기며 민 군이 의미심장하게 말했다.

「정욕을 원천적으로 끊겠다는 뜻은 이해할 수 있으나 그 방법의 선택만은…….」

나는 그 사실을 납득할 수 없어 머리를 흔들었다.

사실 남녀를 불문하고 성인이 된 뒤 금욕하려는 자신의 의지와 상관없이 끊임없이 솟구치는 정욕을 절제하는 데는 많은 인내의 어려움이 따른다. 남성의 경우 결혼하기 전도 그렇고, 결혼을 한 뒤에도 성적 유혹의 기회는 사방에 널려 있다. 농경 시대가 아닌 도시 산업화 시대 사회구조가 그런 은밀한 장소와 기회를 더욱 잦게 제공한다. 성의 개방과 성적 환락에 따른 섹스산업은 후기자본주의 사회로 접어들수록 팽창 일로에 있다. 본인이 그걸 밝히지 않아도 그럴 경우에 부닥칠 때가 비일비재하고, 그럴 때 불현듯 성적 욕구가 끓어오름은 건강한 남성이면 겪게 되는 당연한 충동이다. 아흔아홉 번을 잘 참아도 한 번은 실수 아닌 유혹에 넘어가기도 하고, 설령 일백 번 모두 상대방 유혹이나 자신의 정욕 충동을 극기로 이겨내었다 해도 그 욕망은 신체와 정신의 내면에 잠재해 있게 마련이다. 요컨대 신주엽은 그 잠재적 욕망까지 뿌리째 제거하겠다는 방법으로 성기 제거를 결심했음이 틀림없었다. 그러나 성기 단절이란 음욕을 채울 수 없는 신체적 불구일 뿐 정액을 생산하는 기관이 폐품화되지 않는 한 그 욕망까지 잠재울 수는 없으리라. 아니, 성기 접촉을 통한 성적 쾌락을 누릴 수 없다는 자체가 그 욕망의 유혹마저 끊게 만들 수는 있다. 그런 심리적 현상을 인정한다면, 성적 대상으로서의 여성을 포함한 모든 인간을 예수의 말씀대로 '사랑'이란 폭 넓은 이름으로 감싸안을 수 있는 순수한 욕망까지 퇴행시킬 가능성마저 있다. 유추(類推)가 꼬리를 물자 나는 차츰 미로에 빠져드는 느낌이었다.

「이번 결행은 목자님 단독으로 결심한 일이며, 누구도 그 뜻을 꺾을 수 없었습니다.」

「그러나 온전한 몸으로도 음욕을 제어할 수 있어야만 말씀의 은

총을 입었다 할 수 있잖겠습니까? 가톨릭의 신부나 수녀가 종신 서원하듯이 말입니다.」

「목자님과 별도로 담소를 나누실 기회가 있겠지요.」

민 군이 날카로운 눈매로 돌아보며 언급을 회피했다.

해안을 따라 이어진 모래사장이 끝나고 잘 닳은 몽근 돌밭 저쪽, 바람 센 바다 쪽 한 면을 비닐로 막은 대형 천막이 쳐져 있었다. 천막 앞에는 장작 더미와 큰 솥이 보였고, 천막 안은 휴대용 자리를 깔고 많은 성도가 무릎 꿇어 통성기도를 읊고 있었다. '말씀의 집' 성도 중에 특별히 뽑혀왔을 법한 그 수가 얼추 서른 명이 넘었다. 바람과 추위를 막느라 대부분 목도리나 수건으로 머리통을 싸맨 여자들이었는데, 먼저 와 있던 그네들 중에 검정 치마저고리를 입은 아녀자도 더러 섞여 있었다. 허리를 숙였다 폈다 하며 울부짖는 그들의 통성기도가 자갈밭을 치고 오르는 파도소리에 섞여 갈매기 떼의 우짖음같이 시끄러웠다. 천막 앞에서 검정 치마저고리를 입은 여인 둘과 목발 짚은 중년 사내가 의사와 간호사에게 무엇인가 열심히 설명하고 있었다.

「성 선생님도 입회하시죠. 십오 분, 아니 이십 분 정도면 의식이 끝날 겁니다. 목자님은 저쪽 벼랑 앞에 있는 동굴에 거처하고 계십니다.」

민 군이 손가락질했다. 자갈밭이 끝나는 데서부터 바다가 말굽쇠처럼 홈을 팠고, 그쪽은 삼층 높이의 바위 절벽을 이루고 있었다. 신주엽이 쑥섬에 자주 찾아와 묵상한다는 동굴이 그쯤에 있는 모양이었다.

「내가 꼭 그 장면을 봐야 할까요?」

나는 걸음을 멈추었다.

「목자님께서 성 선생님 입회를 특별히 허락하셨습니다.」

「신 목자가 그렇게 말했더라도……, 전 사양하겠습니다.」

나는 그제서야 신주엽이 나를 쑥섬까지 끌어들인 이유를 깨단했다. 편지에 차마 그런 말을 쓰기엔 구차했으리라. 그러나 나는 진정 신주엽의 성기가 절단되는 장면을 보고 싶지 않았다. 참으로 희귀한 구경거리가 될 만했고, 내가 비록 소설가라곤 하나, 그 장면을 보아둠이 앞으로의 창작에 도움이 될 거란 생각은 들지 않았다. 한마디로 신주엽의 발상은, 그가 하느님으로부터 어떤 계시를 받았건, 확고한 신념에서 우러나온 결단이든, 잔인한 자해행위였다. 그 자해행위는 그가 편지에 쓴 '괜찮은 구경거리'란 농말로 넘길 수만은 없었기에, 나는 순간적으로 바다 건너 쑥섬까지 그 이유를 알지 못한 채 좇아온 대책 없는 여행을 후회했다.

「목자님께서 선생님을 여기로 부르신 이유가 그 입회에 있는 듯 한데요?」

「물론 그렇겠지요. 그러나 전 입회하지 않겠습니다.」

「정 그러시다면, 선생님이 쑥섬에 도착하셨다는 말만 목자님께 전하겠습니다. 저기, 천막에서 잠시 기다리시죠.」

말을 마친 민 군이 멸치포와 꾸러미를 든 채 천막 쪽으로 갔다.

나는 손을 코트 주머니에 찌른 채 망연히 천막 쪽을 바라보았다. 아녀자들이 대부분인 그 천막으로, 광신자들의 미혹에 빠진 주술 속에 결단코 섞이고 싶은 마음이 없었다. 민 군이 천막 앞 장작더미 옆에 도착하자, 검정 치마저고리 입은 여인 둘, 민 군과 목발을 짚은 사내와 두루마기짜리 하나, 의사와 간호사가 벼랑 쪽으로 걸어갔다. 두 여인 중 하나는 곽 전도관장이었다. 의사와 간호사는 신주엽의 성기 절단과 그 뒤처리 의료행위를 담당하고, 나머지 남녀는 욕지도 전도관과 복지원 간부로 입회자일 터였다. 그러고 보면 신주엽의 사십 일 금식 마지막 날에 면보건소 의사의 쑥섬 순회진료는 우연의 일치가 아닌, 사전에 말을 맞춘 계획된 순서임을 짐작할 수 있었다. 나는 갑자기 내 성기라도 절단당한 듯 하복부가 뜨끔해 왔다. 어쨌든, 신주엽의 해괴한 의식과 그 의식에 참여한 무리까지 합쳐, 내 눈앞에 벌어지는 광경은 불쾌하다는 말 이외 내 감정상태를 표현할 다른 말이 없었다. 뭍으로 떠나는 배가 있다면 그 배를 타고 신주엽과 그를 따르는 무리들로부터 떠나고 싶었다. 그러나 오늘 통영으로 떠나는 배가 있을 것 같지 않았다. 해는 언덕 위 솔수평 뒤로 넘어가버렸고 모래펄에 그림자가 길게 깔렸다.

문득, 의료행위를 담당할 의사 태도에 내 생각이 머물렀다. 매독 따위의 악성 성병으로 성기가 썩어간다면 몰라도 건전한 성기의 절단은 장본인 요청이 있었다 하더라도 불법 의료행위에 해당될 수 있었다. 그러므로 의사는 그 수술 요청을 거절하며 신주엽에게, 뒷날 반드시 후회할 테니 좀더 심사숙고해 보라고 만류했을 법도 했다. 그러나 의사가 '말씀의 집' 성도라면 교주의 요청을 뿌리치기 힘들었을 것이다. 다른 한편으로, 의사가 거절했다 하더라도 신주엽이 다시 설득할 수 있었다. 아니면 성기를 절단하는 일은 성도 중 한 사람이 담당하고, 지혈을 위한 봉합수술만 의사가 처치할 수도 있었다. 신 목자가 사십 일 금식기도 끝이니 진찰을 부탁하여 의사를 현장으로 끌어들이고 성도가 성기 절단을 실행하면, 의사는 직분이 그러하므로 어차피 지혈을 위해 봉합수술을 맡지 않을 수 없으리라. 그러나 성도들이 여기까지 의료진을 유인했다면 의사가 수술용 실과 바늘과 마취제를 지참하지 않을 가능성도 있었다. 그렇다면 이번 일은 성기 절단에 따른 전과정을 의사에게 일임했고 의사의 사전 동의를 받아낸 계획된 순서로 보아야 마땅했다.

바닷바람이 드세어 힘들게 담뱃불을 붙여 물자, 내가 그 자리에 홀로 멀뚱히 섰을 이유가 없음을 깨달았다. 신주엽의 그 의식은, 민 군 말대로라면 이십 분이면 끝난다고 했다. 우선 나는 여성도들의 아우성에 가까운 통성기도를 더 들어낼 수 없었다. 청소년 시절, 어머니가 시작했다 하면 이십 분은 넉넉히 끄는 통성기도소리에 진저리쳤던 나였다. 신주엽의 그 의식이 그를 따르는 성도들에게 어떤 종교적 황홀감을 성취시키는지 모르지만, 이 먼 바다 건너 섬까지 쫓아와 울부짖는 그들이야말로 내 눈에는 열성적임을 넘어서서 광신자 집단으로 비쳐보였다. 나는 선착장 쪽으로 걸음을 돌렸다.

선착장 앞 공터에 잡화점이 있고, 그 옆이 봉도수산물조합 사무소였고, 그 옆은 봉도식당이란 허름한 간판을 건 밥과 술을 파는 집이었다. 나는 미닫이문을 젖히고 식당 안으로 들어갔다. 흙바닥 술청에는 다리 긴 포마이커 술상이 여럿 있었고, 마을 중늙은이 둘과 내 또래 장년 둘이 막걸리 추렴을 하고 있었다. 열려진 뒷문 밖 부엌에서 아낙네가 나를 보았다.

「뭐, 요기할 것 있나요?」

나는 비로소 점심을 걸렀고 뱃속이 쓰려옴을 느꼈다.

「밥은 한참 있어야 되고 라면은 퍼뜩 됩니더.」

나는 라면을 주문하곤 의자에 앉았다. 내가 나타나자 잠시 말을 끊었던 마을 남정네들이 다시 화제를 이었다.

「오늘 둘이나 여게 안 내리더나. 그 불구자들도 내일 욕지도 복지원으로 들어갈 꺼로.」

「그라모 복지원에는 그 불구자들 밥해 믹이고 돌보는 신자도 꽤 되겠네?」

「아무라모. 열댓이 넘는다 카데.」

「불쌍한 사람 모아다가 믹이주고, 좋은 일 하누만.」

「차밭과 귤밭이 이천칠백 평이라 카던데, 그 농사일 하고 조개껍데기로 머 맹그는 그런 것 가꼬 대식구들 묵고 살기는 힘들 꺼로?」

「그라이까 전국 각처에서 욕지우체국과 농협·수협으로 송금이 적잖게 온다 카인께예. 한 주일마다 복지원에서 우체국에 녹음한

테이프를 전국적으로 부치는 모양인데, 그거 값으로 신자들이 돈을 보내는기라예. 저 여편네들이 다 내지서 들어온, 돈 부쳐주는 열성 신자들 아인가베예.」

나는 술을 잘 마시지 못했다. 집에선 일절 술을 마시지 않았고 일주일에 한차례 정도 서울로 들어가 잡지사 직원이나 글벗을 만나도 되도록이면 이차 술자리는 피했다. 소주 두세 잔만 마셔도 낯색이 충혈되고 머릿속이 어질거렸다. 주인 아주머니가 라면을 끓여올 동안 기다리기에 무료하고 섬마을 사람들의 힐끔거리는 눈길이 거북했다기보다 쓰린 속을 달래려, 나는 막걸리 한 병을 주문했다. 아니, 갑자기 입 안에 신물이 고이고 속이 메슥하여 소주 한 병으로 주문을 바꾸었다. 가슴을 채워오는 그 메슥한 증세를 독주로 씻어내야 할 것 같았다. 그 증세는 배멀미 탓이 아니었다. 배 안에선 줄곧 속이 거북하여 줄담배를 피웠고, 식욕은 도무지 없었다. 그러나 배에서 내리자, 메슥한 증세가 가라앉는다고 느낄 틈도 없이 위장은 편안한 상태로 환원되었다. 메슥한 증세는 분명 신주엽의 그 이해할 수 없는 의식 이야기를 듣고부터 다시 시작된 심리적 현상이었다. 아주머니가 소반에 소주 한 병, 잔 하나, 열무김치와 젓갈과 젓가락을 담아왔다. 소주 병마개를 따자, 나는 잔에 술을 쳐 서둘러 한 잔을 마셨다.

「그 말 들었습니꺼? 면소에는 소문이 쫙 났던데예. 지난 추수감사절 때 복지원에서 막걸리 몇 통을 담갔다 카는 거 말입니더. 예수 믿는 사람들이 막걸리 담가서 마신다는 기 말이 되는 소립니꺼. 잔치판은 묵고 마시고 즐겁게 논다 카지마는, 아무라모 예수 믿는 사람들이 말입니더.」

「예수 믿는 기 똑같기는 천주교도 마찬가지 아이가. 그런데 그 신자는 물론이고 신부까지 술 마시고 담배 피아도 안되더나?」

「어쨌든 예수 믿는다고 뭉쳐 모인 사람들이 술 담가 마시는 거사

욕들어도 쌉니더.」

「그라이까 욕지도 예배당 목사들이 신 목자를 두고 사이비 예수쟁이라 성토한다 안캅디껴.」

「신부님은 술 잘 마시고 개고기도 잘 묵던데? 복지원 그 사람들도 어데 주사 부릴 정도사 마시겠는가. 포도주 한 잔 하드키 그래 마시겠제.」

「하여간에 요새 시상에 보기 힘든 괴짜 목사야.」

「요새 시상이 어떤 시상입니껴. 막가는 시상 아입니껴. 노래하는 아이들 지랄발광하는 텔레비 프로 보이소. 서양 아이들은 귀신머리에 옷도 벗고 얼굴에 해괴한 항칠까지 하고 나와서 귀 째지게 연주하고 노래부르지 않습디껴. 그런 비디오 테이프가 마구 들어와 우리 젊은 아이들도 망치는기라예.」

내 쪽을 힐끔힐끔 넘겨다보며 말하는 남정네들은 분명 내가 들으라고 하는 소리였다. 그들은 작은 섬마을에 낯선 객인 나를 신주엽의 성도 무리 중 하나로 짚고 있음이 틀림없었고, 소주를 마시는 나를 빈정대어 하는 말이었다. 그들의 대화를 듣자 하니 추수감사절 때 신주엽이 포도주 대신 막걸리를 담가 하느님께 제사를 올렸고 성도들도 한두 잔씩 나누어 마셨음이 틀림없었다. 그런 점도 어떤 측면에선 기성 교단의 힐책을 받아 마땅했다. 내가 알기로 술과 담배를 엄격하게 금기시하기는 우리나라 기독교만의 관행이 아닌가 싶기도 했다. 술을 만취가 아닌 서로의 담소에 기분이 쾌유할 정도로만 마신다 함은, 술꾼이 더 잘 알겠지만 그 '정도껏 마시기'란 실천이 매우 힘들다. 그런 의미에서 실천이 힘들기는 예컨대 오른뺨을 때리거든 왼뺨을 내밀라는 말씀처럼, 예수의 모든 가르침을 올곧게 지키기가 더욱 어렵다. 술에 취해 정신이 몽혼하면 음란 마귀의 유혹을 받기 쉽다란 말은 맞는 말이고 이슬람교도 술을 금기시하지만, 믿음의 확고함이야말로 완전한 성을 가진 남녀가 정욕을 스스로 조절 내지 제어함과 마찬가지로, 술을 마시고도 그 유혹을 이겨내야 한다. 신약 기록에는 그 가르침까지는 없으나 믿는 자라면 그런 면까지 이겨내는 모범을 보여야 한다. 가톨릭 신부가 그 예이고, 술과 관계없이 음행에 빠지는 자도 많다. 담배만 해도 그렇다. 담배는 습관성이 있다는 점을 제외하곤 마약이나 술처럼 이성을 잃게 할 정도로 정신을 몽롱하게 만들지는 않는다. 담배를 피움이 건강에 아주 좋지 않다는 학설은 이미 정론화되었다. 그러나 신자의 건강 증진만의 이유로 종교가 이를 금기시할 이유는 없다. 술과 담배만 아니라 무엇이든 과하게 탐닉해서 건강에 좋은 것은 아무것도 없다. 과욕 없이 순리에 맞게 무엇이든 '적당히' 함이 심신에 좋다는 말은 종교에서만이 아니라 인간이 지켜야 할 도리이기도 하다. 일정시대 국채보상운동, 건검운동과 함께 기독교가 편 술·담배 배척 실천 이유가 그렇듯, 아무런 유익함이 없는데 돈 써가며 무엇 때문에 그걸 애써 찾느냐는 충고는 그 역으로, 인간사가 유익함만 애써 좇고 살 수 없는 일이다. 가진 것 없는 비움의 철학 역시 세상이 유익하다고 좇는 것을 과감하게 버리는 정신에서 출발한다. 종교 또한 세상이 세속적으로 좇는 유익함과는 일정한 거리를 두고 있다. 소설가로서의 이런 편의주의적 내 생각이야말로 기성 교단의 지탄 항목이리라.

나는 쑥섬 사람들의 술자리 대화에 무관한 체하며 그들 말을 못 들은 척 내 잔에 술을 쳤다. 나는 그쪽 자리에 더 신경을 쓰지 않기로 했다. 화끈한 목구멍을 열무김치로 씻어내렸다. 신주엽의 의식을 처음 들었을 때의 당혹감과 불쾌감이 어느 정도 진정되자, 나는 신주엽에 대해 다시 생각했다. 내가 그의 자해행위를 이해할 수 없음으로써 나는 그에 대해 아무것도 모르고 있음을 다시 한번 깨우쳤다. 그와 지면으로 튼 지 스무한 해째, 햇수는 오래이나 우리는 그 동안 자주 만나지 않았다. 그럼에도 그는 나에 대해 얼마만큼 알고 있을까. 그는 멀리서 내 소설을 읽음으로써 내 문학적 태도는 어느 정도 파악하고 있을 터였다. 기도와 명상을 오래 하다 보면 지혜의 깨달음에 이르듯, 그는 나를 만나지 않아도 멀리 있는 내 일상과 마음을 들여다보고 있는지 몰랐다. 그런 자부심에서 그는 나를 쑥섬으로 불러들였으리라. 그러나 그는 내가 그 의식의 입회를 거부하고 그 의식 자체를 불쾌하게 생각하는 줄까진 예측하지 못했다. 아니, 그는 이런 사태까지 이미 짚고 있는지 몰랐다. 그래서 내 반발에 회유(誨諭)할 대안을 준비하고 있을 수도 있었다. 물론 자신의 자해의식을 직접 보여주는 것 외, 내 어떤 반응에도 침묵을 선택할 수 있었다. 한편, 나는 신주엽에 대해 어느 정도 알고 있는가. 그가 한국 기성 교단의 해악을 질타하며 오로지 말씀 중심, 예수시대의 환원을 꿈꾸는 중뿔난 복음주의자란 점 이외, 별로 아는 게 없었다. 그는 남미 해방신학에 경도되어 민청학련사건에 깊숙이 개입했지만 정보부에서 당한 치욕적인 고문 이후, 어떠한 폭력도 배척하는 비폭력주의자로 돌아섰다. 비폭력주의야말로 예수가 설교한 전통적 복음사상과 일치하므로, 그는 서양 역사학 공부를 과감하게 청산하고 신학 쪽으로 진로를 바꾸었다. 종교의 적극적 현실참여에서 그의 정치성 또한 수정되었다……. 여기까지였다, 나는 문득 꿈 많은 나이에 자살로써 병든 현실과 자신을 청산해 버린 그의 누이 주희가 떠올랐다. 주엽이 인간의 성적 대상으로서 육체를 증오하기는 그때부터가 아니었을까, 하는 생각이 들었다. 내 생각이 지나친 비약이라면, 누이가 카페 호스티스로 출발하여 몸을 파는 직업으로까지 전락했고 끝내 자살하자, 그때부터 그는 여자와 성적 관계를 갖지 않겠다고 맹세했을 수 있었다. 창가에서 뭇 남자의 몸을 받았던 누이를 떠올림은, 그 욕망을 증오하며 다스릴 수 있는 교훈적인 무기가 되었을 터였다. 그래도 어쩔 수 없는 몽정을 통해 정욕이 자신 속에 잠복해 있음을 느낄 때, 아예 그 뿌리조차 제거하겠다고 결심했을까……. 나는 그의 과거를 뒤지는 생각을 중단했다. 누구에게나 자신의 삶에서 아름답지 않은 추억의 회상이야말로 괴로움 그 자체이다. 나는 그의 결단을 종교적인 해석 쪽에서 찾아보려 했다. 민 군은 신주엽의 그 의식을 두고, 육신의 고를 제거한다고 말했다. 종교적 의미에서 육신의 고란 비단 누구에게나 자연발생적으로 분출되는 음욕뿐만 아닐 것이다. 신체에 통증을 주거나 끝내 죽음에 이르게 되는 갖가지 질병, 선천적·후천적 신체의 장애, 가난에 따른 굶주림, 신체적 구속상태인 감옥생활 따위도 육체의 고이므로, 음욕의 도덕적 억제 또한 그 고 중에 하나로 보아야 했다. 성기가 있으므로 그 대상을 갈구하는 음욕이 끊임없이 끓어오른다면, 그 음욕을 신심으로 억제하기보다 근원적으로 근치시킴 또한 가능하다? 내 생각은 다시 원점으로 돌아가 여지껏 반추해 온 정욕, 또는 음욕의 자기조절 기능과 그 억제의 인위적 고충에 매달렸다. 그렇다고 성기를 제거함이란 신주엽이 어떤 이론으로 나를 회유한다 해도, 한마디로 그 논리야말로 억측부리는 변명에 다름아니었다. 나는 여성의 할례 경우를 시사 주간지에서 읽은 적 있었다. 지금도 아프리카에서는 한해 약 2백만 명의 열 살도 채 안되는 어린 소녀들이 전통의식이란 이름 아래 여성 성기 절제수술을 당한다고 했다. 고대 이집트 파라오 시대로부터 유래된 의식으로, 외음부를 면도칼로 잘라내는데, 마취가 되지 않는 상태에서 음핵은 물론 소음순도 제거한다는 것이다. 심지어 실이나 가시를 사용해 요도만 남겨두고 외음부를 봉합해 버리는 경우마저 있다 한다. 그 의식의 목적은 성감을 감퇴시키고 순결을 지키자는 데 있음은 물론이다. 그 결과 결혼 뒤 남편과 잠자리를 함께 할 때 통증은 물론, 면역성 약화에, 일부는 불임의 고통과 출산 때 엄청난 산고를 치른다는 것이다. 물론 남성의 경우 아프리카 소녀 할례와 비슷한, 비인간적인 성기 제거 사례를 역사를 통해 볼 수 있다. 구한말 왕정시대까지 궁중에서 내시가 그랬다. 이는 궁중의 성적 문란, 즉 성적 욕망에 주린 궁녀의 음행을 방지하려는 목적으로 궁중에 주거하는 신하를 환신(宦臣)화함은 권력자의 호도책이었다. 그러나 서양 중세시대나 동양 왕정시대 간음의 죄를 범한 자에게 그런 벌칙을 내렸다는 이야기는 흔하나 이를 법제화하여 시행했다는 기록을 읽은 적 없다. 수도승에게 그런 금욕방법을 권장했다는 기록 또한 나는 읽지 못했다. 금세기에 들어와 부패한 자본주의 사회가 극도의 성적 타락현상을 보이고 남성의 여성 성폭행도 다반사되니, 상습범에 한하여 성기를 거세한다는 입법화가 추진될 소지는 있다. 그러나 무엇보다 그런 식의 남성 성기 거세는 자의가 아닌 타의에 의한 강제성으로 집행된다. 그렇다면 성경에서, 네 손이나 네 발이 너를 범죄케 하거든 찍어 내버리라고 단언한 기록대로, 신주엽이 음행의 죄를 범하게 되자 크게 뉘우친 바 있어 그런 결단을 스스로 내렸단 말인가? 나는 세속적인 그런 해석만은 신주엽에게 적용시키고 싶지 않았다. 안양 부흥회에서 뿌려진 전단처럼 나까지 그를 음해할 수 없었고, 신주엽이 그런 사이비 교주로 내 마음에 자리잡고 있었다면 나는 결코 쑥섬까지 내려오지 않았을 것이다. 한편으로, 대속(代贖)을 생각할 수도 있었다. 인간을 죄에서 구원하기 위해 예수가 십자가에 못박혔듯, 신주엽은 에이즈까지 창궐할 정도로 타락한 오늘날의 성문란을 두고, 인간이 음욕으로 저지르는 죄를 스스로 대속하겠다고 그 의식을 자청하지 않았을까 하는 점이다. 그러나 신주엽 자신이 무엇이기에? 예수처럼 대속할 자격을 가진 자라고 스스로 자부한다면, 이는 과대망상증 환자이다. 자신의 행위가 오늘의 성문란에 일대 경종을 던져줄 만큼 그는 지명도 높은 인사가 아니다. 아니면, 육체의 고에서 자신이 해방된다고 얼마만큼 성결해질까? 나는 차츰 논리의 미궁에 빠져들었다. 생각을 바꾸어보기로 했다. 나는 신주엽의 신앙적 태도를 많은 부분에서 긍정하므로 그를 이단이나 사이비 교주라고 생각해 본 적 없다. 그런데 그가 스스로 자신의 성기를 거세한다는 말을 들었을 때, 나는 왜 갑자기 그를 혐오하게 되었을까? 열광하는 성도들 모습에서 어머니를 떠올린 탓일까? 그 점은 부차적인 문제이다. 내가 그의 행위를 어떤 종교적 신념에서든 정상인으로서 감히 저질러선 안된다고 비판한 이면에는, 내가 진보를 지향하는 체하면서도 내면에는 보수의 틀이 굳건하게 터를 잡고 있지 않나를 반성해 볼 수도 있다. 그렇다면 내 기독교관의 진보는 겉멋의 관념이고 사실은 기존의 틀에 안주하겠다는 보수로 규정해야 마땅할 것이다. 그런데 듣기 좋은 해석이 그렇지, 기독교에서 진보와 보수란 용어는 또 무엇인가? 다른 말로 진보란 이미 신성한 종교적 영역을 떠난 세속화된 비성서적 종교 집합체요, 보수란 이천 년을 이어온 불변의 정통적 예수사관일 수도 있다. 어쨌든, 기독교 기성 교단의 목회자들이 그의 거세를 두고 손가락질한다고 생각하자, 나는 마치 오물을 뒤집어쓴 듯 자신이 싫었다. 심지어 신주엽의 성경 말씀 중심의 예수관이야말로 그로 하여금 말씀 자체를 온몸으로 실천하려는 의욕이 지나쳐, 자신이 예수와 일체감을 이루겠다는, 더 나아가 자신을 예수와 동일시하려는 만용으로까지 여겨졌다.

「그게 바로 살아 있는 예수의 재현이 아니고 무엇이냐? 예수의 재림 실현의 시도야말로 사이비가 아닌가?」 나는 힐난조로 중얼거리며 머리를 흔들었다.

나는 다시 소주 한 잔을 마셨다. 아주머니가 끓인 라면 냄비를 내왔다.

「형씨, 형씨도 저 사람들처럼, 그 신돕니꺼?」 혼자 술잔을 비워내는 내 신분이 궁금하여 좀이 쑤신 끝에, 남정네 중 연하의 내 또래가 더 참을 수 없다는 듯 불쑥 물었다.

「신 목자를 만나러 왔으나, 그의 신도는 아닙니다.」

「아, 그렇습니껴. 그라모 기자 양반?」

「기자라기보다…… 그 비슷한 사람입니다.」

나는 섬 사람들에게 소설가란 신분까지 밝힐 필요는 없을 것 같았다.

「욕지도 복지원에 가봤능교? 전도관도 새로 지었다 카던데.」

「아닙니다. 쑥섬도 첫걸음입니다.」

「그라모 그렇제. 예수 믿는 사람이 낮부터 혼자 쏘주 마실 리가 있는강」 하며 중늙은이가 머리를 끄덕였다.

「그런데 서른 명이 넘는 저 신자들이 이 섬에서 먹고 잠잘 데는 있습니까?」

「손바닥만한 섬에 그런 데가 어데 있겠어예. 낚시꾼 민박시키는 집이 있으이까, 예닐곱이모 몰라도. 저 사람들, 아매 오늘 잠 안 자고 밤새울 꺼로예. 저기 자갈밭에 불 피아놓고 밤새도록 찬송하고 기도할 낍니더. 금식이라 카며 저 사람들 굶는 기사 다반사로, 독한 사람들 아닌교.」 중늙은이가 담배를 피워 물며 대답했다.

「이번에는 무슨 행사가 있는지 아십니까?」

나는 김이 오르는 라면가락을 젓가락으로 휘저었다.

「목사 그 양반이 저쪽 동굴에서 사십 일 금식기도를 한다나 어쩐다나. 그 양반을 늘 모시는 젊은이하고 여편네 둘이 마실에 방 두 칸을 얻어 한 달 넘이 숙식하는기라예. 신도들은 보름 금식만 하곤 바꿔가미 욕지도를 들랑거리기사 하지만. 아매 오늘 그 신 목자양반으 금식이 끝난다고 신자가 저래 모인 모양이라예.」 다른 중늙은이가 대답했다.

마을 사람들은 신주엽의 그 의식을 모르고 있었다. 쑥섬으로 부름받은 배 안에서의 여인조차 모르니 그들이 알 리 없었다. 내가 더 말을 붙이지 않고 라면을 먹자, 섬 사람들은 다시 저희들끼리 이야기를 이어갔다.

「그 목사 양반이 쑥섬으로 처음 들어오기가 아매 이십 년쯤은 될 꺼로. 그때사 어데 통영서 여게로 날마다 배가 댕겼는가. 사나흘에 한분쭘 들르고 날씨가 쪼매 나빠도 제멋대로 결항했으이께. 자네사 그때 군대 갔으이 목사양반을 몬 봤을 끼라.」

「정호아재가 간첩인 줄 알고 무선전화로 면소 지서에 신고할라 캤다면서예?」

「장본인이 쫓기는 몸이라미 이실직고하고 학생증까지 보이줘서, 봉도교회 목사 말에 따라 마을 사람들이 숨가주기로 했제. 우리도 후환이 두려분께 오래 머물지 말고 떠나라 캤고. 그래서 열흘쭘 있다가, 미역 실어 나르던 병조 두대박이 타고 욕지도로 몰래 들어갔으이께.」

신주엽이 그 뒤 쑥섬을 찾아오기가 신학대학을 졸업하던 해 여름방학이라고 그들은 말했다. 학생 다섯과 함께 와서 어활(漁活) 활동을 착실하게 하고 돌아갔다는 것이다. 그 뒤로 신주엽은 이태 만에, 또는 수삼 년 만에 뜬금없이 찾아와 초등학교 분교 운동장에서 섬마을 사람을 모아놓고 강론 집회를 가졌다 했다. 예나 지금이나 봉도에는 작은 장로교회가 있고 부임한 젊은 목사가 이삼 년을 못 채워 떠나긴 하지만, 믿는 가구수는 늘거나 줄지 않는 상태로 대여섯 가구가 있다 했다. 신주엽의 강론은 기성 교단을 비방하지 않았고, 교회에 꼭 나가야 한다는 전도 목적의 부흥회라기보다, 성경책에 기록된 말씀이 어느 말씀보다 값지니 그 가르침대로 생활함이 얼마나 보람이 있는 삶이냐고, 말씀 해석에 충실했다는 것이다. 이를테면 신주엽은 이승의 죄업에 따른 구원론과 내세론보다 생활종교를 역설한 셈이었다. 신주엽이 자기 패거리를 거느리고 이 섬에 들어와 파도의 침식으로 형성된 깊이 이십 미터 정도의 구럭동굴에서 본격적인 참선기도를 시작하기가 여섯 해 전부터라 했다. 욕지도에 전도관을 짓기 전까지는 일 년에 네댓 차례 쑥섬으로 건너와 열흘 또는 보름 정도 구럭동굴에서 보냈고, 올해는 이번이 세 차례째라는 것이다. 올 때는 꼭 신자 네댓 사람이 수행한다고 말했다.

「지난 봄에도 말이데이, 한 서방 집에서 물통으로 물을 얻어가길래 한 서방댁이 따라가보이께, 여자들은 안쪽 높은 데, 남자들은 입구 파도 안 들이칠 만한 낮은 데, 그 요새 텔레비에 안 나오더나, 요간가 먼가, 그런 폼으로 딱 버티고 앉았더라 안카나. 우째 그래 안 묵고, 밤에는 제법 추불 낀데 포대기 한 장만 두르고 견디내는강 모르겠어. 예수가 먼지, 대단한 사람들이야. 예수가 마음속에서 시키이께 그래 하제, 보통 사람이사 택도 읎다.」

마을 사람들은 내가 기자와 비슷한 직종이라 짐작했던지, 순박한 사람들이 항용 보이는 친절로, 자기네 말을 참고하라는 간접적인 전달이었다. 나는 참견 없이 꾸역꾸역 라면 그릇을 비워내며, 술을 한잔 더 마셨다. 소주 두 잔에 이미 얼떨떨한 취기를 느꼈으나, 라면가락이 뱃속으로 들어가자 느글거리는 거북함이 뒤따랐던 것이다. 젊은 의사로선 그가 몇 살까지 그 직업에 종사하든 처음이며 마지막이 틀림없을 기이한 수술인 성기 절단 장면, 수술용 가위에 가차없이 잘려지는 살토막이 라면 그릇 앞에 줄곧 떠올랐다. 지혈 목적으로 성기 뿌리는 생고무줄로 묶어두었겠으나 지금쯤, 간호사가 쏟아지는 피를 약솜으로 닦고, 의사는 요도만 남긴 채 봉합용 바늘로 피부 봉합 짜깁기를 하고, 입회자는 그 광경을 숨죽여 내려다보고 있을 터였다. 여성 신도는 그 광경을 차마 볼 수 없어 눈을 감고 돌아서서 통곡의 기도를 쏟을런지 몰랐다. 수술이 끝난 뒤, 잘려나간 살토막을 의사나 입회 신도가 어떻게 처리를 할까가 나는 궁금했다. 고(苦)의 표본물로, 생물표본실에서 볼 수 있듯 방부제로 처리하여 유리병에 넣어 보관할까? 아니면, 고깃밥이 되게 바다에 던져버릴까? 그러나 이미 육체의 한 부분으로부터 떨어져 나간 그것의 존재가치야말로 쓰레기에 불과했다. 성기 없는 사내를 목욕탕에서 본다면 얼마나 흉측할까 하는 생각까지 들었다. 나는 토할 듯한 증세로 끝내 라면 그릇을 다 비우지 못하고 젓가락을 놓았다. 땀 밴 이마를 훔치며 의자에서 일어섰다.

「통영으로 들어가는 배는 내일 몇 시에 쑥섬에 들르나요?」

「아침 열시쯤입니더.」 동년배가 말했다.

「오늘 밤 숙식할 집은 구할 수가 있겠죠?」

「혼자 주무실라꼬예?」

「오늘은 글렀고, 저 혼자라도 어차피 내일 통영으로 들어가야 하니깐요.」

「자네, 황 영감님 댁에 이바구해 주제 그래.」 중늙은이가 젊은 축에게 말했다.

「저는 신 목자를 만나고 올 테니, 방을 부탁드리겠습니다. 나중에 황 영감님 댁을 찾아가지요. 저녁밥과 내일 아침밥까지 준비해 주셨으면 합니다.」

나는 주인 아주머니에게 라면값과 소주 한 병값을 계산했다. 소주병의 술은 절반 넘이 남아 있었다. 황 영감 댁이 어느 집이냐고 내가 묻자, 이발관 뒷집이라고 주인 아주머니가 일러주었다. 나는 식당을 나섰다. 찬 바닷바람이 울렁거리는 속과 얼떨떨한 머리를 시원하게 씻어주었다. 나는 천막이 쳐진 자갈밭 해안 쪽에 눈을 주었다. 천막 앞쪽에 큰 솥을 걸어놓고 불을 지피고 있는 게 보였다. 나는 그쪽으로 걸었다. 파도가 제법 높게 일었고 모래톱을 차오르는 밀물이 기운찼다. 천막 쪽은 그늘이 길게 내렸는데, 노랫소리나 통성 기도소리는 들리지 않았다. 성도들은 움직임 없이 동굴 쪽을 향해 조용히 무릎 꿇고 있었다. 신 목자가 지금 어떤 의식을 치르는지 신도 모두 이제 알고 있는 듯했다. 신주엽, 의사와 간호사, 입회자 모습은 보이지 않았다.

나는 천막 어름에서 걸음을 멈추었다. 아낙네 둘이 한 솥 가득 죽을 쑤고 있었다. 큰 돌을 괴어 솥을 얹고, 한 아낙네는 불을 보았고 한 아낙네는 큰 주걱으로 묽은 흰죽이 눋지 않게 젓고 있었다. 플라스틱 사발이 수북이 쌓인 것으로 보아 성도들이 먹을 죽인 모양이었다.

내가 뒷짐지고 동굴 쪽을 보고 한참 서 있자, 먼저 민 군의 흰 두루마기가 벼랑 모퉁이를 돌아나왔다. 바위벽을 따라 난 좁장한 모래톱을 끼고 오십 미터쯤 나오면 자갈밭이었다. 성도들은 숨소리를 죽인 채 그쪽을 뚫어지게 보고 있었다. 이어, 의사와 간호사가 나타났다.

「목자님이 나오신다!」

「사십 일 금식기도 끝에……, 걸어나오신다.」

「어쩌면 저리도 태연하게…….」

「신장을 기증하신 지 이태밖에 되지 않으셨는데 또…….」

성도들 입에서 감탄과 비판이 터져나왔다. 꿇어앉았던 무릎을 세워 합장하는 아녀자가 많았다. 그들의 울부짖음, 감격에 복받친 기도, 번들거리는 눈물은 신주엽을 진심으로 존경한 나머지 그 어떤 종교적 성취감의 몰입이겠으나, 내 눈에는 신기(神奇)를 신비화한 집단 최면 현상으로밖에 보이지 않았다. 교회 없이 사회와 격리된 채 숨어 집회를 갖는 그들 무리가 음지식물 군락을 연상케 했다. 그들을 보며 나는 문득 내가 쓰는 소설에서 머뭇거리던 한 문제점에 분명한 단안을 내렸다. 나는 소설 속 노친네가 비록 교육 정도가 낮은 평신도이나 그네들처럼 집단 종교의식의 최면에서 철저히 떼어놓음은 물론, 지나치게 열성적이었던 어머니와도 일정한 거리를 두어 오로지 단독자로서 예수와의 만남을 통해 말씀의 실천적 삶과 영적 신비와 구원의 확신을 체험하는 과정을 보다 충실히 보충해 넣기로 마음먹었다. 그네의 어린아이 마음과도 같은 소박한 맹신적인 구원론도 그 비판을 자제하기로 했다. 믿는 이가 과연 다르구나 하는 행실의 모범을 불신자조차 충분히 수긍할 수 있게, 자기보다 더 낮은 자에 대한 사랑과 헌신을 충실히 그리기로 했다. 그런 결정을 내리자, 소설을 그런 쪽으로 몰고 간다면 불신자나 평신도용 부교재 역할밖에 더 되겠느냐는 반론이 내 마음 다른 한쪽에서 머리를 쳐들어 나를 다시 곤혹에 빠뜨렸다. 어쨌든 어느 사이 내 마음은 완강한 보수적 복음주의자로 회귀하고 있었다.

「자, 오백육 장을 힘차게 부릅시다.」

우렁찬 남자 목소리가 천막 속에서 들렸다.

예수 더 알기를 원함은 크고도 넓은 은혜와
대속해 주신 사랑을 간절히 알기 원하네
내 평생의 소원 내 평생의 소원
대속해 주신 사랑 간절히 알기 원하네……

씩씩하게 부르는 찬송가가 2절로 이어졌다. 간호사를 뒤따라 신주엽은 누구의 부축도 받지 않고 천천히 걸어오고 있었다. 그 뒤로 검정 치마저고리 차림의 여인들, 목발을 짚은 사내, 두루마기짜리가 뒤따랐다. 먼발치에서 보아도 신주엽은 산승(山僧)처럼 누비두루마기에 검정 고무신을 신고 있었다. 흔들거리는 걸음으로 그의 모습이 차츰 가까이 다가오자 여신도들의 흐느낌과 '아멘'과 '할렐루야' 소리가 절규로 쏟아졌다. 그럴 수밖에 없었으니, 신주엽의 얼굴이야말로 피골이 상접하여 해골이 다된 몰골이었다. 사십 일 금식기도 끝이라 눈자위는 우묵하게 꺼졌고 뺨은 복숭아씨라도 뽑아낸 듯 홀쭉하게 패었다. 잇바디와 턱뼈는 사십 일 동안 손보지 않아 수염치레를 했고 머리카락은 덤불처럼 부스스했다. 살점과 물기가 빠져버린 얼굴은 허물 벗듯 살갗이 보푸라기를 일으켰다. 파리한 입술은 갈라터진 주름마다 피딱지가 배어 있었다. 그런 고행의 참담한 모습이 성도들에겐 존경심과 연민을 더욱 유발시켜, 마치 부활한 예수를 맞듯 엎드려 절하는 아낙네도 많았다. 그 광경이야말로 사교의 카리스마현상 그 자체였다. 나는 전율했다.

「마을회관에 여기 환자들이 모였을 겁니다. 그럼 우리 먼저 갑니다.」 열광하는 성도들을 두리번거리던 젊은 의사가 입회했던 성도들에게 허둥지둥 말했다.

입회했던 곽 전도관장은 말아 뭉친 담요와 성경책을 들고 있었다. 신주엽은 나와 눈이 마주치자 파리하게 웃어보였다. 그는 곧 천막 앞쪽에 있던 여인들에게 둘러싸였고, 앞쪽 자리의 특별히 마련된 방석에 부축받아 앉혀졌다. 곽 전도관장이 담요로 그의 어깨를 둘러주었다. 박수를 치며 부르는 찬송가소리는 이제 천막을 날려버릴 듯 바람소리보다 더욱 높아갔다. 성도들의 악쓰는 절규와, 번들거리는 희열에 찬 눈동자와, 어깻짓과, 손뼉치는 소리는 가히 광적이었다. 오직 나만 이방인이었다. 신주엽과 단독으로 대면할 기회가 한동안은 마련될 것 같지가 않았다. 그렇다고 멀건 죽 한 그릇을 얻어먹겠다고 우두커니 섰을 수도 없었다. 나는 성도들의 열광에 공포감을 느꼈고, 술 탓도 작용했겠지만 머리가 터질 듯 쑤셨다. 나는 자제력을 잃고 걸음을 돌렸다.

「성 선생님!」

뒤에서 민 군이 부르는 소리가 들렸으나 나는 듣지 못한 채 선창 쪽으로 허적허적 걸었다. 의사와 간호사 자태는 이미 보이지 않았다. 젊은 의사를 만나 신주엽의 성기 절단 전후 사정을 묻고 싶었으나 이미 성기가 절단된 마당에 그 물음이야말로 부질없는 질문이 될 터였다. 나는 지금이라도 통영으로 들어가고 싶었다. 그러나 내일 아침까진 어쩔 수 없이 섬 안에 갇혀 있을 수밖에 없는 몸이었고, 이 작은 섬에서 내가 찾아갈 곳은 민박집밖에 없었다. 나는 이발관 뒤 싸리대문 문설주 위에 민박이란 팻말이 붙은 여염집을 찾아들었다. 마당에서 어망을 손질하던 노인이 일어서며 내게, 손님이 있다는 말은 들었는데 아직 방이 차가울 거라고 말했다. 황 영감은 아래채 두 칸 방 중에 안쪽 방문을 열었다. 한켠에 이불과 요와 베개가 쟁여 있었다.

「저녁답에나 오실 줄 알았는데 일찍이도 오셨소」 하더니 황 영감은, 곧 연탄불을 넣겠다고 말했다.

방으로 들어온 나는 코트를 벗고 요때기를 깔자 곧바로 누웠다. 골이 패어 눈을 감았다. 귀에는 찬송가 절규가 환청으로 악머구리 끓듯 들려왔다. '대속해 주신 예수'란 찬송가 가사와 함께 예수의 얼굴과 꺼더리된 신주엽 얼굴이 겹쳐 떠올랐다. 외견상 신주엽은 십자가를 지기 전 예수 모습의 재현이었다.

「손님, 식사 왔심더.」

바깥의 말에 나는 방문을 열었다. 바깥은 땅거미가 내리고 있었다. 깜박 잠이 든 사이 시간이 제법 흘렀음을 알았다. 술기운은 말짱 달아났고 머릿속도 개운했다. 나를 깨운 이는 어망을 손질하던 황 영감 처였다. 작은 섬까지 연탄이 수송되어, 방바닥이 따뜻했다. 천장에 형광등이 달려 있어 불을 켰다. 전기를 내지에서 끌어올 수 없을 테니 섬에 자체 발전시설을 갖춘 모양이었다. 민박철도 아니고 작은 어촌이라 찬이 보잘것없다며, 할머니가 밥상을 방안으로 들여넣었다. 할머니 말은 인사치레였고, 찬은 생태국·도라지나물·김치·김·자반 두 토막이었다. 밥을 먹고 나자 나는 밥상을 위채 부엌으로 옮겨주었다.

「잠시 잠이 들었나 봅니다. 그 동안 누구 찾아온 사람은 없었습니까?」

할머니는 아무도 오지 않았다고 대답했다. 신주엽이 내가 온 사실을 깜박 잊을 리 없겠고, 아직도 성도들로부터 빠져나오지 못하고 있음이 분명했다. 어쨌든, 그를 찾아나서기에는 마음이 찌뿌둥

했고, 그를 대면할 일도 꺼림칙했다. 그를 만나더라도 나는 아무런 할말이 준비되어 있지 않았다. 그의 해괴한 의식을 두고 토론을 벌일 마음 역시 없었다. 차라리 그가 나를 찾지 않았으면 싶은 마음이기도 했다. 그러나 오늘 내가 섬을 떠날 수 없음을 그는 알 터이고, 좁은 섬바닥에 나를 찾는 일이란 이웃집 나들이 정도로 쉬울 것이었다.

초저녁부터 다시 잠을 청하기도 무엇하여 나는 코트를 걸치고 마당으로 나섰다. 사방은 어느새 깜깜해져 버렸고 파도소리와 바람소리가 귓바퀴를 후려쳤다. 삽짝을 나서려다 발 앞조차 분간할 수 없이 깜깜해서 나는 할머니로부터 손전지를 빌렸다. 민 군이 채어가다시피 한 멸치포와 젓갈꾸러미라도 찾아다놓아야 할 것 같았다. 신주엽과 그 성도들은 틀림없이 내가 도착한 여객선 편으로 내일 욕지도로 들어갈 것이다. 뭍에서 온 성도들은 욕지도 전도관에서 이틀이나 사흘쯤 단합대회를 겸한 부흥집회를 갖고 다시 뭍으로 떠날 게 분명했다. 물론 나는 그들보다 먼저 뭍으로 가는 배편에 쑥 섬을 떠날 작정이었다. 신주엽이 내게, 욕지도로 들어갔다 며칠 쉬고 상경하라고 붙잡는다 해도 나는 그럴 마음이 없었다. 아니, 그는 나의 별로 유쾌하지 않은 마음을 읽을 터이므로 동행을 애써 권하지 않을 것이다. 그는 자신이 행한 그 자해의식의 종교적 견해와 심경을 내게 설명하지 않을는지 몰랐다. 내가 느낀 부피만큼 내 마음속에 잠재해 있다 어느 때인가 내 소설에 먼 우회를 거친 상징으로 나타나기를 기다리며, 그는 대범한 마음으로 침묵할 수 있었다. 전국에 흩어진 '말씀의 집' 성도의 마음을 그가 잡고 있듯, 그는 내 마음 한 부분쯤 훤하게 읽을 만한 위인이었다.

선착장으로 나서서 불안을 떨치지 못한 마음으로 천막 쪽에 갈까 말까 망설이며 그쪽을 보는 순간, 나는 걸음을 멈추었다. 여러 군데 모닥불을 피워 거센 바람에 불길이 활활 타오르고 있었다. 사십 일 금식 끝에 그래도 말할 기운이 남아 신주엽의 강론이 있는지 그쪽은 조용했으나, 어둠 속에 불티를 날리며 타오르는 불길을 보자 섬뜩한 느낌이 들었다. 실제로 본 적은 없으나 조로아스터교(拜火教)의 집전을 연상케 했다. 어쩌면 그 연상보다, 나는 불에 대한 공포감을 갖고 있었다. 담배를 피우기 위한 라이터불이나 연탄불 따위는 몰라도, 식당에서 사용하는 가스판에 점화가 쉽지 않을 때도 그랬고, 갈기를 만들며 거세게 타오르는 불길을 보면 가슴이 떨 정도로 겁이 났다. 불에 대한 공포감은 그해 늦가을, 아버지의 방화로 삼포교회가 불탔던 악몽에서 비롯되었다. 길길이 뛰던 어머니가 불길 속으로 뛰어들었을 때, 어느 누구도 제지하지 못했고 가까이 있던 나조차 말릴 틈이 없었다. 나 역시 뒤쫓아 뛰어들어 어머니를 구해내야 했는데 어마지두해진 나는 우두망찰 섰기만 했던 겁보였다. 나는 그 순간을 오래 두고 부끄러워했다. 불에 덴 왼쪽 뺨이 붉은색 접착제로 향칠한 듯한 어머니의 흉터를 볼 적마다 나는 그때의 후회막급한 기억을 떠올리지 않을 수 없었다. 방화죄로 아버지는 구속되었고, 실화가 아님이 인정되었으므로 실형을 살았다. 불신자로서 아내에게 늘 구박받았고 술김에 분기하여 불을 질렀다는 아버지의 법정 진술은 전혀 설득력이 없었다. 만기 출옥 뒤 아버지는 폐인이 되었으나, 교회를 전소시킨 불은 그렇잖아도 냉랭했던 우리 집안을 파국으로 몰아넣은 셈이었다.

내가 모닥불의 두려움을 떨쳐내더라도, 내 발로 천막을 찾아가서 신자 틈 사이에 섞여 앉았을 마음은 없었다. 아침에 잠시 신주엽 얼굴이나 보고 떠나면 되리라 싶어, 나는 발길을 돌렸다. 돌아서자, 모닥불 광채를 쪼던 내 눈앞에 더 넓은 어둠이 펼쳐졌다. 하늘에는 별무리가 쏟아져 내릴 듯 영롱했다. 넓은 하늘에 박힌 그 숱한 별들을 보기도 오랜만이었다. 칠흑의 어둠으로 덮인 바다 끝에서부터 야트막한 동산 사이, 내 시야에 들어오는 공간 칠 할을 하늘이 채우고 있었다. 그 하늘에 무수한 별이 박혀 제가끔 빛을 내고 있었다. 그것은 이미 하늘이 아니었다. 늘 보아왔던 창 밖의 하늘이나 집 안 마당에서 보는 하늘이 아니라, 나는 광활한 우주를 보고 있는 셈이었다. 성경 말씀대로 정말 이 우주를 하나님이 창조했을까? 인간의 능력으론 도저히 우주를 창조했다고 증명할 수 없기에, 하나님이란 그 어떤 절대자의 권능을 인간이 창조하지 않았을까? 사람의 형상이 아니요, 그 어떤 생명체의 형상에서도 따올 수 없는, 무형의 존재자에게 인간은 하나님이란 그럴듯한 이름을 붙여주지 않았을까? 그러나 인간의 지혜는 한계가 있으므로, 모를 일이다. 이 우주는, 가까운 예로써 지구와 지구를 싸고 있는 대기를 보더라도 그 운행 궤도에는 일정한 질서가 있다. 질서에 의해 움직이며 생성과 죽음의 생명체가 존재하고, 그 모든 운행을 주관하는 그 어떤 신비로운 존재가 있다고 감지된다. 인간이 과학으로 그 신비를 풀 수 없으므로 권능의 존재자가 반드시 있고, 그 존재에 하나님이란 이름을 붙여 존경과 두려운 마음으로 섬기게 되지 않았을까? 선창 쪽으로 걷는 나 역시 우주 속에서는 생명체이기 전 하나의 모래알에 다름아님을 깨달았다.

민박집 방으로 돌아가도 쉬 잠이 올 것 같지 않았다. 나는 전짓불을 켜고 선창을 싸돌다 추위 탓에 봉도식당으로 들어갔다. 손님이 아무도 없었다. 빈 술청에서 나는 갯장어 찌개에 막걸리 한 병을 주문하여 쉬엄쉬엄 마셨다. 조금은 초라해진 마음으로 내 기독교관을 다시 반성했고, 어머니의 생애와, 내가 쓰고 있는 소설 속의 노친네와, 신주엽에 대해, 그들의 신앙적 태도를 비교하여 따졌다. 이것이다, 하며 나를 사로잡는 어떤 명제는 없었다. 인간의 초월적인 믿음에 관해 정답을 찾아낸다는 게 헛수고임을 알면서도 나는 되풀이 궁색한 질문을 던지고, 변명과 항의를 이끌어내었다. 생각이 흐릿해지고 생각이 제자리를 맴돌 정도로 얼큰한 취기에 잦아들 즈음, 플라스틱 술병도 바닥나버렸다. 술을 좋아하지도 않는 내가 웬 술을 이렇게 마시는지 모르겠다고 투덜거리며, 나는 식당을 나섰다. 내 처소로 허튼걸음을 걸으며 돌아왔다. 내 방은 형광등을 끄고 나왔는데, 옆방 형광등이 켜져 있었다. 옆방 쪽마루 앞에는 신발이 없었고 방안에서는 인기척이 느껴지지 않았다. 위채 방문이 열리더니 황 영감이 내다보며, 흰 두루마기 입은 젊은이가 와서 선생을 찾더라 했다. 전해줄 물건을 가져왔다기에 선생 방에 들여놓았다며, 옆방은 그 젊은이가 잡아두고 갔다고 일러주었다. 신주엽이 잘 방일 터였다. 주엽과 대화를 나누기에는 밤이 깊었고 나는 취해 있었다. 방으로 들어온 나는 형광등도 켜지 않고 코트를 벗어 던졌다. 옷을 입은 채 요바닥에 쓰러졌다. 저녁때 보았던 천장의 사방연속무늬가 바람개비처럼 돌았다. 어지러운 머릿속에 여러 상념이 불쑥불쑥 떠올라 한마디씩 내뱉곤 사라졌다.

「어머니처럼 미친 성도들이다. 주엽 또한 미친놈이다. 아니다, 이 시대가 미쳤다. 세속적 욕망과 자동화 기계에 미친 시대에, 지금 끼적거리고 있는 노친네의 착실한 믿음과 천당 타령 소설은 완성해 봐도 아무런 뜻이 없다. 그런 교훈적 신앙 체험담은 이에 수십 권의 책으로 시중에 널려 있지 않은가. 또한 나라는 인간은 도대체 무언가. 지식노동자인 체, 진보주의자인 체하는 보수주의자, 속물 근성의 소시민이 아닌가. 그렇다면 이제 재주나 능력에 한계가 왔으므로 종교적 소재에서 손을 떼야 한다. 그리고 …… 신주엽과 성도 무리와 어머니를 비판할 자격이 내겐 없다. 그들은 그들 나름대로, 그들 영혼을 사로잡은 하나님을 찾았으므로 행복하지 않느냐. 그렇다면 하나님을 저주했던 아버지는, 하나님을 앎으로써 느끼는 행복을 체험할 수 없었기에 불행한 생애였을까? 봉수아저씨처럼 하나님을 모르는 자의 세속적 행복은 진정한 의미에서 불행한 인생을 살고 있음일까…….」

나는 횡설수설 중얼거리다 주정조차 맥이 빠져 잠속으로 잦아들었다.

「선생님, 주무십니까?」

바깥에서 방문 두드리며 부르는 소리에, 나는 잠에서 깨어났다. 민 군 목소리였다.

「예, 들어오시오.」

나는 자리에서 일어나 형광등을 켰다. 방문 앞에 멸치포와 젓갈 꾸러미가 눈에 들어왔다. 흐리마리한 정신을 수습하며 요때기를 걷었다. 민 군이 방으로 들어와 두루마기 자락을 걷고 꼿꼿이 앉았다.

「목자님께서 곧 오실 겁니다. 사십 일 동안 불와(不臥) 금식하셔서 이제는 쉬셔야 하는데, 성도들이 놓아주지 않는군요.」

나는 말없이 담뱃불을 붙여 물었다. 머릿속이 개운하지 못했고 눈꺼풀이 무거웠다. 그들의 믿음을 비판할 자격이 없다고 잠결에 중얼거린 듯한데, 단정한 자세로 앞에 앉은 민 군을 보자 심통이라도 부리고 싶은 마음이었고, 심기가 불편했다.

「육체의 고를 제어한다 했는데, 신 목자가 꼭 그런 방법으로 실천해야 옳습니까?」 마치 내 괴로움을 하소연하듯 내가 물었다.

「재작년에 목자님은 복지원 한 성도가 신부전증으로 생명이 위태롭자 당신 콩팥 하나를 그 성도에게 기증했습니다. 타인을 위해 자신의 몸을 바친 말씀의 실천이었지요. 이번 의식은 이 세상 사람들의 타락한 욕망을 대속하여 어느 특정인에게가 아닌, 하느님에게 자신의 몸 일부를 바치신 겁니다. 사십 일 금식으로 극도로 허해진 몸이었으나 의사 권유도 뿌리치고 마취 없이 수술에 임하셨습니다. 이는 사람의 능력이 아닌, 하느님 뜻이 당신 몸을 통해 보여주신 것입니다.」 민 군 표정은 경건했고 목소리는 침착했다.

「어쨌든 좋아요. 말세적 현상을 보이는 오늘날 성의 문란에 경종의 뜻으로 신 목자가 그런 결단을 내렸다 칩시다. 그러나 공개적인 그런 의식은 모방자를 만들 수도 있습니다. 그리고 신 목자가 설령 하나님 계시를 받았더라도 성기 절단이야말로 끔찍한 기행이 아닐까요? 다른 목회자라면 또 몰라도 신흥종교가로 내몰린 신 목자가 그래서야 더욱 안된다는 안타까운 마음에서 하는 말입니다.」

그의 행위를 두고 비판 없이 묻고 싶은 말이었다.

「예수님이 십자가에 못박혀 육신이 이 지상에서 떠났다 해서, 지금까지 예수님의 십자가 고행을 모방한 성도는 거의 없습니다. 그런 의식은 하나님이 예비하셨고, 그 한 분으로 그쳐야 합니다. 목자님의 이번 의식은 십자가에 못박히심이 아니고, 그 의식을 우리 성도들은 아무도 끔찍한 기행이라고 생각지 않습니다. 물론 전도관장님과 저는 목자님이 그런 뜻을 세웠을 때 간곡히 만류했더랬습니다. 우리는 목자님이 세상 여느 사람과 똑같은 육신과 영혼을 가진 채 주님의 말씀을 말씀 그대로 실천하시는 종으로 남기 바랐습니다. 그러나 그분의 마음을 돌려세울 수 없었습니다. 두 끼니를 열매와 채식으로 잡수시고, 복지원 성도들과 함께 노동하시고, 그분들의 불편한 손이 되어 손수 먹이시고, 용변을 받아내시고, 목욕시키시는 목자님의 공동선(共同善)의 실천적 생활이야말로, 이 세상 사람들의 허물과 죄를 대속하신, 말씀의 거룩한 실천입니다.」

「부모가 버리고 국가마저 책임지지 못하는 중증 장애 고아를 입양하여 자기 자식 이상으로 정성껏 돌보는 외국의 양부모도 있습니다. 그것도 장애 고아 하나가 아닌 여럿을.」

「그런 분이야말로 성자입니다. 목자님이 바로 그 길을 걷고 있습니다. 장애 고아는커녕 정상 고아조차 받아들이기를 꺼리는 이 나라 땅에서.」 내가 할말을 궁리하는 사이, 민군이 말했다. 「목자님의 이번 의식을 두고 깊이 묵상한 후 저와 전도관장님이 도달한 결론은, 이번 의식은 목자님의 육신의 순결, 또는 동정(童貞)의 마지막 완성이라는 데 도달했습니다. 목자님은 수 년 전부터 이 세상의 현상과 인간 사이의 문제를 모두 예수님 말씀 그대로 사랑 안에 포용하셨습니다. 타락한 현실을 욕하거나 기성 교단을 비방하지 않으십니다. 내가 전하는 말씀만이 주님의 뜻에 가장 합당하다 강론하시지도 않습니다. 시편(詩編) 다윗 왕처럼, 나 자신을 향한 회개와, 회개 끝에 도달하는 자신의 완성에만 집착해 왔습니다. 삼백여 권 책과 세 벌 옷뿐, 그분이 소유한 것은 아무것도 없습니다.」

나는 할말이 없어 민 군의 얼굴만 바라보았다. 그를 통해 신주엽에 대해 좀더 구체적으로 알 기회를 놓치고 싶지 않아 침묵했다.

「목자님은 우리 '말씀의 집'에 들어왔다 다시 기성 교단으로 돌아가는 성도를 붙잡지 않으십니다. 믿음이야말로 개인의 신앙관에 따른 자유가 있지 않겠습니까. 우리 성도들 역시 어느 교단보다 목자님 신앙관을 진심으로 존경하기에 만들어진 작은 기독교 공동체입니다. 그러므로 우리는 세속에서 은둔한 중세의 수도처처럼……. 그런 종교 체험만을 내세우지는 않습니다.」

민 군이 하던 말을 중단했다. 바깥에서 인기척이 났다.

문 앞에 앉았던 민 군이 방문을 열었다. 신주엽과 그 뒤쪽에 곽 전도관장이 서 있었다. 어둠과 바람 속에 축 처진 자세로 섰는 신주엽의 담요 두른 모습이 꼭 유령을 보는 듯했다. 꺼풀진 피부와 퀭한 눈이 더욱 그러했다.

「들어오게.」

신주엽이 아니라 곽 전도관장을 맞느라고 나는 엉거주춤 일어섰다. 방으로 들어온 신주엽과 곽 전도관장이 자리를 잡자, 나는 주엽에게 신둥부러진 말부터 던졌다.

「신 목자가 이제 아주 성자의 길로 들어섰나 봐.」

「허허, 그렇게 보여?」 신주엽이 실소를 지었다. 「이 세상에 어느 분이 성자인지는 몰라도, 구도자야 많고 많지. 이를테면 자네까지 포함해서.」

주름마다 피가 터진 입술에서 흘러나온 신주엽의 예의 부드럽고 둥근 목소리였다.

「내일 아침 배편에 통영으로 떠나겠어.」

신주엽과 마주앉아 그의 모습을 보자, 나는 그 말밖에 달리 할말이 없었다. 천사는 남녀의 구별이 없는 중성이란 말이 있듯, 이제 신주엽 모습이 내게는 예전의 그가 아니었다. 그렇다고 그가 내시로 보이지 않았고 천사와 인간, 그 중간에 위치해 있지도 않은, 홀연히 세속에 나타난 중세의 기괴한 수도승 모습으로 비쳐졌다.

「욕지도 들러서 며칠 쉬다 가지 않구?」

「아니, 그곳 복지원은 가보지 않아도 알 만해. 자네가 어떤 실천을 하는가를 짐작하니깐. 또, 자네가 괜찮은 구경거리란 편지글도 이 정도로 충분하고. 서울로 돌아가서 자네에 관한 생각을 다시 정리해 봐야겠어.」

「무언가 충격이 컸고, 실망 또한 컸나 보군.」 내 대답이 없자, 신주엽이 잠시 뜸을 들인 뒤 처연하게 말했다. 「말씀의 진리를 찾는 과정으로 이해해 주게. 자네에겐 조금은 이 세상 일답지 않은, 엉뚱한 의식으로 보였을는지 모르지만…….」

「진리를 찾는 과정?」 내가 반문하며 신주엽의 얼굴을 건너다보았다. 그의 피폐한 얼굴에 겹쳐 어머니의 흉터진 얼굴이 떠올랐다. 분명 어머니도 말씀의 진리를 열성 다해 좇았다. 그러나 당신은 육신의 죽음을 앞에 두고도 하나님의 부름을 평화스럽게 받아들이지 못했다. 믿음이 반석 같았던 평소 당신의 뜻대로라면 그 마지막 시간에선 자의든 타의든 그래서야 안되었다. 하나님의 역사하심을 나 같은 인간이 깨우치지 못하는지도 몰랐다. 그러나 어쨌든 어머니는 잊어야 할 죄 많은 이 세상의 고난을 다시 떠올려 교회가 불탔던 순간을 한번 더 체험하며, 뜨겁다고 헛소리를 치며 옷을 죄 벗으려 했다.

「진리란 이 땅에 살아 있을 동안은 쉽게 찾아지지 않겠지. 그러나 구도자가 진리를 찾아 회개하며 헤매는 고행의 과정도 분명 진리 속에 포함될 걸세. 인간의 일에 따른 판단은 하느님만이 할 수 있으니깐. 세상 사람들이 읽으면 따분한 내용이지만 자네가 믿음에 관한 여러 질문을 하느님께 던지며 괴롭게 집필하는 행위도 그런 과정이 아닐까?」 신주엽은 말 속에 내 소설의 제목을 끌어댔다.

신주엽의 말을 광의로 해석하자면, 나는 지금 쓰는 소설을 더 진전시킬 필요가 없었다. 소설을 독창적 해석과 발견이란 측면에서 수용하자면, 내가 쓰는 소설은 너무 평범하고 흔한 내용과 주제요, 그 소재 자체가 진부했다. 그러므로 내가 그의 마음에서 비켜서려면 괴로운 집필 행위는 물론 고뇌는 더욱 가중될 터였다.

「목자님, 이제 그만 쉬셔야 합니다. 주무셔야 해요. 이렇게 버티시다간 큰일납니다. 의사 선생도 그렇게 말하지 않았습니까.」

곽 전도관장이 조심스럽게 대화에 끼여들었다. 긴장하고 있던 민 군은 숫제 엉거주춤 무릎을 세우고 있었다.

「오랜 금식 끝에 그 의식까지 치렀으니 내가 붙잡고 있기도 미안하군. 이번 의식은 자네 뜻대로 이루었으니 이제는 편안히 쉬게. 자네에겐 지금 무엇보다 휴식과 안정이 필요하네. 자신의 생명을 잃은 후 이 세상에 그보다 귀한 게 뭐가 있겠는가.」 신주엽의 모습이 안쓰러워 내가 말했다.

「내가 편지를 따로 내지. 여기까지 먼 길 오느라 수고했어. 잘 자게.」

신주엽이 곽 전도관장과 민 군의 부축을 물리고 기우뚱 혼자 힘으로 일어섰다. 그는 담요 자락을 끌며 천천히 방을 나섰다. 곽 전도관장과 민 군이 그를 뒤따랐다. 옆방 문이 열렸다 닫혔다. 잠시 뒤, 그럼 새벽에 뵙겠어요 하는 곽 전도관장 소리가 들리고 발걸음이 싸리문 쪽으로 멀어졌다. 자갈밭 천막 쪽에서 높이 부르는 찬송가소리가 바람에 묻혀 아스라이 들려왔다.

이튿날 아침, 나는 홀로 쑥섬을 떠났다. (1994. 4)